ENGELSLUST

Fantasy-Romance
von
Inka Loreen Minden

Edition Sinneslust

Bibliografische Information der Deutschen Nationalbibliothek
Die Deutsche Nationalbibliothek verzeichnet diese Publikation in der
Deutschen Nationalbibliografie; detaillierte bibliografische Daten sind im
Internet über
http://dnb.d-nb.de abrufbar.

Engelslust

- Fantasy Romance -

Leicht überarbeitete Ausgabe 2014

Cover Art by
© Andrea Gunschera

Herstellung und Verlag: BoD – Books on Demand, Norderstedt
ISBN-13: 978-3-7386-0742-0

Dieser Roman hätte im normalen Taschenbuchformat 360 Seiten.

Kapitel 1 – Diebstahl mit Folgen

Cain spürte mit jeder Faser seines Seins, dass alle Welten – die der Menschen, die mythische und selbst die himmlischen Sphären – in ewige Verdammnis stürzen würden, wenn er versagte. Versklavung wäre die Folge. Das Böse hätte gewonnen. Das Gleichgewicht der Mächte wäre für immer zerstört. Das Universum würde unwiderruflich ins Chaos stürzen.

Das musste nicht passieren, aber ihre Organisation war sich diesbezüglich ziemlich sicher. Was sollte jemand sonst mit dem mächtigsten Artefakt, das je erschaffen wurde, anfangen wollen?

Cains Puls raste immer noch, doch nach außen hin bemühte er sich, ruhig zu wirken. In Wahrheit war er schon lange nicht mehr so aufgeregt gewesen. Einen derart brisanten Fall hatte er in seiner ganzen Existenz als Mitglied des Sonderkommandos noch nie gehabt.

»Ich glauben nicht, dass gewöhnliche Dieb«, sagte Mr Fang Cheng, der Cain zeigte, wo er die Phiolen mit Drachenblut versteckte.

Cain befand sich mit dem alten Chinesen im Keller von dessen New Yorker Laden und kletterte gerade durch einen Schrank. Hier war alles staubig, doch das störte ihn nicht. Es gehörte zu seinem Job, sich nicht nur die Hände schmutzig zu machen. Er kam gerade aus den kanadischen Wäldern; Tannennadeln klebten an seinem weißen T-Shirt, der dunklen Cargohose und in seinem schwarzen Haar.

Die Rückseite des Schrankes verbarg eine Geheimtür – wie ihm der Chinese mitteilte –, hinter der ein weiterer unbeleuchteter Raum lag. Darin roch es nach Erde, aber er war trocken und frei von Ratten.

Mr Fang blieb auf seinen Gehstock gestützt vor dem Schrank stehen und richtete mit der anderen Hand den Strahl einer Taschenlampe an Cain vorbei auf ein Holzregal. »Es fehlen nur eine Flasche. Warum Dieb nicht alle mitgenommen?«

Das fragte sich Cain allerdings auch, denn Drachenblut war äußerst selten und sehr begehrt – im 21. Jahrhundert natürlich noch mehr als im Mittelalter, da Drachen beinahe ausgestorben waren. Die Flüssigkeit brachte auf dem Schwarzmarkt Millionen ein. Zudem waren keine Spuren eines gewaltsamen Einbruchs zu erkennen. Entweder hatte der Dieb gewusst, wo er suchen musste, oder es war Magie im Spiel gewesen.

»Wem ist noch bekannt, dass Sie hier wertvolle, magische Zutaten aufbewahren, Mr Fang?«, fragte Cain, wobei er sich durch das Haar fuhr. Der alte Mann arbeitete schon seit Jahren eng mit ihnen zusammen; er galt als absolut vertrauenswürdig.

Der Chinese runzelte die faltige Stirn, auf der im matten Schein der Kellerbeleuchtung Schweißtropfen glänzten. Er zeigte seine wahren Emotionen genauso wenig offen wie Cain. »Außer Ihrer Organisation?«

Cain nickte.

»Niemand.«

Der Alte sagte die Wahrheit – das spürte Cain. Mr Fang verkaufte das Drachenblut nur an Magier oder Mediziner, die gemeinsam mit ihnen gegen das Böse arbeiteten. Sie nutzten diese Mittel, um Gutes zu tun und Menschen zu heilen, die mit Dämonenmagie vergiftet wurden. Aber das gestohlene Fläschchen wurde dazu missbraucht, ein uraltes, magisches Artefakt zu aktivieren. Das Hauptquartier ihrer Organisation, der Excelsior Corporation, hatte vor drei Stunden, um Punkt 23 Uhr, die höchste Alarmstufe ausgerufen, als ihre Satelliten in einem entlegenen Waldteil Kanadas einen extrem erhöhten Energiewert aufgefangen hatten. Nur *ein* magisches Artefakt sendete derart intensive Energiesignaturen aus, wenn es aktiviert wurde: der Kelch!

Vor vielen Jahrhunderten von Merlin erschaffen, weil er den Heiligen Gral nachbilden wollte – was leider völlig misslang –, hatte das Gefäß bis jetzt gut versteckt die Zeiten überdauert. Nur ganz wenige Eingeweihte des Hohen Rates der Engel wussten, wo sich das weltweit gefährlichste Artefakt befand, mit dem quasi *jeder* Zauber gewirkt werden konnte. Doch jemand hatte es aufgespürt, so unglaublich das klang, und benutzte es nun für seine Zwecke.

Als Cain in der kanadischen Wildnis eingetroffen war, hatte er niemanden mehr dort vorgefunden. Aber vielleicht bekam er hier in Chinatown einen Hinweis auf den Dieb. Irgendjemand musste doch etwas bemerkt haben!

»Wurde sonst noch etwas entwendet, Mr Fang?«, rief Cain durch den Schrank.

»Lassen Sie mich sehen.« Mr Fang reichte Cain einen Schlüssel, den er an einer Kette um den Hals trug. »Für die Luke im Boden. Ich mich schwer tun mit Öffnen. Dort nur Zutaten, die ich nicht verkaufe. Sollten auch längst nicht mehr hier sein.«

Cain trat ein Stück zur Seite und drehte den Schlüssel im verrosteten Schloss, doch … »Es ist offen!«

Der alte Mann murmelte einen chinesischen Fluch. Sein aschfahles Gesicht wurde noch weißer, während Cain mit Leichtigkeit, doch mit heftig pochendem Herzen, die schwere Tür anhob. Eine Truhe stand in dem dunklen Loch, gefüllt mit weiteren Phiolen. Der Chinese leuchtete wieder mit der Taschenlampe hinein, um die Fläschchen durchzuzählen. Plötzlich wurden seine Augen groß und er begann noch einmal von vorne.

»Du liebe Güte, es fehlen eine Flasche mit schwarzem Dämonenblut!« Der alte Mann wollte Cain die Lampe geben, aber er sah die Phiolen auch im Dunkeln. Er erschauderte. Aus jeder seiner Poren trat kalter Schweiß, sein Puls raste. Schon ein Tropfen dieser Flüssigkeit war tödlich. Verdammt, was auch immer der Kelchdieb vorhatte – jetzt besaß er die mächtigsten Zutaten, um Schwarze Magie zu wirken!

Die Verantwortung legte sich wie Blei auf Cains Schultern. Die Panik, seine Aufgabe nicht erfüllen zu können, schnürte ihm fast die Luft ab.

»Wieder nur eine Flasche«, murmelte der Alte in seinen Bart. »Wer sich Gelegenheit entgehen lässt?«

»Warum bewahren Sie so gefährliche Zutaten in Ihrem Laden auf, Mr Fang?«, fragte Cain, dem an diesem Fall kaum noch etwas wunderte. Nichts schien einen Sinn zu ergeben. »Soweit ich weiß, werden die hochgradig schwarzmagischen Zutaten im Bunker des Zentrallagers der Magier gelagert – unter schwerer Bewachung.«

»Ja, das stimmt.« Der Chinese seufzte laut. Die Hand auf seinem Stock zitterte. »Ausnahme das gewesen. Vor einigen Stunden mir ein Bursche Kiste gebracht, ein junger Engel, der gesagt, habe sie Dämonen abgeknüpft. Sollte heute ins Zentrallager gehen.«

Cain erinnerte sich, solch eine Nachricht gehört zu haben. Eine eher unwichtige Untergruppe ihrer Organisation hatte zufällig hier in New York einen Dämonenklub ausgehoben, der ihnen schon lange ein Dorn im Auge war, weil der Besitzer mit verbotenen Gütern handelte. Die »Kiddies«, wie Cain die im Sinne von Engeljahren noch sehr jungen Engel nannte, die nicht fliegen konnten, sondern sich wie gewöhnliche Menschen fortbewegten, hatten die Kiste nicht ins Lager bringen können. Cain hätte am liebsten jeden einzelnen von ihnen den Hals persönlich umgedreht, weil sie derart dumm gehandelt hatten. Doch er konnte die jungen Engel auch irgendwie verstehen. Sie wollten eben beweisen, dass sie auch etwas draufhatten. Zum Glück war keiner von ihnen ernsthaft zu Schaden gekommen.

Dann hatte die Excelsior Corporation von dem Kelchdiebstahl erfahren und darüber andere Aufgaben vernachlässigt. Verdammt!

Nachdem er wieder zurück in den Keller geklettert war, fragte Cain: »Gibt es einen sicheren Ort, wo Sie die restlichen sechs Fläschchen Drachenblut und die weiteren Zutaten aufbewahren können?«

Der alte Chinese strich sich über den langen weißen Bart und nickte. »Wohl am besten, ich schließen erst einmal meine Laden. Alles soll in Bunker geschafft werden, bevor das Unheil hereinbricht über uns.« In seinen wässrigen Augen lagen Kummer und Sorge, sein Körper bebte. Als einer der wenigen eingeweihten Menschen wusste er, was höchstwahrscheinlich geschehen würde, sollte es dem Sonderkommando innerhalb von sechs Tagen nicht gelingen, den Kelch zu finden und zu deaktivieren. Sechs Tage deshalb, weil der Kelch nur eine Zutat pro Tag aufnehmen konnte, insgesamt aber sieben brauchte, um ein magisches Gebräu herzustellen.

Normalerweise operierte die Excelsior Corporation verdeckt, doch manchmal wurden auch Sterbliche eingeweiht, wie Mr Fang, denn auch Wesen wie Cain konnten ihre Augen und Ohren nicht überall haben. Sie bewegten sich stets unauffällig unter den Menschen, weshalb sie in menschlichen Körpern steckten.

»Ich gesagt, dass sieben Phiolen Drachenblut nicht gut«, murmelte Mr Fang.

Obwohl sich auch in Cains Magen ein mulmiges Gefühl ausbreitete, ging er nicht darauf ein, da er wusste, dass die Sieben bei den Chinesen eine Unglückszahl war. »Okay, ich schicke Ihnen gleich ein paar Leute vorbei, die sich darum kümmern werden«, erklärte er, bevor er dem alten Mann die steile Kellertreppe nach oben in den Laden half und anschließend die Regalwand wieder vor die Tür schob, die den Zugang zum Keller verdeckte. Der Shop befand sich in einer Seitenstraße von Manhattan und wirkte eher unscheinbar. Nur wer ihn kannte, kaufte hier ein.

Tief inhalierte Cain den Duft verschiedener Gewürze und anderer Pflanzen, die überall im Geschäft aufgehängt waren. Wohin das Auge blickte, standen Gläser und Keramikschalen mit und ohne Deckel. Es gab sogar getrocknete Insekten und welche, die noch lebten.

Cain verabschiedete sich, doch bevor er ging, drückte ihm der Chinese einen kleinen, mit roter Farbe bestrichenen Kürbis, der an einer ebenso roten Schnur hing, in die Hand. »Glücksbringer für Gesundheit und Schutz«, sagte er mit bebender Stimme. »Den werden Sie brauchen.«

Als Cain aus dem Laden trat, sperrte Mr Fang Cheng hinter ihm ab und Cain holte sein Smartphone aus der Tasche seiner Cargohose, um die Zentrale der Excelsior Corporation anzurufen. Den Glückskürbis steckte er in eine andere Hosentasche am Oberschenkel.

Cain hatte keine Ahnung, wie es jetzt weitergehen oder wo er suchen sollte. Er konnte nicht viel tun, nur wieder warten, bis der Kelchdieb das Artefakt erneut aktivierte. Dann musste er hoffen, diesmal schnell genug zu sein, um den Dieb zu schnappen.

Je länger Cain darüber nachdachte, wer für die Diebstähle verantwortlich war, desto mehr Kopfzerbrechen bereitete ihm die Tatsache, dass es nur jemand gewesen sein konnte, der ihrer Organisation angehörte: Magier, Menschen, Engel und auch andere Wesen wie Elfen hatten es geschafft, sich nach strengsten Aufnahmeprüfungen der Corporation anzuschließen. Für Cain kamen jedoch nach wie vor nur Wesen in Betracht, die schon von Geburt an düstere Charaktereigenschaften besaßen, wie … Dämonen. Seine Gedanken kreisten unentwegt um die Unterweltler, die seit Urzeiten nach der absoluten Herrschaft strebten. Ihretwegen würde Cain nie arbeitslos werden, denn seine Aufgabe war es, das Gleichgewicht der Mächte zu wahren. Sein ganzes Dasein als Engel galt der Dämonenabwehr. Ein harter Job, der stets seine volle Konzentration erforderte, doch leider auch verdammt eintönig war. Zum Glück hatte er seinen Kollegen Crispin, mit dem es nie langweilig wurde. Sie sahen sich zwar nicht oft, weil Cain Außendienst schob und Cris in der Zentrale arbeitete, aber viel Zeit für andere Dinge blieb ihnen ohnehin nicht.

Es war bereits zwei Uhr morgens, doch in Chinatown herrschte immer noch reges Treiben, also ging Cain tiefer in die Seitengasse hinein, wo es etwas ruhiger war. Dabei hallte das Geräusch seiner Schritte, das von seinen Einsatzstiefeln herrührte, von den Hauswänden.

»Zentrale«, sprach Cain in sein Handy. Es war auf seine Stimme programmiert, damit es niemand sonst benutzen konnte, denn es erfüllte eine Vielzahl weiterer Funktionen. Das Display des Smartphones erhellte sich und zwei Sekunden später leuchtete ihm das Gesicht eines blonden Mannes entgegen: Crispin.

Wer war eigentlich auf die Idee gekommen, alle, deren Namen mit C anfingen, in ein und dieselbe Schicht zu stecken?

»Hi, Cris«, sagte Cain, wobei er sich mit der freien Hand die restlichen Tannennadeln von der Kleidung klopfte. Er hatte beim Abflug aus Kanada wohl einen Baum gestreift. »Ich brauche hier ein Verlegungskommando. Hast du meine Koordinaten?«

»Jepp, ich hab dich: New York, Chinatown, hinter Fang Chengs Laden. Hast du schon was über den Dieb herausbekommen?« Crispin klang aufgeregt und neugierig zugleich.

»Nein, nicht wirkl…« Plötzlich drehte sich die Welt vor seinen Augen. Er konnte sich gerade noch auf einen schmutzigen Karton setzen, bevor sein Unterbewusstsein ihn mit seltsamen Bildern und Sinneseindrücken überschüttete: Cains Schulter schmerzte höllisch. Sie brannte wie Feuer, und dieses Feuer fraß sich in rasender Geschwindigkeit durch seinen Körper. Schwer atmend und schweißüberströmt wälzte er sich auf dem Boden, der sich hart und kühl in seinen Rücken drückte. Cain wusste, dass seine Zeit bald vorüber war.

Etwas pikste in seine Wirbelsäule.

Steine … Cain lag auf felsigem Grund. Als er sich umsah, erkannte er eine von Fackeln erhellte Höhle und einen Berg voller Knochen. Er konnte kaum den Kopf drehen. Sein Körper war wie gelähmt. Der Schmerz in seiner Schulter strahlte bis in sein Gehirn und vernebelte seinen Verstand.

So viel zu seinem Glücksbringer von Mr Fang. Cains Herz schien immer langsamer zu schlagen, zudem hatte er eine Scheißangst. Doch trotz Furcht und Schmerzen fühlte er sich zur selben Zeit ... erregt?

Das war unmöglich! Nur eine magische Waffe konnte ihn derart schwer verletzen, da hatte er wirklich alles andere als Lust auf Sex – dennoch fühlte sich sein Schwanz knallhart an. Sämtliches Blut schien in seine Lenden zu strömen, und Cain wagte einen Blick zwischen seine Beine. Was er allerdings dann sah, ließ sein Herz für einen Schlag aussetzen, nur damit es danach mit doppelter Wucht weiterschlug, als wollte es sich zugleich gegen sein Ende auflehnen. Sein Hemd war zerrissen und entblößte seinen Oberkörper, an dem seine Schutzweste nur noch an einer Seite hing. Immerhin trug er noch seine Hose; sie war jedoch aufgeknöpft.

Und dort, zwischen seinen gespreizten Schenkeln, kniete eine blonde Frau. Ihre silbernen Strähnchen reflektierten das Licht der Fackeln. Cain erkannte ein spitzes Ohr, das zwischen ihrem Haar hervorlugte. Sie war definitiv kein Mensch und sie leckte und saugte an seinem hoch aufgerichteten Schaft, als wollte sie ihn melken.

Nein, das konnte unmöglich sein!

Mit einer Hand hielt sie sich ein paar Strähnen aus dem Gesicht, während ihre grünen Augen ihn fixierten. Cain konnte ihr Gesicht nicht richtig ausmachen, es wirkte verschwommen, doch das intensive, beinahe leuchtende Grün ihrer Iriden würde er sofort wiedererkennen. Es war unvergleichlich.

»Geht's schon besser?«, fragte sie ruppig. Ihr warmer Atem streifte seine nassgelutschte Erektion, was Cain noch höher brachte. Da sie auf allen vieren kniete, reckte sich ihr Gesäß in die Höhe. Jedes Detail ihrer herrlichen Rundungen zeichnete sich durch den hautengen, ledernen Catsuit ab, den sie trug. Sie war einfach eine Wucht! Der Reißverschluss am Hals war bis zu ihrem Busen aufgezogen und zeigte dort den Ansatz von zwei festen ...

»Cain? Cain!«, drang Crispins Stimme wie ein Bellen in seinen Schädel vor. Langsam tauchte er aus seinem tranceähnlichen Zustand auf. Die Höhle um ihn herum verschwamm vor seinen Augen, der Schmerz in seiner Schulter war wie weggeblasen, sein Herz schlug in einem heftigen Stakkato.

Weg...geblasen.

Cain hätte laut gelacht, wenn er nicht zu sehr mit Luft holen beschäftigt gewesen wäre. Er saß auf dem Karton hinter Mr Fangs Laden. Die Realität hatte ihn wieder.

»Hattest du eine Vision?«, fragte Crispin ihn durch sein Smartphone. Er klang besorgt.

Räuspernd hielt sich Cain das Display vor die Augen und wagte kaum, den blonden Mann anzusehen, dessen Bild ihm immer noch entgegenleuchtete. Wie viel hatte Cris mitbekommen? Hatte er seine Erregung gesehen?

»Ich hatte eine Vision, aber ich glaube nicht, dass sie etwas mit der Mission zu tun hat.« So heftig hatte es ihn noch nie getroffen, denn normalerweise bekam er von seiner Umgebung immer noch alles mit und blieb stets Herr seiner Sinne. Aber Cain wusste, was seine Vorhersehung bedeutete: Sie zeigte seinen Todestag.

»Du hast dich angehört, als würdest du draufgehen. Mann, ich hatte echt Angst um dich!« Crispin kratzte sich an einer Braue. »Also hat sie keinen Hinweis erbracht, wer das Artefakt gestohlen hat oder wo es sich gerade befindet?«

Cain blickte nicht mehr in die Kamera seines Handys, das sein Bild zur Zentrale in Grönland übertrug. Er schüttelte den Kopf. Sein Gesicht musste tomatenrot sein. Noch immer drückte sich sein Schwanz gegen die Jeans. Das Blut rauschte heftig pochend durch seinen Körper. Wer war diese Frau? Cain hatte sich noch nie viel aus dem anderen Geschlecht gemacht, was wohl mit seiner menschlichen Vergangenheit zusammenhing. Er hatte in seinem früheren Leben nicht gerade viele oder angenehme Erfahrungen in Bezug auf Sex gesammelt, aber diese blonde Sirene hatte es irgendwie geschafft, seine verloren geglaubten Triebe zu entfesseln.

»Ich melde mich, sobald ich was herausfinde«, fügte Cain rasch hinzu, bevor Cris Genaueres wissen wollte. Er kappte die Verbindung und fuhr sich durch sein schwarzes Haar.

Tief durchatmend holte er sich noch einmal die heftigen Sinneseindrücke vor sein geistiges Auge. Die Vision war sehr real gewesen. Also schien das gerade Durchlebte in den nächsten Tagen stattzufinden, was nicht hieß, dass es sich unbedingt erfüllen musste. Die Zukunft war noch nicht geschrieben; Abweichungen waren ständig möglich. Außer, diese Erfahrung gehörte zu Cains festgelegtem Schicksal; dem konnte selbst er nicht entkommen.

Er war wirklich nicht wild darauf, bald einen Abgang zu machen; aber wenn er an die schöne Frau dachte, die hingebungsvoll an ihm gelutscht hatte, pochte sein Schwanz schon wieder im schnellen Takt seines Herzens.

Und das … war überhaupt nicht gut.

Kapitel 2 – Verbotene Küsse

»Schaffst du das, Leraja?«, hallte die Stimme der Herrscherin der Unterwelt durch den großen Saal. Obwohl Leraja es vermied, ihre Mutter anzusehen, spürte sie deren stechenden Blick auf sich und unterdrückte ein Schaudern. »Unsere gesamte Existenz hängt von deinem Erfolg ab!«

»Hab ich dich jemals enttäuscht?«, fragte Leraja mit ein wenig Trotz in der Stimme und strich sich eine blonde Strähne hinters Ohr. Dabei starrte sie auf den schwarzen Steinboden, auf dem das Licht der Fackeln tanzte.

Ihr Leben lang hatte sich Leraja doppelt so sehr angestrengt wie die anderen ihrer Art. Alles, was in ihrer Macht stand, hatte sie gegeben, nur um zu beweisen, dass sie mit ihnen mithalten konnte, auch wenn sie keine reinrassige Dämonin war. Was konnte sie denn dafür, dass sich ihre Mutter Xira mit einem Elf eingelassen hatte und ihre Tochter dadurch nur eine Dämonin zweiter Klasse war?

Dennoch waren Lerajas Fähigkeiten denen mancher reinrassiger Unterweltler um ein Vielfaches überlegen, was wohl damit zu tun hatte, dass ihre Mutter die mächtigste Dämonin des Reiches war. Leider hatte Leraja ihren Vater nie kennengelernt und ihre Mutter redete nicht über ihn.

»Ich verlasse mich auf dich und deine besonderen Fähigkeiten, Tochter«, erinnerte sie Xira noch einmal mit Nachdruck und zwang Leraja mental, ihr in die schwarzen Augen zu sehen, deren Iriden sich zu bewegen schienen wie dunkles Wasser. Die Augenfarbe und vereinzelte silberfarbene Strähnen in Lerajas blondem Haar waren die einzigen Merkmale, die sie und ihre Mutter wirklich voneinander unterschieden. Tatsächlich sahen sie sich fast so ähnlich wie Zwillinge, nur dass Leraja vielleicht noch ein wenig feinere Gesichtszüge besaß. Elfengleich eben. Außer, Xira zeigte sich in ihrer wahren dämonischen Gestalt, was sie aus reiner Eitelkeit allerdings selten tat. Dann hatte die Fürstin nämlich eher Ähnlichkeit mit einer Ziege. *Meckerziege* nannte Leraja ihre Mutter deshalb oft. Natürlich nur in Gedanken.

»Das wird deine Prüfung sein, ob du als zukünftige Herrscherin taugst. Wir alle verlassen uns auf dich, finde den verdammten Kelch!« Mit diesen Worten entließ ihre Mutter sie.

Die Verantwortung lastete schwer auf Leraja, als sie durch den großen Saal schritt, die Schultern gestrafft und den Blick auf die große Flügeltür gerichtet. Zwei Wachen mit rattenähnlichen Köpfen öffneten ihr.

Als sie allein in einem in den Fels gehauenen Gang stand, der nur durch wenige Fackeln erleuchtet wurde, fluchte sie leise. Ihr Blut pulsierte vor Aufregung so laut durch ihre Ohren, dass sie kaum klar denken konnte. Endlich konnte sie allen beweisen, dass sie eine erstklassige Dämonin war, doch wo sollte sie nur die Suche nach dem Kelch beginnen?

Sie entschied sich für New York, wo sich die Spur verloren hatte. Mit der Hand beschrieb sie einen Kreis an der Wand; es knisterte und roch nach Ozon, als ein bläulich schimmerndes Portal erschien. Jetzt sah es so aus, als befände sich in der Felswand ein riesiges Guckloch, dessen Rand mit einem blauen Feuer gesäumt war. Es gab den Blick auf ein hohes Geländer aus Metall frei.

Als Leraja hindurchstieg, schloss sich das Tor hinter ihr sofort. Sie befand sich genau dort, wo sie sich hingewünscht hatte: auf dem oberen Aussichtsdeck des Empire State Buildings in New York. Da es Nacht war, hielt sich niemand dort auf.

Vor Kurzem hatte ein Informant ihr mitgeteilt, dass aus einem Laden in Chinatown die erste Zutat für den Kelch entwendet worden war. Da die »andere Seite« längst Bescheid wusste, ergab es keinen Sinn, nach weiterem Drachenblut zu suchen, das für die Dämonen sehr wertvoll war, weil damit die schwärzesten Zauber gelangen. Es würde nichts mehr zu finden sein. Verdammt, die anderen waren einfach immer schneller! Zu blöd, dass sie nicht eher von dem Laden erfahren hatten. Angeblich hatte der Chinese die Truhe verwahrt, welche die Engel dem Besitzer eines Dämonenklubs abgenommen hatten. Mustaff versteckte sich seitdem; zu groß war die Schmach.

»Versager«, murmelte Leraja, woraufhin sich ihr Magen verkrampfte. Sie wollte nicht, dass sie ein ebenso peinliches Schicksal ereilte.

Kühler Wind blies ihr das blonde Haar aus der Stirn, als sie zum gewaltigen Sendemast hochschaute, der die Spitze des Gebäudes bildete und mit weißen Scheinwerfern angestrahlt wurde. Sie liebte es, an der Oberfläche zu sein, und sie liebte diesen Sündenpfuhl, denn in New York gab es besonders viele verdorbene Seelen – was wenig Arbeit für sie bedeutete. Deshalb entspannte sie sich hier gerne, wenn sie in der Unterwelt nicht gebraucht wurde, indem sie ins Kino ging oder mit einem Motorrad durch die überfüllten Straßen raste, um den Autos in halsbrecherischen Aktionen auszuweichen. Das war Adrenalin pur! Nicht nur deshalb trug sie überwiegend einen schwarzen Overall aus weichem Leder. Spätestens, seit sie den Film »Kill Bill« gesehen hatte, verglich sie sich mit Uma Thurman in der Rolle der Beatrix Kiddo alias Black Mamba.

Leraja schlenderte zum Geländer, um nach unten zu spähen. Dabei zog sie ein Smartphone aus der Tasche ihrer Lederjacke. Es war eine Marke der Konkurrenz. Sie hatte es vor einigen Wochen von einem Handlanger ihrer Mutter erhalten, der das Gerät einem jungen Engel gestohlen hatte. Leraja hoffte, eine Nachricht abzufangen, die ihr sagte, wo der Kelch aktiviert worden war, aber das konnte bei ihrem Glück und der dämonischen Technik noch Stunden dauern.

Nur eine Zutat pro Tag, wusste sie, und noch sechs Tage bis zum Blutmond.

Den Dämonen war es gelungen, die Satellitenortung ihrer Erzfeinde anzuzapfen, welche auch die Energie-Signaturen weltweit überwachte. Leraja konnte jetzt anhand unterschiedlicher Signale erkennen, wer Mensch, Engel oder Dämon war, wobei sie einen Engel schon auf eine halbe Meile Entfernung fühlte. Doch die Dämonen mussten spezielle Nachrichten separat abfangen, zum Beispiel, wo der Kelch aktiviert wurde. Diese Informationen übermittelte eine Art Zentrale an die wachhabenden Engel. Deshalb wussten die Dämonen zwar über jeden Schritt Bescheid, doch leider immer ein wenig zu spät. Da Leraja nur abwarten konnte, bis über ihr Gerät eine neue Meldung hereinkam, hatte sie jetzt wieder frei.

Seufzend blickte sie nach unten auf die Fifth Avenue. Auch um diese späte Stunde fuhr noch eine Vielzahl gelber Taxis durch die hell erleuchteten Straßen von New York. Es war eine schöne Gegend, besonders nachts. Weiter hinten trennte der East River wie ein schwarzes Band die Stadt. Leraja bewunderte noch für eine Weile die Aussicht, bevor sie ihr Gerät auf einen dämonischen Satelliten umschaltete. Sie sollte ihre Zeit lieber nicht vertrödeln, sondern ihre Mutter stolz machen. Jede zusätzliche Seele, die sie neben der Suche nach dem Artefakt beschaffte, wäre ein Pluspunkt auf ihrem Dämonenkonto.

Wenn es ihr nur endlich einmal gelingen würde ...

Ein interessantes Signal, ganz in ihrer Nähe, ließ sie gebannt auf ihren Detektor blicken. Das Navi zeigte auch reine, unverdorbene Seelen an. Diese sendeten eine bestimmte Frequenz aus, und die Dämonen hatten es geschafft, diese Signale herauszufiltern und auszuwerten. Der hellblaue, blinkende Punkt deutete auf ein beinahe perfektes Wesen hin – ja, es könnte glatt ein Engel sein, so rein war die Signatur! Aber nur fast, denn der Punkt war ja nicht weiß. Sollte es sich tatsächlich um einen echten Engel handeln, würde Leraja das zusätzlich spüren können, wenn sie ihm nah genug war.

Ihr Herz schlug schneller, jetzt könnte sie einen ganz großen Fang machen! Sofort erschuf sie ein weiteres Portal an der Wand des Empire State Buildings, durch das sie eine schmutzige, dunkle Gasse in Chinatown betrat.

Leraja sah ihn sofort: Ein schwarzhaariger Mann in T-Shirt und Cargohose kniete auf dem Teer und ließ etwas dicht über dem Boden vor sich gleiten, irgendein kleines, technisches Gerät. Er war so in seine Arbeit versunken, dass er Leraja nicht bemerkte.

Nein, sie spürte keine göttliche Macht. Dieser Kerl schien ein gewöhnlicher Mensch zu sein. Was suchte er in dieser gefährlichen Gegend? Und dann auch noch in direkter Nähe des Ladens, aus dem das Drachenblut gestohlen worden war! Ob das der Kelch-Räuber war? Wohl eher nicht, der war gewiss nicht so dumm, sich hier blicken zu lassen. Dennoch verhielt sich der Mann sehr verdächtig, wie er in der Hocke den Straßenbelag scannte.

Leraja räusperte sich, woraufhin der Kerl sofort aufsprang und herumwirbelte.

Wow, was für ein Sahneschnittchen! Vor Aufregung schlug ihr Puls schneller, und sie konnte ihn nur mit offenem Mund anstarren. Es lohnte sich, den Typen vorher noch mächtig ranzunehmen!

Er wirkte kurz alarmiert, aber sofort glätteten sich seine Gesichtszüge und er fuhr sich durch sein kurzes Haar, um es nur noch mehr zu verstrubbeln.

Leraja schätzte ihn auf höchstens dreißig Menschenjahre. Er war nicht recht groß, aber immer noch einen halben Kopf größer als sie. Besonders die eisblauen Augen und der sinnliche Mund waren Hingucker – und erst sein Körper! Sein Brustkorb war breit und die Arme gut durchtrainiert, aber nicht zu massig, und die Beine wirkten trotz der, für dämonische Verhältnisse, geringen Körpergröße von etwa einem Meter achtzig nicht stämmig.

Sie seufzte leise und war ganz von ihrer Schwärmerei gefangen genommen, wobei sie sogar vergaß, weshalb sie überhaupt hier war. Erst als er höflich fragte:»Haben Sie sich verlaufen, Lady?«, und schnell das Gerät in einer seiner vielen Hosentaschen verschwinden ließ, kam ihr Bewusstsein wieder in die Realität zurück.

»Lady?« So hatte sie ja noch nie jemand genannt. Für einen Moment war Leraja sprachlos; immerhin setzten sich ihre Beine in Bewegung und sie ging auf das Prachtexemplar zu. Schnuckelig und rein – das musste ihre Glücksnacht sein!

»Sie sollten sich um diese Uhrzeit nicht in so einer Gegend herumtreiben«, sagte er. Sogar seine Stimme klang sexy! Leraja schmolz dahin.

»Soll ich Ihnen ein Taxi rufen?«

»Ich habe keine Angst vor bösen Buben. Sie sollten eher *mich* fürchten.« Grinsend drängte sie den attraktiven Kerl an eine Hausmauer, legte die Hände auf seine Schultern und ließ ihr Becken kreisen. Hmm, wie gut er roch! Nach Wald und Mann. Ihr Herzschlag legte noch mal an Tempo zu.

Erst wirkte er verdutzt, doch dann wurden seine Augen groß.»Gott, ich kenne dich!«

Bei »Gott« zuckte sie leicht zusammen, aber das war ein ganz normaler Reflex bei Dämonen, obwohl dieses Wort ihnen nichts anhaben konnte.

Ich denke nicht, dass wir schon einmal das Vergnügen hatten, Süßer, dachte sie und sagte:»Schön, dann können wir ja gleich zur Sache kommen.«

Sie konzentrierte sich und brachte ihre Iriden zum Glühen. Damit versetzte sie die Menschen in eine Art Trance. Das machte es leichter, sich von ihren Seelen zu nähren.

Wie erregend gut er duftet und wie warm sein Körper ist … Was für eine Schande, so einen süßen Kerl zu verderben, aber wahrscheinlich klappt es ja doch wieder nicht, überlegte sie, als sie ihre Lippen auf seinen herrlichen Mund pressen wollte, um das Gute aus ihm herauszusaugen. Aber im letzten Moment, als ihre Hände tiefer wanderten, fühlte sie etwas Hartes unter ihren Fingern. Der Kerl trug eine Schutzweste!

So viel zur muskulösen Brust.

Doch dann dämmerte es ihr urplötzlich; ihr Herz setzte einen Schlag aus.

»Jäger«, zischte sie. Verdammt, der Süße war ein Dämonenjäger! Er hatte sich ja gleich so verdächtig verhalten.

Er wirkte abermals überrascht und starrte sie mit offenem Mund an, wahrscheinlich, weil sie ihn erkannt hatte, aber noch bevor er reagieren konnte, drückte sie ihren Mund auf seine Lippen.

Teufel noch mal, wie weich sie waren und wie köstlich sie schmeckten! Vor ihren Augen drehte sich sein Gesicht und ihr Blut schoss wie ein Schnellzug durch ihre Adern. Ihre Nasen berührten sich, und Leraja presste sich mehr an seinen festen Körper, weil ihre Knie einzuknicken drohten. Was war nur los mit ihr? Warum machte der Mensch sie so schwach?

Sie drängte ihre Zunge in ihn, um noch mehr von ihm zu kosten. Der sexy Typ keuchte in ihren Mund und riss die Lider auf, sodass Leraja im hellen Blau seiner Augen beinahe ertrank ... Das alles dauerte nur Bruchteile von Sekunden, bis ihr wieder einfiel, dass sie ihn ja verderben wollte. *Denk an deine Karriere!*, ermahnte sie sich. *Zeig's dem Jäger!* Leraja musste schnell machen, also konzentrierte sie sich – doch der Kuss traf sie wie ein elektrischer Schlag; es knisterte hörbar.

Kein Jäger!

Schlimmer noch ...

Benommen taumelte sie mehrere Meter zurück, die Finger an ihren Lippen, auf denen sie immer noch eine uralte Macht fühlte. »Engel«, flüsterte sie, zutiefst erschrocken über sich selbst, weil sie ihn nicht erkannt hatte. Aber ihr Detektor hatte ihn auch nicht als Engel angezeigt.

Der Kerl war ihr Erzfeind! Sein verdammt attraktives Äußeres hatte sie geblendet; so etwas war ihr noch nie passiert! Sie taumelte immer noch, zu geschwächt, um irgendetwas zu tun, doch langsam fühlte sie, wie ihre Kräfte zurückkehrten.

»Richtig geraten, Dämonin«, erwiderte er und warf einen Blitz nach ihr, der direkt aus seiner Handfläche geschossen kam.

Leraja duckte sich gerade noch rechtzeitig, sodass der Blitz hinter ihr die Mauer traf und ein kleines Stück davon absprengte.

Der Engel wollte ihr ans Leder? Das wurde ja alles immer seltsamer. Nun gut, sie würde nicht wehrlos draufgehen!

Sie konzentrierte sich, um Energie in ihrer Handfläche zu bündeln, denn was er konnte, konnte sie schon lange. Innerhalb einer Sekunde bildete sich ein knisternder Ball aus grellem Licht darauf. Als er groß genug war, warf sie ihn nach dem Engel.

Der wich dem Geschoss jedoch ebenso geschickt aus wie sie zuvor seinem. Sofort kam ein weiterer Blitz zurück, der sie nur knapp verfehlte.

Verdammt, woher konnte der Engel so gut kämpfen? Ja, warum kämpfte er überhaupt gegen sie? Das war nicht deren Art. »Die da oben« versuchten doch sonst immer für alles eine friedliche Lösung zu finden.

So flogen ihre Geschosse eine Weile hin und her, bis sie beide mit von der Mauer abgesprengtem Putz und Staub bedeckt waren – dann hatte Leraja keine Lust mehr auf dieses Spielchen und ging zum direkten Angriff über. Mit einem Zwei-Meter-Sprung warf sie sich auf den Engel. Der prallte nach hinten auf den Boden, die Augen überrascht aufgerissen, und sie begrub seinen Körper unter sich, wobei sie ihm die Arme über dem Kopf zusammenhielt.

Damit hatte er wohl nicht gerechnet!

Ihr Busen drückte sich gegen seinen Brustpanzer und ihr Unterleib gegen den seinen. Abermals bewegte sie die Hüften. Ihr machte es Spaß, den Engel auf diese Weise zu ärgern. Was sie in seiner Hose spürte, war nicht zu verachten.

Sie setzte sich etwas auf und verstärkte den Griff um seine Arme. Hmm, wie herrlich weich seine Haut war und wie hart seine Muskeln. Er war einfach supersexy! Vor Anstrengung traten seine Adern an den Armen hervor; seine Muskeln schwollen weiter an.

Nicht ablenken lassen!, schalt sie sich jedoch sofort. Der Engel war verdammt stark. Dagegen kam sie mit ihren Dämonenkräften kaum an! Aber sie hatte ja noch ein Ass im Ärmel.

»Deine Augen … Warum leuchten sie nicht?«, fragte sie schwer atmend.

Der Engel runzelte die Stirn.

Er spielte den Naiven, na schön. »Wenn man einem Engel tief in die Augen blickt, erkennt man ein goldenes Leuchten, seine vollkommene Seele«, zischte sie. »Nur bei dir nicht!«

»Ich bin eben nicht vollkommen«, erwiderte er trocken. Leraja spürte, wie er mit sich kämpfte, weil ihr Becken immer noch auf seiner empfindsamsten Stelle kreiste. Anscheinend waren die Himmelswächter doch nicht so frigide, wie man ihnen nachsagte, denn sein bestes Stück hatte spürbar an Volumen zugelegt. So ein Mist! Das ließ sie natürlich auch nicht kalt. Egal, es verbot ihr ja niemand, Spaß mit ihm zu haben.

»Und wo sind deine Flügel? Wieso hast du keine?«

»Weil sie unpraktisch sind und unter den Menschen nur Aufsehen erregen würden?«, äffte er, als ob sie die Antwort nicht längst kennen würde.

Leraja wusste natürlich, dass es auch Engel gab, die keine Flügel besaßen, nur der Grund war ihr neu. Das sollte sie ihrer Mutter erzählen. Waren die Engel gerade dabei, sich unbemerkt unter die Menschen zu mischen, damit die Dämonen sie nicht mehr verderben konnten? Leraja hatte diesen Himmelsburschen nicht erspürt. Verflucht, hatten »die da oben« etwa einen Weg gefunden, ihre reinen Schwingungen nach außen hin zu blockieren?

»Flügel sind schon seit zwei Jahrzehnten nicht mehr in Mode, Dämonin«, setzte ihr sexy Erzfeind noch hinzu.

Okay, wieder was dazugelernt, dachte Leraja. »Du gefällst mir immer besser,

Sonnenschein. Männer mit Federn finde ich sowieso äußerst unattraktiv. Der Flaum bleibt beim Lecken so leicht an der Zunge kleben.« Sie grinste breit, weil sie bemerkte, wie er auf ihre Worte reagierte. »Bist wohl auch hinter dem Kelch her?«, fragte sie und genoss seine Hitze an ihrem Schoß.

»Schlaues Mädchen.« Seine Antwort war eher ein Brummen.

Leraja schmunzelte. »Böser Engel!« Es machte richtig Spaß, ihn zu reizen. Sie züngelte über seine Wange und den bartschattigen Bereich darunter. Dabei rieb sie ihren Körper wie eine Schlange an ihm. Mmm, er duftete so gut. Nach Mann und frischer Luft, himmlisch! Langsam wurde sie süchtig nach seinem Geruch.

Vehement versuchte er, ihrer Zunge zu entkommen, indem er den Kopf wegdrehte. »Nicht *böser Engel*, sondern Cain«, presste er heraus, weil er sich wieder wehrte und ihn das offensichtlich ziemlich anstrengte.

Jetzt war es Leraja, die ihn fragend ansah.

Er verdrehte gespielt die Augen. »Ich bin Cain und du bist ...«

»Cain«, sagte sie. »Was für ein ungewöhnlicher Name für einen Engel. Ein wenig unpassend, findest du nicht?« Sie lachte und hauchte ihm dann ins Ohr: »Brudermörder.«

Plötzlich nahm sein Gesicht eine rötliche Färbung an. »Falsche Antwort!«, schleuderte er ihr entgegen und drückte sie wütend von sich, sodass sie auf dem Rücken landete. »Dir werde ich noch Respekt einbläuen!«

Nein, so sprach kein Engel. Wer war er nur? Der Kerl war faszinierend.

Cain versuchte, sie in den Schwitzkasten zu nehmen, was ihm aber nicht gelang. Auf dem harten Boden rangen sie miteinander und gerieten immer mehr in einen Hinterhof, der von einer schmutzigen Laterne erleuchtet wurde.

Leraja musste andere Geschütze auffahren. An Energiebälle war nicht zu denken, denn sie könnte sich damit womöglich selbst verletzen. Ihre Fingernägel wuchsen und wurden zu rasiermesserscharfen Krallen, während sie mit dem Engel über den Boden rollte. Sie schlug ihre Krallen in seine nackten Oberarme, obwohl es ihr selbst beinahe physisch wehtat, dieses attraktive Wesen zu verletzen. Sein weißes T-Shirt war bald nicht nur vom Staub befleckt, sondern auch von seinem Blut. Doch er ließ sie nicht los, stattdessen versuchte er immer wieder, sie unter sich zu bringen und auf den Boden zu pressen.

Nur ein leiser Schmerzenslaut entfuhr ihm und er zuckte kaum merklich, als sie ein Stück seiner Haut abriss. »Das hat wehgetan.« Seine Wunden schlossen sich jedoch schnell wieder; zurück blieben nur hauchfeine Narben.

»Selbst Schuld, Sonnenschein, du musst nur aufhören, dich zu wehren!« Verdammt, sie hatte richtig Hemmungen, ihm ernsthaft wehzutun. Was war nur los mit ihr? Benutzte er so was wie ein Dämonen-Abwehr-Aphrodisiakum, um sie zu schwächen? War das die neue Geheimwaffe der Engel? Sie durfte sich davon nicht verunsichern lassen!

Leraja schlug wild um sich, bis sein Shirt in Fetzen hing, doch sein Körper war durch die Weste geschützt.

Verzweifelt bemerkte sie, dass ihre Kräfte immer mehr schwanden. Bei ihrer eher kleinen und zierlichen Gestalt stieß sie rasch an ihre Grenzen. Es dauerte nicht lange, da lag sie plötzlich über seinem Knie.

»Was mach ich jetzt nur mit dir?«, murmelte er, kaum außer Atem.

Leraja wusste, dass er sie niemals vernichten würde, denn Engel waren Weicheier, obwohl ... Dieser hier war schon eine untypische Lichtgestalt. Stark, aufbrausend, sexy. Es hatte tatsächlich so ausgesehen, als wolle er sie auslöschen! Doch jetzt gönnte er ihr netterweise eine Verschnaufpause, nur war es etwas unbequem auf seinem Oberschenkel. Was hatte der Kerl nur alles in seinen Hosentaschen? Etwas Hartes drückte sich in ihren Bauch.

In diesem Moment sauste seine Hand auf ihre Pobacke, was auf ihrem Lederoverall ein knallendes Geräusch erzeugte.

Sprachlos und wie versteinert lag sie für einen Moment auf seinem Bein. Was sollte das denn jetzt?

Klatsch!

Schon wieder hatte er sie geschlagen und das nicht gerade sanft!

Seine Hand ruhte eine Weile auf ihrer Pobacke, streichelte und betatschte sie fast unmerklich, bevor er wieder ausholte, um zuzuschlagen.

Das reichte!

Bevor sein Arm erneut heruntersausen konnte, wand sie sich von seinem Schoß und sprang auf.

Auch Cain erhob sich mit erstaunlicher Geschwindigkeit und drückte sie gegen die Hausmauer. »Schön hier geblieben, kleine Dämonenbraut«, sagte er mit heiserer Stimme. »Ich werde jetzt mein Team anrufen, damit sie dich abholen.«

Jetzt wurde Leraja neugierig. »Welches Team?«

»Das geht dich nichts an.«

»Und was werden die mit mir machen?«, fragte sie frech. Wenn die alle so sexy waren ... *Shit, Leraja, reiß dich endlich zusammen!*

»Dich wegsperren, bis die Kelchsache erledigt ist.«

Nein, das ging auf keinen Fall! Ihr Selbsterhaltungstrieb übernahm endlich die Kontrolle über ihr Handeln. Ihre Körperkräfte waren zwar aufgebraucht, aber diesen seltsamen Engel konnte sie auch anders außer Gefecht setzen. Er war auch nur ein Mann; zumindest steckte er gerade in einer menschlichen Hülle. Deshalb rammte sie ihm ohne Umschweife ihr Knie in den Schritt.

Cain stöhnte auf und krümmte sich auf dem Boden zusammen. »Miststück!«, zischte er, wobei er ihr einen düsteren Blick zuwarf.

Nein, so sprach kein Engel.

»Verdammtes Teufelsweib!«

Und er fluchte auch noch! »Na, wenn das der Papi hört«, spottete Leraja, setzte sich wieder auf seinen Schoß und drückte ihm die Arme über dem Kopf zusammen. Jetzt atmete auch er schwer. Sie brauchten beide eine Auszeit, doch sie spürte, dass ihn ihr Spiel nicht kalt gelassen hatte. Seine Erektion presste sich gegen ihre Mitte. Sie selbst war feucht, ihr Höschen klebte in ihrem Schritt. Hatten die Schläge sie etwa angeturnt? Normalerweise war *sie* es doch, die Schläge verteilte!

Nun … Vielleicht sollte sie sich auch mal ein gutes Spanking gönnen. Es hatte sich auch nicht schlecht angefühlt, als er ihre Pobacken gestreichelt hatte.

»Pattsituation«, sagte sie. Leraja konnte ihm nicht die Seele rauben und Cain konnte sie offensichtlich nicht auslöschen. »Was sollen wir jetzt machen, mein Engel der Nacht?«

Während sie auf eine Antwort wartete, nutzte sie den Umstand, dass Cain unter ihr lag, noch dazu offensichtlich erregt, und wisperte einen einfachen elbischen Zauberspruch, der seine Arme in Position hielt. Sie löste ihre Finger von seinen Handgelenken, um ihm über das Gesicht zu streicheln.

»Mein hübscher, unvollkommener Engel«, flüsterte sie, froh, dass ihr ein Spruch eingefallen war. Zuvor hatte sie sich nicht richtig konzentrieren können, denn Cains Nähe brachte sie ziemlich durcheinander.

»Nimm deine Pfoten von mir, Dämonin!« Seine Stimme klang beinahe wie ein Knurren und Leraja erkannte, wie er mit sich kämpfte. Er sah verdammt wütend aus. »Was hast du gemacht!?«

»Ein bisschen gezaubert«, murmelte sie und ein Gedanke formte sich in ihr: Falls sie es schaffte, seine unkeuschen Lüste zu entfesseln, würden ihn »die da oben« bestimmt verstoßen, womit das Spielfeld ihr allein gehörte – keine Konkurrenz auf der Suche nach dem Kelch.

Ja, der Gedanke, das süße Engelchen zu verderben, gefiel ihr!

Sie fixierte seine Beine ebenfalls mit einem Zauber und ging in die Hocke. Cain lag nun wie ein X unter ihr.

Teufel noch mal, sie stand auf devote Männer! Auch wenn dieser Typ unfreiwillig zu ihrem Unterlegenen wurde. So ein wehrloser Mann hatte einfach was. In ihrem Schoß wurde es noch feuchter; ihre Brustspitzen drückten sich hart gegen die Lederjacke.

Sie würde nicht viel Zeit haben, denn so mächtige Zaubersprüche beherrschte sie nicht, sondern nur die aus dem Buch »Elbische Zaubersprüche für Anfänger von Eldarwen Laindirmyl«, aber das würde ausreichen, um ihn ein wenig zu ärgern.

»Das ist keine Dämonenmagie!«, rief er, seine wunderschönen blauen Augen weit aufgerissen. »Verdammt!«

»Wir scheinen beide nicht ganz dem Klischee zu entsprechen, sonst wärst du schon lange ein Häuflein Asche«, erwiderte sie und fasste Cain dreist in den Schritt.

Er wurde ganz still, seine Lippen zu einem stummen Schrei geöffnet, die Hände zu Fäusten geballt. Keuchend entließ er seinen angestauten Atem und murmelte weitere Flüche. Sein Gesicht hatte sämtliche Farbe verloren. Warum ihn kein Blitz traf, war ihr unverständlich, »der da oben« wusste doch sonst immer alles.

Neugierig befühlte sie sein Geschlecht und betastete dessen Länge. Es war also noch nicht verkümmert. Schön! Damit ließe sich was anfangen. Das Kribbeln in ihrem Schoß steigerte sich zu einem Pochen.

Cain zuckte unter ihr und spie ihr entgegen, was er mit ihr anstellen würde, wenn er wieder frei war. Je schlimmer seine Drohungen wurden, desto fester rieb sie.

»Das gefällt dir, Sonnenschein, was?« Teufel noch mal, er war aber auch süß! Lerajas Schoß pochte immer heftiger, je länger sie seinen Schwanz durch die Hose massierte. Er wurde noch härter und drückte sich gegen den Stoff.

»Das muss ja unangenehm sein«, säuselte sie und begann, die Knöpfe am Schritt zu öffnen.

»Untersteh dich!«, knurrte er. Schweiß glänzte auf seiner Stirn; sein Körper bebte. Vehement versuchte er, sich von ihrem Bann zu befreien, aber als sein Ständer hervorsprang und sie ihn mit der Hand umschloss, keuchte Cain auf. Reglos blieb er liegen, als hätte ihn jetzt doch der Blitz getroffen.

Im schwachen Schein der Lampe erkannten ihre scharfen Augen jede Ader, die sich an seinem Schaft entlangwand, vom unteren Rand der Eichel bis zum Ansatz seines Schamhaars. Der männlich-markante Duft, der von seinem Geschlecht aufstieg, war mehr als verlockend. Wasser sammelte sich in ihrem Mund. Am liebsten hätte sie seine pulsierende Härte gleich eingesaugt. Aber dann würde sie Cains Gesicht nicht mehr sehen, in dessen Zügen eine süße Qual lag, die ihr mehr Befriedigung verschaffte, als wenn sie ihn jetzt einfach nehmen würde. Daher genoss sie seine hilflosen Reaktionen, während sie sich an seinem Oberschenkel rieb. Leraja konnte kaum begreifen, dass sie einem Engel einen runterholte.

Einem ENGEL!

Das gab bestimmt noch mehr Punkte, als wenn sie seine Seele ergattert hätte!

Sein Schwanz lag unwahrscheinlich gut in ihrer Hand, was wohl daran lag, dass er keine dämonischen Ausmaße besaß, sondern ganz normal war. Das gefiel ihr. Das machte ihn so … verletzlich.

Ununterbrochen schob sie die zarte, samtene Haut über dem harten Kern auf und ab.

»Hör auf«, sagte Cain schwach. Mittlerweile lag er nur noch bewegungslos, aber leicht zitternd, unter ihr. Den Kopf hatte er zur Seite gedreht und er atmete schwer. Tröpfchen perlten aus dem Schlitz an seiner Spitze, die ebenso rot war wie Cains Gesicht. Lerajas Zauber musste längst seine Wirkung verloren haben, aber Cain schien es nicht zu bemerken.

Sollte sie ihn nicht doch in den Mund nehmen? Sie wollte seine Creme kosten, die er sicher bald verschießen würde. Doch auf einmal bekam sie Gewissensbisse, was ihr in der gesamten semidämonischen Laufbahn noch nie passiert war, aber da sprach bestimmt der Elfenanteil in ihr.

War es wirklich richtig, einen Engel gegen seinen Willen zu nehmen? Doch Cain schien es ja jetzt zu genießen; zumindest wehrte er sich nicht mehr.

Als sie mit dem Daumen über seine Spitze rieb, um seine Lust zu verteilen, schloss er die Augen und bog den Rücken durch. Seine Hüften zuckten; fest trieb er seinen Schwanz in ihre Faust.

»Komm für mich, Sonnenschein«, flüsterte Leraja, hielt seinen Penis fester und glitt schneller an ihm entlang. Mann, er war einfach süß – hilflos und atemberaubend. »Befreie dich von dem Druck, komm in meiner Hand.«

Cains plötzliches Aufstöhnen klang dermaßen erregend, dass sie selbst beinahe kam, obwohl sie sich lediglich an seinem Oberschenkel rieb. Jede Zelle ihres Körpers schien zu vibrieren, ihr Herz raste und eine süße Qual, die sie nicht zuordnen konnte, nahm von ihr Besitz. Das Gefühl zentrierte sich genau hinter ihrem Brustbein. Es war ein köstliches Ziehen, das ihre Lust noch steigerte.

Cains Hände ballten sich immer wieder zu Fäusten. Er warf den Kopf hin und her – bis plötzlich ein Summen ertönte, das sie beide abrupt innehalten ließ.

Endlos erscheinende Augenblicke starrten sie sich an, während sein nacktes Geschlecht in ihrer Hand pochte, kurz davor, seinen Saft zu verspritzen. Dann stieß Cain sie allerdings von sich. Er sprang auf, verpackte mit zitternden Händen seine Erektion und holte ein Smartphone aus der Hosentasche.

Verdammter Mist, beinahe wäre sie gekommen!

Er hatte also doch nicht mehr unter ihrem Zauber gestanden, was sie einerseits freute, weil er es offensichtlich genossen hatte, andererseits aber enttäuschte, wo sie so kurz davor gewesen war, ihn zum Höhepunkt zu bringen. Sie hätte dieses Erlebnis so gerne mit ihm geteilt.

»Crispin?«, sagte er atemlos in das Gerät. Mit böse funkelnden Augen und einem Energie-Blitz, den er in seiner Faust hielt und auf sie richtete, gab er ihr zu verstehen, dass sie verschwinden sollte, aber Leraja verschränkte nur die Arme.

»Was ist los mit dir, Kumpel? Wieder eine Vision gehabt?« Angestrengt lauschte sie der Männerstimme aus dem Gerät.

»So ähnlich«, murmelte er und ging einige Schritte von ihr weg, wobei er sie immer im Auge behielt. Aber sie schlenderte ihm nach und machte obszöne Gesten mit der Zunge, um ihn aus dem Konzept zu bringen.

»Und seit wann nennst du mich Crispin?« Ein Lachen drang aus dem Hörer. »Deine Visionen verbruzzeln noch dein Hirn.« Aber schnell wurde er ernst. »Ein unverkennbarer Energie-Impuls wurde in Griechenland gemessen, auf der Insel Kreta«, hörte Leraja diesen Crispin aus dem Handy, obwohl Cain es nicht laut gestellt hatte. Sie strich sich die Haare hinter ihr spitzes Ohr und lauschte konzentriert.

»Ich geb dir mal die Koordinaten durch«, sagte der Engel am anderen Ende der Leitung, und noch bevor Cain »Moment mal …« zu Ende gesprochen hatte, flüsterte Leraja: »olgd`dschok«, und brachte ihn mit diesem elbischen Zauberspruch zum Verstummen.

Cain sah sie nur mit aufgerissenen Augen an und griff sich an die Kehle, während Crispin munter weitersprach.

Schnell zog sie ihr Navi aus der Jackentasche und gab die Koordinaten ein, denn die dämonischen Techniker waren meist nicht so auf Zack, weil sie sich gerne vor der Arbeit drückten. Nicht umsonst hatte ihre Mutter Xira Leraja ausgewählt. Durch den Elfenanteil in ihrem Blut gehörte sie zu den ehrgeizigsten Unterweltlern. Sie würde alles tun, um an das Artefakt zu kommen. Jetzt besaß sie den genauen Standort, an dem der Kelch zuletzt benutzt worden war. Auch wenn sie sich keine großen Chancen ausmalte, dass der Dieb noch vor Ort war, käme sie vielleicht an weitere Informationen über ihn oder den Verbleib des Artefaktes.

Als Crispin etwas über einen Sondereinsatz erzählte, wurde sie noch einmal hellhörig, doch Cain drückte hastig auf sein Smartphone, um die Verbindung zu unterbrechen. Dann hob er die Hand, in der er immer noch den todbringenden Blitz hielt.

Leraja machte sich schleunigst daran, zu verschwinden. Mit dem Zeigefinger zog sie einen Kreis auf die Hauswand, woraufhin Sonnenlicht durch das neu entstandene Loch strömte und den Hinterhof erhellte. Sie blickte auf einen langen, felsigen Strand und das Meer. Bevor sie hindurchstieg, tätschelte sie noch schnell Cains Wange und flüsterte »Danke, Engelchen, für alles« und löste seine Stummheit mit einem gemurmelten »engd`dschok«.

Dann hechtete sie durch das Portal.

Kapitel 3 – Verfluchtes Teufelsweib

Cain war außer sich vor Wut und unterdrückter Lust. Sein Schwanz pochte und spannte in seiner Hose. Er war so hart, dass Cain befürchtete, er könne gleich platzen. Außerdem bekam Cain in seiner Schutzweste kaum noch Luft, obwohl sie recht dünn und leicht war, noch dazu speziell auf seinen Oberkörper zugeschnitten. Er fuhr mit einer Hand unter sein durchlöchertes Shirt, um an einer Seite die Klettverschlüsse, die die elastischen Platten am Körper hielten, zu lösen, und atmete tief durch.

Dieses Miststück!

Er durfte sich jetzt nicht von ihr ablenken lassen. Die Mission ging vor! Sofort drehte er sich blitzschnell im Kreis, bis er sich in eine feinstoffliche Erscheinung aus Rauch verwandelte, die wie eine säulenartige Explosion in den Nachthimmel schoss. In dieser Form erregte er am wenigsten Aufsehen. Engel wie er, die auf der Erde arbeiteten, hatten sich den Menschen so weit angepasst, dass sie nicht auffielen. Nur die Wächter im Himmel besaßen ausladende Schwingen aus weißen Federn. Allerdings verließen sie die höheren Ebenen nur selten.

Cain war der Superman unter den Engeln, weil er sich am schnellsten fortbewegen konnte, aber die Dämonen waren dank ihrer Portale schneller. Dafür besaßen die Engel die bessere Technikausrüstung, was ihr Defizit ausglich. Aber jetzt war Cain etwas passiert, was ihn zutiefst ärgerte: Die Dämonin hatte ihn hinterhältig hereingelegt! Sie hatte seine Lüste geweckt und mit ihm gespielt, um ihn dann eiskalt fallen zu lassen, als sie gehabt hatte, worauf sie offensichtlich die ganze Zeit aus gewesen war: die Koordinaten.

Und jetzt befand sie sich schon auf Kreta, während er mindestens zwei Minuten brauchte, um die halbe Welt zu umfliegen, der aufgehenden Sonne entgegen. Der Atlantische Ozean, Spanien, das Mittelmeer und Sizilien zogen pfeilschnell unter ihm vorbei. Den Blick hatte er immer auf sein Smartphone gerichtet, das in seiner nebelartigen Hand lag und ihn navigierte, bis er sich in einer winzigen Bucht im südlichen Teil von Kreta wieder materialisierte.

Die Sonne, die noch nicht sehr hoch am Himmel stand, blendete ihn. Es war früher Vormittag. Hastig blickte er sich um. Vor und hinter ihm zogen sich scharfkantige Gesteinsbrocken den schmalen Strand entlang. Rechts brandete das Meer gegen das Ufer der Bucht. Zu seiner Linken ragten steile Felshänge empor. Cain nahm einen tiefen Atemzug der salzigen Brise, die vom Meer herwehte, und versuchte, außer dem Smog der Großstadt auch die Erinnerungen an eine gewisse Dämonin auszustoßen. Als er nach Hinweisen oder Spuren suchte, summte sein Smartphone wieder.

Es war Crispin. »Alles okay? Die Leitung war plötzlich tot.«

»Alles bestens«, erwiderte Cain und fixierte wieder seine Schutzweste. »Hier auf diesem kargen Stück Insel scheint alles ruhig zu sein.«

»Halte Ausschau nach einem Höhleneingang; du müsstest ganz in der Nähe sein.«

Höhle ... Cain schluckte und dachte an seine Vision. Er betrachtete die beigen, mit grünen Büschen bewachsenen Felswände vor sich, die steil in den Himmel ragten, und erkannte einen schmalen Schatten. »Da könnte ein Einstieg sein, etwa drei Meter über dem Boden.« Geschickt kletterte er die Wand empor, bis er sich vor einem Spalt befand, durch den sich ein großer Mensch gerade hindurchzwängen konnte.

»Was ist das für eine Höhle, Cris?« Cain flüsterte, als er sich in das Dunkel vortastete, obwohl er gut sehen konnte; aber Vorsicht war zu jeder Zeit geboten. Außerdem fühlte er sich irgendwie beobachtet. Sein Gerät zeigte jedoch kein Lebenszeichen in der Höhle an, das von einem Menschen oder Dämon stammte, nur ein paar unscheinbare winzige Flecken, wahrscheinlich Fledermäuse, und einen etwas größeren Punkt, auf den er sich keinen Reim machen konnte. Daher blieb er wachsam. Er war schon erleichtert, dass es sich nicht um die Höhle aus seiner Vision handelte, denn hier brannten weder Fackeln noch befanden sich haufenweise Kochen vor Ort.

»Es heißt, hier hätten einst Harpyien gelebt«, erklärte Crispin.

Unter Cains Sohlen knackte es. »Hätten?« Er ging in die Hocke, um eine Schale aufzuheben, die zu einem sehr großen Ei gehört haben musste, etwa wie Strauße sie legten. Dotterreste klebten daran, darunter hatte sich eine Pfütze aus Eiweiß ausgebreitet.

»Das Ei war frisch«, zischte Cain.

»Dann solltest du lieber verschwinden, bevor Mama Harpyie zurückkommt!«

Harpyien waren schwarzhaarige Dämoninnen mit Vogelschwingen, sehr angriffslustig und praktisch unverwundbar.

Und von Dämoninnen hatte Cain gerade genug.

Außerdem könnte das etwas größere Signal, das sein Detektor gerade anzeigte, von einer Wildziege herrühren, die sich die Harpyie möglicherweise als Milchspender für ihren Nachwuchs hielt.

Cain beeilte sich, aus der Höhle zu kommen, aber kurz vor dem Ausgang blieb er stehen, weil er Abdrücke im staubigen Boden bemerkte, die nicht von seinen Stiefeln stammten.

»Was hast du gefunden?«, wollte Crispin wissen.

»Spuren. Zwei Personen. Ein Herrenschuh, etwa Größe elf; der andere war barfuß, eventuell ein Kind. Der Abdruck ist zu klein für einen Mann und außerdem nicht tief.« Cain machte ein Foto mit seinem Handy und schickte es Crispin, ohne zu erwähnen, dass es ein Stück weiter noch mehr Spuren gab, die definitiv zu seiner Teufelsbraut gehörten.

Cris seufzte. »Der Kelchdieb hat also Hilfe.«

»Von einem Kind?« Das glaubte Cain kaum.

»Ich kann mir auch keinen Reim drauf machen, vielleicht ist es auch ein junger Satyr oder ein anderes Wesen.«

Cain überlegte scharf. Eine Zutat pro Tag … Der Dieb hatte geschickt die Zeitverschiebung genutzt. Kurz vor Mitternacht hatte er sich das Drachenblut aus Mr Fangs Laden in New York geholt, den Kelch in Kanada aktiviert und war schon kurze Zeit später um die halbe Welt gereist, wo bereits der neue Tag begonnen hatte, um die zweite Zutat in das Artefakt zu geben.

Er war ihnen immer eine Nasenlänge voraus. Wer war er? Woher wusste er, welche Zutaten in den Kelch mussten und wie konnte er so schnell extrem große Entfernungen zurücklegen? Und warum hatte niemand bemerkt, dass der Kelch aus seinem Versteck entwendet worden war? Als der Rat nachgesehen hatte, fanden sie eine Nachbildung vor.

Der Hohe Rat war quasi die oberste Instanz der Engel. Er traf alle grundlegenden Entscheidungen und nur die reinsten Engel durften ihm nach schwierigen Prüfungen beitreten.

»Kommst du noch in der Zentrale vorbei?«, fragte Crispin.

»Ja, gleich. Ich möchte mich hier ein wenig umsehen.« Eigentlich wollte er seine Ruhe haben und noch einmal über die vorangegangenen Geschehnisse nachdenken. Er beendete das Gespräch und kletterte zum Strand hinunter. Sein Smartphone, das zugleich ein Detektor war, zeigte keine Dämonen im näheren Umkreis an, aber er zog es vor, einen gewissen Abstand zur Höhle zu wahren, falls die Harpyie zurückkam. Wenn sie eins ihrer Eier zerstört vorfand, würde sie bestimmt durchdrehen.

Cain sprang über die Felsen am Ufer entlang, wobei die Gischt seine Hosenbeine mit Meerschaum bestäubte, bis er auf eine weitere Bucht stieß. Sie sah wirklich traumhaft aus und vor allem war sie verlassen. Er setzte sich auf einen flachen Felsen und zog die Stiefel aus. Dann steckte er die Zehen in den grobkörnigen Sand, den die Morgensonne bereits angewärmt hatte.

Dieses Nichts-tun-können, während der Dieb vielleicht schon wieder dabei war, eine weitere Zutat zu beschaffen, war zermürbend genug, aber dann noch diese Dämonin am Hals zu haben … Abermals schaute er auf den Detektor, doch es war weiterhin alles ruhig.

Cain musste in der Zentrale Bescheid geben, dass die Unterwelt ebenfalls hinter dem Kelch her war. Doch wie stellte er dies an, ohne zu verraten, was tatsächlich geschehen war?

Er war ein schlechter Lügner … klar, als Engel.

Er und sein Team hatten praktisch Narrenfreiheit. Cain galt als absolut ehrbar und vertrauenswürdig – doch er hatte sie alle enttäuscht. Er musste sich stellen. Ja, das würde er tun, aber seine Aufgabe hatte oberste Priorität. Später ... Wenn er den Auftrag erfolgreich abgeschlossen hatte und der Kelch wieder an einem sicheren Ort war. Claudio, Nummer drei in ihrem Team, arbeitete gerade mit dem Rat einen Plan aus, wo das beste Versteck für das Artefakt sein könnte, sobald man es gefunden hatte. Das alte war ja offensichtlich nicht sicher genug gewesen. Wie hatte der Dieb von diesem geheimen Ort erfahren? Er musste entweder jemanden von der Excelsior Corporation kennen, der ihm vertrauenswürdige Informationen zugespielt hatte, oder selbst ein Mitglied sein. Aber vom Versteck des Kelchs hatten dennoch nur sehr wenige ausgewählte Mitglieder gewusst. Ob der Dieb Kontakt zu Merlin hatte?

Nein – unmöglich; der Magier war seit Jahrhunderten unauffindbar.

Ob womöglich Merlin selbst ...

Ausgeschlossen!

Wie Cain es auch drehte und wendete, er kam auf kein vernünftiges Ergebnis. Eines wusste er jedoch mit Gewissheit: Wenn die Dämonen den Kelch ebenfalls wollten, war er nicht in ihrem Besitz. Das erleichterte ihn sehr. Aber wie hatte diese blonde Höllenbraut vom Verschwinden des Artefakts erfahren?

Da – schon wieder landete er in Gedanken bei *ihr*!

Wer war diese Dämonin überhaupt? Und warum hatte er sie zuvor nicht außer Gefecht gesetzt? Sie gefesselt und geknebelt? Er hätte sie blitzschnell überwältigen können, stattdessen hatte er seine wichtigste superman-artige Fähigkeit nicht ansatzweise eingesetzt.

Weil er hoffte, dass sich seine Vision erfüllte?

Nein – er war doch nicht so verrückt, sich freiwillig verletzen zu lassen, nur um in den Genuss längst vergessener Lüste zu kommen? Noch dazu mit einer Frau aus der Hölle!

Aber Cain musste zugeben, dass er zuvor doch etwas enttäuscht gewesen war, dass die Höhle der Harpyie nicht der Höhle aus seiner Vision geglichen hatte.

Vielleicht würde die Teufelsbraut ihn ja sogar absichtlich verletzen. Er traute ihr das durchaus zu, da er genau wusste, was sie wollte, nämlich das, wonach alle Dämonen trachteten: reine Seelen verderben.

Mist, er hatte nicht einmal ihren Namen oder ein Foto von ihr. Somit konnte er die Datenbank nicht durchforsten. Es war nie schlecht, seinen Gegner zu kennen, aber diese Dämonin hatte ihn verwirrt und seine jahrhundertelangen Erfahrungen zunichte gemacht!

Und seine Keuschheit.

Bei dem Gedanken an ihr hübsches Äußeres strömte schon wieder mehr Blut in seine Lenden. Er hatte zuvor schon gerne schöne Frauen angesehen – manche Eigenschaften legte Mann wohl auch nicht als Engel ab –, aber er hatte dabei nie Lust auf sie empfunden. Allerdings war es gefährlich, zu lange in einem festen Körper zu stecken, der beinahe wie bei einem richtigen Menschen funktionierte, nur dass Engel weder essen noch schlafen mussten oder froren. Er steckte definitiv schon zu lange, schon viele Jahrzehnte, in diesem Körper – den er allerdings auch nicht mehr missen wollte.

Es kam Cain so vor, als hätte dieses Teufelsweib ein schlafendes Tier in ihm geweckt, eine Bestie, die nun nicht mehr zu zügeln war. All die Jahre als Engel hatte er seinem Schwanz keine besondere Beachtung geschenkt, aber jetzt schien sich alles nur um ihn zu drehen. Es pochte und zog da unten, wann immer er an die Dämonin dachte, von der er nicht mal den Namen kannte.

Während seines menschlichen Daseins hatte Cain sehr wenige sexuelle Erfahrungen gesammelt und diese waren nicht sehr berauschend gewesen. Seine Eltern, dem niederen Adel angehörig, starben früh, was zu dieser Zeit nicht ungewöhnlich war.

Er ging an den Hof, um Ritter zu werden, und verdiente sein Geld als Knappe. In seinen jungen Jahren hatte er mit Anna, der Schwester des Stallburschen, angebandelt. Aber das Verhältnis währte nur kurz, denn Cain arbeitete viel und hart, um seinen Wunsch verwirklichen zu können. Er wollte Ritter werden, doch das stand meist nur höherrangigen Adligen zu. Allerdings konnte er sich beweisen und erhielt den Ritterschlag. Später hatte er als Tafelritter nicht viel Kontakt zu Frauen gehabt. Zudem war er sehr gewissenhaft in dem gewesen, was er tat, und war nie in Versuchung geraten. Er hatte auch keine Lust verspürt, die negativen Erfahrungen, die er mit Anna gemacht hatte, zu wiederholen. Er arbeitete lieber hart, als gesagt zu bekommen, was für ein Versager er war. Als Ritter war er einer der besten gewesen und sein damaliges Pflichtgefühl war wahrscheinlich auch ein Grund, warum er jetzt »Team Nordpol« leitete.

Cain fühlte sich verwirrt, ja geradezu hilflos, weil er nicht wusste, wie er seine erwachende Lust abstellen konnte. Was hätte er als Mensch gemacht? Ein kaltes Bad genommen? Tja, nur dumm, dass einem Engel Kälte nicht viel anhaben konnte.

Er blinzelte aufs Meer. Eine Waschung möglicherweise?

Ein weiteres Mal sah er auf seinen Detektor. Alles ruhig.

Immer noch fühlte er ihre Hände auf sich, die fordernd und doch zärtlich über ihn geglitten waren. Die Dämonin hatte ihn beschmutzt, seine Reinheit befleckt. Vielleicht konnte er mit einem Bad im Mittelmeer tatsächlich sein Gewissen reinwaschen?

Cain sprang auf, zog sich rasch aus und riss sich den Brustpanzer herunter, bevor er es sich noch anders überlegen konnte. Er warf seine Kleidung auf einen Felsen, der ein Stück im Wasser lag, und platzierte dann sein Smartphone so, dass er sofort mitbekommen würde, falls sich ein Dämon näherte.

Oder eine Dämonin!

Dann marschierte er ins lauwarme Wasser, bis es an seine Hüften reichte. Die sanften Strömungen wirbelten den Sand durch seine Zehen; Salzwasser schwappte an sein Geschlecht. Es war leicht geschwollen und klopfte im Takt seines Herzens.

Daran war nur *sie* schuld!

Cain blickte sich noch einmal um, dann tauchte er unter, um im Schutz dieses Urelements seine Männlichkeit in die Hand zu nehmen, aber nur ganz kurz, bis er glaubte, die Berührungen der Dämonin weggewaschen zu haben. Denn der Druck seiner Finger brachte sein Glied nur weiter zum Wachsen.

***

Leraja hatte gehofft, ihn wieder zu treffen. Nachdem sie sich vergewissert hatte, dass der Kelchdieb verschwunden war, hatte sie erst die Höhle ausgekundschaftet und sich dann hinter einem Felsen postiert, um auf Cain zu warten. Er war etwa vier Minuten nach ihr angekommen und hatte dadurch etwas sehr Interessantes verpasst. Jetzt hatte Leraja einen Bonus in der Hand – hoffte sie zumindest, denn vielleicht wussten »die da oben« ja schon längst Bescheid.

Sie hatte sich versteckt gehalten, bis Cain die Höhle verlassen hatte, ihn bis zu dieser Bucht verfolgt und sich gefragt, was er noch hier suchte. Nun beobachtete sie ihn beim Baden und konnte sich kaum an seinem Körper sattsehen. Ihr Sonnenschein war wirklich ein richtiges Sahneschnittchen!

Cain stand mit dem Rücken zu ihr und schaufelte sich mit den Händen Wasser über den Kopf. Es lief an seinem schwarzen Haar herab über die paarigen Muskelstränge seiner Rückseite. Zu den Hüften hin verjüngte sich sein Oberkörper, und Leraja erkannte noch zwei Grübchen oberhalb seiner knackigen Pobacken, die leider bis zur Hälfte unter Wasser lagen.

Als er sich plötzlich umdrehte, duckte sie sich hinter einem großen Stein, aber als sie wieder das Plätschern hörte, konnte sie nicht widerstehen, erneut zu spähen.

Ihre Atmung beschleunigte sich. Jetzt stand Cain mit dem Gesicht zu ihr, die Augen hatte er allerdings geschlossen, da er wieder das erfrischende Nass über sich goss.

Sie bekam Lust, ihm im Meer Gesellschaft zu leisten. Das Wasser war bestimmt herrlich! Aber sie traute sich nicht, denn da gab es etwas, das sie nicht konnte, und es wäre zu peinlich, sich diese Schwäche vor einem Engel einzugestehen.

Tropfen hingen an Cains dichten Wimpern und perlten von seinem Mund. Er wusch seine Brust, deren Nippel spitz abstanden, anschließend glitten seine Hände tiefer zum Ansatz seines Schamhaares. Aber sie hatte nur Augen für sein wunderschönes Gesicht, das jedoch seltsam verzerrt war. Cains Lippen waren nur noch schmale Striche. Seine Brauen hatte er so tief nach unten gezogen, dass sich zwei Falten, die wie ein V aussahen, dazwischen gebildet hatten.

Er sah unglücklich aus. Oder gequält. War es ihretwegen oder weil er den Kelchdieb auch nicht hatte stellen können?

Eigentlich sollte es sie freuen, einem Engel Kummer bereitet zu haben. Warum wurde ihr dann das Herz schwer? Allerdings nur für einen Augenblick, denn dann kam ihr wieder in den Sinn, was sie Cain eigentlich sagen wollte. Daher stand sie auf und räusperte sich.

Wie ein Pfeil schoss er auf seinen Kleiderstapel zu und griff nach seinem Handy – so schnell hatte Leraja gar nicht schauen können!

Sie pfiff durch die Zähne. »Beachtlich, Sonnenschein!« Unverhohlen starrte sie auf seinen nackten Körper. »Wirklich bemerkenswert.«

Ein Energieblitz materialisierte sich in seiner Faust, und er richtete ihn bedrohlich auf sie. Dabei hielt er es nicht für nötig, seinen Körper zu bedecken. Seine Nacktheit war die bessere Waffe, denn Leraja fiel fast in Ohnmacht. Cains schlanke und doch durchtrainierte Gestalt, sein jetzt erzürntes Gesicht, der prachtvolle Schwanz … Bei ihm harmonierte einfach alles. Sie verspürte große Lust, auf der Stelle über ihn herzufallen, ihn am Strand zu nehmen, sich an ihm zu reiben – wenn ihr dieses verfluchte Wasser nicht im Weg stünde! Das war auch der Grund, warum sie sich nicht schon längst sein Smartphone geschnappt hatte. Denn Leraja hätte kein Portal auf dem Felsen, auf dem das Handy gelegen hatte, öffnen können. Er war viel zu klein.

»Warum hat dich mein Detektor nicht angezeigt?«, fragte Cain wütend, sodass sie wieder zu Verstand kam.

»Dich hat es bei mir auch nicht angezeigt, Sonnenschein«, rief sie zu ihm hinüber, weil sie immer noch das Meer voneinander trennte. »Irgendwie haben wir mehr Gemeinsamkeiten, als …«

»… als mir lieb ist«, flüsterte er mit funkelnden Augen, aber sie hatte ihn gehört.

»Jetzt tu nicht so, als wäre ich die Ausgeburt der Hölle.«

Er hob die Brauen und begann – das Kleiderbündel vor seiner Brust – durch das Wasser auf den schmalen Strand zuzugehen. »Bist du nicht?«

Über die Klippen hüpfte Leraja näher zur Bucht. »Okay, wir hatten keinen guten Start, das sehe ich ein. Wollen wir noch mal von vorne beginnen?« Während sie sprach, ließ sie seinen Blitz nie aus den Augen.

»So viel zur vermeintlichen Wildziege in der Höhle«, murmelte er.

»Was?«

»Komm mir bloß nicht zu nah!« Er warf seine Kleidung neben die Schuhe auf einen Stein und zielte mit dem Blitz auf Leraja. Er knisterte hörbar in seiner Faust, weshalb sie zwei Meter von ihm entfernt stehen blieb.

Kurz hob sie die Hände. »Auszeit, Sonnenschein! Ich will nur mit dir reden.«

»Klar«, brummte er. »Nenn mir einen Grund, warum ich dich nicht auf der Stelle umlegen sollte.«

»Weil du ein ... Engel bist und das nicht kannst?«, erwiderte sie spöttisch.

»Ich kann, glaube mir.«

Zu ihrer Enttäuschung zog er sich an. Dabei beobachtete er sie mit Argusaugen. Immerhin hatte er seinen Blitz verschwinden lassen, aber Leraja wusste, dass es nur einen Wimpernschlag dauern würde, ihn wieder herbeizuzaubern.

»Hat das was mit diesem Sonderkommando zu tun?«, wollte sie wissen.

»Gegenfrage: Warum hast du mir nicht die Seele genommen?«

Tja, die traurige Wahrheit über ihr wahres Ich behielt sie lieber für sich, daher antwortete sie ihm darauf ebenfalls nicht, sagte jedoch: »Nun, wenn wir uns zusammentun, deine Technik und meine Fähigkeiten vereinen, dann würden wir den Kelch vielleicht ergattern.«

Er schnaubte und stieg energisch in seine Hose. Seufzend erhaschte Leraja noch einen letzten Blick auf seinen Schwanz, an dem immer noch ein paar Wassertropfen hingen. Ob sich seine restliche Haut auch so weich anfühlte wie die auf seinem ...

Cain räusperte sich, sodass sie aufsah. Immer noch schaute er sie finster an. »Und wer wird den Kelch bekommen, wenn wir ihn finden? Machen wir halbe-halbe?«

Grinsend stemmte Leraja die Hände in die Hüften. »Wie wär's dann mit einem fairen Kampf: seltsamer Engel gegen toughe Halbdämonin?« Sie wusste genau, wie sie es anstellen würde, das Artefakt an sich zu reißen: ein wenig elbische Magie und den Rest erledigte ihr weiblicher Charme. Cain war schließlich auch nur ein Mann.

»Träum weiter. Außerdem kenne ich nicht mal deinen Namen, toughe *Halb*dämonin.« Jetzt klang er spöttisch, aber seine Wut schien weitgehend verraucht zu sein. Frau musste mit den Herren eben nur reden.

»Leraja.«

Cain gab ein »Hm?« von sich, als er mit Schutzweste, Hemd und Stiefeln in der Hand über ein paar Steine, die im Wasser lagen, sprang, um sich den Sand von den Füßen zu waschen, bevor er in die Schuhe schlüpfte.

»Na, das ist mein Name, Sonnenschein. Le…ra…ja.«

»Nenn mich nicht immer Sonnenschein.« Cain fixierte seine Weste, bis sie perfekt saß, und zog sich das kaputte und blutbefleckte T-Shirt über, womit für Leraja die Show endgültig vorbei war; dann schnürte er seine Stiefel.

»Und was ist das für eine Halbdämonengeschichte?«

»Ich bin zur Hälfte eine Elfe.«

Mit gerunzelter Stirn sah er zu ihr herüber. »Elfe? Und das soll ich dir glauben?«

Sie zeigte ihm ihre spitzen Ohren und rief: »Kannst du das von da hinten sehen?«

»Nicht Beweis genug«, murrte er und sprang wieder elegant zurück an den Strand, wobei er darauf achtete, ihr nicht zu nah zu kommen. »Aber das könnte deine Zauber erklären.«

Leraja freute sich. Einsicht war der erste Weg zur Besserung. Vielleicht konnte sie ihn ja doch zu einer Zusammenarbeit überreden? So würde sie wenigstens sofort erfahren, wo der Kelch aktiviert wurde, und musste nicht immer erst abwarten, bis ihr die dämonischen Techniker Bescheid sagten – was sie ohnehin immer zu spät taten, das faule Pack! Wenn sie wüssten, was auf dem Spiel stand … Aber kein Unterweltler durfte vom Kelchfund Kenntnis erhalten; Xiras Handlanger wussten lediglich, dass sie die Koordinaten durchgeben sollten, wenn wieder so ein gigantischer Energie-Impuls auftauchte. Je weniger von der ganzen Sache wussten, desto besser. Der Dämon, der Xira die Nachricht über den Kelch überbracht hatte, war drei Sekunden später nur noch ein Häuflein Asche gewesen.

»Woher wusstet ihr eigentlich, dass der Kelch fort ist?«, fragte Cain.

»Wir haben unsere Quellen«, erwiderte sie lediglich, weil er ja nicht zu wissen brauchte, dass die Dämonen das Kommunikationsnetz der Engel angezapft hatten.

»Werde deutlicher, Dämonin!«

»Wir hatten einen erhöhten Energiewert gemessen, den lediglich starke Magie verursacht haben konnte. Und da uns ein Informant mitteilte, dass eine Phiole Drachenblut gestohlen wurde, mit dem nur der Kelch aktiviert werden kann, und bald wieder die Zeit des Blutmondes ist, haben wir eins und eins zusammengezählt.« Das war bloß ein bisschen geschwindelt, wie Leraja fand. Und ja, dieser Informant wurde auch von Xira pulverisiert.

Verdammt, sie hatte als Dämonin alles Recht zu lügen, was das Zeug hielt! Wieso stellte sie sich in der Gegenwart des Engels so unprofessionell an? Sie musste ihre Prioritäten neu überdenken: erst der Kelch, dann das Vergnügen. In Cains Gegenwart schien sie nicht ganz sie selbst zu sein.

»Dann kennst du wohl die Geschichte des Kelchs?«, fragte er.

»Ich weiß, wozu seine Magie fähig ist. Meine Mutter hat mir als Kind zum Einschlafen diese Geschichte erzählt.«

»Ganz bestimmt ... Sehr fürsorglich von deiner Mami«, erwiderte er sarkastisch, aber Leraja wollte sich von ihm nicht reizen lassen. Sie hatte das Gefühl, ihn bald dort zu haben, wo sie wollte.

»Wie alt bist du?«, fragte er.

»Dreiundfünfzig. Nach menschlicher Zeitmessung«, antwortete sie ihm ehrlich. »Rein optisch sehe ich natürlich nur halb so alt aus.«

»Also bist du fast noch ein Kind. Was weißt du schon, Spitzohr!«

Jetzt hatte er sie wirklich beleidigt. »Oh, ich weiß eine ganze Menge!«, spie sie ihm entgegen. »Ich weiß, dass der Dieb noch einen Helfer hat.«

Cain verschränkte die Arme vor der Brust und sah gelangweilt auf seine Uhr. »Erzähl mir was Neues.«

Ihr Herz verkrampfte sich. Wie viel wusste er? »Dann kennst du sie?«

»Sie?« Sein Blick huschte zu ihr herüber.

»Die Helferin.«

Jetzt schien sie seine volle Aufmerksamkeit zu haben, woraufhin sie sich fühlte, als habe sie Flöhe im Bauch. Cain richtete sich auf und marschierte auf sie zu.

»Ich hab die beiden noch kurz gesehen, den Dieb und seine Assistentin«, redete sie munter weiter. »Vielleicht interessiert es dich, dass sie ein Engel ist?«

Abrupt blieb er stehen, wie zur Salzsäule erstarrt. Aber dann legte er wieder diesen wütenden Ausdruck auf und ballte die Hände zu Fäusten. »Lügnerin! Das hast du dir zusammengereimt, weil du die Fußabdrücke in der Höhle gesehen hast.« Zwischen seinen Fingern blitzte es auf.

Jetzt tat Leraja, als wäre sie gelangweilt, und polierte ihre Fingernägel an der Lederjacke.

Cain schnaubte. »Und wer soll der Dieb sein?«

Sie ignorierte seine Frage, ging hinüber zur Felswand und öffnete dort ein Portal. »Überleg dir mein Angebot, Sonnenschein. Wir arbeiten zusammen, oder du erfährst von mir nichts mehr.« Kurz bevor sie hindurchstieg, genoss sie noch für einen Moment sein herrlich zorniges Gesicht und warf ihm einen Luftkuss zu. »Wir sehen uns, da bin ich mir sicher!«

Cain kochte innerlich. »Mist!« Kraftvoll kickte er größere Steine ins Meer und wanderte am Strand auf und ab, wobei er sich ständig durchs Haar fuhr. Was, wenn an der Sache etwas dran war? Er musste jedem Hinweis nachgehen. Und hatte er nicht selbst schon vermutet, dass es jemand von ihnen sein konnte?

Verflucht – jetzt hatte sie ihn in der Hand! Aber auch er hatte endlich etwas von ihr: Er wusste ihren Namen und, falls der nicht stimmte, hatte er heimlich ein Foto mit seinem Handy von ihr gemacht, als ihr vor lauter Spannen der Sabber aus dem Mund getropft war. Crispin konnte bestimmt etwas damit anfangen.

Aber was noch besser war: Cain hatte ein langes silbernes Haar von ihr auf seiner Hose gefunden, als er sich angezogen hatte. Das musste noch vom Kampf in Chinatown stammen, denn es hatte sich um einen Knopf gewickelt. Er musste schleunigst zur Zentrale der Excelsior Corporation, um herauszufinden, wer sie war. Daher wirbelte er um die eigene Achse, um sich zu dematerialisieren, und schoss geradewegs auf Grönland zu, wo der Hauptsitz seines Teams war. Ein zweites Team gab es noch in der Antarktis und das Hauptquartier befand sich außerhalb dieser Sphären. Cain war jedoch schon ewig nicht mehr dort gewesen.

In Höchstgeschwindigkeit flog er über Europa hinweg. Schon bald tauchte die schneebedeckte Insel unter ihm auf. Er landete im küstenfernen sowie unbesiedelten Inland, wo es sogar im Sommer noch minus zwölf Grad haben konnte. Cain musste den Eindruck eines Wahnsinnigen machen, wie er im T-Shirt über das Eis spazierte, auf der Suche nach der versteckten Einstiegsluke. Sein Detektor hatte die Stelle auch gleich gefunden, woraufhin er mit bloßen Händen den Schnee zur Seite wischte, um die schwere Tür aus Eisen freizulegen. Er klappte einen Deckel hoch und gab eine Zahlenkombination in das Bedienteil ein. Mit einem leisen Summen öffnete sich der Zugang.

Nachdem Cain einen tiefen Schacht hinabgestiegen war, stand er in einem hell beleuchteten, kahlen Gang, der geradewegs zur Zentrale führte. Außer einem Umkleide- und einem Badezimmer gab es noch einen Waffenraum, wo sich sein Team ausrüsten konnte, falls sie mehr Kampfkraft benötigten, als ihnen selbst zur Verfügung stand, und ihre Blitze nicht ausreichten.

Cain überlegte einen Moment, ob er für »seine« Dämonin eine besondere Waffe holen sollte, entschied sich jedoch, erst einmal zu Crispin zu gehen und betrat den Kontrollraum, in dem sich ein Monitor an den anderen reihte. Es blinkte und piepte; Akten stapelten sich auf zahlreichen Tischen. In all dem Chaos saß ein blonder Mann in einem weißen Rollkragenpullover mit einem Headset auf dem Kopf vor einem Bildschirm: Crispin! Er hob grüßend die Hand, und nachdem er sein Internetgespräch mit Claudio beendet hatte, drehte er sich in seinem Stuhl zu ihm um: »Hey Mann, wo warst du so lange?«

»Cris, du wirst nicht glauben, was mir passiert ist.« Er atmete tief durch, denn er musste aufpassen, dass er sich nicht verplapperte.

Interessiert hob sein Kollege eine goldene Braue und betrachtete Cains wildes Äußeres. »Du hast mit einem Kätzchen gespielt? Mit einem … sehr großen Kätzchen?«

Cain ging nicht auf den Scherz ein. »Die Unterweltler haben den Kelch nicht entwendet, aber natürlich sind sie jetzt auch hinter ihm her.«

Crispins Neugier schien geweckt. »Und weiter?«

»Mir klebt eine Dämonin an den Fersen, die allen Ernstes mit mir zusammenarbeiten möchte, natürlich nur zu ihrem eigenen Vorteil.« Er zog sein Smartphone hervor, um es seinem Kollegen vor die Nase zu halten. »Ich konnte ein Bild von ihr machen. Vielleicht kannst du mir sagen, wer sie ist? Sie behauptet, ihr Name wäre Leraja.«

»Sieht gut aus, dein Kätzchen«, stellte Crispin fest, als er das Foto an den Zentralrechner überspielte, wobei er nicht den Blick von der blonden Schönheit wendete. »Heiß.«

Cain wurde es bereits auch wieder heiß, wenn er sie ansah, aber zum Glück hatte Crispin bald herausbekommen, wer sie war: »Sie ist Xiras Tochter.«

Das dämpfte seine Lust etwas. »Ihre Mutter ist …«

»Richtig, genau die!«

Cain räusperte sich, bevor er sich noch verschluckte. Das wurde ja alles immer besser. Die Dämonin, die ihm in seiner Vision einen geblasen hatte, musste ausgerechnet die Tochter der Herrscherin der Unterwelt sein?

»Stimmt es, dass sie zur Hälfte eine Elfe ist?« Er holte das silberne Haar aus einer Hosentasche und gab es Crispin, der es in eine durchsichtige Plastiktüte legte. »Das Labor soll mal einen DNA-Test machen.«

»Manche behaupten sogar, sie wäre Fermions Tochter. Absurd, nicht? Als ob sich ein Elfenkönig mit Xira einlassen würde. Aber irgendwie hat diese Leraja tatsächlich etwas von einer Elfe an sich.« Immer noch starrte Crispin auf das Bild am Monitor und auch Cain konnte nicht wegsehen. Raja – so hatte er beschlossen sie für sich zu nennen – besaß eine zierliche Gestalt, aber trotzdem strahlte sie reine Weiblichkeit gepaart mit vollkommener Sinnlichkeit aus. Ihr enger schwarzer Overall betonte jede ihrer Kurven. Mit ihrem blonden Haar, das ihr über die Schultern fiel, und den funkelnden silbernen Strähnen, sah sie beinahe wie ein Engel aus.

»Lass dich von ihrem Äußeren nicht blenden«, murmelte Cain und spürte einen Stich im Herzen, als er Crispins verträumten Blick bemerkte. »Falls sie wirklich Elfenblut in sich hat, und davon gehe ich aus, denn ich habe das am eigenen Leib zu spüren bekommen, wirkt sie auf alle Wesen sehr anziehend. Das könnte ein Grund sein, warum Xira sie ausgesandt hat, um an den Kelch zu kommen. Leraja sticht alle Mitstreiter allein durch ihre Elfentricks aus.«

»So, du hast schon eine Kostprobe ihrer Magie zu spüren bekommen?«

Crispin sah kurz zu ihm auf und lächelte verschmitzt. »Miau!«

»Raja behauptet, der Dieb hätte Hilfe von einem Engel«, erklärte Cain hastig und riss sich das zerschlissene Shirt vom Körper, um wieder auf das eigentliche Thema zurückzukommen. Obwohl die Dämonin nicht anwesend war, reichte schon ihr Foto aus, um sie beide aus dem Konzept zu bringen.

Mit aufgerissenen Augen drehte sich Crispin in seinem Stuhl zu ihm herum. »*Raja* ... Ihr seid also schon vertraut miteinander?«

Cain biss sich auf die Zunge. Wenn er nicht aufpasste, würde Cris noch bemerken, wie es um ihn stand. Spielerisch boxte Cain ihm auf die Schulter. »Hast du mir überhaupt zugehört?«

»Du meintest den Teil mit dem Engel?«

Er nickte.

»Vergiss es, die Dämonin wollte dich bestimmt nur ärgern. Die tun so was übrigens gern.« Cris grinste so schelmisch, dass sich Grübchen in seinen Wangen bildeten.

Schulterzuckend erwiderte Cain: »Zuerst hielt ich es auch für unmöglich, aber das könnte zumindest erklären, woher der Dieb das Versteck kannte.«

Augenblicklich erlosch Crispins Lächeln. »Ein Verräter in unseren Reihen?«

Cain hoffte, dass sich ihre Vermutung nicht bestätigte. »Ist irgendjemand abgängig?«

»Moment, ich schau mal.« Cris tippte schnell etwas ein und gleich öffnete sich eine Liste auf dem Bildschirm mit mehreren Milliarden Namen darauf. »Das wird 'ne Weile dauern, bis der Computer ausgewertet hat, ob alle noch auf ihren Posten sind, aber als fehlend wurde in letzter Zeit niemand gemeldet.«

Es gab natürlich genug unter ihnen, die sich nicht regelmäßig melden mussten – Engel, die für »niedere Arbeiten« eingeteilt waren, wie Claudio, ihr Kollege, es immer spaßeshalber nannte. Dazu gehörten diejenigen unter ihnen, die Menschen in ihren letzten Lebensstunden Trost spendeten und über sie wachten, um sie dann sanft hinüberzugeleiten, oder auch Wächter, die ihren Schützlingen nie von der Seite wichen. Besonders die Engel, die über kleine Kinder wachten, hatten nur selten Zeit, etwas von sich hören zu lassen. Aber Schutzengel kamen als Verdächtige nicht infrage, da sie ausschließlich feinstoffliche Wesen waren, die keine Fußabdrücke hinterlassen konnten. Außerdem wurden diese Engel nicht in die brisantesten Geheimnisse eingeweiht, nur die Mitglieder des Hohen Rates besaßen dieses Privileg. Nicht einmal Cain und sein Team hatten gewusst, wo der Kelch versteckt gewesen war. Ihre Aufgaben bezogen sich darauf, Schadensbegrenzung zu betreiben und das Gleichgewicht der Mächte zu wahren. Denn es hätte katastrophale Auswirkungen, würden die Kräfte einer Seite – egal ob Gut oder

Böse – überwiegen.

Crispin war anscheinend dasselbe durch den Kopf gegangen, denn er war schon dabei, die Namen aller Himmelswächter auszudrucken, die einmal dem Rat angehört hatten. »Puh, da bin ich 'ne Weile beschäftigt. Bis ich da was rausgefunden habe, ist die Zeit sowieso um. Uns bleiben nur noch wenige Tage.«

»Und weiterhelfen würde es uns eh nicht«, sagte Cain. »Viel interessanter wäre zu wissen, wer der Kelchdieb ist und was er wirklich beabsichtigt; aber ich denke, wir können vom Schlimmsten ausgehen, denn wenn jemand so ein hochmagisches Artefakt wie den Kelch besitzt, wird er wohl das Bestmögliche aus ihm herausholen wollen.«

»Die alleinige Herrschaft über alle Welten: Unterwelt, Menschenwelt, Mythenwelt und wahrscheinlich auch unserer«, murmelte Cris nachdenklich. »Das würde das ganze Universum ins Chaos stürzen!«

»Meine Rede«, murmelte Cain.

Crispin atmete tief durch und lehnte sich in seinem Drehstuhl zurück. Dabei spannte sich sein weißer Rollkragenpullover über seine Brustmuskeln. »Aber, nur mal angenommen, ihn interessiert die Alleinherrschaft nicht … Was könnte er noch damit machen?«

»So ziemlich alles, was du dir vorstellen kannst.« Cain wusste, wozu die Magie des Kelches fähig war. Immerhin hatte er zu der Zeit gelebt, als Merlin das Artefakt erschaffen und Cain anschließend darum gebeten hatte, es an einem Ort zu verstecken, wo nicht einmal der mächtigste Magier aller Zeiten es finden würde. »Sogar Merlin hat sich vor seiner eigenen Erfindung gefürchtet, denn er hatte Angst, dass sie ihn zum Bösen verleiten könnte. Dabei wollte er ursprünglich nur den Heiligen Gral nachbilden, aber das ging voll in die Hose. Das Ding ist so winzig, dass man es eigentlich nicht mehr Kelch nennen dürfte. Dafür aber unheimlich gefährlich.«

Merlin hatte im Laufe seines Lebens viele Artefakte erschaffen, die nicht so geworden waren, wie er sich das vorgestellt hatte. Eines hatten jedoch all seine Erfindungen immer gemeinsam: Man konnte mit ihnen heilen.

Merlin hatte außerdem dafür gesorgt, dass jeweils nur ein Mitglied jeder Spezies – egal ob mythisch oder menschlich – den Kelch aufspüren konnte, andererseits würde einer nach dem anderen, der sich dem ersten Sucher anschloss, sterben. Deshalb durfte Cain auch nicht versagen. Er war die Hoffnung aller: Engel, Menschen, Nymphen, Walküren, Werwölfe, Vampire, Gargoyles und in gewisser Weise sogar der Dämonen. Denn wenn der Kelchdieb an die Macht kam, müssten auch die Unterweltler unter seinem Joch leben, falls der Dieb sie nicht alle auslöschte.

Natürlich gab es »Ersatz«, wenn Cain etwas zustieß. Der im Rang nächsthöhere Engel des Sondereinsatzteams würde nachrücken. Das wäre dann

Shane, der Teamleiter des Sondertrupps, dessen Quartier am Südpol lag. Shane wurde von Crispin auf dem Laufenden gehalten, um im Notfall sofort einsatzbereit zu sein. Cain wollte allein deswegen schon nicht versagen, weil er mit Shane eine Art Konkurrenzkampf austrug. Das war natürlich albern, denn als Engel sollte er solche Gefühle nicht kennen, doch aus unerfindlichen Gründen führten sie sich beide auf wie Alphatiere. Vielleicht, weil sie sich einfach zu ähnlich waren, nicht nur rein äußerlich. Jeder gab stets sein Bestes und ging für die Corporation hart an seine Grenzen.

Zum Glück verfügte Cain als Engel über gute Selbstheilungskräfte. Nur sein Tod würde ihn aus dem Spiel werfen. Doch er wollte überleben, um jeden Preis. Denn wenn er sich vorstellte, wie Raja dann Shane schöne Augen machte … *Verdammte Dämonenbraut*, fluchte er in Gedanken. Es reichte schon, dass Cris von ihr wusste.

»Wieso hat Merlin den Kelch dann nicht zerstört?«, fragte Crispin.

»Das hat er versucht, aber es hat ihn fast umgebracht. Die Energie des Kelches richtete sich gegen ihn. Niemand kann den Kelch zerstören. Es ist, als führe er ein eigenes Leben. Der Kelch kann alles zerstören oder fast alles erschaffen, wenn man ihn mit den richtigen Zutaten füllt.«

»Wir wissen, dass der Dieb bereits Drachenblut und das Dotter eines Harpyien-Eis hineingegeben hat.«

»Wie kann denn ein ganzes Dotter eines dermaßen großen Eies in ein so winziges Gefäß passen?«, warf Crispin ein.

»Angeblich absorbiert der Kelch sofort jegliche Zutaten, die man hineintut.«

»Aha«, murmelte er und kratzte sich an einer Braue. »Und wohin verschwinden sie?«

Seufzend fuhr sich Cain durchs Haar. »Tja, das wird wohl ewig Merlins Geheimnis bleiben.«

»Leider scheint es nirgendwo Aufzeichnungen darüber zu geben, welche Zutaten welchen Zauber wirken«, überlegte Crispin laut. »Wir wissen nur aus Gerüchten, dass es sieben sein müssen, und dass es ein sehr mächtiger Zauber ist, wegen der Mondfinsternis.«

»Merlin hatte da sehr wohl ein Buch, aber es verschwand in etwa zu der Zeit, als ich damit beauftragt wurde, den Kelch zu verstecken.« Cain war damals ein Ritter der Tafelrunde gewesen. Nach seinem Tod hatte er dem Hohen Rat der Engel von dieser gefährlichen Waffe berichtet und ihnen das Versteck mitgeteilt, damit sie den Kelch noch sicherer verwahren konnten. All die letzten Jahrhunderte war alles gut gegangen …

»Wenn wir Merlin irgendwie erreichen würden, könnte er uns sicher sagen, was der Dieb vorhat«, sagte Cris.

Der berühmte Magier war nie gestorben, sondern es hieß, er lebte in der

Anderswelt. Das war ein paradiesisches Totenreich, das durch eine Grab-
kammer betreten werden konnte. An diesem Ort existierten die Körper der
Menschen ohne Sorge, Hunger, Tod und Krieg. Schon möglich, dass es
Merlin gelungen war, den versteckten Eingang zu finden.

»Wenn … falls …«, murmelte Cain. »Wir können nur eines tun: den Dieb
fassen, bevor er alle sieben Zutaten in den Kelch getan hat.«

»Vielleicht solltest du dich doch mit dieser Dämonin zusammentun«, sagte Crispin plötzlich.

Cain zog die Luft ein. »Das ist doch nicht dein Ernst?!«

Aber Cris machte auf ihn kein bisschen den Eindruck, als würde er spaßen.

Raja verwirrte ihn. In ihrer Nähe kam er sich wie ein verliebter Trottel
vor. Wie sollte er da einen klaren Kopf bewahren, den er für diese Mission
dringend brauchte? »Herrgott noch mal, sie ist eine Dämonin!«

Ja – was faszinierte ihn dann an der Frau so?

»Halbdämonin!« Die grünen Augen seines Kollegen blitzten vergnügt.
»Und so gern, wie du fluchst, passt ihr doch gut zusammen.«

»Willst du mich auch noch mit ihr verkuppeln?«

Jetzt lachte Crispin. »Wenn wir dafür an den Kelch kommen … ja!« Natürlich machte er nur Spaß, wusste Cain.

Kapitel 4 – Die Sklavin des Magiers

Magnus Thorne saß in seinem bequemen Sessel am Kamin und starrte nachdenklich in die Flammen. Sein langes braunes Haar fiel ihm wirr ins Gesicht;
er fühlte sich müde. In seinen ganzen fünfunddreißig Lebensjahren und den
zwei Jahrzehnten als professioneller Magier war er noch nie derart gefordert
gewesen wie in den letzten Tagen.

An das Drachenblut zu kommen, war einfach gewesen, die Harpyie aus
ihrer Höhle zu locken, schon schwieriger, und die Sache mit dem Eidotter
sogar riskant, da er es noch in der Höhle in den Kelch hatte geben müssen,
denn sonst hätte das Artefakt es nicht angenommen. So zumindest stand es
in dem Buch, das Magnus an einem sicheren Platz, weit weg vom Kelch,
verwahrte.

Aber im Großen und Ganzen war er recht zufrieden. Er hatte bereits
zwei Zutaten, fünf fehlten ihm noch, sodass sich sein größter Wunsch erfüllen würde. Er hasste, was er tat, doch an allem waren nur die Engel schuld!
Ihretwegen war sein Leben aus der Spur geraten und er zu dem geworden,
was er jetzt war: ein verbitterter, von Rachegelüsten heimgesuchter Magier.

Wieso brachte es ihm dann keine Befriedigung, wenn er seinen kleinen
Engel erniedrigte?

Amabila kniete zu seinen Füßen wie ein Schoßhündchen, weil er sie mit einem Zauber belegt hatte, der sie hörig machte. Sie tat alles, was Magnus von ihr verlangte, und war ihm eine große Hilfe bei seinem Vorhaben. Der weibliche Engel mit dem rotbraunen Haar und dem spitzbübischen Pagenschnitt stand stellvertretend für alle anderen ihrer Art, die er so sehr verachtete. Durch Amabila ließ er die anderen leiden.

Sein unschuldiges, zierliches Engelchen …

Magnus brauchte sie, um schnell an verschiedene Orte reisen zu können, an denen sich die magischen Zutaten befanden, die in den Kelch mussten.

Und zuletzt das Blut eines Engels …

Viele Monate lang hatte er sein Zauberbuch durchforstet, bis er alle Hinweise zusammengetragen hatte. Die Zutaten mussten sorgsam ausgewählt werden, nur dann würde der Kelch seine volle Macht entfalten, doch für dieses gigantische Vorhaben brauchte Magnus noch fünf davon.

Fünf … Er konnte es kaum erwarten. Die innere Unruhe fraß ihn beinahe auf.

Sie versteckten sich in seiner Jagdhütte in den Rocky Mountains. Hier sammelte er Kraft und plante seinen nächsten Zug. Das Kaminfeuer verbreitete eine angenehme Wärme, daher streifte sich Magnus sein schwarzes Kapuzencape ab und warf es über die Lehne seines Sessels. Darunter trug er Jeans und ein langärmliges Hemd in derselben Farbe.

»Zieh mir die Schuhe aus!«, befahl er Amabila und streckte seine Beine aus.

Sein Engel gehorchte natürlich sofort, zog ihm die Halbschuhe von den Füßen und stellte sie ordentlich neben die Tür der Holzhütte, bevor sie wieder zu ihm zurückgeeilt kam. Dabei umwehte sie ihr langer weißer Mantel, unter dem ihre nackten Zehen hervorlugten. Demütig kniete sie sich abermals zu seinen Füßen nieder, ohne Magnus auch nur einmal anzusehen.

Amabila schien ausgehungert nach Berührungen zu sein. Sie schmiegte sich an sein Bein wie eine Katze. Als Engel lebte sie keusch, wahrscheinlich schon viele hundert Jahre lang, ohne jemals das Bedürfnis nach sexueller Lustbefriedigung zu haben, doch der Zauber, mit dem Magnus sie belegt hatte, bewirkte wohl, dass ihr asexuelles Dasein ein Ende hatte.

Ein geiles Engelchen … Das konnte er nun wirklich nicht gebrauchen, immerhin hatte er schon genug Probleme am Hals.

Gedankenverloren strich er sich eine Haarsträhne hinters Ohr. »Legst du deinen Mantel eigentlich nie ab?«, fragte er barsch. An die Phiole mit dem Drachenblut und an das Ei einer Harpyie zu gelangen, war doch anstrengender gewesen, als er erst gedacht hatte. Plötzlich fühlte er sich nicht nur müde, sondern erschöpft. Seufzend blickte er wieder zwischen seine Beine, wo Amabila ihren Kopf an seinem Knie rieb. Ihr rötlich schimmerndes

Haar reichte ihr bis zum Nacken, sodass Magnus jetzt, wo es nach vorne gefallen war, ihre blasse, makellose Haut an dieser Stelle sehen konnte.

Er liebte es, den Nacken einer Frau zu küssen … Die Erinnerung an eine heiße Sexszene aus längst vergangenen Tagen ließ mehr Blut in seinen Schwanz schießen. Schon ewig hatte er bei keiner Frau mehr gelegen. Auch er, einer der mächtigsten Hexer der Welt, hatte Bedürfnisse, die er zu lange vernachlässigt hatte. Aber er würde eher auf den Kelch verzichten, als diesen Engel zu ficken! Er konnte sie ja kaum ansehen, so sehr schwelte sein Hass.

»Wenn Ihr es wünscht, mein Herr, lege ich den Mantel ab«, erklang es leise, beinahe schüchtern von unten herauf. Scheu blickte Amabila zu ihm hoch, ihre smaragdgrünen Augen nie direkt auf ihn gerichtet, weil sie wusste, dass er das nicht duldete. Zu leicht könnte er sich in den Tiefen ihrer Pupillen verlieren.

Langsam streifte sie sich den Mantel ab. Magnus konnte nicht wegsehen, als erst ihre nackten Schultern zum Vorschein kamen, dann der Bogen ihres Rückens und schließlich ihre vollkommenen Pobacken.

Sein Atem stockte. »Warum trägst du nichts drunter?«, fragte er heiser.

»Ich bin ein Engel«, erwiderte sie leise. »Wir tragen nur auf der Erde Kleidung und da reicht mir dieser Mantel.«

Natürlich, dachte er, bevor seine Gedanken unterbrochen wurden, als Amabila leise hinzusetzte: »Ich liebe das Gefühl von Freiheit und möchte die Luft an meiner Haut spüren.«

Freiheit – die hatte er ihr genommen. Hoffentlich litt sie darunter, denn die Engel hatten ihm viel mehr genommen: alles … Doch das würde er sich zurückholen, doppelt und dreifach! Er bekäme seine Rache und noch viel mehr. Sein größter Traum würde sich dank des Kelches erfüllen.

Verdammt, von allen Engeln hatte er sich unbedingt den attraktivsten aussuchen müssen! Aber sahen Engel nicht immer gut aus?

Zum ersten Mal betrachtete er Amabila genauer. Eigentlich wirkte sie auf den ersten Blick eher gewöhnlich. Ihr Pagenschnitt verlieh ihr sogar etwas Jungenhaftes, dennoch war ihr Gesicht hübsch. Ihre Wimpern waren lang und dicht, die Nase etwas zu groß, aber gerade, die Lippen sündhaft geschwungen.

Magnus griff an ihr leicht spitzes Kinn, um ihren Kopf anzuheben, damit er ihr Gesicht noch besser sehen konnte, wobei sie es weiterhin vermied, ihm in die Augen zu schauen.

Ihr weißer Mantel lag hinter ihr auf ihren nackten Fußsohlen. Magnus beugte sich hinunter, um ihn wegzuziehen. Dabei kam er ihren kleinen, festen Brüsten ganz nah und bewunderte die Nippel, die spitz abstanden.

»Frierst du?«, fragte er rau.

»Engel frieren nicht, mein Herr.«

Dann war sie … erregt?

Er schluckte, denn Amabila rüttelte heftig an seiner Selbstbeherrschung. Sie war ein Engel, verdammt!

Ein verdammt heißer Engel …

Unverhohlen betrachtete er ihren Schoß. Der winzige Flaum Schamhaar über ihrer verlockenden Spalte besaß dasselbe rötliche Braun wie ihr restliches Haar; ihre Hände lagen auf ihren Oberschenkeln, doch plötzlich überkam Magnus der Wunsch, ihre zarten Finger auf seinem pochenden Schwanz zu fühlen, der sich gegen seine Hose drängte.

Hass … Hass … Hass … redete er sich ein, aber dieses Gefühl war wohl nicht stark genug.

Amabila hatte anscheinend keine Ahnung, wie sinnlich sie auf ihn wirkte: Nackt saß sie zu seinen Füßen und hielt demütig die Lider gesenkt, als würde sie begierig auf weitere Befehle warten. Als Engel schämte sie sich ihrer Nacktheit nicht.

Magnus hätte jetzt alles mit ihr anstellen können. Sie würde es ob seines Zaubers sogar zulassen, dass er sie auf den Rücken warf, ihre Beine spreizte und sich bis zur Besinnungslosigkeit in sie rammte.

Sein Schwanz zuckte; die ersten Tropfen perlten aus der Eichel und benetzten seinen Slip.

Vielleicht würde es helfen, Hass und Kummer einen Moment zu vergessen, wenn er sie fickte? Und womit könnte er einen Engel mehr bestrafen, als ihm die Unschuld zu rauben?

»Herr?«, fragte Amabila, wobei Magnus ein schwaches Glimmen in ihren Augen erkannte. Für einen Moment hatte sie ihn direkt angesehen, doch schlagartig senkte sie die Lider.

Sie war so rein, aber das Licht in ihren Pupillen würde schwächer werden, je mehr Zutaten sie sammelten. Bald würde es ganz erloschen sein und Amabila würde nie wieder zurückkehren können. Beinahe wünschte Magnus, ihr tief in die Augen zu sehen, um das Licht – das jemandem, der es erblickte, Frieden brachte – zu bewundern, aber das wollte er nicht. Das könnte eventuell an seinem Vorhaben rütteln.

»Habt Ihr noch einen Wunsch?«, flüsterte sie, als auch schon ihre Hände an seinen Beinen entlangwanderten. »Ich kann fühlen, was Ihr braucht.« Sie starrte auf die Beule, die sich in seinem Schritt gebildet hatte.

»Und du würdest das tun?«, fragte er, wobei ihm die Stimme fast versagte. Natürlich würde Amabila, sie konnte nicht anders. Der Zauber …

Mittlerweile war er so hart, dass er garantiert kommen würde, wenn sie ihn berührte.

»Für Euch würde ich alles tun, mein Herr«, sagte sie leise und presste ihre

Hand gegen seinen Schritt.

Stöhnend schloss er die Augen. Sein Schwanz pochte durch den Stoff der Hose gegen ihre Finger, die neugierig seine Länge befühlten. Dieser verdammte Zauber! Magnus wollte nicht, dass Amabila ihn berührte, dennoch öffnete er die Schenkel ein wenig und ließ seinen Kopf gegen die Lehne des Sessels sinken. Nur noch ein paar Striche ihrer Hand und er würde sich verströmen. Er spürte bereits jenes verräterische Ziehen in seiner Peniswurzel, das einem Orgasmus vorausging.

Nein ... Nein!

Nicht durch die Hand eines Engels – eines jener Wesen, die er so sehr verachtete!

Hastig erhob er sich und zupfte möglichst beiläufig an seiner Hose. »Ich gehe jetzt schlafen!« Er musste sich dringend Erleichterung verschaffen, aber garantiert nicht vor Amabilas Augen, die seinen Körper viel zu neugierig ansahen.

»Du kannst im Sessel schlafen«, merkte er an, bevor er sich umdrehte.

»Ich schlafe nicht, Herr.«

Natürlich nicht, ebenso wenig, wie sie essen musste.

Er war ganz durcheinander. »Du rührst dich nicht von der Stelle!«

Amabila, die immer noch auf dem Boden vor dem Sessel hockte, nickte. Obwohl Magnus wusste, dass sie morgen immer noch genau an diesem Platz sitzen würde, holte er ein ledernes Halsband, an dem eine Leine befestigt war, und legte es ihr an. Die Schnur baumelte zwischen ihren Brüsten. Als er sie ergriff, streifte sein Handrücken eine ihrer spitzen Brustwarzen.

Sie zuckte leicht, ihre Lider flatterten. Ihr Atem ging schneller, woraufhin Magnus mit wild klopfendem Herzen bemerkte, dass sie tatsächlich erregt war, wahrscheinlich zum ersten Mal in ihrem Dasein als Engel.

Sie machte es ihm nicht gerade leicht, ihr zu widerstehen. Hier kniete eine bildschöne Frau vor ihm, die sich willig von ihm nehmen lassen würde, und er musste sich immer wieder ins Gedächtnis rufen, dass er sie verachtete.

Nachdem er die Leine am Kamingitter befestigt und einen Zauberspruch gemurmelt hatte, der ihr eine Flucht unmöglich machte, verließ er schnell den Raum und schloss sich in seinem Schlafzimmer ein. Dort holte er als Erstes seinen Penis aus der Hose, um ihn fest zu umschließen. Drei Mal stieß er ihn in seine Faust, bevor er kam, immer das Bild von Amabilas spitzen Brustwarzen vor Augen ...

***

Magnus betrat, bereits geduscht und angezogen, den Wohnraum. Erste Sonnenstrahlen fielen durch die kleinen Fenster der karg eingerichteten Hütte.

In der Stube standen außer seinem Sessel nur ein Tisch mit vier Stühlen und ein großer Eichenschrank, denn Magnus hatte das kleine Holzhaus wirklich nur bewohnt, wenn er allein oder mit Arbeitskollegen auf die Jagd gegangen war.

Das Feuer im Kamin war längst erloschen, aber Amabila kniete noch in derselben Position davor wie am gestrigen Abend. Mit drei großen Schritten durchmaß er den Raum, um das Halsband und den Zauber zu lösen, wobei er darauf achtete, sie weder anzusehen noch zu berühren. Seine Träume waren bereits lebhaft genug gewesen.

Erwartungsvoll blickte sie unter gesenkten Lidern zu ihm auf. »Guten Morgen, Herr.«

Magnus schmiss ihr den Mantel in den Schoß und holte dann seine Jagdarmbrust aus Leichtmetall, die an der Wand der Hütte hing. »Zieh dich an, es geht los!«

»Wohin, mein Herr?«, fragte sie, während sie sich ihren schneeweißen Kapuzenmantel überzog.

»Westkarpaten, Slowakei«, erwiderte er knapp, da er so wenig Worte wie möglich mit ihr wechseln wollte.

Magnus legte seinen Umhang an, der immer noch über der Lehne des Sessels gehangen hatte, und schulterte seine Armbrust sowie den Köcher, in dem pfeilähnliche Bolzen aus Carbon steckten.

Er liebte diese Waffe. Sie tötete schnell, präzise und leise und war außerdem in Amerika legal zu bekommen. Dann holte er eine Landkarte aus der Manteltasche, bevor er mit dem Zeigefinger auf ein Felsmassiv deutete, vor dem ein kleiner See lag. »Genau dort hin. Tatra-Gebirge.«

Amabila nickte. Sie zog sich die Kapuze über und Magnus tat es ihr gleich. Er vergewisserte sich, dass die Armbrust fest auf seiner Schulter saß und der Miniaturkelch sich in seiner Brusttasche befand. Nur gut, dass er kaum größer als ein Schnapsglas war.

So klein und doch so mächtig …

Nachdem sie die Hütte verlassen hatten, nahm Magnus einen tiefen Zug der Bergluft und warf einen Blick auf das Felsmassiv der Rockys. Es war ein wunderschöner Herbstmorgen und die Aussicht auf die farbenprächtige Natur hatte ihm stets sehr gefallen, aber heute hatte er kein Auge dafür. Dieser Ort hatte ihm immer Entspannung gebracht, doch jetzt fühlte er sich mehr als nur nervös.

Amabila trat auf ihn zu und legte die Arme um seine Hüften. Ihr Kopf ruhte dabei auf seiner Brust, da Magnus sehr groß gewachsen war. Sofort fühlte er sich besser. Ihre Nähe raubte ihm jedes Mal den Atem. Amabilas Körperwärme drang durch ihre Mäntel, da er selbst die Arme um ihre zierliche Gestalt geschlossen hatte. Nur so konnten sie sich gemeinsam dematerialisieren.

Ein zarter Vanilleduft stieg in seine Nase, und er war versucht, sein Gesicht in ihrem Haar zu versenken. Hatte sie sich gewaschen?

Unmöglich, er hatte sie angeleint!

Sie drückte sich noch mehr an ihn und flüsterte: »Es geht los«, dann erfasste Magnus ein Reißen. Beide drehten sich wie ein Tornado im Kreis, wobei ihm sämtliche Luft aus den Lungen gepresst wurde und er alle Kräfte mobilisieren musste, um nicht von Amabila weggeschleudert zu werden. Anschließend glitt er in eine andere Bewusstseinsebene, in der er nur noch aus Gedanken existierte.

Während des kurzen Fluges erinnerte er sich daran, wie er Amabila vor drei Tagen aus einem Krankenhaus in Denver »entführt« hatte. Er hatte sich eine Klinik ausgesucht, weil es dort nur so vor Engeln wimmelte. Normalerweise nahmen Menschen sie nicht wahr, denn sie konnten nur gesehen werden, wenn man sie sehen wollte. Engel kommunizierten mit Komapatienten oder sprachen mit solchen, die im Sterben lagen, um ihnen die Ängste vor dem Tod zu nehmen und sie ins Licht zu führen.

Amabila war gerade aus einem Zimmer gekommen und Magnus hätte sie beinahe nicht als Engel erkannt, wenn sie ihm nicht für einen kurzen Moment direkt in die Augen geblickt hätte. Als hätte sie gespürt, dass er auf der Suche nach solch einem Geschöpf wie ihr war. Für den Bruchteil einer Sekunde hatte er jenes verräterische Leuchten durch ihre Pupillen scheinen sehen, das sie definitiv als Engel verraten hatte. Allerdings war es mehr ein goldenes Glimmen gewesen, was darauf hindeutete, dass sie ein nicht ganz so perfekter Engel war.

Umso besser. Es war ein Leichtes für Magnus gewesen, einen Bannzauber über sie zu legen, um sie an sich zu binden. Willig war sie ihm gefolgt und hatte alles getan, was er von ihr verlangt hatte …

Abrupt wurde er aus seinen Gedanken gerissen, als er festen Boden unter den Füßen spürte und wieder Herr seines Körpers war. Hastig löste er sich von Amabila und setzte die Kapuze wieder auf. Dann checkte er, ob sich der Kelch und seine Waffen noch am Körper befanden.

Während ihrer Reisen war Magnus vollkommen auf Amabila angewiesen. Sollte sein Zauber, der sie von ihm abhängig machte, versagen, wäre er verloren.

Ein eisiger Wind fuhr ihm unter das Cape, sodass er fröstelte und eine Gänsehaut bekam. Die tief stehende Abendsonne brachte kaum Wärme. Magnus blickte sich um. Vor ihnen lag ein kristallklarer Gebirgssee, um den sich die schneebedeckten Gipfel der Karpaten türmten. Hier wäre ein wunderschöner Ort gewesen, um Urlaub zu machen, wenn die Umstände andere wären. Früher war er als Ausgleich zu seinem Job viel in der Natur unterwegs gewesen, am liebsten beim Jagen und Fischen, aber das hatte vor zwei Jahren abrupt geendet, als ein grausames Ereignis sein Leben zerstört hatte. Und daran waren diejenigen schuld, für die er sich jahrelang aufgearbeitet hatte!

Amabila stand mit gesenktem Kopf und verschränkten Fingern vor ihm. Wegen der Kapuze sah er ihr Gesicht nicht, worüber er froh war, denn seitdem sie an seiner Seite war, fiel es ihm immer schwerer, die Engel zu hassen. Manipulierte sie ihn etwa? Magnus wusste, dass diese Geschöpfe alle möglichen Fähigkeiten besitzen konnten, aber da Amabila unter seinem Bann stand, müsste dieser ihre besonderen Eigenschaften blockieren, sofern sie überhaupt welche besaß.

Sie marschierten wenige Meter über Gras und Geröll, bis sie einen Höhleneingang bemerkten. Das Loch war offensichtlich vor vielen Jahrhunderten künstlich vergrößert worden, aber ansonsten schien seit der ganzen Zeit niemand mehr hier gewesen zu sein. Büsche überwucherten den Eingang, aber eine Handbewegung von Magnus genügte, um sie in Flammen aufgehen zu lassen, sodass sie zu Asche zerfielen.

Er ließ Amabila vorangehen, da sie im Dunklen besser sah als er. Magnus war zwar ein mächtiger Zauberer, aber im Grunde ein gewöhnlicher Mensch. Er besaß die Fähigkeit, Licht zu machen, doch er wollte sein Eintreffen nicht ankündigen, falls bereits jemand auf sie wartete.

Amabila streckte ihm die Hand hin und er ergriff sie zögerlich. Dann zogen ihn ihre kleinen Finger in die Finsternis. Schweigend gingen sie eine Weile – nur das Knirschen von Kies war unter seinen Sohlen zu hören –, bis plötzlich ein seltsames Zwitschern ertönte. Die ganze Höhle schien in Aufruhr zu sein. Magnus erkannte gleich, was da auf sie zukam: Er duckte sich, drückte Amabila mit seinem Körper gegen die Felswand und breitete schützend den Mantel über sie aus. Während der Schwarm Fledermäuse über sie hinwegrauschte, kuschelte sie sich an seine Brust und legte ihre Arme um ihn. Auch als die Tiere die Höhle längst verlassen hatten, standen sie beide noch so da.

Magnus hörte Amabila atmen und spürte den warmen Hauch an seinem Hals. Da durch die Dunkelheit seine anderen Sinne geschärft waren, drang der blumige Duft ihres Haars intensiver in seine Nase. Unbewusst schmiegte er sich mehr an sie und spürte, wie sein Schwanz auf diese intime Nähe reagierte.

»Herr?«, flüsterte sie an seinem Hals, als ob sie genau wüsste, was in ihm vorging. Dabei streiften ihre Lippen seine Haut.

Magnus war versucht, seine Hände unter ihr Cape wandern zu lassen, um ihre Haut zu streicheln. Zu wissen, dass sie darunter nackt war, ließ ihn sofort hart werden.

Verwirrt richtete er sich auf und trat einen Schritt zurück. Warum hatte er sie beschützt?

Es war mehr ein Reflex gewesen, redete er sich ein, als sie tiefer in die Höhle gingen, seine Hand auf ihrer Schulter. Außerdem brauchte er sein Engelchen noch ...

»Wir sind da«, erklang ihre reine Stimme in der Dunkelheit.

Magnus schob Amabila hinter sich, erhob seine Hand und rief »Lumo!« Sofort entzündeten sich wie von Geisterhand uralte Fackeln, die an den Felswänden hingen. Sie rußten stark und der Rauch kratzte in seiner Lunge.

Hinter ihm sog Amabila die Luft ein. Ein Bild des Grauens lag vor ihnen, denn in dem kuppelartigen Raum türmten sich Skelette – von manchen waren nur noch die Schädel und Hüftknochen übrig. Das kühle Klima der Karpaten hatte den Verfall verlangsamt. Es sollte ein Mahnmal sein, ein Massengrab, geschaffen von einem mächtigen Vampirfürsten, der im Frühmittelalter in dem größten Vampirkrieg der Geschichte gekämpft hatte. Die Blutsauger hatten sich damals beinahe gegenseitig ausgelöscht. So stand es in dem Buch, das Merlin persönlich geschrieben hatte und das seit Jahrhunderten im Besitz der Familie Thorne war. Nur durch reinen Zufall hatte Magnus herausgefunden, wofür die »Rezepte« darin gut waren. Denn erst als Magnus den Kelch gesehen hatte, war ihm bewusst geworden, welcher Schatz sich seit Generationen in ihrem Familienbesitz befand.

»Lass uns schnell machen«, sagte er und holte den kleinen kristallenen Kelch aus der Hemdtasche. »Ich brauche einen Vampirzahn.«

Amabila starrte ihn mit großen Augen an.

»Du holst einen, während ich mit der Zeremonie beginne.«

»Aber Herr ...«

Ihr Zögern erstaunte ihn. »Hast du etwa Angst vor Toten?«

Sie senkte den Kopf. »Es sind ... *Un*tote, Herr.«

Sein Engelchen fürchtete sich also vor Vampiren. »Die stehen bestimmt nicht mehr auf.« Er hatte jetzt keine Zeit für Diskussionen; er musste sich beeilen. Weitere Zutaten zu beschaffen wurde immer schwieriger, ebenso deren Verarbeitung und die Rituale, die vollzogen werden mussten, bevor die Stoffe in den Kelch kamen. Diesmal hatte Magnus das Artefakt wieder mitnehmen müssen, um an Ort und Stelle die Zeremonie durchzuführen, was ein sehr großes Risiko barg, von anderen entdeckt zu werden. Denn Magnus wusste, dass Magie bestimmte Energieströme aussandte, die gemessen werden konnten. Immerhin hatte er selbst bei der Entwicklung der Detektoren, Radarantennen und Satelliten geholfen, die schon geringste elektromagnetische Veränderungen auf der Erdoberfläche wahrnehmen konnten. Und gerade der Kelch strahlte eine ganz eigene, sehr auffällige Frequenz ab. Deshalb bettete Magnus das Artefakt, wenn er es nicht benutzte, in ein Kästchen mit Kristallen, die seine Energieströme absorbierten. Zusätzlich war das Gehäuse mit dünnen Bleiplatten ausgekleidet. Kein Wunder, dass das Versteck des Kelches weit unter der Erde gelegen hatte.

Tief durchatmend ging er selbst zum nächstbesten Totenschädel, zog ein Taschentuch aus seiner Hose und umfasste damit einen Zahn, während er mit der anderen Hand den Kopf hielt. Es dauerte eine Weile, bis sich der Reißzahn knackend aus dem Kieferknochen löste. Magnus musste aufpassen, sich nicht daran zu stechen. Das könnte sonst eine unangenehme Wunde geben.

Der Vampir schien ihn aus leeren Augen anzustarren. Mit dem geöffneten Kiefer sah das Skelett aus, als würde es ihn höhnisch angrinsen.

Erschaudernd fragte er sich, ob er wirklich das Richtige tat, bevor er zurück zum Kelch eilte, neben dem Amabila kniete und ihn nachdenklich anblickte. Aber sobald er ihr in die Augen schaute, senkte sie die Lider. Irgendwie spürte er eine Veränderung an ihr. Er konnte nur hoffen, dass sich sein Bannzauber nicht gerade in Luft auflöste, denn er hatte jetzt keine Zeit, ihn zu erneuern. Er ging neben dem Artefakt in die Hocke und griff nach dem nächstbesten Stein, um damit den Eckzahn im Taschentuch zu pulverisieren, was nicht einfach war, denn der Zahn war verdammt hart! Magnus brauchte mehrere Schläge, bis die ersten Teile absplitterten …

Kapitel 5 – Genussvolle Todesfolter

Die letzten Sonnenstrahlen des Tages ließen die schneebedeckten Gipfel blutrot erglühen. Als Cain den Höhleneingang betrat, spürte er bereits die Macht des Kelches, denn ein vibrierendes Summen schien in jede seiner Poren eindringen zu wollen, woraufhin sich alle Härchen auf seiner Haut aufstellten. Der Dieb war also noch hier! Cain überprüfte den Sitz seiner Schutzweste, die er immer unter seinem T-Shirt trug, wenn Kämpfe zu erwarten waren. Sie bewahrte ihn allerdings nur davor, von gewöhnlichen Geschossen oder Messerhieben verletzt zu werden. Magie hatte sie nichts entgegenzusetzen.

Vor fünf Minuten hatte Crispin die Frequenz des Artefakts aufgefangen und es schließlich nach weiteren zwei Minuten lokalisieren können: in den Karpaten. Je tiefer Cain kam, desto deutlicher nahm er ein flackerndes Licht wahr und eine melodiöse Männerstimme, die in einem lateinischen Singsang unverkennbar ein magisches Ritual zelebrierte.

Er schlich sich tiefer in die Höhle hinein und erkannte den Ort sofort, als er die rußenden Fackeln an der Wand sah und darunter den gigantischen Knochenhaufen: Es war die Höhle aus seiner Vision!

Hastig blickte er sich um. Sein Herz pochte schneller, aber von Raja war nichts zu sehen. Dafür nahm er umso deutlicher die zwei Gestalten wahr, die mitten im Raum um den Kristallkelch standen: die große ganz in Schwarz, die kleinere in Weiß gehüllt. Ob das ihr Engel war? Cain konnte das Gesicht nicht sehen. Auch von dem Mann lugte nur das markante Kinn unter der Kapuze hervor, sodass Cain nicht einmal wusste, mit welchem Wesen sie es zu tun hatten. Er war sehr groß, besaß breite Schultern und die Statur eines Menschen, aber genauso gut konnte es sich um einen Vampir, Werwolf oder anderen Gestaltwandler handeln, wobei Cain den Vampir ausschloss, da auf Kreta die Sonne geschienen hatte.

Er positionierte sich hinter einem Felsvorsprung und zog sein Smartphone aus der Hosentasche, das er möglichst unauffällig auf den großen Mann in der schwarzen Kutte gerichtet hielt. Dieser sprach eine Beschwörungsformel nach der anderen, weshalb sich Cain beeilen musste. Als der Kuttenmann die Hände hob und für einen Moment nach oben sah, machte er ein Foto. Das schickte er sofort an Crispin. Und während Cain noch überlegte, woher er das Gesicht des Mannes mit den hohen Wangenknochen und dem markanten Kinn kannte, schickte ihm Cris bereits die Antwort: Magnus Thorne, ehemaliger Software-Entwickler und Mitarbeiter der Excelsior Corporation.

Cain stockte der Atem. Thorne! Unmöglich! Er hatte das Sicherheits- und Überwachungssystem der Corporation erfunden. Es gab nicht einen Computer oder ein anderes technisches Gerät, an dessen Entwicklung er nicht beteiligt gewesen war.

Der Unglücksfall vor zwei Jahren war noch gut in Cains Gedächtnis geblieben. Thorne hatte sich danach aus dem Programm ausgeklinkt. Alle hatten Verständnis dafür aufgebracht, weil er sich eine Auszeit gönnen wollte, aber dass er gleich den Kelch stahl …

Magnus Thorne entstammte einem uralten Magiergeschlecht, das ein sehr hohes Ansehen beim Rat genoss. Thorne war als absolut vertrauenswürdig eingestuft worden. Und nun war er ihr Feind – ein mächtiger und gefährlicher noch dazu!

Unvermittelt sprang Cain hinter dem Felsen hervor, einen Energiepfeil in der Hand, und rief: »Geben Sie auf, Thorne!«

Die beiden vermummten Gestalten zuckten zusammen. Abrupt verstummte der Gesang. In einer fließenden Bewegung streifte sich der Magier die Kapuze vom Kopf und griff hinter sich, um zu Cains Überraschung eine moderne Armbrust hervorzuholen, die bereits gespannt war.

Die in Weiß gekleidete Person hielt Thorne am Arm fest, um ihn am Schießen zu hindern, und flüsterte etwas, das Cain nicht verstand.

Thornes Antwort, die er laut genug von sich gab, ließ Cain erschaudern.

»Ein Engel weniger, um den es nicht schade ist.«

Cain spürte den Schmerz, den Thornes Worte der kleineren Person zufügten, weshalb er wusste, dass es sich dabei tatsächlich um einen Engel handelte, der Statur nach wahrscheinlich einem weiblichen. Raja hatte diesbezüglich nicht gelogen.

Was hatte dieser Mistkerl dem Engel angetan? Die zierliche Gestalt wirkte eingeschüchtert, auch wenn Cain ihre innere Stärke fühlte. Leider war er nicht nah genug an ihr dran, um mehr von ihren Schwingungen auffangen zu können.

»Übergeben Sie mir den Kelch und es wird Ihnen nichts geschehen!« Cain richtete den Blitz weiterhin auf den Magier, blieb jedoch in sicherer Entfernung.

»Nur über meine Leiche«, knurrte Thorne und drückte ab. Der Bolzen der Armbrust hätte Cain mitten ins Herz getroffen, wenn nicht ein bläuliches Geschoss, das wie eine brennende Kugel aussah, Thornes Pfeil in der Luft zerschmettert hätte.

»Ich hab dir grad deinen süßen Arsch gerettet!«, hallte eine amüsiert klingende Stimme durch die Höhle. »Jetzt hab ich was gut bei dir!«

Raja! Er hatte keine Zeit, nach ihr Ausschau zu halten, denn Thorne feuerte bereits weitere Bolzen auf ihn ab, denen Cain diesmal geschickt auswich. Er fluchte jedoch, da er nicht zurückschießen konnte, denn der Engel stand wie ein Schutzschild vor dem Magier!

Daher hechtete Cain hinter den Felsvorsprung und Raja dabei fast in die Arme. »Hallo Sonnenschein, hab ich was verpasst?«

Schnell rückte er von ihr ab. Na ausgezeichnet, jetzt hatte er es mit zwei Gegnern zu tun! Cain richtete den Energiepfeil auf sie, aber Raja hob ihre Arme. Sie war unbewaffnet. »Frieden, schon vergessen?«

Der Reißverschluss ihrer Lederjacke war fast bis zu ihrem Bauchnabel aufgezogen. Cain schluckte schwer, denn außer einem sehr knappen schwarzen Spitzen-BH trug sie nichts drunter. Da sie immer noch die Arme nach oben hielt, waren die runden Hälften ihrer Brüste leicht gestreckt und er erkannte die Ansätze ihrer rosigen Brustwarzen.

»Wie hast du gewusst, wo du hinmusst?«, fragte er rau, wobei er einen Blick über den Felsvorsprung warf. Thorne hatte wieder mit dem Singsang begonnen. Es schien nicht mehr lange zu dauern, bis der Kelch die neue Zutat absorbiert hatte, denn es stieg bereits bläulicher Qualm empor.

Aus den Augenwinkeln nahm Cain wahr, wie Raja ihr Handy in der Innentasche ihrer Jacke verschwinden ließ. Für ihn war das ein eindeutiges Zeichen. Schnell griff er hinein und streifte dabei ihre Brust.

»Hey, nicht so stürmisch!«, sagte sie lachend.

Als er auf das Display schaute, wurde ihm einiges klar. »Ihr habt unser

Netz angezapft!«

Raja klimperte unschuldig mit den Wimpern.

»Das behalte ich; ist sowieso unseres«, knurrte Cain, woraufhin er seinen Blitz auf ihr Smartphone hielt, sodass es verschmorte.

»Das kannst du nicht machen!«, zischte sie, verstummte jedoch sofort, als er seinen Blitz wieder auf sie richtete. Stattdessen wechselte sie das Thema: »Wer ist der Typ?«

»Geht dich nichts an.«

»Definitiv ein Magier. Und sein Name ist Thorne.« Sie grinste. »Siehst du diese spitzen Ohren?« Raja strich ihr Haar zurück und wackelte mit ihnen. »Die schnappen eine Menge auf.«

»Ich hab jetzt keine Zeit, mit dir Smalltalk zu machen.« Cain nutzte den Moment, weil Thorne abgelenkt schien, und stürzte hinter dem Felsen hervor. Da der Engel nun neben dem Magier stand, schoss Cain seinen Pfeil geradewegs auf Thorne ab.

Bevor der Blitz den Magier traf, schnellte die Hand des in Weiß gekleideten Engels hervor, um das Energiegeschoss zu absorbieren. Der Pfeil verschwand in der Handfläche der kleinen Person, ohne Schaden angerichtet zu haben.

Cain blieb die Luft weg. Ihn hätte in diesem Moment nichts mehr schockieren können. Machte der Engel etwa gemeinsame Sache mit diesem Thorne? Dass sie seinen Blitz abgefangen hatte, war Cain Beweis genug, aber es wurde noch besser, denn während der Magier auf ihn schoss, gab sie die Zutaten in den Kelch! Das Kristall leuchtete bläulich, mehr Rauch stieg auf.

Cain kam immer näher an die beiden heran und nutzte seine Eigenschaft, sich pfeilschnell fortbewegen zu können, doch plötzlich hatte er das Gefühl, ihm würde Kaugummi unter den Sohlen kleben. Er konnte sich nur noch wie in Zeitlupe bewegen!

Langsam drehte er den Kopf und sah, dass der Magier eine Beschwörungsformel murmelte und die Hände dabei auf ihn richtete. Verdammt! Thorne war wahnsinnig mächtig!

»Bleib in Deckung, Dämonin!«, schrie Cain und meinte damit natürlich Raja; er fragte sich jedoch sofort, warum er sie schützte. Denn wenn Thorne sie tötete, hätte er ein Problem weniger.

»Wenn du unbedingt draufgehen möchtest, kann ich das gerne tun«, rief sie zurück und hatte schon wieder einen Bolzen mit ihrer Energiekugel zerschmettert, der sich sonst in Cains Schädel gebohrt hätte.

Thorne konzentrierte sich erneut auf das Ritual, woraufhin Cain spürte, wie der Bann von ihm abfiel und er sich wieder schneller bewegen konnte. Anscheinend absorbierte der Kelch die Zutat nur langsam, was ihm noch ein wenig Zeit verschaffte.

Da dies die Höhle aus seiner Vision war, wusste er, dass er sterben würde. Schnelles Handeln war angesagt. Verdammt, er musste verhindern, dass Thorne seine Arbeit vollendete, denn dann würden alle Welten ins Chaos stürzen. Oder diese Dämonin würde sich den Kelch schnappen, was kein bisschen besser wäre, als wenn das Artefakt bei Thorne blieb.

Cain ging auf volles Risiko, denn vielleicht besaß er nur diese eine Chance, um an das Gefäß zu gelangen. Sollte Thorne ihm doch sein ewiges Leben nehmen, wenn er dafür den Kelch bekam! Für seine Mission tat er alles und er musste sich beeilen! Der Kelch glühte und pulsierte in einem grellen Licht. Er war dabei, die Zutat zu absorbieren.

Cain legte all sein Vertrauen in den Brustpanzer und seine Fähigkeiten, dann huschte er wie ein Schatten im Zickzack durch die Höhle auf die zwei Kapuzengestalten zu. Aber er hatte nicht mit Thornes Reaktionsvermögen gerechnet. Der Zauberer sandte einen weiteren Fluch aus, der wie ein heißer Atem an Cain vorbeischoss. Er wusste, dass Thorne einer der wenigen Magier weltweit war, die Körper und Gegenstände erstarren lassen konnten. Zum Glück hatte der Zauber ihn nur gestreift; er reichte jedoch aus, dass er sich wieder nur langsamer fortbewegen konnte, etwa noch so schnell wie ein normaler Mensch. Das genügte Thorne aber, um ihn zu treffen.

»Pass auf, Sonnenschein!«, schrie Raja, die jetzt damit beschäftigt war, ihre eigene Haut zu retten, da Thorne abwechselnd auf sie beide schoss.

Verdammt, der Magier war ein exzellenter Schütze! Nachdem zwei Pfeile an Cains Oberkörper abgeprallt waren, hatte Thorne wohl erkannt, dass er auf andere Stellen zielen musste.

Der Magier war nicht nur ein verdammt guter Schütze, sondern mit dem Engel an seiner Seite praktisch unbesiegbar, denn dieser absorbierte Cains Blitze und Rajas Energiekugeln, als würde es sich lediglich um Schneebälle handeln, die sie fing. Jetzt fragte sich Cain auch nicht mehr, wie Thorne so schnell von einem Ort zum anderen gelangen konnte. Die beiden bildeten eine perfekte Symbiose. Daher gab Cain seine Angriffe bald auf und konzentrierte sich darauf, an das Artefakt zu gelangen. Ihn trennten nur noch wenige Schritte davon.

Vehement versuchte er, dem Ereignis aus seiner Vision zu entgehen, als plötzlich ein Bolzen in seinen Oberschenkel einschlug. Es knackte und er spürte einen dumpfen Schlag, stellte jedoch zu seiner Erleichterung fest, dass es den Glückskürbis getroffen hatte, den Mr Fang ihm geschenkt hatte. Den hatte er bereits vergessen gehabt! Vor Erleichterung passte er einen Moment nicht auf – da bohrte sich ein Geschoss in seine Schulter, genau an der Stelle, die von seiner Schutzweste nicht mehr bedeckt wurde.

In dem Augenblick, als ein unvorstellbarer Schmerz ihn durchdrang und er auf die Knie sackte, weil sein ganzer Körper wie betäubt schien, schrie der weibliche Engel: »Cain!«

Vor seinen Augen drehte sich alles. Als er zu Boden stürzte, konnte er unter ihre Kapuze sehen, so nah war er den beiden bereits gekommen. Es war Amabila, ein ehemaliges Mitglied des Rates der Engel! Der Verräter kam tatsächlich aus den eigenen Reihen. Cains Seele litt unendliche Qualen, sein physischer Schmerz war nichts dagegen.

Ein Engel ... Amabila!

»Soll ich dir den Weg freischießen?«, rief Raja von irgendwo hinter ihm. Sie hatte wahrscheinlich noch nichts von seinem Fall mitbekommen. Cain konnte sie wie einen Schatten durch die Höhle huschen sehen. Er hob seine Hand, schaffte es jedoch nicht, einen Blitz zu formen. Was war denn nur los mit ihm? Er konnte sich nicht mal den Bolzen aus der Schulter ziehen, stattdessen wurde er immer schwächer. Was war das für ein Zauber? Normalerweise haute Cain nichts so schnell um.

»Hey, Sonnenschein, soll ich schießen?«, fragte die Dämonin ein weiteres Mal.

Auch wenn Amabila sie verraten hatte, so war sie immer noch eine von ihnen. Und vielleicht konnte sie nichts dazu? Thorne war ein mächtiger Magier. Er könnte Amabila verhext haben. »Untersteh dich, du könntest sie treffen!«, wollte er Raja zuschreien, stattdessen drangen die Worte schwach aus seinem Mund.

Nur gut, dass seine Dämonin über ein ausgezeichnetes Gehör verfügte. »Sie gehört zum Feind, schon vergessen?«

Plötzlich war sie aus seinem Gesichtsfeld verschwunden, nachdem Thorne angefangen hatte, wieder auf sie zu schießen.

Cain versuchte wachsam zu bleiben und gegen die Schwäche anzukämpfen, doch je mehr er sich anstrengte, desto schneller schien es mit ihm bergab zu gehen. Alles war verloren; er hatte versagt ...

Thorne richtete seine Armbrust auf ihn. Den Köcher hatte er von sich geschleudert, er besaß nur noch einen Schuss. Der Bolzen befand sich nur Zentimeter vor Cains Augen.

Amabila hielt den Magier am Arm fest. »Nicht, bitte!« Traurig blickte sie zu Cain herab. Als Thorne seine Waffe sinken ließ, erfüllte plötzlich ein gleißendes Licht, das vom Kelch ausging, die Höhle.

Das Artefakt hatte die gemahlenen Vampirzähne absorbiert. Es sah wieder wie ein Becher aus gewöhnlichem Glas aus, als Thorne ihn aufhob und unter seinem Mantel versteckte.

»Lass uns hier schleunigst verschwinden!«, hörte Cain ihn sagen.

Dann vernebelte sich Cains Verstand, woraufhin er kaum noch etwas von seiner Umgebung wahrnahm. Der Schmerz überdeckte alles ...

Leraja stutzte. Der weibliche Engel an Thornes Seite wirkte aufgebracht, denn sie zog unentwegt an dessen Cape. »Aber Herr! Er wird sterben!«

»Nicht, wenn die Dämonin ihn rettet«, sagte er abfällig und zog die kleine Person an seinen Körper. »Aber da sie das nicht tun wird – ja, dann wird er sterben; er ist schon so gut wie tot.«

In ihrem Versteck spitzte Leraja die Ohren. Dieser Thorne hätte ihr sympathisch werden können, wenn sie nicht ein plötzliches Faible für ihren Sonnenschein entwickelt hätte. Er war ein nettes Spielzeug.

»Sie könnte ihn retten?« Hoffnung schwang in der Stimme des Engels mit.

Leraja hörte gut zu, als Thorne kurz erklärte, wie das zu bewerkstelligen war, aber sie hatte keine Ahnung, wovon der Magier sprach …

Vor Kurzem hatte sich Leraja zurückgezogen und ein Portal geöffnet, um sich von hinten an die beiden heranzuschleichen, doch sie kam zu spät: Thorne und der Engel lösten sich bereits vor ihren Augen in Rauch auf und schossen wie ein Wirbelwind aus der Höhle, wobei drei Fackeln ausgeblasen wurden. Zwei brannten noch und warfen ihr flackerndes Licht auf Cain, der stöhnend am Boden lag.

»Fuck!«, fluchte sie, weil sie so nah dran gewesen war, den Kelch zu schnappen. Jetzt hatte sie wieder keine Ahnung, wohin er verschwunden war, außerdem besaß sie nun ihr Smartphone nicht mehr, um bei den Engeln zu spionieren. Das war alles Cains Schuld!

Sie trat vor ihn und blickte auf ihn hinab. Es hatte was, einen Mann wehrlos und schwach zu sehen.

»Es ist Amabila; ich fasse es nicht«, flüsterte er und versuchte auf die Beine zu kommen, doch er konnte kaum den Kopf heben.

»Eine alte Liebe?« Leraja wollte ihrem sexy Engel aufhelfen, aber er stöhnte vor Schmerzen. Da sah sie den Bolzen, der sein Shirt durchdrungen hatte und tief in seiner Schulter steckte.

»Mach dich nicht lächerlich«, keuchte er. »Ich kenne Amabila kaum, habe sie nur wenige Male gesehen, als sie noch Mitglied im Rat war.«

»Was für ein Rat?«, wollte sie wissen, aber Cain sprach einfach weiter, als ob er mehr mit sich selbst redete, den Blick starr an die Höhlendecke gerichtet. »Jetzt weiß ich, woher Thorne das Versteck des Kelches kannte. Aber da meine Mission gescheitert ist, wird Amabila dem ewigen Fegefeuer wohl entkommen. Sie hat sich wahrscheinlich eine Zukunft an Thornes Seite ausgerechnet.«

Leraja kniete sich neben ihn auf den steinigen Boden. »Genug geschwatzt, halte lieber still, damit ich den Bolzen entfernen kann.« Eigentlich hatte sie überlegt, Cain liegen zu lassen. Er würde schon irgendwie klarkommen, aber er sah wirklich scheiße aus. Sein Gesicht wirkte wächsern; er stöhnte unterdrückt.

»Meine Güte, wegen dem kleinen Teil führst du dich so auf?«, sagte sie, bevor sie den Pfeil mit einem Ruck herauszog.

Cain schrie auf: »Shit!« Seine Augen verdrehten sich.

»Daran stirbt doch niemand, du Jammerlappen.« Aber als sie das Carbongeschoss entfernt hatte, schloss sich die Wunde nicht, wie sie es bei einem Engel erwartete – im Gegenteil: Sie blutete stark und die rote Flüssigkeit verfärbte sich schwarz!

»Was zum …« Plötzlich wusste sie, was hier passierte: Thorne hatte den Pfeil mit einem magischen Gift versehen. »Dämonenblut!« Und nur ganz frischer Dämonenspeichel konnte Cain nun retten. Verdammt, sie war bloß eine Halbdämonin; ob das ausreichte? Aber was kümmerte es sie eigentlich, wenn er starb? Er war ihr Feind!

»Halte durch, Sonnenschein!«, sagte Leraja dennoch, bevor sie seine Wange tätschelte. Cains Lider flatterten; sein Atem ging immer schwerer.

Ihr Herz raste. Sie brauchte ihn lebendig, weil er wusste, wer der Magier war. Thorne … Hatte sie den Namen nicht schon mal gehört?

Sie tastete Cains Beine ab, bis sie in einer Hosentasche sein Smartphone fand. Wenn sie das Gerät aktivieren könnte, wäre es Gold wert; aber was sie auch versuchte, das Display blieb schwarz. »Mist!«

Da Cain kaum Luft bekam, riss sie sein Shirt von seinem Kragen abwärts auf, um an die Schutzweste zu gelangen. Hastig zog sie an den seitlichen Klettverschlüssen und schob die Panzerung ein Stück weg. »Besser so?« Panik erfasste sie, weil sie endlich begriff, dass der Magier recht gehabt hatte: Cain würde tatsächlich sterben!

Ohne weiter zu zögern, beugte sie sich über Cain, presste ihre Lippen auf das Einschussloch und begann zu saugen. Bittere Flüssigkeit schoss in ihren Mund, die sie regelmäßig ausspuckte, doch das Blut blieb schwarz. Dann ließ sie ihren Speichel in die Wunde laufen, aber es half alles nichts; das Dämonenblut hatte sich schon in seinem Körper verteilt.

Die Zeit lief ihr davon! Was hatte Thorne noch mal gemeint; wie konnte sie ihn retten? Er hatte etwas von »intim« gesagt.

Intim … Da kannte sie sich aus. Hastig öffnete sie Cains Hose und holte sein schlaffes Glied hervor.

»Raja … Was soll das jetzt?«, protestierte er schwach, aber sie hatte nur Augen für seinen Schwanz, der genauso hilflos wie der Rest von ihm in ihrer Hand lag.

»Ich rette dich, Sonnenschein. Aber das tu ich nur aus reinem Eigennutz, glaube mir!«

Er murmelte etwas von »Egal, ich werde ja eh sterben«, bevor sie seine

Schenkel öffnete, sich dazwischenkniete und den weichen Penis in den Mund saugte. Warm schmiegte er sich an ihren Gaumen und die Zunge, mit deren Spitze sie versuchte, unter die Vorhaut zu gelangen. Sie kitzelte die glatte Eichel und schmeckte noch das Meersalz auf der empfindlichen Haut, wobei Leraja Cain wieder vor sich sah, wie er nackt aus dem Wasser gekommen war. *Du wunderschöner Mann,* dachte sie und seufzte an sein Geschlecht. *Es wäre eine Verschwendung, auf dich verzichten zu müssen ...*

Eine Hand zwängte sie an der störenden Hose vorbei zwischen seine Beine, um dort die Stelle unter den Hoden und seinen Ringmuskel zu berühren, den sie sanft massierte. Langsam füllte sich sein Geschlecht mit mehr Blut. Cain keuchte auf. Mit der Zungenspitze fühlte sie den Adern nach, die im Takt seines Herzens pulsierten. Noch mehr von der salzigen Note drang an ihre Geschmacksknospen, als Leraja wieder unter die Vorhaut glitt, um an seinem Schlitz zu züngeln. Er verlor eine Menge Lusttropfen.

»Wie kommst du darauf, dass das hilft? Es versüßt mir höchstens meinen Tod«, sagte er leise.

Sie hob ihren Kopf und blickte ihn prüfend an. Lächelnd schloss Cain die Augen, doch sofort verzog er das Gesicht. Er hatte immer noch starke Schmerzen. Sie musste sich einfach mehr anstrengen!

Ihre Finger kreisten auf seinem Anus oder sie spielten an seinen Hoden. Mit der anderen Hand streichelte sie Cains flachen Bauch.

Seine Härte ragte mittlerweile steil nach oben, weshalb Leraja sie der ganzen Länge nach ableckte und einen tiefen Zug des männlich-würzigen Aromas nahm, bis sich Cains Stöhnen nicht mehr schmerzerfüllt, sondern lustvoll anhörte. Jetzt, da er absolut wehrlos war, konnte sie alles mit ihm machen. Normalerweise hätte sie das mehr als erregt, aber Cain sah immer blasser aus. Sofort stülpte sie wieder die Lippen über seinen Schaft, um ihn besonders tief aufzunehmen. Zum Glück hatte er nicht so einen dämonischen Prügel wie viele Unterweltler. Die mochte Leraja überhaupt nicht.

Sie tastete seine Lenden ab, bis sie den Puls spürte. Schwach klopfte er gegen ihre Fingerkuppen.

Du stirbst mir jetzt nicht weg!, dachte Leraja. Sie wollte sich nicht anmerken lassen, dass sie sich ein klein wenig zu ihm hingezogen fühlte. Deshalb hob sie den Kopf, hielt sich die blonden Strähnen aus dem Gesicht und fragte ruppig: »Geht's schon besser?«

Ein gequälter Laut war die Antwort.

»Cain?!«

Plötzlich ergriff er ihre Hand, die auf seinem Bauch lag, und sie zuckte zusammen. »Raja ...«

Er hustete, bevor er stockend weitersprach, die Lider nur halb geöffnet: »Versprich mir, den Kelch nicht ... Du musst ihn ...« Bevor er zu Ende reden konnte, sackte sein Kopf zur Seite.

»Cain!« Was sollte sie nur tun? »Scheiße!«

Er bewegte sich nicht mehr. Aus seiner Wunde drang eine Flüssigkeit, die wie schwarzer Eiter aussah. Hatte sie ihn verloren?

Ihr Gehirn ratterte. Thorne hatte doch gesagt: »Das Intimste, was zwei Menschen miteinander teilen können ...« Ja genau, das waren die Worte des Magiers gewesen! Sie hatte Cain bereits einen geblasen. Sollte sie etwa mit ihm schlafen? Er war fast tot, verdammt! Sein Schwanz stand zwar nicht gerade wie eine Eins, aber ... Plötzlich fiel ihr etwas ein, das sie vor langer Zeit einmal gehört hatte, denn Dämonen taten es nur, um anderen die Seele auszusaugen: küssen!

Das musste es sein! Es gab Menschen, die küssten nicht auf den Mund, zum Beispiel Huren. Ein Kuss sollte sehr intim sein; er war ein Ausdruck von innigster Zuneigung, von ... Liebe.

Raja sträubte sich. Sie hatte noch nie richtig geküsst, wenn dann nur, um andere zu verderben, und nicht einmal das wollte bei ihr richtig klappen. Ihre Opfer schmolzen meistens an ihren Lippen dahin, aber so richtig böse oder seelenlos war danach nie jemand.

Und würde ihr Kuss ihn wirklich retten können? Sie liebte Cain ja nicht, aber vielleicht reichte es aus, dass sie ihn für einen Engel recht okay fand?

Der Magier musste gewusst haben, dass sie ihn unmöglich retten konnte, außerdem hatte schon ihr letzter Kuss, als sie das Gute aus Cain herausholen wollte, eine Veränderung in ihr hervorgerufen und sie zum Schwanken gebracht. Zudem fürchtete sie sich davor, wieder die Macht ihres Erzfeindes zu fühlen, die in Cain besonders stark gewesen war.

Verdammt, wenn er jetzt starb, musste sie allein dem Kelch hinterherjagen, wobei ihre Chancen, an das Artefakt zu kommen, ohne Cains Hilfe bei null standen. Immerhin hatte der Kerl ihr Handy zerstört und seines war für sie nutzlos.

»Komm, gib dir einen Ruck!« Sie kroch nach oben und legte sich an seine Seite. Ihr Blick verharrte auf seinen Lippen. Wunderschön waren sie ja und sie wusste, wie sie schmeckten. »Verdammt, Sonnenschein, lass mich nicht hängen!«

Tief durchatmend schloss sie die Augen und senkte ihren Kopf, in der Erwartung, jeden Moment wieder diesen elektrischen Schlag zu bekommen, wie an dem Tag in Chinatown. Aber der Schmerz blieb aus. Stattdessen fühlte sie Cains herrlich weichen Mund an dem ihren. Vorsichtig ließ sie ihre Zungenspitze über seine Lippen wandern. Sie standen leicht offen und sein Atem drang in sie ein. Noch war er am Leben.

Warum blieb auch dieses Knistern aus? Warum spürte sie nicht die Macht ihres Feindes? War das Cains Schutz gewesen, weil sie ihm hatte schaden wollen? Aber jetzt küsste sie ihn, wie sich Liebende küssten. Das nahm sie zumindest an. So hatte sie das im Kino gesehen. Das Küssen auf diese Weise war neu für sie, neu und fantastisch. Sie legte all ihre positiven Empfindungen in diese Berührung und dachte nicht einmal im Traum daran, Cain Schaden zuzufügen, denn seine Lippen an ihrem Mund zu fühlen, sie zu schmecken, war großartig. Sie waren so weich wie die Haut an seinem Geschlecht.

Sie blinzelte zu seinem flachen Bauch hinunter. Immer noch ragte sein Schwanz nach oben. Tropfen liefen aus der dunkelroten Eichel. Wie schön Cain war ... Herzhaft griff sie nach seiner Härte und rieb daran, ohne ihren Mund von ihm zu lösen. Sicher war sicher, damit es auch wirklich funktionierte.

Und tatsächlich! Aus den Augenwinkeln sah sie, wie sich die Wunde veränderte! Das Schwarz verblasste, Cains Blut verfärbte sich wieder rot und die Wunde schloss sich, bis nur noch eine helle Narbe an der Schulter zu sehen war, aber Raja machte mit ihrer Behandlung lieber weiter.

Plötzlich kam ihr Cains Zunge entgegen – erst zögerlich, aber bald neugieriger – und in ihrem Magen machte ein Männchen einen Purzelbaum. Ihre Hand glitt auf seine Brust, wo sie sein Herz kräftig schlagen fühlte. Dort spielte sie mit den erigierten Nippeln, bevor sie wieder tiefer glitt und seinen Schaft fester umschloss. Sie rieb heftiger, bis sich seine Hüften ihrer Hand entgegendrückten. Die Augen geschlossen, stöhnte er an ihren Lippen. Er schien sich wie in Trance zu befinden, doch er war ... lebendig. Auch sie fühlte sich so lebendig wie noch nie.

Ob es an ihrem Kuss lag oder doch an ihrem Speichel, der mit Verzögerung seine Wirksamkeit entfaltete, war ihr im Moment egal, denn sie genoss dieses neuartige Gefühl, das Cains Zärtlichkeiten in ihr auslösten. Hatte sie sich schon einmal jemandem so nahe gefühlt? *Nein! Er ist dein Feind*, ermahnte sie sich, doch diese Empfindungen waren berauschend. Hey, sie war zur Hälfte eine Elfe, die brauchten eben ihre Streicheleinheiten!

Unaufhaltsam wanderten Cains Hände über ihren Körper, drückten ihre Pobacken und zerwühlten ihr Haar. Seine Küsse wurden fordernder, und Leraja bemerkte verwundert, dass sie allein davon feucht wurde! Sie rieb sich auf ihm, wobei sie zärtlich sein Gesicht streichelte und seine Erektion massierte. Ihre Hand war bereits nass von seinen Lusttropfen.

Sie rutschte tiefer und küsste seinen Hals. Dort, an der empfindlichen Haut unterhalb seines Ohrs roch er sehr männlich ... nach Cain eben. Sie könnte sich allein in seinen Duft verlieben.

Ihre Lippen streiften sein Schlüsselbein und glitten noch weiter hinab, bis sie sich um seine Brustwarzen legten. Als sie daran saugte, stöhnte Cain laut, sein Schwanz in ihrer Hand wurde knallhart und zuckte.

Sie drückte fester zu, rieb schneller.

Cain bäumte sich auf. »Raja, nein ...«

Schnell rutschte sie wieder höher, küsste seine Wangen, die Nase, das Kinn. »Komm für mich, wehre dich nicht«, hauchte sie. Dabei hechelte Cain und als er sich schließlich in ihrer Hand ergoss, vergaß Leraja das Atmen. In dem Augenblick höchster Befriedigung war er das begehrenswerteste Geschöpf auf Erden. Mit geschlossenen Lidern und leicht geöffnetem Mund stöhnte er unverständliche Worte an ihre Lippen, während sein Körper zuckte.

Cain wagte nicht, die Augen zu öffnen. Was war soeben geschehen? Er konnte sich zwar an alles erinnern: den Bolzen, die Schmerzen, Lerajas Behandlung ... Aber glauben konnte er nicht, dass er soeben einen Höhepunkt der Lust erlebt hatte, und was für einen! Es war schon Ewigkeiten her, seit er das letzte Mal sexuelle Befriedigung empfunden hatte, in seinem früheren Leben als Mensch. Jetzt gab es keinen Platz, keine Notwendigkeit und keine Zeit mehr für Sex in seinem Dasein. Ganz zu schweigen davon, dass es verboten war, denn Lust war eine Sünde, die ihn schneller aus dem Himmel verbannen konnte, als ihm lieb war. Für den Bruchteil einer Sekunde dachte er an die unschönen Erfahrungen mit Anna, wie sie ihn ausgelacht hatte, weil er so unerfahren gewesen war. Nein, das wollte er nicht noch einmal wiederholen.

Cain setzte sich auf und betrachtete seine Schulter. Sie war tatsächlich verheilt, auch wenn sie noch schmerzte. »Ich danke dir, Dämonin«, sagte er leise, ohne sie anzusehen, stattdessen blickte er auf die Sauerei an seiner Hose.

Mit brennenden Wangen schloss er sie. »Auch wenn du dir das andere hättest sparen können.«

»So, der Herr ist also noch undankbar!« Plötzlich klang sie wütend. »Außerdem hab ich einen Namen: Leraja!«

Cain fuhr sich durchs Haar, dann versuchte er, aufzustehen. »Der ist viel zu kompliziert.« Er war noch ein bisschen schwach auf den Beinen, aber sonst fühlte er sich gut. »Raja gefällt mir besser.«

Sie ließ ein Knurren hören. »Zeig ein wenig Respekt vor deinem Feind. Mein Name steht für ›Wahre Größe‹!«

Überrascht drehte er sich zu ihr um. »Warum bist du denn plötzlich so aggressiv? Weil du selbst nicht zum Zug gekommen bist?« Er lachte leise und möglichst herablassend, wobei er sie von oben bis unten musterte. Er fühlte sich gerade großartig, wie beschwipst, aber das wollte er ihr auf keinen Fall zeigen. Sein Herz wummerte wild. »Wahre Größe«, murmelte er. »Ts.«

»Das hat nichts mit meiner Körpergröße zu tun!« Die Hände in die Hüften stemmend, trat sie einen Schritt auf ihn zu. Der Reißverschluss ihres

Overalls stand immer noch so weit offen, dass Cain den schwarzen BH sehen konnte. »Du liebst es, mich zu reizen, was, Sonnenschein?«

»Das sagt die Richtige«, erwiderte er und versuchte, nicht zu offensichtlich auf ihre Brüste zu starren.

Raja war mit einem Satz bei ihm und bohrte ihren Zeigefinger in seine Brust. »Hey, ich hab dich gerade gerettet!«

Um sie auf Abstand zu halten, hielt Cain sie an den Schultern fest; nur leider verwirrte es ihn, sie zu spüren. »Und ich habe mich bedankt«, sagte er schnell, bevor er sie wieder losließ.

»Ich hab was gut bei dir.«

Cain murmelte, die Augen gesenkt: »Ich werde dein Leben verschonen.« Dann richtete er die restliche Kleidung. Seine Schutzweste machte er ganz ab und schleuderte sie in die Höhle. Er brauchte ohnehin eine neue.

Raja blickte ihn spöttisch an, die Hände wieder in die Hüften gestemmt. »Du wirst mir jetzt sagen, worum es hier geht, Partner!«

»Partner? Vergiss es!« Nachdem er sich den Staub von der Hose geklopft hatte, marschierte er in Richtung Ausgang, ohne Raja anzusehen. »Wieso sollte ich dir etwas erzählen, was dir einen Vorteil bringt, an den Kelch zu gelangen?« Es war ihm unsagbar peinlich, dass sie ihn, um ihn zu retten, mit dem Mund ... Er konnte das Wort nicht einmal denken!

Schnaubend stapfte sie hinter ihm her. »Ich hab dich gerettet, also bist du mir eine Antwort schuldig! Wer ist dieser Thorne und wo finde ich ihn?«

»Wenn ich wüsste, wo er sich aufhält, würde ich mir diese Jagd bestimmt nicht antun«, murmelte er.

»Du solltest dich lieber mit mir zusammentun. Allein schaffst du es nicht; du katapultierst dich ja ständig in Schwierigkeiten.«

Abrupt blieb er stehen und drehte sich um. »Bitte? Ständig?« Aber dann dachte er an Crispins Worte. Er brauchte Raja ebenso sehr, wie sie ihn brauchte. Dank ihrer Fähigkeit, Portale zu erschaffen, könnte er sofort an Ort und Stelle sein, und sie brauchte ihn, um überhaupt zu erfahren, wo der Kelch aktiviert wurde, jetzt, wo er ihr Smartphone zerstört hatte. Sie konnte sich bestimmt ein neues besorgen, aber Cain würde sofort Cris über das Sicherheitsleck informieren.

»Wie du willst, Sonnenschein, aber das wird ein Nachspiel haben!«, schimpfte sie, bevor er etwas erwidern konnte. »Le...ra...ja. Merk dir den Namen, denn eines Tages wirst du noch viel von mir hören!« Dann ging sie auf die nächste Wand zu, um dort ein Portal zu erschaffen.

»Und wann soll das sein?«, rief er ihr nach.

»Wenn ich Herrscherin bin!«, schrie sie und war verschwunden.

Also doch, er hatte ja gewusst, dass sie den Kelch wollte, um an die Macht zu kommen!

Cain trat aus der Höhle und sog die kühle Nachtluft in seine Lungen. Er musste gleich zur Zentrale, um dem Hauptquartier die aktuellen Erkenntnisse zu übermitteln und um weitere Vorgehensweisen zu besprechen. Soeben hatte er eine Menge herausgefunden.

Amabila … Er konnte immer noch nicht glauben, dass ein Engel in das Komplott verstrickt war. Zudem hatten die Dämonen ihr Netzwerk angezapft; das musste sofort unterbunden werden!

Als er sich in Nebel auflöste und in den Nachthimmel schoss, war er heilfroh, dass Raja wütend war, denn für einen Moment hatte er das Gefühl gehabt, dass da mehr zwischen ihnen gewesen war. Wenn er an den Kuss dachte, wurde ihm jetzt noch schwindlig. Nicht mal als Mensch hatte er solch eine Leidenschaft erfahren. Noch hatte er sich nicht wirklich versündigt, weil die Initiative immer von ihr ausgegangen war. Außerdem hatte sie ihm mit dieser Aktion das Leben gerettet. Aber würde er sich zurückhalten können, wenn sie ihm wieder gegenüberstand und ihn anmachte? Immerhin reizte sie ihn nur zu gerne mit ihren weiblichen Attributen. Wie sich ihre Brüste an ihn gepresst hatten, als sie ihn mit der Hand befriedigte …

»Alles ihre verdammte Taktik, um die Macht an sich zu reißen!«, knurrte er, nachdem er Schnee unter den Füßen spürte und auf den verdeckten Eingang zuschritt, der unter dem Eis begraben lag. Es war richtig fies, als Engel in einem voll funktionstüchtigen menschlichen Körper zu stecken und ihn nicht nutzen zu dürfen. Wenn seine Mission vorbei war, wollte er lieber wieder als geschlechtsloses, feinstoffliches Wesen existieren, anstatt ein Gefangener seiner Lust zu bleiben.

Kapitel 6 – Annäherungen

»Wir müssen hier verschwinden«, sagte Magnus, legte den Kelch in das mit Bleiplatten verkleidete Holzkästchen und verteilte verschiedenfarbige Kristalle um ihn, mit denen zusätzlich die magische Strahlung absorbiert wurde. Auch wenn das Artefakt gerade nicht aktiv war, sandte es schwache messbare Energie aus. Dann holte er eine bereits gepackte Sporttasche aus dem Schlafzimmer und legte das Kästchen hinein. Er schulterte sie und trat auf Amabila zu. »Bring uns nach Thailand, auf die Insel Ko Samui. Da wollte ich schon immer mal hin.« Ihm war kalt. Sein ganzes Inneres schien aus Eis zu bestehen. Magnus wollte endlich wieder Wärme in sein Leben lassen.

Aber Amabila kam nicht auf ihn zu und legte die Arme um ihn, stattdessen rief sie: »Wir müssen über das reden, was in der Höhle passiert ist!«

Wie angewurzelt blieb er vor ihr stehen. Begehrte sein Engelchen etwa auf? »Dafür haben wir jetzt keine Zeit!«

Sofort senkte sie die Lider. »Das wart nicht Ihr, mein Herr.«

»Woher willst du das wissen?«, fuhr er sie an, bereute es aber zugleich. Amabila sah unglücklich aus. »Du kennst mich doch gar nicht.« Er hatte sich in der Höhle gewundert, dass sie ihm geholfen hatte, als er gegen den Engel kämpfte, doch er führte das auf den Bann zurück. Oder hatte sie das nur getan, damit der andere Engel nicht verletzt wurde? Magnus hätte bestimmt nicht auf den Engel geschossen, wenn dieser ihn nicht bedroht und plötzlich in seine Richtung gestürmt wäre. Als auch noch eine weitere Person aufgetaucht war, hatte Magnus Panik bekommen, den Kelch zu verlieren. Alles wäre umsonst gewesen.

Als er ihren verzweifelten Gesichtsausdruck sah, machte er sich Vorwürfe. »Vielleicht rettet die Dämonin ihn ja«, beschwichtigte er sie, obwohl er sich diesbezüglich keine Hoffnungen machte.

Seufzend blickte sie an ihm vorbei aus dem Fenster. »Ja, das wird sie.«

Überrascht erwiderte er: »Es muss ein Kuss sein, der von Herzen kommt, um das Gift zu neutralisieren.«

»I-ich habe ihr angesehen, dass sie Cain … mag«, stotterte sie und spielte an den weißen Knöpfen ihres Mantels.

»Cain«, knurrte Magnus. Sie kannte ihn also, aber das sollte ihn doch nicht stören, oder? »Eine Dämonin, die einen Engel mag?«

»Wer könnte einen Engel nicht mögen?«, sagte sie leise, wobei sie auf ihre nackten Zehen blickte, auf denen noch der Staub der Höhle lag.

Ich … Ich könnte einen Engel niemals mögen, wollte er sagen, doch er brachte es nicht heraus. Er hatte Amabila bereits genug verletzt. »Wir müssen uns beeilen«, antwortete er stattdessen. »Los!« Irgendwie wurmte es ihn, dass sie diesen Engel persönlich kannte, aber wahrscheinlich kannten die sich alle untereinander. Was kümmerte es ihn überhaupt? »Sie werden bald wissen, wo wir uns verstecken.« Es gab Menschen – ehemalige Arbeitskollegen – die wussten, dass er diese Hütte besaß. Die Excelsior Company würde das früher oder später herausfinden.

Als Amabila urplötzlich seine Wangen umschloss und ihm mit ihrem Gesicht ganz nah kam, blieb ihm beinahe das Herz stehen.

»Magnus«, hauchte sie an seine Lippen, »lass dich nicht von deinen negativen Gefühlen leiten, denn sie weisen dir den falschen Weg.«

Ihre Nähe und die sanften Worte raubten ihm den Atem. Sie versuchte ihn zu beeinflussen, ganz gewiss. Seine Magie musste die Wirkung verloren haben.

Er legte eine Hand auf ihre Stirn, blickte ihr tief in die Augen, bis er das Glimmen darin sah, und murmelte den Zauber, der sie an ihn band, erneut: »Summa ope dico (Ich spreche mit aller Kraft) … dies noctesque (Tag und Nacht) … in pristinum restituere (wiederherzustellen) …« Amabilas Körper entspannte sich und sie sackte gegen ihn. Ihre Lider flatterten.

Gott, wie schön sie war – sein unschuldiges Engelchen. Wie gerne wollte er sie küssen, damit er alles um sich herum vergessen konnte, aber das durfte er nicht. Er hatte einen Eid geschworen und den würde er nicht brechen.

Fest hielt er sie an der Taille und befahl: »Jetzt bring uns nach Ko Samui!«

»Ja, Herr«, erwiderte sie gehorsam, bevor sich alles um ihn herum drehte.

***

Nachdem sich Cain in der Zentrale geduscht und frische Kleidung angezogen hatte, waren er und Crispin nach Schottland geflogen, wo Thorne ein großes Schloss besaß. Aber Thorne Castle sah aus, als wäre es seit Jahren nicht mehr bewohnt worden. Über den Möbeln hingen weiße Tücher, und Spinnweben gaben dem Gebäude ein unheimliches Aussehen. Nur ein Verwalter sah ab und zu nach dem Rechten, ansonsten lagen verschiedene Schutzzauber auf dem Haus. Aber Cain und Cris hatten es dennoch hinein geschafft, mit ein bisschen Hilfe von oben.

Crispin hatte in einem Kellergewölbe einen stark erhöhten Energiewert gemessen. Unverkennbar schützte Thorne dort etwas. Wahrscheinlich gab es einen versteckten Raum hinter den dicken Mauern, wo die berühmt-berüchtigten Familienschätze der Familie aufbewahrt wurden, der Großteil davon magische Artefakte. Aber da hatten ihre Fähigkeiten als Engel versagt.

Anschließend waren sie zur Jagdhütte in den Rocky Mountains geflogen, die auf Magnus Thornes Namen eingetragen war, während ihr Kollege Claudio in Grönland die Stellung hielt. Der braunhaarige Engel mit den italienischen Wurzeln war der jüngste – gemessen in Engeljahren – im Team. Er war erst vor fünf Jahren gestorben, hatte es jedoch vor Kurzem in ihre Gruppe geschafft. Eben war er aus einer Besprechung des Rates zurückgekehrt. Noch nie war es einem Engel aus dem Sondereinsatzteam erlaubt gewesen, an einer Konferenz der Oberen teilzunehmen, aber der Diebstahl des Kelches hatte einige Regeln außer Kraft gesetzt. Alle arbeiteten nun enger zusammen. Claudio hatte ihnen mitgeteilt, dass ein neues Versteck für das Artefakt gefunden worden war. Cain und Cris hatten auch nicht weiter nachgefragt, weil sie wussten, dass Claudio zur strengsten Geheimhaltung verpflichtet war.

Dafür hatte Crispin nicht nur herausgefunden, wo sich Thorne zuletzt aufgehalten hatte, sondern auch interessante Neuigkeiten über Rajas Haar, das die Labortechniker inzwischen analysiert hatten. Auch hatte Cris versucht, Amabila zu orten, aber das war misslungen. Offensichtlich wollte sie nicht gefunden werden oder Thorne hatte einen Zauber über sie gelegt.

»Ausgerechnet die beiden …« Cain ging kopfschüttelnd in der Hütte auf und ab, um nach Hinweisen zu suchen, die sie ein Stück näher an Thorne bringen würden.

Den Kobolden hätte er es zugetraut, dass sie den Kelch stehlen, oder den Werwölfen, ach, eigentlich allen, nur niemandem aus den eigenen Reihen! Thorne und Amabila ... Er konnte es einfach nicht begreifen.

Als Magnus Thorne noch für die Excelsior Corporation gearbeitet hatte, war er ihm einmal über den Weg gelaufen, als der Magier ihnen die Funktionen der Smartphones erklärt hatte. Diese multifunktionalen Geräte waren zurzeit das Beste, was es auf dem Markt gab. Sie konnten praktisch alles, vereinten Navi, Telefon, Internet – einfach alles in einem.

Thorne hatte vor Jahren als Manager einer großen Software-Firma der Magier-Gilde gearbeitet und später für die Excelsior Corporation das Computersystem entwickelt. Wahrscheinlich war er auf diesem Weg irgendwie an die Geschichte oder sogar das Versteck des Kelchs gekommen, falls er es nicht aus Amabila herausgepresst hatte.

»Meinst du, dass der Unfall ihn so verändert hat?«, fragte Crispin und riss ihn aus seinen Überlegungen.

»Schon möglich. Es war ja auch ein sehr tragisches Ereignis.« Seufzend fuhr er sich durchs Haar und nahm sich den nächsten Raum vor. *Aber wem erzähle ich das*, dachte er.

»Und, hast du die Alte schon flachgelegt?« Crispin wechselte abrupt das Thema. Das war mal wieder typisch. Die Lage konnte noch so ernst oder traurig sein, diese Art von Witzen gingen bei Cris immer, wobei Cain jedoch vermutete, dass Thornes Schicksal Crispin zu sehr an sein eigenes erinnerte und er deshalb so reagierte. Cris hatte als Mensch die Liebe seines Lebens auf schreckliche Weise verloren und konnte auch nach all den Jahrzehnten immer noch nicht damit abschließen. Dass er ein Engel im Sondereinsatzteam geworden war, der hauptsächlich von der Zentrale aus operierte, war wohl das Beste, was ihm passieren konnte. So kam er kaum mit weiblichen Wesen, egal welcher Art, in Kontakt.

»Was ist nun, Cain«, bohrte Crispin nach. »Ist deine Dämonin ein heißer Feger?«

»Logisch«, brummte er und vermied es einmal mehr, seinem Kollegen in die Augen zu sehen. Sie waren fast so grün wie die von Raja, nur leuchteten sie nicht so intensiv. Egal wohin Cain sah, auf einmal erinnerte ihn alles an *sie*!

Es war normal zwischen Cris und ihm, dass sie sich manchmal unterhielten, als wären sie menschliche Kumpel, obwohl beide wussten, dass sextechnisch nie etwas laufen würde – nie wieder. Möglicherweise war diese Angewohnheit noch ein Überbleibsel aus der Zeit, als sie beide richtige Männer gewesen waren, deren Testosteronspiegel sich sofort erhöhte, wenn sie

Brüste oder einen wohlgeformten Frauenhintern sahen. Na ja, wobei das bei Cain auch nicht unbedingt der Fall gewesen war.

»Ich beneide dich um deinen Job, Cain. Ich sitze fast immer nur in der Zentrale hinter dem Computer oder darf den Dreck wegräumen ...« Cris kratzte sich am Hinterkopf und kramte hektisch in einer staubigen Ecke herum. Auch wenn er es nicht zugab, eigentlich war er froh darüber, vermutete Cain.

»... während du die waghalsigsten Abenteuer erlebst und den heißesten Frauen begegnest«, schloss Crispin.

Frauen, die so heiß wie die Hölle sind, dachte er. Jetzt kam eigentlich die Stelle, an der er Cris immer vorjammerte, dass er dafür sein Leben und das ewige Dasein als Engel riskierte. Am liebsten hätte er seinem Kollegen unter die Nase gerieben, wie knapp er der Vernichtung durch Thorne entronnen war, aber das würde nur Fragen aufwerfen: nämlich, *wie* er diesen Anschlag überleben konnte.

Cain massierte kurz seine Schulter, als Cris gerade nicht in seine Richtung blickte. Sie schmerzte immer noch. Leise seufzte er. Es war nichts passiert; er wusch seine Hände in Unschuld. Raja hatte sich immer nur an ihm bedient. Er war absolut wehrlos gewesen! Er hatte nichts verbrochen.

Ein Engel hatte in ewiger Keuschheit zu leben, was an sich ja schon schwer genug war, wenn man in einem voll funktionsfähigen Körper steckte. Und jetzt, wo Raja ihn quasi angefixt und ihm gezeigt hatte, was er schon seit Ewigkeiten verpasste ... Cain hatte sich schon überhaupt nicht mehr erinnern können, wie es war, einen Höhepunkt der Lust zu erleben, bevor sie ihm einen geblasen hatte. Wie sollte er die Erinnerung an ihren süßen, saugenden Mund an seinem Schwanz je wieder aus dem Kopf bekommen?

Cain wusste, was ihn erwartete, wenn er als Engel versagte. Er sollte sich besser von Raja fernhalten, aber nach allem, was Crispin herausgefunden hatte, würde er wohl doch mit ihr zusammenarbeiten müssen. Es waren ja nur noch wenige Tage; die würde er schon irgendwie überstehen.

»Sie müssen gewusst haben, dass wir ihr Versteck finden, und sind überstürzt aufgebrochen«, sagte Cain, um wieder auf ihren Job zurückzukommen. Er stand im Schlafzimmer und blickte auf das zerwühlte Bett. Ob Amabila auch darin gelegen hatte? Sein Magen zog sich zusammen, denn er hoffte nicht, dass der Magier den Engel mit Gewalt genommen hatte, aber so wie sich Amabila für Thorne eingesetzt hatte, wohl eher nicht. Abermals musste Cain an Raja denken. Vor seinem geistigen Auge formten sich Bilder, wie er sich mit der Halbdämonin in den Laken wälzte ...

Crispin, der etwas größer war als er selbst, stand hinter ihm und lugte über seine Schulter, ein besonderes Messgerät in der Hand. Es sah aus wie ein gewöhnlicher Geigerzähler: ein handflächengroßes Gerät mit elektronischem Display. »Vor dem Bett ist die Strahlung am größten.«

Cain drückte gegen den Holzrahmen und schob das Gestell mühelos auf die Seite. Darunter erkannten sie beide ein Loch im Holzboden. Die Latte zum Abdecken lag noch daneben.

»Alles klar, hier hat er den Kelch also aufbewahrt.« Cris hielt den Sensor über die verschiedenfarbigen Kristalle, die in einer offenen Kiste lagen. »Die Reststrahlung ist enorm. Die Steine hätten kaum mehr Energie aufnehmen können. Sie sind verbraucht.«

»Thorne hat bestimmt neue, wo auch immer er gerade ist.«

»Schon seltsam, dass sich ausgerechnet der Mann, der unser ganzes System programmiert hat, gegen uns stellt. Ob er das von Anfang an geplant hat?«, sagte Crispin und ging wieder in den Wohnraum.

Cain kratzte sich nachdenklich an der Wange, wobei er bemerkte, dass er in all der Eile vergessen hatte, sich zu rasieren. »Ich seh mich noch mal im Badezimmer um«, rief er durch die Tür Crispin zu und verschwand im angrenzenden Raum. Dort gab es nur eine einfache Dusche, ein Waschbecken und einen schmalen Schrank. Am Boden lag ein zerknittertes Handtuch, auf der Ablage unter dem Spiegel ein Nassrasierer.

Während Cain sein müdes Gesicht und den Dreitagebart inspizierte, hörte er gedämpft, wie sich Crispin mit Claudio am Handy unterhielt. »Die kommen sicher nicht mehr zurück«, sagte Cris, dennoch gab er ihrem Kollegen die Order, hier jemanden zu postieren, der ein Auge auf die Hütte warf.

»Mann, sehe ich fertig aus«, murmelte Cain, schob es jedoch darauf, dass er sich seit über zwei Tagen nicht mehr rasiert hatte, und ließ einen gleißenden Energiestrahl in seiner Hand erscheinen. Als er ihn zum Gesicht hob, meldete sich wieder das pochende Stechen in seiner Schulter, das ihn verfolgte, seit ihn der vergiftete Bolzen getroffen hatte. An Schmerzen war er definitiv nicht mehr gewöhnt, zumindest nicht an lang anhaltende, was wiederum an seiner Gemütsverfassung zerrte. Er hoffte, dass sein Körper bald wieder ganz der alte war, auch was seine Libido betraf. Besser gar keinen Sex, als der ewige Wunsch danach und die Qualen, seine Lust zu unterdrücken. Er durfte sich ja nicht einmal selbst Erleichterung verschaffen!

Er fuhr mit dem Lichtbalken über seine Wangen, als wäre er ein Messer. Da er sein Rasierzeug nicht dabei hatte, musste er sich eben damit behelfen. Er würde bestimmt nicht den von Thorne benutzen. Der Bart musste ab, denn seine Haut fing schon an zu jucken. Überhaupt kam er sich in den letzten Stunden überaus empfindlich vor, denn normalerweise störte ihn nichts so schnell. Außerdem machte er sich zum ersten Mal als Engel Gedanken, ob er auf Frauen attraktiv wirkte.

Das war alles gar nicht gut. Cain deutete das als schlechtes Omen.

»Du bist schon schön, Sonnenschein«, hörte er plötzlich Rajas spöttische

Stimme und schnitt sich prompt an seinem Blitz.

»Verdammt!« Er wirbelte um die eigene Achse. Die Dämonin stand grinsend in der Duschkabine, die Arme vor ihrer Brust verschränkt. Sie musste dort ein Portal geöffnet haben, denn Cain roch noch den Hauch von Ozon. Er hatte ihr Kommen nicht bemerkt und auch sein Detektor hatte keinen Alarm geschlagen.

Als er fühlte, wie ein warmes Rinnsal an seiner Wange herablief, wurden Rajas Augen groß. Lag da etwa Fürsorge in ihrem Blick?

Ohne Vorwarnung stürzte sie auf ihn zu. Aus einem Reflex heraus ließ er den Blitz verschwinden, ansonsten wäre Raja direkt in ihn hineingerannt. War sie plötzlich lebensmüde?

Sie schien jedoch nur Augen für sein Gesicht zu haben. »Lass mal sehen.« Cain spürte, wie sich die Wunde bereits schloss, aber langsamer als gewöhnlich, was bestimmt an diesem verdammten Giftpfeil lag. Als Raja jedoch ihre Handflächen über seine Wange gleiten ließ, fühlte er eine wohltuende Wärme und hörte ein Knistern.

Hastig wich er vor ihr zurück, um in den Spiegel zu sehen. Seine Bartstoppeln waren alle weg.

Verwundert strich er sich über die glatte Haut. Seine Wunde war ebenfalls komplett verheilt. Auch Raja hatte es bemerkt. Mit aufgerissenen Augen drehte sie ihn an der Schulter herum und stammelte: »Ich hatte ja k-keine Ahnung …«

»Dass du auch Gutes wirken kannst?«, vervollständigte Cain, selbst überrascht. »Liegt wohl an deinen Elfengenen.«

Sie stellte sich dicht vor ihn, viel zu dicht, und hauchte an sein Kinn: »Dann glaubst du mir das also?«

»Hmm.« Er ertrank fast in ihren grünen Augen. Ihre Nähe raubte ihm noch das letzte bisschen Verstand. »Versuchst du mich gerade zu manipulieren?«

»Warum?« Sie wirkte erstaunt.

Er atmete tief durch und machte einen Schritt zurück, doch er stieß mit dem Gesäß gegen das Waschbecken. Raja war schon eine verdammt gute Schauspielerin. »Wie hast du mich hier gefunden?«, fragte er, anstatt ihr eine Antwort zu geben.

Grinsend zuckte sie mit den Schultern. Okay, sie spielte die Naive. Sie war wohl immer noch beleidigt.

»Kannst du mir sagen, was das für ein Zeug war, mit dem Thorne den Bolzen präpariert hatte?«

»Schwarzes Dämonenblut«, erklärte sie und rückte ihm wieder auf die Pelle. Wonach roch sie eigentlich? Parfüm?

»Dämonenblut …« In Cains Kopf klingelte es. Hatte Mr Fang Cheng nicht erwähnt, dass solch eine Phiole gestohlen worden war? »Dieser hinter-hältige Mistkerl«, murmelte er, während er seine Schulter rieb.

»Hast du noch Schmerzen?«, fragte sie wie beiläufig und tat so, als würde sie Fusseln von seinem T-Shirt zupfen. Dabei kam sie seinen Brustwarzen verdammt nah.

Da Cain diesmal keine Schutzweste unter seinem Hemd trug – Crispin hatte ihn deswegen schon ausgeschimpft, aber die Panzerung hatte unange-nehm auf die Einschussstelle gedrückt –, fühlten sich Rajas Berührungen wie Funkenschauer auf seiner Haut an. Sein Herz schlug schneller; plötzlich schien auch noch der Platz in seiner Hose enger zu werden. Zu allem Über-fluss drängte ihm Raja, dieses Luder, ihre Hüften entgegen, sodass sich ihre Unterleiber aneinanderschmiegten. Sofort wurde er hart; sein Atem ging schwerer.

Sie hielt die Lider gesenkt, weshalb er nur die goldenen Halbmonde ihrer Wimpern sah. Was wohl gerade in ihrem hübschen Köpfchen vorging? Warum machte sie ihn an? – Natürlich nur aus reinem Eigennutz; schließ-lich wollte sie den Kelch.

Cain stand einfach nur da, die Hände hinter sich auf das Waschbecken gestützt, damit er nicht in Versuchung kam, ebenfalls an Raja herumzuspie-len, als ein Hüsteln ihn aufschreckte. Cris! Er stand mit verschränkten Ar-men und gerunzelter Stirn im Türrahmen. In der Hand hielt er einen Blitz. Wie lange beobachtete er sie schon?

Sofort drückte sich Cain an Raja vorbei, aber das Badezimmer war zu klein, um ihr wirklich zu entkommen. Es trennten sie nur Zentimeter, und Cain hoffte, sein Kollege würde die Beule in seiner Cargohose nicht bemer-ken. Cain gab ihm durch ein unauffälliges Nicken zu verstehen, seine Waffe verschwinden zu lassen, was dieser auch tat. Immerhin waren sie zwei gegen eine und von Raja schien im Moment keine Gefahr auszugehen.

»Das ist sie dann wohl«, sagte Cris emotionslos, ohne den Blick von Raja abzuwenden. Keine Frage, ihre elfengleiche Schönheit schlug jeden in ihren Bann. Da zählte es nicht, dass die Halbdämonin in ihrem Inneren ein Biest war.

Raja lächelte verschmitzt, bevor sie Cain einen Kuss auf die Wange hauchte. »Ach, Schatz, du hast deinem Kumpel schon von uns erzählt?«

»Bleib mir bloß vom Leib!«, fuhr er sie an, mit einem Seitenblick auf Cris-pin, dann drehte er seinem Kollegen den Rücken zu und formte mit den Lippen die Worte: »Hör auf damit!« Wenn Cris mitbekam, dass da tatsäch-lich etwas zwischen ihnen … Nein, so ein Quatsch, da lief nicht wirklich et-was, aber Raja gefährdete gerade seine ganze Existenz und vor allem die Mission!

Sie wich tatsächlich zurück, aber das Grinsen verschwand nicht aus ihrem

Gesicht. »Ihr Engel versteht einfach keinen Spaß.«

Crispin wirkte alles andere als wohlgesinnt, was sicher nicht daran lag, dass Raja eine Dämonin war. Er schien tatsächlich ein gestörtes Verhältnis zum weiblichen Geschlecht zu haben, seit der Sache aus seiner menschlichen Vergangenheit. Er traute den Weibern nicht mehr über den Weg.

»Hast du sie schon gefragt?«, wollte Cris wissen und zog Raja mit seinen Blicken förmlich aus. Es steckte also doch noch ein Mann in seiner Hülle. Irgendwie gefiel Cain das überhaupt nicht. Himmel, war er etwa eifersüchtig?

Ihr Grinsen wurde noch breiter und wirbelte in Cains Magen eine Schar Schmetterlinge auf. »Du willst mir einen Antrag machen, Schatz?«

»Eigentlich wollten wir etwas über deinen Vater wissen«, erwiderte er so kühl wie möglich, denn in seinem Herzen tobte ein Feuer, ein sehr heißes, leidenschaftliches Feuer. Raja machte einen dermaßen sexy Eindruck auf ihn, obwohl sie ihn provozierte oder gerade deshalb, dass er sie am liebsten gepackt und nebenan aufs Bett geschmissen hätte, um ihr die Flausen auszutreiben.

Gott ... Was hatte er bloß für Gedanken?

»Mein Vater?« Mit einem Mal erstarb ihr Lächeln. »Ich weiß kaum etwas über ihn. Und warum soll ich euch helfen? Du sagst mir ja auch nicht, wer dieser Thorne ist.«

»Wir haben uns ein wenig schlau gemacht. In der Mythenwelt wird gemunkelt, dein Vater wäre Fermion, der mächtige Elfenkönig, der vor genau fünfundfünfzig Jahren spurlos verschwand.«

»Fermion ...«, murmelte sie und wirkte schockiert. Mit erstarrtem Gesicht blickte sie Cain an. »Bist du dir sicher?«

Jetzt meldete sich Crispin, der am Türrahmen lehnte, zu Wort: »Wir haben nur eins und eins zusammengezählt. Es ist mehr als eine Vermutung. Deine Gene, dein Alter, Fermions Verschwinden im Jahre 1956 ...«

»Gene?« Ihre gold-weißen Brauen hoben sich.

Anscheinend wusste sie nicht, was das war, daher antwortete Cain: »Sagen wir so: Wir haben mit unseren hochmodernen Methoden bestätigen können, dass du Elfenblut in dir hast. In dieser Hinsicht hast du die Wahrheit gesagt. Jetzt wäre es nett, wenn wir auch noch wüssten, ob der Elfenkönig wirklich dein Vater ist.«

»Fermion ...«, flüsterte sie abermals, blickte auf ihre Hände, dann wieder auf Cain. Raja schien über diese Nachricht überrascht zu sein. »Meine seltsamen Gaben ... Das würde alles erklären. Dann hat Mutter nicht gelogen; mein Vater war nicht nur ein Elf, sondern der mächtigste noch dazu!«

»Wenn wir auf der Suche nach dem Kelch Fermions Hilfe bekämen, würde uns das sehr weiterhelfen«, mischte sich nun auch Crispin in das Gespräch ein.

»Warum?«, fragte Raja.

Cain tat sie fast leid; sie wirkte durcheinander. »Fermion hat damals zusammen mit Merlin an dem Zaubertrankbuch für den Kelch geschrieben«, erzählte er. Cain hatte Fermion einmal selbst gesehen, daher könnte er ihn vielleicht noch erkennen. Es waren zwar seitdem viele Jahrhunderte vergangen, aber in den Archiven der Corporation gab es ein Foto, das den Elfenkönig kurz vor seinem Verschwinden zeigte: silbernes, hüftlanges Haar und ein bartloses, fast androgynes Gesicht, das die ersten Fältchen aufwies. Immerhin sollte er mehrere Jahrhunderte auf dem Buckel haben.

Crispin hatte sich anscheinend an Raja sattgesehen, denn er tippte auf seinem Smartphone herum und hielt ihr das Handy dann vor die Nase. Es zeigte den Elfenzauberer. »Fermion könnte wissen, was Thorne vorhat oder welche Zutaten er noch braucht und wo sie zu finden sind. Er könnte uns bei der Kelchsuche sehr weiterhelfen.«

»Hier kommen wir ins Geschäft«, erklärte Cain. »Wir arbeiten zusammen, wenn du uns deinen vermeintlichen Vater lieferst.«

Raja starrte einfach nur auf das Bild und sagte lange nichts, bis sie murmelte: »Eine gewisse Ähnlichkeit ist vorhanden; das gebe ich zu.«

»Und?« Crispin sah sie erwartungsvoll an.

»Na gut, ich werde mal *Mum* fragen«, erwiderte Raja schließlich. Sie zögerte einen Moment und blickte dann zu Cain, der beinahe befürchtete, sie würde einen Abschiedskuss erwarten, aber sie sagte ihm nur einen Treffpunkt. Anschließend stieg sie in die Duschkabine, erzeugte an den Fliesen ein Portal und war verschwunden.

»Heiße Braut!« Crispin pfiff durch die Zähne. »Bei der musst du höllisch aufpassen ...«

Kapitel 7 – Dämonische Verhandlungen

Leraja war in Gedanken ganz weit weg, als sie durch die düsteren Korridore schritt, die vor Urzeiten in den Fels gehauen worden waren. Wenn der mächtige Elfenkönig Fermion wirklich ihr Vater war, konnte sie nicht verstehen, dass ihre Mutter ihr das verschwiegen hatte. Sie als ihre Tochter hatte doch ein Recht darauf zu erfahren ... Halt! Sie hatte hier überhaupt keine Rechte, nicht, bevor sie selbst Herrscherin war.

Leraja hatte ihre Mutter irgendwann nicht mehr nach ihrem Vater gefragt, weil sie wusste, dass es Xira erzürnte. Na ja, »erzürnte« war noch milde ausgedrückt. Ihre Mutter musste einen abgrundtiefen Hass auf Lerajas Erzeuger haben, warum auch immer. Leraja konnte Xira unmöglich nach Fermion fragen, besonders jetzt nicht; das würde sie sofort misstrauisch machen. Sie witterte sowieso überall Intrigen.

Aber irgendetwas musste ihr einfallen. Sie wollte Cain nicht enttäuschen. Es hatte so viel Hoffnung in seinem Blick gelegen.

Cain ... Wieso musste sie nur immerzu an ihn denken?

Schmunzelnd schritt sie weiter. Wie heiß er mit seinen Bartstoppeln ausgesehen hatte, so verwegen, eher wie ein Pirat denn ein Engel. Das hatte ihr gefallen. Aber sein glattes, makelloses Gesicht fand sie auch sehr anziehend; jetzt kamen die männlich-markanten Züge wieder richtig zur Geltung. Keine Frage, er war ein sexy Engel.

Schwärmte sie etwa von ihm? Potzblitz und Pestilenz, bestimmt nicht! Er war nur ein attraktiver Kerl, den sie anziehend fand – rein äußerlich.

Noch einmal kam sie auf die Rasierszene zurück. Es hatte ihr gefallen, ihm bei seinem männlichen Ritual zuzusehen. Ein kleines Teufelchen in ihrem Kopf brachte sie da auf eine Idee ...

Um sich von ihren verwirrenden Gefühlen abzulenken, überlegte sie, warum Cain im Badezimmer nicht ihre Anwesenheit gespürt hatte. Normalerweise waren Wesen seiner Art sehr empfänglich, wenn sich ihre Erzfeinde in ihrer Nähe aufhielten. Auch bei ihrer ersten Begegnung in Chinatown schien er nicht gleich gewusst zu haben, was sie war. Ob es an ihrem Elfenblut lag? Auch sein Detektor zeigte sie nicht an. Wenn sie also nicht von den Engeln bemerkt werden konnte, wäre sie für ihre Mutter erst recht eine große Bereicherung. Leraja konnte sich unter die Menschen und Engel mischen, ohne aufzufallen.

Wenig später hielt sie vor dem großen Portal des Saales, in dem ihre Mutter residierte. Zu beiden Seiten der mächtigen Tür standen wie immer Wachen. Sie trugen nur einen Lendenschurz und in den Händen hielten sie speerartige Waffen. Mit ihren wolfsähnlichen Köpfen – die »Ratten« hatten gerade keine Schicht – erinnerten sie an altägyptische Götter, die Leraja auf einer Abbildung in ihrem Geschichtsbuch gesehen hatte. Sie liebte Bücher, aber das wusste kaum jemand. Ebenso wie kein Mensch wusste, dass die Götter der Ägypter in Wahrheit Dämonen gewesen waren.

Nachdem die Wachen sie vorbeigelassen hatten und sie in den großen Saal trat, schlug ihr sofort der Geruch nach Sex entgegen. Ihr drehte sich schon lang nicht mehr der Magen um, wenn sie ihre Mutter sah, die sich nackt auf ihrem Knochenthron räkelte, der mit Goldplatten beschlagen, mit rotem Samt bespannt und üppig mit Edelsteinen verziert war.

Xiras Lieblingssklave, der zugleich ihr Beschützer und engster Vertrauter war, kniete am Fuße des Herrschersitzes, ebenfalls nackt, mit einer Leine um den Hals. Immerhin bot er nicht so einen abschreckenden Anblick wie manch andere Dämonen, im Gegenteil: Shahrukh war rein optisch ein junger Mann mit schwarzem Haar, das ihm bis zu den Hüften reichte. Sein leicht ovales Gesicht und sein athletischer Körperbau glichen dem eines Asiaten. Seine bronzefarbene Haut und die Pupillen der leicht schräg gestellten Augen glänzten im Licht der Fackeln. Er war wirklich der attraktivste Dämon der Unterwelt – auch wenn er im Moment einen sehr verschwitzten Eindruck machte. Kein Wunder, dass Xira ihn für sich beanspruchte. Sie war schon so lange mit Shah zusammen, dass es Leraja beinahe so vorkam, als gehörte er zur Familie, als wäre er ihr … Bruder.

Xiras rasierte Spalte klaffte auf, als sie einen Schenkel über die andere Lehne legte und sich dabei genüsslich zwischen den Beinen streichelte. »Ah, meine Tochter beehrt mich. Ich hoffe, es gibt wichtige Neuigkeiten. Wie du siehst, bin ich gerade beschäftigt.«

Leraja nickte und senkte den Blick, da die schwarzen Augen ihrer Mutter prüfend über ihren Körper glitten. Wie immer trug Leraja ihren hautengen Anzug aus Leder, aber wenn ihre Mutter sie derart eindringlich ansah, kam sie sich ebenfalls nackt vor.

Schon wurde sie mental von ihrer Mutter gezwungen, ihr in die schwarzen Augen zu sehen. Ihre Iriden glühten schwach. Konnte Xira erkennen, was sie und Cain bereits erlebt hatten? Irgendwie wollte Leraja nicht, dass ihre Mutter zu viel über Cain wusste und schon gar nicht erfuhr, wie gern sie den Engel mochte. Aber Xira schien nichts zu finden. Leraja war für sie schon immer wie ein Buch mit sieben Siegeln gewesen, Elfenblut sei Dank.

Die Verbindung brach ab und Leraja spürte einen Druck in ihrem Magen. Erstens, weil ihre *Mutter* sich vor ihren Augen befriedigte, und zweitens, weil Leraja ihr so verdammt ähnlich sah. Xira benahm sich wie … eine Dämonin eben. Aber war sie selbst jemals besser gewesen? Und warum plagten sie plötzlich diese Gewissensbisse?

»Darf ich mich frisch machen, Herrin?«, fragte Shahrukh leise, ohne die Herrscherin anzusehen. Der junge Dämon wusste, wann Xira allein gelassen werden wollte.

»Du darfst, aber bleib nicht zu lange; ich habe schon wieder Lust auf dich.«

Als Shahrukh aufstand, zog Xira ihn an der Leine zu sich und griff an sein Geschlecht. Lang und schlaff hing es zwischen seinen Schenkeln. Auch als Xira fester zupackte, rührte sich nichts. Sie dirigierte ihn über eine breite, gepolsterte Lehne des Knochenthrons, sodass sich sein Gesäß in die Luft reckte; dann stand sie auf, um sich hinter ihn zu stellen.

Mit beiden Händen spreizte sie Shahs Pobacken und Leraja wollte wegsehen, konnte aber nicht, denn ihre Neugier war größer. Xiras lange schlangenähnliche Zunge bohrte sich in Shahs Anus. Diese Dämonenzunge war neben den Augen ein weiteres Merkmal, was Leraja von ihrer Mutter unterschied –

insofern diese nicht ihre wahre Dämonengestalt zeigte – und Leraja war dankbar dafür. Sie selbst sah lieber »normal« aus. Außerdem fiel sie dann unter den Menschen nicht auf. Das war ein zusätzlicher Punkt, warum ihre Mutter sie schon früh mit diversen Aufgaben betraut hatte.

Shah stöhnte kurz auf, als Xira tiefer vordrang und mit ihren langen Fingernägeln in seine Hoden zwickte, aber eine richtige Erektion blieb aus. Shahs Geschlecht füllte sich nur schwach mit mehr Blut.

Lerajas Druckgefühl in der Magengegend nahm zu, dennoch konnte sie immer noch nicht wegschauen. Ob es Cain auch gefallen würde, wenn sie ihm ihre Zunge … Verflixt, schon wieder Cain! Mittlerweile beherrschte er fast all ihre Gedanken.

»Vielleicht ist es besser, du gönnst dir eine etwas längere Pause«, sagte Xira schnaubend, nachdem sie sich zurückgezogen hatte, und löste die Leine um Shahs Hals. »Wie ich sehe, bist du noch nicht wieder bereit, und ich möchte noch ein paar Stunden Spaß haben.« Sie schlug hart auf seine Pobacke, sodass ein roter Handabdruck zurückblieb. »Geh!«

Als er mit hängendem Kopf den Raum verließ, blickte Xira ihm verträumt hinterher. Shahs schmale Hüften, an die sich sein seidiges, langes Haar schmiegte, und die kleinen, aber festen Pobacken, waren auch wirkliche Hingucker. Plötzlich wusste Leraja, wie sie es anstellen konnte, doch noch an die gewünschten Informationen zu kommen.

Xira setzte sich wieder auf ihren Thron und streckte einen Arm aus, um nach den Weintrauben zu angeln, die in einem Gefäß neben dem Herrschersitz lagen. Sie imitierte unwahrscheinlich gern die größten Anführer aller Zeiten.

Als Xira sie einmal heimlich lesend vorgefunden hatte, war sie erzürnt gewesen, aber als sie in dem Geschichtsbuch blätterte, war ihre Neugier geweckt. Leraja hatte ihr alles Wissenswerte über die mächtigsten Frauen und Männer der Geschichte erzählen müssen, weshalb Xira es anstrebte, einmal als mächtigste Dämonin in einem solchen Buch Erwähnung zu finden – sobald sie den Kelch besaß.

Es hatte Xira anscheinend mit Stolz erfüllt zu sehen, dass Leraja sich schon von Kindesbeinen an Mühe gab, einmal eine brutale und unnachgiebige Herrscherin zu werden. Ja, Leraja hatte alles, *fast* alles dafür getan oder zumindest den Anschein erweckt, in die Fußstapfen ihrer Mutter zu treten – bis jetzt. Denn plötzlich war sie sich nicht mehr sicher, ob sie das Richtige tat.

»Und? Schon etwas herausgefunden, Tochter?«

»Eine ganze Menge, Mutter.«

Xira beugte sich interessiert nach vorne. »Ich höre!«

»Die Engel sind ebenfalls hinter dem Kelch her.«

»Verdammter Mist!« Xiras Faust sauste so fest auf den Thron, dass sich ein Juwel löste und klirrend über den schwarzen Steinboden davonsprang.

»Aber ...« Leraja grinste. »Ich habe den himmlischen Kelchjäger bezirzt und jetzt tanzt er nach meiner Pfeife; er frisst mir praktisch aus der Hand.«

»Gut gemacht, Tochter. Ich hab ja gewusst, dass dein verkorkstes Blut einmal zu etwas gut ist.«

Bei diesen Worten spürte Leraja einen Stich in der Brust. Sie war es gewohnt, von Xira herablassend behandelt zu werden, aber heute taten ihr die Beleidigungen besonders weh. *Weil Cain mich total verweichlicht. Ich muss endlich aufhören, an ihn zu denken!*, überlegte sie wütend und erzählte mit einem Anflug von Trotz: »Außerdem hätte ich den Kelch beinahe bekommen. Ich war schon ganz nah dran.«

»Dann hast du den Dieb gesehen?« Xiras schwarze Augen wurden groß. Sie beugte sich weit nach vorne, packte Leraja am Kragen der Lederjacke und zog sie nah vor ihr Gesicht. »Wer ist es?«

Sie schluckte; Xiras Blick bohrte sich tief in sie. Wie viel von ihrem Wissen sollte sie preisgeben? Und was wusste sie überhaupt über diesen Thorne? Eigentlich kaum etwas. »A-anscheinend i-ist er ein Mensch«, stotterte sie. Verdammt, warum benahm sie sich ihrer Mutter gegenüber immer wieder wie ein verschrecktes Kind? Auf diese Weise würde sie nie Herrscherin werden!

»Ein Mensch?« Die Dämonin lachte schrill und ließ Leraja so abrupt los, dass sie beinahe auf dem Hintern landete. »Das glaub ich ja nicht! Und dann hast du dir den Kelch noch nicht schnappen können?«

Leraja straffte sich, Hitze schoss in ihre Wangen. »Er ist wohl ein sehr mächtiger Magier.«

»Magier?«

»Ja, und dieser Engel scheint ihn gut zu kennen. Mit seiner Hilfe werde ich mir den Kerl schnappen.«

»Gut, gut.« Xira lehnte sich in ihrem Thron zurück und machte eine wegscheuchende Handbewegung. »Und jetzt geh. Wenn du das nächste Mal wiederkommst, hast du den Kelch dabei!«

»Sehr wohl, Mutter.« Sie verbeugte sich und schritt eilig aus der Halle. Sie musste Shah finden. Er war im Moment ihre einzige Hoffnung, denn sie musste Fermion auftreiben – wenn er denn wirklich ihr Vater war – oder sie würde bei den Engeln nicht weiterkommen.

Leraja hoffte, Shah noch bei den heißen Quellen anzutreffen. Sie hätte sich sofort zu den Höhlen portieren können, aber sie wollte sich lieber anschleichen, denn der junge Dämon ging ihr aus dem Weg. Er schuldete ihr nämlich noch einen Gefallen.

Vor einiger Zeit hatte Xira ihr den Auftrag gegeben, Shahrukh zu überwachen, weil sie vermutete, er würde sie hintergehen. Leraja hatte daraufhin ein wenig spioniert und Shah tatsächlich dabei erwischt, wie er ihre Mutter mit einer Sterblichen betrog. Dämonen waren zwar nicht unbedingt eifersüchtig, aber wenn Xira auf jemanden Besitzanspruch erhoben hatte, gehörte er nur ihr.

Leraja hatte ihn zur Rede gestellt. Er wusste, dass Xiras Zorn ihn vernichten würde. Leraja hatte Mitleid mit ihm empfunden und ihn nicht verraten, weil er in gewisser Weise wie ein Bruder für sie war, auch wenn sie sich nicht sonderlich ausstehen konnten.

Weil sie ihn also in der Hand hatte, forderte sie ab und zu Informationen von ihm. Dafür hasste er sie.

Als Leraja die Höhle mit den Quellen betrat, schlug ihr feuchtwarme Luft entgegen. Sie spitzte die Ohren und hörte ein Plätschern. Jemand war hier und sie hoffte auf Shah. Nicht alle Dämonen waren besonders reinlich, weshalb die Höhlen wenig genutzt wurden, doch Leraja hatte diesen Ort schon immer geliebt. Als Kind war sie oft zum Nachdenken hergekommen, hatte sich Abenteuergeschichten ausgedacht und versucht, schwimmen zu lernen, doch dazu waren die natürlichen Becken leider zu klein und verwinkelt. Sie lächelte bei der Erinnerung daran, wie oft sie sich die Knie an den kantigen Felsen aufgeschlagen hatte.

Wasserdampf vernebelte ihr die Sicht und hüllte den unterirdischen Raum ein. Selbst die Fackeln an den Wänden waren nicht zu sehen; es drang nur ein schwaches, orangerotes Leuchten durch den Dunst.

Auch Leraja fand, dass sie ein Bad vertragen konnte, daher zog sie sich leise aus. Barfuß schlich sie über die warmen Steine und ließ sich geräuschlos in eines der Becken sinken, aus dem das Plätschern kam. Das heiße Wasser tat gut; beinahe entfuhr ihr ein Seufzer. Kurz legte sie sich auf den Rücken, denn die Becken waren nur so tief, dass sie darin sitzen oder stehen konnte, ohne unterzugehen. Hier könnte sie es sich auch mit Cain vorstellen! Bei dem Gedanken an ihren sexy Engel fühlte sie ein Prickeln an ihren Schamlippen. *Nicht gut*, dachte sie und richtete sich wieder auf.

Während sie sich den Weg durch den beinahe undurchdringlichen Nebel bahnte, streifte durch ihre Spalte heißes Wasser, das aus einer natürlichen Öffnung am Beckenboden sprudelte. Normalerweise stellte sich Leraja gerne über so eine »Düse«, um sich Lust zu verschaffen, aber ihr Auftrag ging vor. Sie fragte sich allerdings, für wen sie das tat. Für sich? Für ihre Mutter? Oder für Cain?

Plötzlich lichtete sich der Dampf und sie sah Shah, der nur eine Armeslänge vor ihr mit dem Rücken auf dem Wasser lag, die Augen geschlossen hatte und sich treiben ließ. Dabei verteilte sich sein langes schwarzes Haar wie ein Fächer um seinen Kopf.

Schön war er ja, der asiatische Dämon. Ihre Mutter besaß wirklich einen guten Geschmack. Aber hinter seinem Äußeren verbarg er eine dunkle Seite, das spürte Leraja deutlich. Gut, er war ein Höllenwesen, aber stand er wirklich so loyal zu seiner Herrin, wie er vorgab? Leraja wusste nicht, was sie von Shah halten sollte. Xira konnte normalerweise in die Dämonen hineinsehen und erkannte, wenn diese sie betrogen, doch Shahs Fehltritt hatte sie nicht bemerkt. Überhaupt war Shahrukh ein sehr geheimnisvoller und verschlossener Kerl.

Als er sie bemerkte, erhob er sich sofort, verbeugte sich hastig und nahm eine demütige Haltung an. »Herrin?«

»Ich bin's, du Dummkopf«, sagte sie lächelnd und schnippte ihm Wasser ins Gesicht. Sie wurde auf den ersten Blick oft mit Xira verwechselt.

Er knurrte: »Was willst du?«, und ließ sich wieder zurücksinken, den Kopf gegen den Beckenrand gelehnt.

Wie stellte sie es am besten an, die Frage so zu formulieren, ohne dass er etwas ahnte? Ob er von dem Kelch wusste? Immerhin war er Mutters engster Vertrauter. Und in gewisser Weise war er ein Rivale, denn auch Shah war auf den Herrscherplatz scharf. Xira brauchte einen loyalen Nachfolger, der sie unter seinen Schutz nahm. Auch wenn man es ihrer Mutter nicht ansah, aber sie war bereits sehr alt. Sie würde nicht mehr lange ihre vollen Kräfte besitzen, um ihre Stellung verteidigen zu können.

»Du schuldest mir noch was, Shah«, bemerkte sie wie beiläufig und setzte sich neben ihn. Es machte ihr nichts aus, dass er sie nackt sah. Die Höllenwesen kannten keine Moralvorstellungen oder Scham und Leraja war in dieses System hineingeboren worden. Außerdem wusste sie, dass es niemand wagen würde, sie anzufassen, wenn sie selbst nicht ihr Okay dazu gab; immerhin war sie die Tochter der Herrscherin!

»Ich hab dir schon so oft einen Gefallen getan, irgendwann ist Schluss, du gieriges Weib«, sagte Shah gereizt und schloss seine Mandelaugen.

Wenn Leraja ihn ansah, musste sie unweigerlich an Cain denken. Er hatte zwar einen völlig anderen Körperbau als der Dämon – Cain besaß einen etwas muskulöseren Body, während Shah sehr schlank und athletisch wirkte –, aber sie waren beide schöne Männer. Dennoch gefiel ihr der Engel besser. *Weil ich in ihn verschossen bin*, fuhr es ihr durch den Kopf.

Sie erschrak vor ihren Gedanken, die sie jedoch immer wieder einholten. Ihre Gefühle für Cain waren gefährlich, denn sie vereitelten womöglich ihre Pläne. »Es ist das letzte Mal, dass ich dich um etwas bitte, versprochen.«

Etwas Unverständliches murmelnd, tauchte er unter Wasser. Geduldig betrachtete Leraja seinen attraktiven Körper, der beinahe überall haarlos war, und wartete, bis er wieder nach oben kam. Dann schoss sie sofort los: »Weißt du, wer mein Vater ist?«

Shah strich sich die langen, nassen Haare aus dem Gesicht. »Warum willst du das plötzlich wissen?«

»Du weißt genau, dass ich das schon immer wissen wollte, aber mit Mutter kann ich darüber ja nicht reden. Also, weißt du es?«

»Vielleicht«, meinte er, ohne sie anzusehen.

»Vielleicht?« Sie runzelte die Stirn, ihr Puls klopfte schneller. Am liebsten wäre sie ihm an die Gurgel gesprungen! Aber sie durfte sich nicht anmerken lassen, dass diese Information im Moment das Wichtigste für sie war. »Ich kann auch *vielleicht* zu Mutter gehen und ihr sagen, dass du …«

»Okay, okay!« Abwehrend hob er die Hände. »Ich kenne ihn. Aber ich darf nicht mit dir darüber sprechen.«

Leraja stockte der Atem. Warum kannte Shah ihren Vater und die eigene Tochter hatte nie etwas über ihn erfahren? »Du kennst ihn?«

»Ich hab ihn nur wenige Male gesehen.«

»Du hast ihn … *gesehen*?« Das wurde ja immer besser! »Shah!« Sofort umfasste sie seinen Oberarm, weil er sich von ihr abwenden wollte.

Er biss sich auf die Unterlippe und fluchte. Zwar begegnete er Leraja mit Respekt, weil sie Xiras Tochter war, aber unter seiner Oberfläche brodelten offensichtlich Angst und Wut. Shahrukh hatte auch allen Grund dazu, denn Leraja hatte ihn in der Hand.

Sie seufzte, da sie für seine ausweglose Situation beinahe ein wenig Mitleid aufbrachte. »Nun gut, dann musst du nichts sagen, nicke einfach oder schüttele den Kopf.«

»Das ist kein Spiel!« Shah drückte sich an sie und sie spürte sein weiches Geschlecht an ihrem Oberschenkel. Er wagte es, sie zu berühren?!

Wollte er sie ablenken? Das gelang ihm fast, weil sie schon wieder an Cain denken musste. Ach, wenn er doch hier wäre!

»Ist Fermion mein Vater?«, fragte sie so kühl wie möglich, unbeeindruckt von seinen Annäherungsversuchen. Noch vor ein paar Tagen hätte sie sich auf ein erotisches Spiel eingelassen – na ja, vielleicht, immerhin stand Xira zwischen ihnen –, aber jetzt konnte Shah ihr nur ein sanftes Pochen zwischen den Beinen entlocken, das sie sich jedoch nur nach Cain sehnen ließ.

Shah reagierte nicht auf ihre Frage, sondern stützte die Hände neben ihrem Oberkörper ab. Somit lag er nun fast auf ihr. Sein Schwanz, der auf Xiras Stimulierung kaum reagiert hatte, wurde jetzt allerdings schnell härter.

»Machst du mich gerade an, Shah?«, säuselte sie. »Das wird Mutter sicher nicht gefallen.«

Als hätte er sich an ihr verbrannt, stieß er sich von ihr ab und bahnte sich einen Weg durch das Becken nach draußen.

»Shah!«, rief sie und folgte ihm. »Ich will eine Antwort!«

»Ja!«, stieß er aus.

Sie fühlte sich schwindlig, ihre Knie wollten nachgeben. Fermion, der mächtigste aller Elfen, war also tatsächlich ihr Erzeuger!

»Und ...« Sie musste sich zusammenreißen, um weiterzusprechen, und folgte Shah aus dem Wasser. »Weißt du, ob er noch lebt?«

Shah nickte, während er sich neben einen Felsspalt am Boden stellte, aus dem heiße Luft strömte, die seine Haut trocknete. Dabei flatterte sein langes Haar an seinem Rücken. Beinahe sah er aus wie ein Racheengel.

Engel ... Engel ... Leraja seufzte. Sie gesellte sich zu ihm, um ihre feuchten Haare in den warmen Strom zu halten. »Wo ist er?!«

Mit zusammengekniffenen Lidern funkelte er sie an: »Xira wird mir den Kopf abreißen und das meine ich nicht sprichwörtlich.«

»Glaube mir, ich kenne sie selbst gut genug«, erwiderte sie leise, da der Ausgang nah war. »Ich werde nichts sagen, wenn du ebenfalls dichthältst. Ich brauche Fermion, um dem größten Wunsch meiner Mutter nachzukommen, deshalb tust du ihr indirekt sogar einen Gefallen.«

Shah legte den Kopf schief. »Du willst ihn also töten?«

»Äh ...« Töten? Ihr stockte der Atem. Xira wollte ihren Vater töten? Aber warum? »Vielleicht«, sagte sie, wobei ihr das Blut in den Ohren rauschte.

»Wie willst du das anstellen, wenn meine Herrin schon daran gescheitert ist?«

»Ich habe ebenfalls Elfenkräfte, schon vergessen? Auch wenn ich so unscheinbar aussehe, habe ich mehr Macht als so manch anderer Dämon.«

Shah schnaubte. »Xira hat aber immer wieder ausdrücklich betont, dass nur sie es versuchen darf, Fermion zu vernichten. Sollte es jemand anderes wagen, wird sie ihn töten.«

»Shah, bin ich denn irgendjemand?«, sagte sie. »Ich bin Xiras Tochter!«

Er schien zu überlegen und knurrte dann: »Wenn du mich reinlegst und Xira mich dafür büßen lässt, werde ich alles daran setzen, um dir das Leben wirklich zur Hölle zu machen.«

»Das ist nur fair«, erwiderte sie locker, obwohl sich ihr die Kehle zuschnürte. Aber eins nach dem anderen; um Shah konnte sie sich später immer noch kümmern.

Er blickte sich kurz um, bevor er flüsterte: »Er befindet sich in der untersten Ebene, im hintersten Verlies.«

Dann lebte er noch? Sie war mehr als schockiert. Fermion musste Xira schon sehr erzürnt haben, dass sie ihm diese Qual antat. In der untersten Ebene war Leraja noch nie gewesen, aber sie hatte die grausamsten Dinge darüber gehört. Dort herrschte ewige Dunkelheit. Es roch nach Tod und Verwesung. Da wurde gefoltert und getötet. Wer einmal an diesen Ort kam, verließ ihn nie wieder und war ständiger Pein ausgesetzt.

Sie nickte Shah dankbar zu und machte sich sofort auf den Weg. Noch im Gehen zog sie sich an, wobei es ihr in diesem Moment egal war, sollte sie jemand halbnackt erblicken. Sie hatte nur noch ein Ziel: ihren Vater! Da sich niemand in die untere Ebene hinein- oder herausteleportieren konnte, damit eine Rettung oder Flucht unmöglich war, konnte Leraja nur ein Portal zu dem Ort öffnen, an dem es zu den Kerkern hinabging. Sie musste die in den Fels gehauenen Treppen hinunterlaufen, die immer tiefer ins Erdreich führten. Hier und da drangen giftige Gase aus dem Stein und es roch nach Schwefel. Hustend rannte sie weiter, denn ihre Lungen vertrugen die Luft der Unterwelt nicht besonders gut, was ein weiterer Grund war, warum sie sich lieber unter Menschen aufhielt.

Bald schon drangen Schreie an ihre Ohren − grausame Schmerzenslaute, wie sie nur jemand ausstieß, der qualvoll gefoltert wurde. Und es waren unzählige …

Kapitel 8 − Himmlische Verlockung

Als Magnus aus der Dusche stieg und sich rasierte, vermied er den Blick in den Spiegel. Er sah bestimmt fertig aus, denn er hatte seit Tagen, ja eigentlich seit Monaten, nicht mehr richtig geschlafen.

Wenigstens spielte Geld in seinem Leben keine Rolle. So hatte er auf Ko Samui einen Luxusbungalow direkt am Meer gemietet, zu dem ein Privatstrand und ein eigener Pool gehörten, auch wenn er das alles jetzt nicht brauchte und vor allem nicht sehen konnte, denn auf diesem Teil der Erde war es gerade Nacht. Er hatte dem überraschten Angestellten an der Rezeption ein Bündel Dollarscheine in die Hand gedrückt und für eine Woche im Voraus bezahlt. Er wollte nicht geizig sein, wenn ihm die herrliche Umgebung ein wenig Ablenkung schenken konnte. Außerdem hatte er im Laden des Hotels noch schnell ein Sommerkleid für Amabila besorgt. Das war das Schöne an Thailand: Hier pulsierte auch um diese späte Uhrzeit noch das Leben. Viele junge Leute in schräger Kleidung tanzten und machten Party, weshalb Magnus und Amabila in ihren Umhängen kaum auffielen, dennoch hatte es ihn gewundert, dass einige Gäste den Engel offensichtlich bemerkt hatten.

Hier waren die Menschen anders als bei ihm zuhause. Magnus besaß das Thorne-Vermögen und ein Schloss in Schottland, das er jedoch seit dem Unfall nicht mehr bewohnte. Es war schon seit Generationen im Besitz seiner Familie und sogar einen Privatjet nannte er sein Eigen, aber all das bedeutete ihm nichts mehr.

Seine Arbeit bei der Corporation war überwiegend ehrenamtlich gewesen und er hatte viel von seinem Vermögen in seine Entwicklungen investiert.

Es hatte damals Spaß gemacht, eine wirklich nützliche Aufgabe zu haben, die zudem noch dem Guten diente. Wenn er gewusst hätte, deshalb alles, was ihm jemals wirklich wichtig war, zu verlieren, hätte er sie niemals angenommen. Aber er würde sich das alles zurückholen und auf seinen Erben warten, der einmal all seinen Besitz bekommen und den er in die Geheimnisse der Magie einweihen würde. Dank des Kelches würde er in Zukunft alles haben können, was er wollte und sich immer gewünscht hatte.

Das Kästchen mit dem Artefakt hatte er mit einem Verschleierungszauber versehen und in die Nachttischschublade gestellt, sodass es für Außenstehende wie ein vergilbter Comic-Sammelband aussah. Niemand würde auf die Idee kommen, es an sich zu nehmen.

Glockenreines Lachen ließ ihn aufhorchen, und sein Magen zog sich zusammen.

Amabila …

Magnus war hier nicht allein. Mit dem Engel an seiner Seite würde er nie Vergessen finden können. Aber es waren nur noch wenige Tage bis zur Mondfinsternis.

Hastig wusch er sich den Rasierschaum aus dem Gesicht, wickelte sich ein Handtuch um die Hüften und trat in den Wohnraum des Bungalows. Im Türrahmen blieb er abrupt stehen, denn Amabilas Anblick traf ihn mitten ins Herz. Sie trug das neue Kleid und drehte sich vor dem großen, beleuchteten Ankleidespiegel im Kreis. Da der grüne Stoff gerade einmal bis über ihr Gesäß reichte, schwang er bei jeder Bewegung nach oben und enthüllte die Ansätze ihrer Pobacken und die zarte Spalte zwischen ihren Schenkeln.

Magnus schluckte schwer, während er sie weiterhin heimlich beobachtete. Da es Nacht war und nur die Beleuchtung am Spiegel ein schwaches Licht ausstrahlte, stand er im Dunkeln verborgen. Offensichtlich freute sich Amabila sehr über sein Geschenk. Das smaragdgrüne Kleidchen passte wunderbar zu ihrem lohfarbenen Haar. Er würde nie erraten, dass sie ein Engel war, hätte er es nicht bereits gewusst. Amabila war eine wunderschöne Frau mit genau den richtigen Proportionen. Ihr kleiner Hintern besaß eine herrlich runde Form und ihre festen Brüste wippten leicht, als sie einen Luftsprung machte.

Plötzlich schien sie ihn bemerkt zu haben, denn sie erstarrte in ihren Bewegungen.

»Gefällt dir das Kleid?«, fragte er rau.

»Danke, mein Herr, ich fühle mich sehr wohl darin.« Unverwandt sah sie auf seine nackte Brust, bevor sie hastig den Kopf senkte. Magnus hatte ganz vergessen, dass er halb nackt war.

»Dann ist es … luftig genug?« Es war ihm nicht entfallen, dass sie ihre Freiheit liebte.

»Es ist sündhaft«, flüsterte sie, den Blick auf den Boden gerichtet.

»Sündhaft?« Sein Schwanz unter dem Handtuch zuckte. »Das entscheide immer noch ich«, sagte er sanft.

»Ja, Herr.« In unterwürfiger Haltung stand sie vor dem großen Spiegel. Magnus schaute sich in der Hütte um. Der Boden war aus poliertem Holz und etwas Sand lag darauf, den sie beide hereingetragen hatten. Aber das riesige Bett sah weich und sauber aus; die seidigen Laken glänzten im schummrigen Licht wie Gold. »Knie dich auf die Matratze!«, befahl er mit heiserer Stimme. »Auf alle viere!«

Ohne zu zögern gehorchte sie, nahm die gewünschte Position ein und streckte sogar noch ihren Po heraus.

In Magnus' Unterleib strömte Wärme. Sein Penis richtete sich auf. Da das Kleid so kurz war, konnte er jetzt ihre Spalte bestens sehen, und zwar der ganzen Länge nach. Er hatte überhaupt nicht mehr daran gedacht, dass sie keine Unterwäsche besaß.

»Stell die Beine weiter auseinander«, raunte er und Amabila folgte sofort. Um ihren Eingang glitzerte es.

Himmel, machten sie seine Befehle etwa an?

Obwohl er wusste, dass es falsch war, konnte er nicht widerstehen. Langsam streckte er die Hand aus, um sie auf die Innenseite ihres Oberschenkels zu legen. Amabila zuckte, ihr ganzer Körper zitterte, aber gewiss nicht vor Furcht. Es war Lust, denn ein leises Stöhnen löste sich aus ihrer Kehle. Außerdem konnte er ihre Geilheit bereits riechen; ihr süßes Aroma stieg in seine Nase und machte ihn noch heißer.

Sanft begann er, die empfindliche Haut ihrer Schenkel zu streicheln, wobei seine Finger immer höher wanderten, auf das Zentrum ihrer Weiblichkeit zu. Amabilas Schamlippen präsentierten sich ihm dunkel und geschwollen. Als er schließlich die flache Hand auf ihre Spalte presste, keuchte Amabila auf und drückte ihren Schoß fest dagegen. Ihr Geschlecht war heiß und nass. Es schien in seiner Hand zu pulsieren, aber auch ihr Anus zuckte. Sachte strich Magnus mit dem Daumen darüber. Je länger und fester er darüberfuhr, desto mehr öffnete sich der Muskel.

»Herr, bitte«, flehte sie. »Tut es endlich oder ich zerspringe!«

»Was soll ich tun?«, fragte er und brachte die Worte fast nicht heraus, da er sich die wildesten Dinge ausmalte. Sein steinharter Schwanz lechzte danach, Amabila zu nehmen, doch das durfte er nicht. Es wäre einfach falsch. Es wäre ... Betrug.

»Fick mich, mein Herr, bitte!«

Nein! Das konnte er unmöglich tun, nicht sie! Sofort zog er die Hand weg, als hätte er sich an ihrem Körper verbrannt. Auch war er erschrocken über ihre Ausdrucksweise. Erschrocken und dennoch erregt. Wie erstarrt blieb er neben ihr hocken. Amabila bewegte sich ebenfalls nicht. Er hörte nur ihren rasenden Atem.

Als er wieder bei Verstand war, bemerkte er, dass seine Hand nass war von ihrem Saft.

Erniedrige sie, räche dich, schoss ihm durch den Kopf, aber ihm kam nur eine lustvolle Rache in den Sinn. Mal sehen, wie weit sein Engel gehen würde. Also hielt er ihr die feuchte Hand vors Gesicht. »Leck das ab!«

Magnus sah ihre Augen nicht, weil ihr Haar davorgerutscht war, aber er konnte förmlich fühlen, dass sie seine Finger anstarrte. Dafür konnte er aber auf ihren Mund blicken, der ein Stück offen stand. Amabila leckte sich über die Lippen, bevor sie sich weiter hinabbeugte, um seine Hand zögerlich mit der Zunge anzudippen.

Magnus verkniff sich ein Stöhnen. Sein Schwanz zuckte heftig. Ihre kleine, feuchte Zunge an seinen Fingern brachte ihn fast zum Abspritzen. Er musste an etwas anderes denken – an den Kelch und die Aufgaben, die noch vor ihm lagen –, um seinen Höhepunkt zu unterdrücken, oder er käme in das Handtuch. Immerhin würde Amabila dann nicht sehen, wie sie ihn beherrschte, aber der Stoff engte ihn ein und so riss er ihn sich von den Hüften.

Warum hatte er sich nur so schlecht im Griff? Sie berührte doch lediglich seine Hand!

Als sie plötzlich seine Finger einsaugte, einen nach dem anderen, und ihre Zunge darüberflatterte, löste sich ein Knurren aus seiner Kehle. Amabila war verdammt geschickt! Nie im Leben war sie ein unschuldiges Engelchen, denn sie wusste genau, was einen Mann scharf machte.

Unvermittelt griff er in ihr Haar und führte ihren Kopf zu seinem Schoß. »Nimm ihn in den Mund!«

Sein Schwanz pochte wie wild. Lusttropfen liefen aus der Spitze. Er war so sehr erregt, dass er sich kaum beherrschen konnte, nicht wie ein wildes Tier über sie herzufallen, doch sein extrem dicker Penis würde ihre zarte unschuldige Spalte sicher aufreißen. Magnus erinnerte sich nur ungern an seine ersten sexuellen Erfahrungen, weil er am Anfang nie gewusst hatte, wie er die Frauen auf seine Dicke vorbereiten konnte, und Amabila war extrem zierlich gebaut; sie würde ihn niemals aufnehmen können.

Vorsichtig küsste sie seine Eichel, hauchte sie an und züngelte dann darüber, was ihn allein schon fast um den Verstand brachte. Die Vorstellung, in ihr Gesicht zu kommen, verstärkte das Ziehen in seinen Hoden, und seine Fantasien wurden noch dunkler und schmutziger. Er sah sie ans Bett gefesselt, ihre Beine weit gespreizt, wie er sie mit verschiedenen Dildos penetrierte, einer größer als der andere, bis er sich schließlich selbst in sie bohrte …

Ihre Hand tastete sich an seinem Oberschenkel entlang, doch als sie seine

Hoden erreichte, stieß Magnus hervor: »Ohne Hände!« Sonst wäre es um seine Beherrschung geschehen. Falls sie ihn in den Mund nahm, könnte er sofort in ihren Rachen spritzen, so weit oben befand er sich. Seine Hoden fühlten sich an, als würden sie gleich platzen. Seit gestern hatte sich wieder eine Menge angestaut.

Noch spielte sie an seiner Spitze, wohl eingeschüchtert wegen der gewaltigen Ausmaße, doch sie wurde mutiger und leckte an seiner Länge auf und ab.

Aber er könnte, wenn er schon nicht mit ihr schlafen konnte, ihren Mund mit seinem Saft füllen und sie zum Schlucken zwingen.

Diese Idee gefiel ihm. Er beugte sich über ihren Rücken, wobei sich ihr Kopf an seinen Unterleib drückte, und zog ihr den Rock nach oben, um ihre Pobacken freizulegen. Dabei rutschte seine Erektion zwischen ihre Lippen. Stöhnend nahm sie ihn ganz auf, den Kopf schräg gelegt, den Unterkiefer weit geöffnet, und presste ihre Zunge an ihn. Das hatte zuvor noch keine geschafft!

Für einen Moment ergab sich Magnus dem herrlichen Gefühl und genoss ihre feuchtheiße, saugende Behandlung. Amabila wäre die perfekte Frau für ihn, wenn sie nicht … Sie war schuld an seinem Schicksal, nur *sie*, redete er sich ein. Außerdem gab es schon eine andere Frau in seinem Leben. Doch er könnte Amabila bestrafen, ihr die Unschuld rauben, ihrer kleinen Muschi Dinge antun, die sie sicher nie vergessen würde.

Er wollte seine Lust in Zorn und Gewalt verwandeln, doch es gelang ihm nicht. Er lag weiterhin nur über ihren Rücken gebeugt da, spürte und roch ihre warme Haut und fühlte sich auf seltsame Art geborgen, wie sie seinen Schwanz in ihrem Mund hielt. Zärtlich spielte er an ihrem After, zog ihre Pobacken auseinander und wollte sie dort lecken, doch das ging in dieser Stellung nicht.

»Leg dich auf den Rücken«, befahl er deshalb rau.

Sie gehorchte sofort. Magnus kniete sich verkehrt herum über sie und drückte ihr gleich wieder sein Glied in den Mund, dann leckte er über ihre sternförmige Öffnung.

Zuckend stöhnte Amabila. Dieser kehlige Laut ließ seinen Schwanz in ihrem Mund vibrieren.

Was tu ich hier nur?, fragte er sich immer wieder. *Ich ficke mein Engelchen in den Mund …*

Sofort zog er sich aus ihr zurück und setzte sich neben sie, denn er konnte sich kaum noch beherrschen. Er wollte jedoch nicht, dass es schon so schnell vorüber war, denn der Sex mit Amabila war fantastisch und Magnus gehörte eben zu den Genießern …

Sie hockte sich auf ihre Unterschenkel und blieb in demütiger Haltung vor ihm knien. Er selbst streckte die Beine seitlich an ihr vorbei. Sein Schwanz ragte ihr entgegen, wobei milchige Tropfen aus der Spitze liefen. Noch immer stand er kurz davor, sich zu ergießen.

»Zieh das Kleid aus«, befahl er kaum hörbar, da ihm die Stimme versagte. Wie immer gehorchte sie. In einer fließenden Bewegung streifte sie sich den grünen Stoff über den Kopf und warf ihn zur Seite. Magnus konnte sie nur anstarren: ihre festen Brüste mit den erigierten Warzen, die schmale Taille, den flachen Bauch und den rötlichen Flaum zwischen ihren Schenkeln.

»Du bist wunderschön«, flüsterte er, »und das weißt du. Du kennst deine Wirkung auf Männer.«

Amabila erwiderte nichts, sondern senkte den Kopf tiefer.

Da streckte er die Hand aus, um sie in einen spitzen Nippel zu zwicken. Sie sog die Luft ein, wobei sie unruhig auf ihren Füßen hin- und herrutschte.

»Du bist geil, nicht wahr?«

Amabila schwieg.

Magnus zwickte sie in die andere Brustwarze. »Antworte, wenn ich dich was frage!«

»Ja, Herr!«, stieß sie hervor, als er ihren Nippel zwirbelte, bis er rot war.

»Dreh dich herum!« Vielleicht konnte er sie doch noch ficken.

Sie ging wieder auf alle viere, machte eine halbe Drehung und streckte ihm abermals den Po entgegen.

»Du bist nass wie eine läufige Hündin«, kommentierte er den Status ihrer Weiblichkeit und schob prüfend einen Finger in sie. Außerdem hatte sich eine Pfütze auf dem Bettlaken gebildet. Er hatte noch nie erlebt, dass eine Frau derart auslief.

Magnus zog den Finger heraus und roch daran. Mmm, sie duftete unsagbar gut; er musste sie kosten. Schnell schob er sich den Finger in den Mund, damit sie es nicht mitbekam. Ihr Geschmack war mit nichts zu vergleichen. Wie Honig zerfloss ihr Saft auf seiner Zunge.

Abermals steckte er den Finger in sie. Enttäuscht seufzte sie auf, als er ihn wieder herauszog und ableckte.

»Du brauchst es anscheinend dringend«, krächzte er heiser vor Lust.

Amabila nickte so heftig, dass ihr Haar wild umherflog.

Daraufhin zwickte er leicht in ihren Kitzler, der zwischen den zierlichen Schamlippen hervorgetreten war und dunkelrot glänzte. Sie zuckte und stöhnte und drängte sich seiner Hand entgegen. Ihr Gesäß sah in dieser Stellung absolut verführerisch aus. Ihre Rundungen waren einfach perfekt.

Magnus kniete sich hinter sie, legte seine Eichel an ihren vor Nässe triefenden Eingang und fuhr daran auf und ab. Sollte er wirklich? Aber er konnte nicht länger hadern, die Versuchung war zu groß, Engel hin oder her. Außerdem war es Amabila, die ihm die Entscheidung abnahm, denn sich drückte sich ihm entgegen und seine Spitze verschwand immer mehr in ihrer heißen Enge, wobei sich ihre zierlichen Schamlippen zur Seite pressten. Noch mehr Saft lief an ihren Schenkeln hinab und es schmatzte, als sein Schwanz tiefer glitt.

Unglaublich, ihre enge Muschi konnte ihn mühelos aufnehmen! Magnus musste auf die Stelle starren, an der sie miteinander verbunden waren. War er jemals so tief in einer Frau gewesen?

Er hielt sich an Amabilas Hüften fest, um sie noch mehr heranzuziehen. Ihr Inneres spannte sich fest um ihn und hielt ihn wie eine geschlossene Faust. Als er ganz in ihr steckte, musste er innehalten, damit er das unbeschreibliche Gefühl genießen konnte. Amabila pochte um ihn herum, ihre Vagina schien sich zu verkrampfen. Sie war sehr eng. Amabila wimmerte und ihr Körper zitterte.

Er stützte sich mit einer Hand an der Matratze ab, umfasste mit der anderen eine Brust und knetete sie sanft. Dazu küsste er sie zwischen die Schulterblätter. »Pst, bleib locker, Mädchen.«

Mädchen … Plötzlich sah er sie nicht mehr als Engel. Nein, sie war eine richtige Frau, mit allem, was dazugehörte, und ihr Körper war wie für ihn geschaffen.

Tatsächlich wurde sie ruhiger und entspannte sich, sodass er noch ein winziges Stück tiefer in sie kam. Vorsichtig bewegte er sich in der heißfeuchten Enge vor und zurück.

Amabila warf den Kopf in den Nacken, als seine Hand von ihrer Brust zu ihrem Kitzler hinabglitt, um ihn sanft zu zwirbeln. »Magnus!« Immer lauter stöhnte sie. Er war froh, diesen abgeschiedenen Bungalow gemietet zu haben, denn auch er konnte sich lustvolle Laute nicht länger verkneifen. Während er immer härter zustieß, hörte sich sein Stöhnen fast wie der Brunftruf eines Tieres an. Bei Amabila *wurde* er zum Tier! Bei ihr war keine Zurückhaltung nötig. Zum allerersten Mal konnte er sich beim Sex völlig hingeben. Weil sie sich ihm entgegenreckte und seine Stöße auffing, wusste er, dass er ihr nicht wehtat, was ihn dazu animierte, sie noch härter zu reiten und ihre Klit fest zu massieren.

»Soll ich es dir richtig besorgen?«, fragte er keuchend und legte seinen Daumen auf ihre Rosette. »So richtig dreckig?«

»Ja, Herr!«, kam ihre Antwort wie aus der Pistole geschossen. Ihr enger Ring öffnete sich von selbst und Magnus benetzte seinen Daumen schnell mit ihrem Saft, bevor er in sie eindrang. Sie wimmerte wieder, aber dieses Mal bestand kein Zweifel, dass es aus Lust geschah. Seine Hoden ballten sich zusammen, in seiner Peniswurzel zog es. In ihrem Anus war sie noch viel heißer, das Innere fühlte sich wie Seide an.

»Bist du meine kleine Schlampe?«, fragte er.

»Ja, Herr!«

Der Orgasmus stand kurz bevor. Sein Sperma wollte sich bereits nach draußen drängen, der Druck war enorm. Magnus bohrte den Daumen tiefer in sie und drückte den Muskel zur Seite. Der Ring öffnete sich. »Ja, du brauchst es hart«, presste er hervor. Zu gerne wollte er auch dieses Loch ausprobieren, das gewiss noch viel enger war, doch dazu war es bereits zu spät. Als er an ihren Lauten hörte, dass sie den Höhepunkt erreichte, bemühte er sich, ihren Kitzler noch so lange zu reiben, bis das lauteste Stöhnen verklungen war. Er zog seinen Schwanz gerade rechtzeitig aus ihr heraus, um auf ihre zuckenden Öffnungen zu kommen. Sein Daumen hielt den engen Ring weit auf, damit er hineinspritzen konnte.

Ist das geil! Vor seinen Augen wollte die Welt verschwimmen, doch Magnus konzentrierte sich auf den herrlichen Anblick. Er rieb über seinen dicken Schaft, um auch die letzten Tropfen herauszudrücken, bis Amabilas Spalte der Länge nach mit seinem Saft bedeckt war. Aber die letzte Ladung schoss er direkt in ihren Anus.

Zutiefst befriedigt verteilte er die klebrige Creme auf ihren Schamlippen und den Pobacken, wischte sich die Finger am Bettlaken ab und ließ sich rückwärts auf die Matratze fallen. Er war wirklich geschafft und todmüde. Seine bleischweren Lider schlossen sich sofort. Er spürte, dass sich Amabila an ihn kuschelte und die Decke über sie beide ausbreitete.

»Du darfst dich duschen«, murmelte Magnus. Er zog sie enger an sich, bevor er in einen tiefen Schlaf fiel, der seine aufkeimenden Gewissensbisse mit in die Finsternis riss. *Rowan, es tut mir leid ...*

Kapitel 9 – Heikle Rettungsmission

Schwer atmend blieb Leraja auf der letzten Stufe stehen. Sie hatte ja keine Ahnung gehabt, dass es zur untersten Ebene so weit hinabging. Hier war es tatsächlich stickig-heiß und die Schreie so laut, dass sie sich am liebsten ihre empfindlichen Ohren zugehalten hätte. Zudem roch es abscheulich nach Fäkalien, verbrannter Haut, Kadavern, Schweiß ... Es war ein Mix aus allen ekelerregenden Düften der Unterwelt.

Leraja schüttelte sich und atmete trotz des penetranten Gestanks tief durch, bevor sie den letzten Schritt hinab machte. Zahlreiche Fackeln erhellten einen scheinbar endlos langen Gang, von dem rechts und links massive Türen abführten, hinter denen sich unvorstellbares Leid abspielte.

Ein paar Ratten huschten vorbei, ansonsten war niemand zu sehen.

Sie empfand Mitleid mit diesen verlorenen Seelen, die sie noch vor Kurzem selber fangen wollte, und war jetzt froh, dass sie dabei kläglich gescheitert war, weil zu wenig Dämonin in ihr steckte. »Cain hat mich schon total verweichlicht«, murmelte sie. »Also, hinterstes Verlies«, ermutigte sie sich und lief los. Der Felsgang machte einen Bogen – anscheinend war er wie ein riesengroßer Kreis angelegt –, doch plötzlich sah sie das Ende … und eine Wächterin.

Abrupt blieb Leraja stehen, ging aber dann gemächlich weiter, um wieder zu Atem zu kommen. Außerdem überlegte sie fieberhaft, was sie jetzt tun sollte.

Die schwarzhaarige Dämonin hatte sie bemerkt, sah sie jedoch nicht an. Als Leraja vor ihr stehen blieb, sagte die Wächterin: »Keena, zu Euren Diensten, Herrin«, noch bevor Leraja gesprochen hatte. Die Wächterin verbeugte sich so tief, dass sie fast ihren schmutzigen Lederharnisch mit der Nase berührte und der dicke Schlüsselbund an ihrer Hüfte klirrte. Unter der mit Nieten besetzten Schürze ragten stämmige, sehr muskulöse Beine hervor, aber auch Keenas Oberarme waren nicht zu verachten.

Als Keena sich endlich wieder aufrichtete, sah sie Leraja nicht ins Gesicht.

Gut, das ging ja einfacher, als sie gedacht hatte.

»Lass mich zum Gefangenen!«, schrie sie in bester Herrscherinnen-Manier, die sie sich von ihrer Mutter abgeschaut hatte.

Fast unmerklich zuckte Keena zusammen. »Herrin, Ihr wart lange nicht mehr hier«, winselte sie, »jedoch möchte ich Euch daran erinnern, dass Ihr mir erst das Passwort sagen müsst.«

Mist! Leraja fluchte innerlich. *Doch nicht so einfach!*

»Du hast recht!«, erwiderte Leraja. »Sehr gut aufgepasst!«

Mit gesenktem Blick wartete Keena auf die Losung.

Leraja geriet ins Schwitzen. Sie hoffte, dass ihr jetzt ein wenig Magie weiterhelfen würde, die allerdings nicht bei jedem Dämon wirkte. Sie sammelte all ihre Konzentration, um die Wächterin mental zu manipulieren, und sagte dann: »Nexus.«

Keena hob hastig den Kopf – offensichtlich war es die falsche Antwort – und sah Leraja direkt an.

Sie steigerte ihre Konzentration und versuchte, Keena mit der Kraft ihrer Gedanken zu überzeugen. *Nexus … Das Passwort ist korrekt!*

Sofort blickten die Augen der Wächterin ins Leere und sie stammelte: »Aye, Herrin, Ihr dürft passieren.« Die Dämonin nickte mechanisch, bevor sie die schwere Tür aufsperrte und Leraja hindurchließ.

»Puh, geschafft«, murmelte sie, zuckte jedoch zusammen, als die Tür hinter ihr ins Schloss fiel und abgesperrt wurde. Hoffentlich wirkte der Zauber lange genug, sodass Keena sie später wieder hinauslassen würde.

Eine weitere düstere Treppe lag vor ihr, und diesmal gab es nur eine einzige Fackel gleich neben der Tür. Daher sah es so aus, als führten die Stufen ins Nirgendwo.

Mit jeder Faser ihres Seins spürte Leraja, dass sich dort unten in der Finsternis jemand befand. Sie konnte seine Atmung hören und ein Scharren.

Eine eiskalte Gänsehaut kroch wie tausend kleine Spinnen über ihr Rückgrat. Das hörte sich nicht nach einem zierlichen Elf, sondern nach einem massigeren Wesen an. Außerdem bekam sie hier unten kaum noch Luft; es war extrem stickig und stank noch fürchterlicher als bei den vorherigen Kerkern. Hierhin war bestimmt noch nie frischer Sauerstoff vorgedrungen. Das ganze Reich ihrer Mutter bestand aus Höhlen und Gängen, die sehr tief unter der Erde lagen und von der Oberwelt völlig abgeschnitten waren. Lediglich ein Portalsystem, das sich sekündlich zu verschiedenen Orten hin öffnete, brachte Frischluft in die Gänge. Xira hatte bei Amtsantritt diese Sicherheitsvorkehrung veranlasst, damit niemand in ihr Reich gelangen konnte, denn vor vielen Jahrhunderten war es Vampiren gelungen, durch ein Lüftungsportal in die Unterwelt einzudringen und beinahe den damaligen Herrscher auszulöschen. Zum Glück hatte Leraja zur Zeit der Vampirkriege noch nicht gelebt. Dämonen hatten ständige Angst, von den Blutsaugern überfallen zu werden und das nur, weil die Dämonen ihre Königin getötet hatten – aus Versehen. Doch das war eine andere Geschichte, eine Legende. Die Zeiten hatten sich geändert. Vampire waren keine wirkliche Bedrohung mehr. Ein Mensch erstrebte stattdessen die alleinige Macht. Das musste sie verhindern!

Mutig schritt sie in die Dunkelheit. Sie brauchte Fermion oder alles würde hier und jetzt ein Ende finden.

Ihr Weg endete abrupt auf einem Treppenabsatz, als sie beinahe in einen hünenhaften Dämon hineingerannt wäre. »Volcan!« Erleichterung durchflutete sie.

Der bullige Unterweltler, dessen untere Körperhälfte der eines Stieres glich, war offensichtlich genauso erstaunt wie Leraja, sie in der untersten Ebene anzutreffen. »Was suchst du hier?«

»Ich möchte meinen Vater sprechen«, sagte sie. Auch wenn man es Volcan wegen seiner Statur nicht ansah – er war groß wie ein Schrank, ein richtiger Muskelprotz –, hatte er nichts gegen ein gutes Spanking einzuwenden. Er liebte es, wenn man ihm den muskulösen Hintern versohlte, bis er kam. Leraja hatte sich des Öfteren an ihm ausgetobt; es war jedoch nur ein reines Sexverhältnis gewesen.

Seine dichten Brauen hoben sich. »So? Dann weißt du also Bescheid?«

»Tja, Volcan, so ist es«, erwiderte sie leicht schnippisch. Wie schön, dass hier anscheinend jeder billige Dämon von Fermion wusste, nur sie nicht! Das machte sie extrem wütend.

»Und ich hatte schon gehofft, wir zwei würden uns in eine Folterkammer zurückziehen. Vor Kurzem wurde eine neue Streckbank geliefert.« Volcan grinste anzüglich. Unter seinem Lendenschurz zuckte es. Leraja kannte sein gewaltiges Geschlecht, doch es hatte lediglich ihre Peitsche zu spüren bekommen.

Tief sah ihm Leraja in die roten Augen und sammelte ihre mentale Energie. Wenn sie bei Keena Erfolg gehabt hatte, warum dann nicht bei einem Strohkopf wie ihm?»Süßer, ich hatte gehofft, dass wir mal wieder miteinander spielen, aber zuerst muss ich zu Daddy. Lässt du mich bitte durch?« Sie ging um ihn herum und streichelte sein Gesäß durch den Lendenschurz. »Danach ist dein Popo dran.« Sie wisperte einen elbischen Spruch in sein Ohr und hoffte, dass er einschlief.

Volcan gähnte und kratzte sich an seinem breiten Nacken, ansonsten geschah nichts. Mist!

Grinsend erwiderte der Dämon: »Dein Elfenzauber wirkt bei mir nicht, Schätzchen. Nicht umsonst hat die Herrin mich beauftragt, den Elf zu bewachen.«

»So …«, säuselte sie zuckersüß, »dann hilft vielleicht … DAS?«

Noch ehe er reagieren konnte, hatte sie ihn mit einem Schlag ins Genick niedergestreckt. Volcan brach zusammen und fiel mit einem dumpfen Laut auf den Boden.

»Träum was Schönes, du Idiot.« Sie nahm ihm den schweren Schlüsselbund ab, dann stieg sie mit rasendem Puls weitere Treppen hinunter. Wieso hielt man Fermion so tief unter der Erde versteckt? Hier war es stockdunkel, extrem stickig und außer den kahlen Felswänden gab es nichts, kein Leben. Leben … Holten sich Elfen ihre Energie nicht aus der Natur?

Natürlich! Nur deshalb war er so weit unten versteckt, denn dort gab es nichts mehr, woraus er Kraft beziehen konnte!

Ohne Restlicht sah auch Leraja mit ihren dämonischen Augen kaum noch etwas. Daher ließ sie eine knisternde Energiekugel auf ihrer Handfläche erscheinen, während sie die Stufen hinabstieg, immer tiefer, bis sie vor einer einzigen schmiedeeisernen Tür angekommen war. Was würde sie dahinter erwarten? Noch ein Wächter?

Nacheinander probierte sie alle Schlüssel, bis sie endlich den fand, der passte. Quietschend bewegte sich der Mechanismus im Inneren des Schlosses, bis es klickte und die Tür ein Stück aufschwang.

Lerajas Herz klopfte heftig. Absolute Schwärze breitete sich vor ihr aus, doch sie hörte ein leises Röcheln.

Sie erschauderte. Ein weiterer elbischer Spruch schickte ihre Energiekugel in den Kerker. Langsam schwebte das Licht an der niedrigen Decke entlang und Leraja konnte eine winzige Zelle erkennen, die in den rohen Fels gehauen worden war, kaum größer als das Badezimmer in Thornes Jagdhütte.

Es gab nichts, aber auch rein gar nichts in dieser Höhle. Nur auf dem blanken Boden, da lag eine Gestalt auf dem Rücken, die bestimmt noch einen Kopf kleiner als Leraja selbst war. Ihr stockte der Atem. Auch wenn das einst weiße Gewand nun verdreckt und löchrig war und die silbernen Haare grau und stumpf, spürte Leraja, wen sie vor sich hatte, und wisperte: »Fermion.«

Ein Zucken ging über das zarte Gesicht, das von vielen Falten durchzogen war. Der kleine Mann wirkte androgyn und schien halb tot zu sein, dennoch fühlte Leraja seine Macht. Ganz schwach.

Sie duckte sich in den Kerker und kniete sich neben den Elf. Sanft berührte sie die knochige Schulter durch das zerschlissene Gewand, wobei sie eine aufkommende Übelkeit unterdrücken musste. Fermion stank furchtbar!

Seine Lider flatterten. »Xira?«, krächzte er.

»Nein«, flüsterte sie, weil sie einen Kloß im Hals hatte. »Leraja.«

Ohne die Augen zu öffnen, drehte er ihr den Kopf zu. »Tochter?«

»Ja.«

Er streckte seine knochige Hand nach ihr aus, und sie ließ es zu, dass er ihr Gesicht befühlte und ihre spitzen Ohren. »Ja, du bist es«, wisperte er, wobei seine Hand zurücksackte. Dann lag er wieder wie tot vor ihr.

»Vater?« Sanft fasste sie seinen Arm, der dürr und zerbrechlich wirkte.

»Dein Licht blendet mich«, erwiderte er leise, seine Stimme kaum mehr als ein Hauch.

»Oh!« Schnell schickte sie ihren Energieball vor die Tür. Wie lange lebte Fermion schon hier unten, in ewiger Dunkelheit? Er war sehr geschwächt. Wenn sich Elfen ihre Energie aus der Natur holten, wie hatte er all die Jahre dieses Martyrium überleben können? In seinem Gefängnis gab es nichts als kalten Stein, kein Pflänzchen, kein Getier. Nicht einmal die Ratten verirrten sich in diese Tiefen.

»Ich bin gekommen, um dich rauszuholen.«

Flatternd hoben sich seine Lider. Zum ersten Mal erblickte Leraja seine wunderschönen eisblauen Iriden. Fermion lächelte. Tränen schimmerten in seinen blinden Augen, denn er schien Leraja nicht zu sehen. »Weiß deine Mutter das?«

»Natürlich nicht; deshalb müssen wir uns beeilen!«

»Ich fürchte, ich kann nicht aufstehen«, flüsterte er.

»Kein Problem, ich werde dich tragen.« Vorsichtig schob sie ihre Arme unter den dünnen Körper und spürte die spitzen Knochen. Obwohl sie stark genug war, mehr als einen erwachsenen Mann zu tragen, versagten ihr kurz die Kräfte vor Aufregung. Fermion war tatsächlich ihr Vater und sie hatte ihn gefunden. Endlich würde sie Antworten auf all ihre Fragen bekommen, die Xira ihr nie geben wollte. Doch dazu mussten sie erst hier heraus.

»Xira?«, fragte er plötzlich und zitterte, als sie mit ihm aus dem Verlies schritt. Der Energieball folgte ihnen in einigem Abstand und verbreitete ein kaltes Licht.

»Nein Vater, ich bin es, Leraja.«

»Leraja?«

»Deine Tochter.«

Sein Körper, der kaum mehr als der eines Kind wog, entspannte sich wieder. »Leraja ... Tochter ...«, murmelte er verwirrt und schloss die Augen. Doch sofort riss er sie weit auf und rief: »Wir müssen fliehen, bring mich nach Gwandoria!!!«

Gwandoria ... ins Elfenreich? »Aber ... das kann ich nicht. Ich weiß nicht, wo es liegt und ob ich es überhaupt betreten kann. Ich werde dich jedoch zu einem Engel bringen. Der wird dir helfen.«

Sie hatte von Gwandoria gelesen. Es war ein wunderschönes Land, in dem ewiger Frühling herrschte, und es existierte in einer parallelen Dimension.

»Engel? Auch gut«, wisperte er, aber plötzlich sagte er: »Warte.« Fermion atmete schwer. »Ich weiß nicht, ob ich noch so lange durchhalte. Ich muss nach Gwandoria, ein wenig Energie aufnehmen, mein Kind. Du musst mich dorthin bringen.«

Sie merkte, dass er kaum noch am Leben war. Verzweiflung stieg in ihr auf. Sie wollte ihren Vater nicht verlieren, wo sie ihn gerade erst gefunden hatte. »Aber wie soll ich das anstellen?«

»Bring uns aus den Kerkern, dann erschaffe ein Portal. Ich werde dich leiten. Du bist meine Tochter, eine halbe Elfe; du wirst es schaffen«, stammelte er, als sie über Volcan hinwegstieg, der immer noch regungslos am Boden lag und schnarchte. Sollte ihr Elfenzauber doch noch gewirkt haben? Eventuell mit Verzögerung? Der Dämon hatte ja gegähnt ...

Stutzend blieb sie stehen. Es gab nichts zu verlieren, also murmelte sie einen Spruch, der Volcan seiner letzten Erinnerungen berauben sollte. Hastig setzte sie ihren Vater auf den Stufen ab, lief den kurzen Weg zurück, versperrte den Kerker und befestigte den Schlüsselbund wieder an Volcans Lendenschurz. Vielleicht verschaffte es ihr einen kleinen Vorsprung.

✳✳✳

Raja war bereits eine halbe Stunde zu spät. Sie hatten sich auf dem Empire State Building verabredet und da stand Cain nun und sah hinunter auf den lebhaften New Yorker Stadtverkehr. Es war Abend, die Besucherplattform hatte bereits geschlossen.

Er bekam einfach nicht die Szene aus dem Kopf, die sich zwischen ihnen in der Jagdhütte abgespielt hatte. Sie waren sich verdammt nah gewesen und eine seltsame Vertrautheit hatte für einen Moment zwischen ihnen gelegen. Er redete sich seitdem ständig ein, dass er sich vorsehen musste, und nahm sich Crispins letzte Worte als Warnung: *Bei der musst du höllisch aufpassen* ...

Plötzlich hauchte jemand an sein Ohr: »Hallo, Sonnenschein, wartest du schon lange?«

Cain wirbelte herum und blickte direkt in Rajas grüne Augen.

»Hast mich mal wieder nicht bemerkt, was?«

Ja, und das machte sie zu einer Gefahr für ihn und alle anderen Engel. Wenn eine Dämonin wie sie an die Macht käme, hätte das fatale Auswirkungen.

»Und?« Mit heftig schlagendem Herzen hielt er sie an einer Schulter fest, während seine andere Hand in seine Hosentasche schlüpfte, um dort heimlich auf eine Taste des Smartphones zu drücken. Er musste unbedingt ihre Energiesignatur scannen, damit er zukünftig bei ihrer Ankunft wenigstens durch eine Vibration seines Handys gewarnt wurde. »Hast du ihn?«, fragte er und ließ sie wieder los.

Raja blieb dicht bei ihm stehen. »Du hattest recht, Fermion ist mein Vater.«

Ungeduldig wippte er von einem Fuß auf den anderen. »Lebt er?«

»Er ist in einem sehr desolaten Zustand, aber er lebt und ist in Sicherheit.«

»Gott sei Dank!« Cain stieß erleichtert die Luft aus. »Gut gemacht, Raja.« Beinahe hätte er sie geküsst, obwohl sie ihn abschätzend ansah. »Bring mich zu ihm!«

»Nicht so schnell, Sonnenschein. Nur unter einer Bedingung.«

Es wäre auch zu schön gewesen, wenn einmal alles nach Plan liefe. »Und die wäre?«

»Ich will dich, als Tausch für meinen Vater.«

»Du willst *mich*?« Cains Herz überschlug sich beinahe, während sie zur Wand ging und ein Portal erzeugte. Doch was er durch das Loch sah, machte ihm Angst. Es zeigte eindeutig einen düsteren Kerker. Ketten hingen von der Decke. Es gab Streckbänke, Käfige, Kreuze und verschiedene Vorrichtungen, wo Gefangene aufgehängt und gequält werden konnten.

Mit leicht geröteten Wangen blickte sie ihn an und streckte die Hand nach ihm aus. »Komm mit mir.«

»Du glaubst doch nicht im Ernst, dass ich dir in die Hölle folge und du dann freie Bahn hast?!« Das war garantiert eine Falle!

Wieso wummerte dann sein Puls in freudiger Erwartung? Er sah Raja doch an, was sie von ihm wollte, dennoch fragte er: »Wie willst du mich? Tot sehen? Zu Tode quälen?«

»Jetzt werd mal nicht melodramatisch.« Sie seufzte und sagte salopp: »Ich will dich nackt, wehrlos, gefesselt – ja. Quälen? – Ja, aber nur auf lustvolle Art. Es wird dir bestimmt gefallen, Sonnenschein. Du wirst winseln und betteln, damit ich es dir noch härter besorge.«

Cain blieben die nächsten Wörter im Hals stecken. Seine schmutzigen Gedanken führten dazu, dass sich sein Schwanz aufrichtete. Verdammt, das war Rajas Taktik; er musste einen kühlen Kopf bewahren! »I-ich will erst einen Beweis, dass du Fermion gefunden hast.« Hatte er eben ihren Plänen zugestimmt? Das war praktisch ein Ja gewesen!

»Einen Beweis?« Sie strahlte über das ganze Gesicht, dann schloss sie mit einer Handbewegung das Tor und erschuf ein neues. Jetzt sah er ein sehr idyllisches Fleckchen Wiese und Obelisken aus grauem Stein, die im Kreis aufgestellt waren. Es schien eine Kultstätte zu sein, denn die zahlreichen spitz zulaufenden Steinpfeiler ragten weit in den Himmel und waren mit elbischen Schriftzeichen behauen. Und inmitten des Ringes lag ein dünner Mann in einem silbernen Gewand mit ebenso silbernen Haaren im Gras. Sein androgynes, fast weibliches Gesicht wirkte wie mit Pergament überzogen und war der Sonne zugewandt. Er hatte dieselben spitzen Ohren wie Raja, die Augen hatte er geschlossen und bunte Schmetterlinge flatterten um sein Haupt. Er schien sich mit neuer Energie zu versorgen, die er, wie alle Elfen, aus der Natur bezog.

Ja – das war er … »Fermion!«

»Wow«, flüsterte Raja neben ihm, »er hat sich erstaunlich schnell erholt. Er sah echt scheiße aus, als ich ihn befreit habe.«

Cain setzte sich in Bewegung und wollte durch das Tor, doch Raja stoppte ihn, indem sie ihm eine Hand auf die Brust legte und er dagegenprallte, als wäre sie aus Beton. Mit der anderen Hand ließ sie das Portal wieder verschwinden. »Halt! Wir hatten eine Abmachung.«

»Das ist kein Spiel, Raja!«, stieß er hervor und schlug ihren Arm weg. Er hatte vergessen, wie stark sie war. »Wenn ich den Kelch nicht finde, sind wir alle verloren! Dein Vater ist der Einzige, der uns noch helfen kann!«

Einen kurzen Moment schien sie zu zögern, doch dann forderte sie: »Eine Stunde, mehr will ich nicht.«

»Warum?«, hauchte Cain und fasste sie an den schmalen Schultern. Ihr blumiger Duft stieg ihm in die Nase und verwirrte seine Sinne. »Warum willst du mich …« Er konnte es nicht aussprechen.

»Nackt, wehrlos und gefesselt?«, vervollständigte sie frech. »Weil ich dich ficken will, Sonnenschein, und da du nicht freiwillig mitspielst, muss ich dich eben mit Gewalt nehmen.«

Cain schloss die Augen, wobei er ein Stöhnen nur mit Mühe unterdrücken konnte. Ihre Befehle und die schmutzigen Fantasien schickten prickelnde Schauer durch seinen Körper, die sich in seinem Unterleib sammelten und alles in ihm zum Pochen brachten. Die Vorstellung, dieser starken und gefährlichen Frau vollkommen ausgeliefert zu sein, sollte ihn erschrecken, stattdessen überschwemmte ihn eine Woge der Lust. Schon als Mensch hatte er davon geträumt, sich einer Frau lustvoll zu unterwerfen, doch zu seiner Zeit war ein Mann nur ein Mann gewesen, wenn er Stärke demonstrierte, sein Hab und Gut verteidigte und in den Krieg zog. Doch heutzutage ... Cain hatte davon gehört, dass es Frauen gab, die sich »Dominas« nannten und die Männer durch ihre Macht zur sexuellen Ekstase trieben. Manche wurden sogar dafür bezahlt! Wenn sich Raja lustvoll an ihm bediente, könnte er vielleicht erfahren, wie es Frauen wollten ... Als ob er das als Engel wissen müsste!

Raja schmiegte sich an ihn und legte eine Hand auf sein steinhartes Geschlecht. »Du willst es doch auch, mein Hübscher«, hauchte sie gegen seine Lippen. »Ich kann deine Geilheit spüren, selbst durch den dicken Stoff deiner Hose.« Sie drückte zu, worauf Cain ein Stöhnen entwich. Sein Schwanz pulsierte gegen ihre Finger.

Er hasste sie in diesem Moment, weil sie ihn dermaßen in ihrer Gewalt und er sich nicht unter Kontrolle hatte, aber er wusste, dass sie Fermion niemals ohne Gegenleistung herausgeben würde. Er könnte zwar in die Parallelwelt der Elfen reisen, aber dort Fermion mit seinen Geräten niemals aufspüren. Es könnte Jahre dauern, ihn zu finden. Verdammt, sie brauchten den Elfenkönig unbedingt, weil er neben Merlin als Einziger den Ort kannte, wo das abschließende Kelchritual durchgeführt werden würde. »Na gut, ich komme mit dir«, knurrte er an ihre Stirn, die direkt vor seinen Lippen lag. »Aber wenn das eine Falle ist, bist du tot.«

»Das sind doch endlich mal die Worte, die ich von dir hören will.« Sie tätschelte seine Wange und griff nach seiner Hand, doch bevor sie ein Portal öffnete, sagte er: »Aber ich suche den Ort aus!«

Mit hochgezogenen Brauen blickte sie ihn an.

»Ich will einen neutralen Platz, wo mir kein Dämon plötzlich in den Arsch treten kann.«

»Und was soll das für ein Plätzchen sein?«

»Gwandoria – das Elfenreich.«

»Du traust mir nicht.« Sie klang verletzt.

Cain starrte sie nur an. Natürlich vertraute er ihr nicht. Sie war eine Dämonin, die an den Kelch wollte. Was erwartete sie von ihm?

»Du willst nur nach Gwandoria, weil du ohne mich nicht ...« Sie schien zu überlegen und murmelte dann: »Mist, als Engel hast du ja Zutritt ins Elfenreich.«

Ob sie wusste, dass er ohne ihre Hilfe Fermion niemals rechtzeitig finden würde?

»Okay«, sagte sie schließlich, immer noch seine Hand haltend. »Du hast keine andere Wahl, als mir zu vertrauen. Und ich vertraue auf dein Wort, weil du als Engel nicht lügen darfst.«

Wenn Raja wüsste … Seit sie in sein Leben getreten war, schienen Lügen besonders leicht über seine Lippen zu gehen.

»Auf nach Gwandoria!«, rief sie übermütig und zog ihn hinter sich her. Es knisterte und roch nach Ozon, dann blickte er durch das Loch auf einen blauen, fast wolkenlosen Himmel. »Pass auf, das Portal auf der anderen Seite öffnet sich auf einer Wiese. Du musst also hier durchsteigen, dich dann aber gleich neunzig Grad nach vorne beugen, oder … Wie soll ich es dir erklären … Oder du krabbelst gleich hier durch, Kopf voran, so als würdest du aus einem Kanalschacht steigen.«

Cain war kurz verwirrt. War das ihr Ernst? Er würde ihr bestimmt nicht wie ein Hund hinterherlaufen, auf allen vieren! Er war zwar noch nie durch ein Portal gereist, aber so schwer konnte das nun auch wieder nicht sein.

Raja schmunzelte. »Folge mir einfach, dann verstehst du.«

Tatsächlich, nachdem Cain durch das Portal gestiegen war, schien die Welt vor seinen Augen zu kippen und er stürzte nach hinten. Er konnte den Fall gerade noch stoppen, indem er sich in einen schwebenden Zustand brachte, dann schloss Raja das Tor.

Sie lachte, als er plötzlich mit dem Rücken auf der Wiese lag. »Ich hab doch gesagt, du musst aufpassen.« Um ihm auf die Beine zu helfen, streckte sie ihm die Hand hin. Als er aufgestanden war, ließ sie ihn nicht wieder los.

Cain atmete tief durch. Die Luft hier war absolut rein, der Himmel strahlend blau – keine Abgase verschmutzten die Umwelt. Vögel zwitscherten vergnügt und in der Ferne rauschte ein Wasserfall. Raja und er standen auf einer Anhöhe und blickten hinunter auf bunte Wiesen, grüne Wälder und funkelnde Seen. In Gwandoria herrschte ewiger Frühling. Und irgendwo hier lebte Fermion, doch sie befanden sich bestimmt meilenweit weg von ihm. Aber … an diesem Ort fühlte sich Cain tatsächlich entspannt. Hierhin, in diese parallele Dimension, konnte keine bösartige Kreatur gelangen. Außer sie hätte den Kelch.

Halt – Raja war ja hier, doch der Elfenanteil überwog anscheinend. Das war beruhigend.

Aber sollte Thorne die Herrschaft an sich reißen, würde auch das Elfenland unter sein Joch fallen. Was würde dann aus dem idyllischen Gwandoria werden? Die Elfen lebten im Einklang mit der Natur, doch wenn man sie unterjochte, würde das harmonische Gleichgewicht und der Frieden gestört werden.

Als Raja plötzlich merkwürdig still neben ihm war, blickte er zu ihr. Sie hielt immer noch seine Hand, war aber anscheinend völlig gefangen von der herrlichen Aussicht. »Wie im Märchen«, flüsterte sie, wobei sie seine Hand drückte. »Sieh nur, Cain, ist das nicht das Paradies?«

Und in diesem Moment, als sie entzückt über die Landschaft schaute und einfach wunderschön aussah mit ihrem blonden Haar, das ihr der Wind sanft aus dem Gesicht strich, den vor Staunen weit geöffneten Augen und einem zauberhaften Lächeln, geschah etwas mit Cain, das ganz und gar nicht gut war.

Er verliebte sich in sie.

Die Schönheit dieses Landes überwältigte Leraja. Schon zuvor, als sie ihren Vater bei der Kultstätte abgesetzt hatte, war sie wie verzaubert gewesen, aber Gwandoria jetzt von hier oben in seiner ganzen Pracht zu sehen, erfüllte sie mit einem gigantischen Gefühl, als würde sie mit frischer Energie aufgeladen werden. Ihre Haut prickelte, ihre Sinne schienen sich zu schärfen und ihre Lust auf Cain steigerte sich ins Grenzenlose. Sie ließ seine Hand los und schmiegte sich an seine Brust, um seinen Duft tief einzuatmen. Dabei legte er beide Arme um sie und zog sie an seinen Körper. Für einen Moment vergaß sie, warum sie überhaupt hier war; ja sogar den Kelch hatte sie aus ihrem Bewusstsein verdrängt. Es gab nur sie beide und die Natur.

»Passt der Ort?«, schnurrte sie an seinem Hals und glitt mit ihren Händen unter sein Shirt.

»Perfekt«, hauchte er in ihr Haar, bevor er das Thema wechselte: »Du kennst Märchen?«

Sie spielte an seinen Brustwarzen und fühlte, wie sich sein Schwanz immer härter gegen ihren Bauch presste. »Ich gehörte zu den Mädchen, die heimlich unter der Bettdecke gelesen haben.« Als Kind hatte sie sich oft weggeträumt, weil sie sich in der erdrückenden Unterwelt nie wohlgefühlt hatte. Jetzt wusste sie, warum. »Ich habe auch andere Dinge unter der Bettdecke angestellt. Sündhafte, lustvolle Dinge.«

Auf einmal rückte Cain von ihr ab und fuhr sich durchs Haar. Als er sprach, sah er sie nicht an; er wirkte kühl und distanziert: »Lass es uns endlich machen; wir haben keine Zeit.«

Leraja schluckte. Das Gefühl von Leichtigkeit verschwand. Was hatte sie nur geritten, sich in dieser romantischen Situation zu verlieren? Cain hatte recht, sie sollten ihre Vereinbarung erfüllen, um anschließend wieder dem Kelchdieb hinterherzujagen. Das war eine rein geschäftliche Abmachung, sonst nichts. Cain war immer noch ihr Feind.

»Komm mit«, befahl sie ebenso kühl, »ich muss eine Stelle finden, wo ich dich fesseln kann.«

Leraja ging eine Weile den Hügel hinab Richtung Wald, Cain hinter ihr her, wobei sie ihre Hüften ein wenig mehr als gewöhnlich schwingen ließ.

Immer, wenn sie sich umdrehte, erwischte sie ihn dabei, wie er ihr auf den Po starrte. Ganz so kühl, wie er sich gab, war er also doch nicht. Befriedigt lächelte sie und hätte sich am liebsten nach einer Blume gebückt, damit ihm die drallen Kurven ihres Hinterns in dem hautengen Lederoverall noch mehr entgegenkamen, aber ihr lief die Zeit davon. Von der vereinbarten Stunde war schon einiges verstrichen.

»Hier sieht es doch gemütlich aus«, befand sie, als sie zwischen zwei großen Laubbäumen stehen blieb.

Cain wäre fast in sie hineingelaufen, wie sie erfreut feststellte. Die Arme vor der Brust verschränkt, stand er ziemlich arrogant in der Gegend herum und simulierte Gleichgültigkeit, aber seine Vorfreude war nicht zu übersehen. Ein Blick auf seinen Schritt sagte ihr alles. Und seine Selbstsicherheit würde sie ihm auch gleich austreiben.

»Und jetzt?«, krächzte er, bevor er sich räusperte und deutlich wiederholte: »Jetzt?«

»Zieh dein Hemd aus, wenn du es in einem Stück behalten willst.«

Er zögerte kurz, gehorchte dann und warf den hellen Stoff über den nächsten Ast.

»Braves Engelchen«, gurrte sie und griff ihm dreist zwischen die Beine. Der Kerl hatte eine Riesenlatte!

Er zuckte kurz zurück und senkte halb die Lider, ließ ihre Berührung aber zu. »Bilde dir nichts darauf ein, Dämonin, ich erfülle nur unsere Abmachung«, murmelte er schwer atmend. Aber Leraja lächelte bloß und leckte kurz über seine erigierten Brustwarzen. Das entlockte ihm ein Keuchen und ließ Leraja noch mehr grinsen.

Während sie ihn durch die Hose massierte und Cain mit geschlossenen Augen und leise stöhnend vor ihr stand, überlegte sie, wie sie ihn an den Baum fesseln konnte. Sie hätte ihren Engel gerne in einer exponierten Stellung gesehen, am liebsten alle viere von sich gestreckt, aber das hier war ein Wald und nicht der Kerker in dem SM-Studio, den sie ausgesucht hatte. Sie kannte einen Club in New York, den sie selber des Öfteren besuchte. Dort trat sie manchmal als Mistress de Vil auf.

Leraja liebte es, richtige Kerle lustvoll zu unterwerfen und sie so lange zu quälen, bis sie nach Erlösung winselten. Das machte sie jedes Mal unsagbar geil. Und dann nahm sie sich die Männer, immer und immer wieder, bis sie erschöpft in den Ketten hingen.

Ketten ... Verflixt, hier gab es nur ... Sie erspähte Kletterpflanzen, die sich um die Bäume schlängelten. Als sie in ihrer Vorstellung Cain damit gefesselt sah, geschah etwas Seltsames: Die Ranken begannen sich von den Bäumen links und rechts zu lösen und wanden sich durch die Luft auf Cain zu, der zwischen den Stämmen stand. Mit angehaltenem Atem betrachtete

sie das Schauspiel, bis sich die Pflanzen um seine Handgelenke legten.
Er riss die Augen auf und zerrte an den natürlichen Fesseln. »Machst du
das?!« Er schien kurz erschrocken, dann jedoch erstaunt. Sofort hörte er auf,
an den Ranken zu reißen, aus Respekt vor der Natur, wie Leraja vermutete.
»Glaub mir, Sonnenschein, ich bin genauso überrascht wie du.« Sie grinste bis über beide Ohren. »Cool, noch mehr Elfenzauber!« Anscheinend kamen ihre elbischen Fähigkeiten in Gwandoria erst so richtig an die Oberfläche. Wenn ihre Mutter das erführe – dann wäre Leraja der Posten als
Nachfolgerin bestimmt sicher. Mit diesen Möglichkeiten wäre sie die Über-
Dämonin!

Allerdings war sie auf ihre Mutter gerade schlecht zu sprechen, denn es
gefiel Leraja nicht, wie sie Fermion behandelt hatte, der ja immerhin ihr Vater war. Außerdem hatten alle von ihm gewusst, nur sie nicht. Wenn Xira erfuhr, dass ihre Tochter ihn befreit hatte, würde sie sicher mehr als sauer
sein. Daher durfte Leraja ihre Mutter nicht enttäuschen. Sie hatte es ja nur
getan, um an den Kelch zu kommen!

Mann, gab ihr Sonnenschein ein leckeres Bild ab! Die Kletterpflanzen
hatten sich ein Stück zurückgezogen, sodass nun Cains Arme seitlich nach
oben gestreckt wurden. Mit nacktem Oberkörper war er schon ein Sahne-
stück. Vielleicht sollte sie ihm die Hose auch gleich vom Leib reißen? Ihre
Fingerspitzen kribbelten, ihre Krallen fuhren aus ... Nein, sie wollte den
Moment auskosten. Eins nach dem anderen!

Als Cain ihre scharfen Fingernägel sah, riss er die Augen auf und versuchte vor Leraja zurückzuweichen, was ihm natürlich nicht gelang. Die Ranken
hatten ihn fest im Griff. »Willst du mich aufschlitzen?«

»Hast du Angst vor mir, mein Hübscher?« Sie fuhr mit einer Kralle vorsichtig über seinen flachen Bauch. »Gut ...«

»Ich dachte, du wolltest mich ...«

Als er nicht weitersprach, fragte sie: »Was?«

»Ach, nichts«, hauchte er und biss sich auf die Unterlippe.

Ihr Herz flatterte bei diesem Anblick. Er war ja so niedlich! »Los, sprich
es aus, das böse Wort!«, forderte sie. Dabei nahm sie eine Brustwarze zwischen zwei Fingernägel und zwickte leicht zu.

Cain stöhnte vor Lustschmerz.

»Sag ... es ...«, wisperte sie an seine Lippen.

»Ficken«, hauchte er mit geschlossenen Augen.

»Braver Junge!« Zärtlich leckte sie über den malträtierten Nippel, dann
ging sie in die Hocke, um seine Hose zu öffnen. »Bevor ich dich ficke, dass
dir Hören und Sehen vergeht, muss ich dich vorbereiten.« Schon als sie die
obersten Knöpfe aufriss, sprang ihr sein harter Schwanz entgegen.

»Keine Unterwäsche?« Neckisch sah sie zu ihm auf.

»War in Eile«, brummte er, betrachtete jedoch genau, was sie mit ihm anstellte. Sein Atem ging rasend schnell.

Leraja holte sein Geschlecht heraus. Der Stoff umspannte nun seine Hoden. »Gib's zu, du wolltest gleich bereit sein.«

Er knurrte nur etwas Unverständliches, woraufhin sie einfach weitermachte. Sie nahm den hochroten und geschwollenen Kopf seines Geschlechts zwischen die Lippen, um daran zu saugen.

Cains Körper spannte sich an, sein Schwanz zuckte in ihrem Mund und sie hörte ihren Engel kehlig stöhnen.

Cain schmeckte köstlich! Nach reiner Haut, Lusttropfen und Sex. Aber etwas störte sie: Sein Schwanz ragte aus einem regelrechten Dschungel hervor!

Sie stand auf, wobei sie ihn enttäuscht die Luft ausstoßen hörte, und baute sich mit in die Hüften gestemmten Fäusten vor ihm auf. Ja, das Gestrüpp musste weg, sofort!

Wie hatte sie das in der Hütte gemacht? Sich einfach vorgestellt, seine Haare würden sich auflösen?

Konzentriert fuhr sie mit den Handflächen über seinen Oberkörper. Es klappte tatsächlich!

»Hey, was machst du da?«, rief er, als Leraja den feinen Haarkranz um seine Brustwarzen verschwinden ließ.

»Weg mit dem Gestrüpp! Ich mag keine Haare im Mund.«

»Aber …«

»Das war vielleicht vor hundert Jahren mal in, heute wollen wir Frauen gepflegte Männer.« Sie legte beide Handflächen an seine Achseln.

»Nicht unter meinen Armen!«

»Überall!«, sagte sie grinsend. »Nein, an deinen Armen und Beinen lasse ich sie stehen. Das sieht männlich aus.«

Schnell war sie bei seinem Geschlecht angelangt und zog die Hose weiter hinunter, damit sie besseren Zugang hatte.

»Männlich? Hör auf oder ich sehe aus wie ein Jüngling!« Protestierend wand er sich in den Seilen, hatte aber keine Chance.

»Nein, das sieht scharf aus, wenn man alles sieht. Sexy. Und du wirst meine Berührungen viel intensiver spüren.« Ein paar Handbewegungen reichten und um seinen harten Schaft stand kein einziges Haar mehr, auch die Hoden waren nun glatt. »Schau nur, dein Schwanz kommt jetzt viel besser zur Geltung.«

Cain blickte nur mit offenem Mund an sich hinab. Es musste seltsam für ihn sein, sich zum ersten Mal als Erwachsener wieder ohne Schambehaarung zu sehen. Rasiert wirkte er zudem viel verletzlicher. Das gefiel ihr und brachte ihre Vagina dazu, sich zusammenzuziehen und leicht zu pochen.

»Ich hab noch was vergessen!«, fiel ihr plötzlich ein. Sie ging um ihn herum, dann fuhr sie mit der Handkante zwischen seine Pobacken.

»Du Miststück, hör endlich auf!«, fluchte er, doch sie lachte nur und bohrte einen Finger tiefer, bis sie bei seinem Anus angekommen war. »Jetzt ist wirklich alles blitzeblank und schlecksauber!«

Als sie wieder vor ihm stand, ging sie auf die Knie, umfasste seine Pobacken und schob sich seine Härte tief in den Mund.

Cain ließ einen animalischen Schrei los, der ihr durch und durch ging und ihre Säfte erst recht zum Fließen brachte. Der würzige Geschmack seines Geschlechts tat sein Übriges dazu. »Hmm, ist das köstlich. Alles samtigglatt und weich.« Ihre Vagina zuckte abermals.

Was hatte der Kerl nur an sich, dass sie fast kam, nur weil sie an seinem Schwanz lutschte? Kein anderer Mann hatte sie jemals so erregt. Lag es etwa an dem unsichtbaren Band, das sich zwischen ihnen gesponnen hatte?

Ja – Leraja spürte sehr wohl, dass sie sich auf nicht erklärliche Weise zueinander hingezogen fühlten. Zwei Feinde, die gerade dabei waren, sich ineinander … *Hör auf*, schalt sie sich. Cain war der Falsche. Sie sollte sich einen Dämon suchen, der sie glücklich machte. Aber konnte das jemand von ihrer Art?

Nein, bestimmt nicht. Dämonen waren sexbesessene, gierige Wesen, die sich ohne Rücksicht auf Verluste nahmen, was sie brauchten. Da waren keine romantischen Gefühle im Spiel, nur ureigenste Triebe.

Aber sie wollte mehr, schon so lange. Sie wollte einen Mann, bei dem sie sich geborgen fühlen konnte, der sie beschützte, respektierte und … vielleicht ein klein wenig liebte.

Dieses verdammte Elfenblut in ihr!

Sie sprang auf. Ablenkung schien jetzt das Beste gegen ihre Wehmut zu sein und was bot sich da besser an, als ihren Erzfeind einmal so richtig zu versohlen?

»Ast!«, befahl sie und streckte die Hand nach einem Baum aus. Es knackte und tatsächlich fiel ein Stück von ihm ab.

»Raja«, knurrte Cain. »Lass den Baum in Ruhe!«

»Ich konnte fühlen, dass es ihm nichts ausgemacht hat.« Das stimmte. Anscheinend bezog die Natur in Gwandoria ihre Kraft zum Wachsen aus den positiven Gefühlen der Elfen, und Leraja fühlte sich gerade großartig trotz Liebeskummer. Sie hatte genug Energie für alle, denn gleich würde sie Cain zeigen, dass ein paar Hiebe auf den Allerwertesten durchaus zur Luststeigerung beitragen konnten. Außerdem wusste sie, dass er darauf stand, was sie umso mehr freute!

Schnell befreite sie den armlangen Zweig von den Blättern und ließ ihn in der Luft schnalzen.

»Unterstehe dich!«, rief Cain. Seine Stimme zitterte vor Erregung. Sein Schwanz, der aus der geöffneten Hose ragte, zuckte. Aus der geschwollenen Spitze drang ein dicker Tropfen.

Leraja tippte mit der Gerte seine Eichel an und ließ sie über seinen Schaft gleiten, wodurch sie Cain mehrere Stöhnlaute entlockte.

»Wehe ... du schlägst mich!«, keuchte er. Sein Brustkorb bewegte sich schnell, ein Schweißtropfen lief an seiner Schläfe herab. Strähnen seines schwarzen Haares klebten an seiner Stirn.

Er ... war ... unglaublich ... sexy!

»So unbeugsam, Sonnenschein?« Sie schlich um ihn herum, begutachtete ihn von allen Seiten. »Ich verspreche dir, du wirst es lieben.« An seinem Hintern machte sie halt und holte aus. Es klatschte, Cain schrie und ein roter Streifen zierte die weiße Backe.

»Miststück!«, spie er ihr über die Schulter entgegen. Sein Kopf war knallrot.

»Na! Das hab ich noch mal überhört!« Sie holte kraftvoll aus und traf die andere Pobacke.

Diesmal zuckte er nur, die Kiefer fest aufeinandergepresst. Leraja konnte das Knirschen seiner Zähne vernehmen, derart gut hörte sie. Ihre spitzen Ohren zuckten. Sie liebte es immer mehr, zur Hälfte eine Elfe zu sein, auch wenn sich dadurch ein paar Nachteile ergaben, wie diese Gefühlsduselei.

»So ist es schon besser, Sonnenschein.«

»Hör endlich auf, mich so zu nennen!«

»Du hast recht. Ich sollte dich besser deinem Stand gebührend anreden, Sklave!« Abermals zog sie voll durch und zielte auf seinen Knackarsch, der mit Striemen überzogen war. Sie verblassten jedoch schon wieder. »Und du wirst mich *Herrin* nennen!«

Keuchend warf er den Kopf zurück. »Was?«

»Falsche Antwort, Sklave. Wenn du meinen Vater willst, musst du mitspielen.«

»Na gut«, knurrte er und griff nach den Seilen, um sich zusätzlich festzuhalten.

»Hast du nicht was vergessen?«

»Herrin«, brachte er widerwillig hervor.

Während sie ihn auspeitschte – natürlich nur so fest, dass es für ihn lustvoll war –, zog sie sich hinter seinem Rücken den Lederanzug aus, bis sie splitternackt im Gras stand. Sich frei zu fühlen, war herrlich! Eine Brise wehte durch ihre nasse Spalte und sandte prickelnde Schauer durch ihren Körper. Da sie sich an der Scham ebenfalls die Haare entfernte, war sie dort viel empfindlicher.

Schwer atmend starrte Cain sie an, als sie wieder vor ihm stand. Wäre sie nicht schon nackt gewesen, hätten seine Blicke ihre Kleidung wohl verbrannt.

»Dir gefällt, was du siehst?«

»Gott, bist du schön ...« Er stierte auf ihre Brustspitzen, die sich erwartungsvoll zusammengezogen hatten, bevor sein Blick tiefer wanderte und auf ihrer Mitte verharrte. Besonders fasziniert schien er von ihrem Tattoo zu sein. Verschnörkelte Linien zogen sich seitlich von Lerajas Lenden bis zu ihrem Schamhügel hinab. Sie hatte das schwarz-violette Muster selbst entworfen und war unheimlich stolz darauf. Ein junger Tätowierer in Downtown, New York, hatte es ihr gestochen.

»Als Sklave ist es dir nur gestattet mich anzusehen, wenn ich es dir erlaube. Aber weil das dein erstes Mal ist und ich dich nicht überfordern möchte, will ich mal nicht so sein.«

Dennoch senkte Cain die Lider, wobei sein Schwanz heftig zuckte.

Ja, er mochte dieses Spiel, auch wenn er es niemals zugeben würde!

»Ich werde jetzt etwas bei dir machen, damit ich dich länger ficken kann, als du es ertragen würdest.«

Bei ihren Worten verkrampften sich seine Hände an den Schlingpflanzen und seine Knie zitterten. Anscheinend konnte er vor Erregung kaum noch stehen. Es fehlte wohl nicht mehr viel und er würde kommen. Das musste sie unterbinden!

Leraja gab einen mentalen Befehl an die Ranken, die daraufhin sofort nachgaben, ohne Cain loszulassen.

»Leg dich auf den Rücken, Sklave!«, befahl sie harsch, was ihr noch mehr Feuchtigkeit zwischen die Schenkel trieb.

Cain gehorchte und legte sich auf die Wiese. Leraja zog ihm Stiefel und Hose aus, dann erteilte sie weiteren Pflanzen den Auftrag, auch seine Fußgelenke zu fesseln. Jetzt lag Cain wie ein X im Gras und konnte sich kaum mehr bewegen.

Aber etwas fehlte noch.

Eine Wurzel brach aus der Erde empor und wand sich an Cains Po entlang.

Alarmiert starrte er sie an. »Was wird das?«

»Pst, ganz ruhig, es wird dir gefallen.« Sich neben ihn kniend, streichelte sie seine heftig vibrierende Brust, während sich die Ranke vorsichtig um seine Hoden wand, seine Peniswurzel abband und sich noch um den Schaft wickelte. Prall und knallrot ragte Cains Geschlecht nun in den Himmel.

»Somit verhindere ich, dass du kommst, bevor ich es will.«

»Raja ...« Cain schloss die Augen. Er stöhnte vor Lust und Schmerz gleichermaßen, wie sie sich vorstellen konnte. Manche Männer liebten es, wenn sie ihnen die Schwänze verschnürte und sich ein immer größerer Druck in ihnen aufbaute. Cain würde es auch noch lieben lernen ...

Leraja tat gerade so, als gäbe es für sie beide eine Zukunft. Wer wusste das schon? Wenn das alles vorbei war und sie an der Macht – dann könnte sie sich Cain zu ihrem echten Sklaven machen.

Dieser Gedanke brachte ihren Kitzler zum Pochen. Ein richtiger Engel und noch dazu ein waschechter Kerl ... Sein Muskelspiel machte sie schwach. Scheinbar wehrlos räkelte er sich auf der Wiese, Arm-, Brust- und Beinmuskeln angespannt. Und zwischen seinen athletischen Schenkeln ragte sein prächtiger Schwanz empor.

Cain müsste nur einen Blitz in seiner Hand entstehen lassen, schon wäre die Schlingpflanze entzweigeschnitten, aber das tat er nicht. Aus Respekt vor der Natur oder weil er ihr Spiel liebte? Oder hielt er sich lediglich an die Abmachung?

Mit ihren langen Nägeln kratzte sie über seine glatte Haut. Eine Weile genoss sie seine Zuckungen, doch dann hielt sie es nicht mehr aus. Mit gespreizten Beinen stellte sie sich über sein Gesicht und ging in die Hocke, bis eine Schamlippe seine Nase berührte. Dabei öffnete sich ihre Spalte und enthüllte ihre empfindliche Knospe, gegen die Cains heißer Atem in hektischen Schüben stieß. Sein Blick war entrückt, sein Kopf leicht in den Nacken gelegt. »Du bist wirklich ein Teufelsweib«, sagte er heiser.

Sie krallte die Finger in sein Haar, drückte seine Lippen an ihre Scham und befahl: »Leck mich, bis ich komme!«

Wieder war da dieses kurze Zögern seinerseits, dann öffnete er jedoch den Mund.

Leraja konnte kaum glauben, was sich soeben abspielte. Ein Lustschrei drang aus ihrer Kehle; das Gefühl seiner saugenden Lippen an ihrem Geschlecht war unglaublich. Cain – ihr Erzfeind – leckte sie tatsächlich!

»Du schmeckst göttlich«, wisperte er an ihre Spalte, bevor sich seine Zunge in sie bohrte wie die eines Kolibris, der nach Nektar suchte. Eine Weile fickte er sie damit, dann leckte er mehrmals durch ihre nassen Falten und durchpflügte sie.

»Du bist ein Naturtalent«, flüsterte sie. Cain machte sie schwach – er war fantastisch! Seine Zungenschläge legten an Tempo zu und stimulierten ihren Kitzler. Alles dort unten pochte und kribbelte.

»Cain!« Sie ließ seinen Kopf los und stützte die Hände über ihm im Gras ab, als das gigantische Gefühl ihres Höhepunktes über sie hinwegschwappte. Ihre Klitoris pochte gegen seine Zunge, ein Schwall Lustsaft spritzte aus ihr heraus, direkt in Cains Mund. Er leckte ihre Creme weg, bis ihre Falten sauber waren, dann rutschte Leraja zitternd ein Stück nach unten, um ihren Kopf auf seine Brust zu legen. Er atmete schnell, sein Herz pochte wild. Zuckend presste sich sein Penis gegen ihren Bauch und Leraja streichelte seine seidenweiche Haut an der Taille.

Wie schön es war, sich nach dem Höhepunkt an den Mann zu schmiegen, den sie … begehrte. Und wie gut er duftete! Sofort steckte sie die Nase unter seine Achsel. Nach Schweiß und Sex und Mann!

»Raja«, stöhnte er. »Mach endlich dieses Ding von meinem Schwanz ab!«

»Das werde ich bestimmt nicht tun, Sklave«, hauchte sie an seine Lippen und gab ihm einen flüchtigen Kuss. Jetzt, nachdem die erste Anspannung gelöst war, konnte sie mit ihm schlafen, ohne sofort zu kommen. Sie griff nach seinem Schaft, der warm in ihrer Hand pulsierte und durch die Verschnürung knallhart war, und führte ihn sich ein. Sanft dehnte er ihre Scheidenwände. Leraja rutschte tiefer, bis er ganz in ihr steckte. Es war unglaublich – sie schlief mit einem Engel!

Er lag mit angehaltenem Atem stocksteif unter ihr, die Augen geschlossen, sein Gesicht in Ekstase verzerrt. Er sah aus, als müsse er unendliche Qualen leiden: lustvolle Qualen, aber auch moralische. Er war ein Engel – was er hier tat, war verboten für ihn, die höchste Sünde!

Für einen winzigen Moment keimten Zweifel in Leraja auf. Wenn »die da oben« erführen, was sie hier trieben, würde das Cain unwiderruflich stürzen. Er würde zu einem gefallenen Engel werden.

Dann würde ich dich immer noch genauso sehr begehren, dachte sie und warf ihre Zweifel über Bord. Sie begann einen sanften Ritt, woraufhin er tief Luft holte und die Augen öffnete. Er taxierte ihre wippenden Brüste, dann warf er den Kopf hin und her, als Leraja an Tempo zulegte.

»Nein, Raja …« Lustvoll verdrehte er die Augen, weil sie seine Brust streichelte und an seinen Nippeln spielte.

»Mach mich los; ich will dich berühren«, flüsterte er.

»Mein Sklave stellt Forderungen?« Sie grinste und ritt ihn härter. »Nicht heute. Ich wollte dich wehrlos, schon vergessen?«

Knurrend stieß er ihr seine Hüften entgegen. Die Armmuskeln waren extrem angespannt. Er wirkte dadurch unglaublich animalisch.

»Noch heftiger?!« Überrascht schaute sie zu ihm hinunter. »Das kannst du gerne haben, mein wilder Engel.«

Stöhnend wand er sich unter ihr, unfähig, seine angestaute Lust herauszulassen. Die Wurzel um seinen Penis verhinderte das.

»Mach das Ding ab«, flehte er. »Bitte!« Sein Körper zuckte, sein Gesicht war vor Erregung und Schmerz verzerrt.

Leraja wollte ihm nicht zu viel zumuten, außerdem erkannte sie, dass sie Cain endlich seinen Höhepunkt gewähren musste. Zudem war sie selbst schon wieder so weit. Sie spürte bereits jenes verräterische Klopfen in ihrer Vagina. Jetzt musste es schnell gehen!

Mit einer Kralle fuhr sie vorsichtig unter den Wurzelring, der Cains Penis gefangen hielt. *Kusch ... weg mit dir, bevor ich dich durchschneide!* Prompt gab die Wurzel seinen Schwanz frei und zog sich ins Erdreich zurück.

Cains ganzer Körper spannte sich an, er bäumte sich unter ihr auf und trieb seine Härte noch tiefer in sie hinein. Er stieß einen lang gezogenen Schrei aus, dann spürte Leraja, wie er in ihr pumpte und seinen Saft entlud.

Sie gab den Ranken den Befehl, Cain loszulassen, da sie nun wollte, dass er sie berührte. »Streichle mich«, befahl sie, als er frei war.

Knurrend rollte sich Cain mit ihr herum, sodass nun sie unter ihm lag. Er umfasste ihre Handgelenke und drückte sie über ihrem Kopf in die Wiese. »Nein«, keuchte er, als er sich hart in sie trieb. »Das wolltest du doch nicht!«

Da kam auch sie. Ihre Scheidenwände zogen sich um seinen Schaft zusammen, als ob sie noch mehr aus ihm herausdrücken wollten. Obwohl Cain schon gekommen war, rammte er noch so lange in sie, bis ihr Orgasmus verklungen war. Er war also nicht nur ein Engel, sondern ein richtiger Gentleman.

Plötzlich ließ er ihre Arme los und küsste sie. Es fühlte sich an, als würde er all seine Lust und seine Verzweiflung in diesen Kuss legen.

Leraja fühlte sich wie im Paradies, ihr Herz klopfte noch schneller. Dabei zerwühlte er ihr Haar und streichelte ihren Hals.

Sie erwiderte seine Berührungen gierig und fuhr an den paarigen Muskelsträngen seines Rückens hinunter zu seinen Pobacken, wobei ihr Blut wie ein wilder Fluss durch ihren Körper schoss. Dieser Kuss war das schönste Geschenk. Sie wünschte sich, er würde niemals enden. Leider war er viel zu schnell vorbei.

Schwer atmend löste Cain seinen Mund von dem ihren und blickte sie an, die Augen noch immer lustverhangen. Leraja erwartete beinahe ein paar romantische Worte, aber er stand schnell auf, so als hätte er sich an ihr verbrannt, suchte seine Sachen zusammen und verschwand zwischen den Bäumen. Sie konnte sich denken, wohin er wollte: zum Wasserfall, dessen Rauschen sie deutlich hörte. Sie schnappte sich leicht enttäuscht über seine Reaktion ebenfalls ihre Kleidung und folgte ihm durch das weiche Gras, das ihre Fußsohlen kitzelte.

Als sich eine Lichtung vor ihr auftat, sah sie Cain bereits unter dem prasselnden Nass stehen. Er bot einen herrlichen Anblick und die prachtvolle Natur sorgte für eine atemberaubende Kulisse: Lianen hingen an den steilen Felswänden herab, an denen riesengroße bunte Blüten wuchsen, und der Wasserfall mündete in ein blauschillerndes Becken. Leraja konnte bis auf den Grund sehen. Sie mussten sich beeilen, daher wusch auch sie sich schnell am Ufer und beobachtete dabei gedankenverloren die schillernden Fische. Dann zogen sie sich beide schweigend an.

War sie zu weit gegangen? Cain wirkte verstört. Er würdigte sie keines

Blickes und fuhr sich ständig durch sein feuchtes Haar.

»Hat es dir nicht … Wie war …« Sie wusste nicht, was sie sagen sollte.

»Bring mich bitte zu Fermion«, erwiderte er nur und sie tat es.

Kapitel 10 – Gespräche mit dem Elfenkönig

Cain redete sich ein, dass er praktisch vergewaltigt wurde. Er hätte sich sicher beherrschen können. Er war unschuldig … Verdammt, das war er nicht, jetzt nicht mehr. Außerdem hatte er dem Deal freiwillig zugestimmt! Und … er hatte Raja geküsst, weil es ihm ein dringendes Bedürfnis gewesen war. Sie zu schmecken und zu fühlen, ihren Körper unter seinem erbeben zu spüren, war das beste Erlebnis gewesen, seit er ein Engel war. Cain hatte sich als richtiger Mann gefühlt.

Er war für alle Zeit verloren.

Aber er musste jetzt seine Gedanken zur Seite schieben und sich auf das Wesentliche konzentrieren. Sie hatten Fermion erreicht. Cain sah ihn im Schneidersitz auf einer Lichtung hocken, die Hände auf seinen Knien abgestützt. Anscheinend meditierte er. Er trug ein ausladendes, helles Gewand; sein silbergraues Haar reichte bis auf die Wiese und glänzte im Sonnenschein. Der Duft der bunten Blüten, die hier überall wuchsen, umschmeichelte Cains Nase.

»Vater?«, sagte Raja, als sie sich neben den Elfenkönig kniete und vorsichtig seine Schulter berührte. »Ich habe den Engel mitgebracht. Sein Name ist Cain.«

»Cain?« Der Elf schlug die Augen auf und ein Paar eisblaue Iriden leuchteten ihm entgegen. »Ich erinnere mich. Du warst der Bursche, der einst den Kelch in Gwandoria versteckt hat.«

»Ihr kennt euch?« Raja sah sie abwechselnd mit offenem Mund an.

»Flüchtig«, erwiderte Cain, dann verbeugte er sich und sagte zu Fermion: »Es freut mich, Euch wiederzusehen, Majestät.«

»Bitte nicht so förmlich!« Fermion kam schwankend auf die Beine. Sofort griff ihm Cain unter die Arme und erschrak: Der Elfenkönig bestand nur aus Haut und Knochen. Ein Wunder, dass er noch lebte! Jetzt, als Cain ihn aus der Nähe sah, erkannte er auch, wie alt der Mann wirkte. Seine Haut war tief zerklüftet und besaß eine graue Farbe. Die Wangen waren eingefallen.

»Ich erbitte Eure Hilfe«, sagte Cain. »Ich muss den Kelch finden.«

»Aber der Kelch ist nicht mehr hier. Ihr Engel hattet ihn doch schon vor Ewigkeiten an einen anderen Ort gebracht«, stammelte Fermion sichtlich verwirrt.

»Ja, das wissen wir, und von dort wurde er vor Kurzem entwendet.«

Fermion wandte ihm erstaunt das Gesicht zu. »Wer bist du?«

»Ähm ...« Cain kratzte sich am Hinterkopf.

»Seine Erinnerungen scheinen zu kommen und zu gehen«, flüsterte Raja ihm zu.

»So ist es, Tochter. So ist es.« Fermion ließ sich von Cain zu einem großen Baum bringen, dessen ausladende Äste sich weit über die Lichtung erstreckten. Der Elfenkönig murmelte etwas in seiner Sprache und sofort schob sich eine Wendeltreppe aus dem dicken Stamm. »Folgt mir, Kinder. Machen wir es uns gemütlich.«

Cain half ihm die zahlreichen Stufen nach oben, bis sie im dichten Blätterwerk ankamen. Vom Boden aus nicht zu sehen, befand sich hier eine Luke, durch die sie alle stiegen und sich plötzlich in einem Baumhaus befanden.

»Hierher kam ich immer zum Meditieren und Entspannen, wenn meine Amtsgeschäfte es zugelassen haben. Der Ort wird mir helfen, mich wieder an alles zu erinnern«, erklärte der hagere Mann und wischte mit seinem weiten Ärmel über eine verstaubte Tischplatte. Offensichtlich hatte in den letzten Jahrzehnten niemand dieses Häuschen betreten, denn überall hingen dicke Spinnweben. Es war spärlich eingerichtet mit einer zusammengezimmerten Sitzgelegenheit, einem Schränkchen und einer Pritsche, die ziemlich zerrupft aussah. Darauf hatte es sich ein Eichhörnchen gemütlich gemacht und lag zusammengerollt da, die Schnauze unter seinem Schweif versteckt. Anscheinend störten es die Eindringlinge nicht.

»Weiß Euer Volk von Eurer Rückkehr?«, fragte Cain, als sie sich alle an den Tisch setzten, der vor einem offenen Fenster stand. Auf dem Sims brütete ein Vogel in seinem Nest und ließ sich durch ihre Anwesenheit ebenfalls nicht aus der Ruhe bringen.

»Nein. Ich halte es für besser, sie erst aufzuklären, wenn ich wieder der Alte bin. Diese Aussetzer sind fürchterlich. Zudem wurde ein Nachfolger erwählt, der Sohn eines befreundeten Fürsten. Der Junge scheint seine Sache gut zu machen. Gwandoria blüht und gedeiht. Es herrscht Frieden.«

Nur für wie lange noch, dachte Cain und versuchte, irgendwo unter dem niedrigen Tisch seine Beine unterzubringen.

»Wer möchte einen Drink?« Fermion stellte einen kleinen tönernen Krug mit Henkel an das Fensterbrett. Sofort kam eine Schar bunter Kolibris angeflogen, schnappte sich das Gefäß und flog damit davon. Währenddessen verteilte Fermion drei aus Holz gefertigte Becher auf dem Tisch. Es dauerte nicht lange, da kamen die winzigen Vögel mit dem Krug zurück und stellten ihn auf den Tisch.

»Ich danke euch, ihr Lieben!«, rief der König ihnen zum Abschied nach, als sie munter zwitschernd davonflogen.

Raja kam aus dem Staunen offensichtlich nicht mehr heraus. »Wow, das ist ja wie in einem Disney-Film!«

Raja kannte also nicht nur Märchen, nein, sie hatte auch Kinderfilme angesehen? Das wurde ja immer seltsamer. Was war sie denn für eine Dämonin? Cain war ehrlich verblüfft.

»Blütennektar. Sehr energiereich«, sagte Fermion und reichte jedem einen Becher.

Cain nahm ihn dankend entgegen, ebenso Raja, und sie stießen an. »Auf dass wir den Kelch finden!«, rief Fermion mit dünner Stimme und stürzte seinen Drink hinunter. »Aaah ...« Er schloss die Augen und lehnte sich im knarzenden Stuhl zurück.

Auch Cain trank und fand den Nektar wirklich köstlich, aber auf Raja schien er eine verheerende Wirkung zu haben. Sie strahlte regelrecht, ihre Wangen bekamen Farbe und sie reckte die Arme in die Höhe, als würde sie sich strecken. »Wow, ich fühle mich großartig!« Ohne zu fragen, schenkte sie sich einen weiteren Becher ein.

Blinzelnd fragte der alte Mann: »Wieso seid ihr noch einmal gekommen, meine Lieben? Wollt ihr meinen Segen empfangen?« Aber sofort wechselte er das Thema und sah Raja an. »Groß bist du geworden, meine Tochter, und genauso schön wie deine hinterhältige Mutter.«

Raja blickte sichtlich betreten zu Boden, ohne etwas zu erwidern.

Cain wollte nicht unhöflich sein, aber die Zeit drängte. »Majestät ...« Hatte Fermion etwa soeben davon gesprochen, dass er für ihn und Raja das Ehegelöbnis sprechen wollte? Gott bewahre!

Der Elf hüstelte. »Für dich Fermion, lieber Junge.«

»Gut, Fermion, wir brauchen Eure Hilfe. Merlins Kelch wurde gestohlen, wie Euch Raja bestimmt erzählt hat ...«

»Le...raja«, zischte sie neben ihm, doch Cain fuhr unbeirrt fort: »... und wir hoffen, dass Ihr uns sagen könnt, wo der Dieb ihn das nächste Mal aktivieren wird, damit wir ihm zuvorkommen können. Und da Ihr an dem Zaubertränkebuch mitgeschrieben habt, dachten wir ...«

Schlagartig schien Fermion bei klarem Verstand zu sein. Aufgeweckt blickte er Cain an. »Nun gut, welche Zutaten wurden bis jetzt gebraucht?«

Erleichtert holte er Luft. »Wir wissen von Drachenblut, dem Eidotter eines Harpyien-Eies und geriebenen Vampirzähnen.«

Fermion wurde plötzlich seltsam still. »Mächtiger Zauber, sehr mächtig«, murmelte er. »Alle Zauber, die Drachenblut enthalten.«

»Ja, wir nehmen an, dass Thorne die Herrschaft aller Welten an sich reißen möchte.«

Fermion wandte sich an seine Tochter. »Ich hoffe, du bist gut zu ihm, Leraja. Cain ist ein sehr ehrbarer Mann.«

»Engel«, verbesserte Cain. »Und wir sind kein Paar.«

Scheinbar verschämt begutachtete Raja ihre Fingernägel, die jetzt wieder völlig normal aussahen. Ob sie ein schlechtes Gewissen hatte, weil sie ihn missbraucht hatte?

Cain hoffte, dass Fermion ihm nicht ansah, was sich zwischen ihnen abgespielt hatte.

»Alter Freund! Es tut gut, dich wiederzusehen!«, sagte Fermion auf einmal und schüttelte ihm die Hand.

Himmel, das konnte ja heiter werden!

Die Jahre in dem dunklen Verlies hatten ihm offensichtlich sehr zugesetzt. Elfen brauchten das Sonnenlicht und die Natur wie die Luft zum Atmen.

Dann faselte der Elf etwas davon, dass Xira ein Kind mit ihm zeugen wollte, das besonders war, er das aber zu spät bemerkt hätte. »Sie hat noch viel mit dir vor, Kindchen. Sie wird dich benutzen, so wie sie mich benutzt hat«, sagte er zu Raja. »Anfangs wusste ich nicht, dass deine Mutter die Herrscherin der Unterwelt war. Sie hat mich gekonnt geblendet. Xira dachte, ich wüsste, wo der Kelch hingebracht wurde, nachdem wir ihn den Engeln gaben. Nur deshalb wollte sie mich …«

»Fermion, könnt Ihr uns helfen? Es geht um genau diesen Kelch.« Cain unternahm einen weiteren Versuch, obwohl der alte Mann tieftraurig in seinen Erinnerungen versunken schien. Aber die Zeit drängte, Cain hatte schon genug davon vertrödelt, nur weil er, genau wie Fermion, den Verführungskünsten einer Dämonin erlegen war.

»Xira wird sich nicht freuen, dass ich weg bin«, erwiderte Fermion stattdessen und schenke sich noch einmal von dem Nektar nach.

Endlich ergriff auch Raja das Wort, sie war seltsam still gewesen in den letzten Minuten. »Sie wird es so schnell nicht erfahren, Vater. Wir haben vielleicht ein paar Tage Zeit. Ich habe die Wachen … bestochen.«

»Wohl eher mit Elfenzauber bezirzt«, nuschelte Cain.

»Na und? Das kann dir doch egal sein. Du willst doch auch nur den Kelch«, zischte sie ihm zu.

Cain beugte sich nah zu ihr. »Ich möchte, dass die Welt nicht im Chaos versinkt, aber das kannst oder willst du ja nicht verstehen!«

Fermions Hüsteln ließ sie verstummen. »Kinder, hört auf euch zu streiten! Ich spüre doch, wie sehr ihr euch liebt, zerstört nicht diese zarten Bande.«

»Was?!« Ihre Stimme klang schrill. »Du bist wirklich sehr verwirrt, Vater. Cain und ich sind nur Geschäftspartner«, erklärte sie hastig und schenkte ihm noch einmal vom Nektar nach. »Trink, dann wird es dir bestimmt bald besser gehen.«

In Cain brodelte es. Wäre es wirklich so schlimm, ihn zu lieben?

Nie hatte eine Frau diese drei magischen Worte zu ihm gesagt, die jeder Mann gerne hörte. Warum sollte sich also gerade eine Halbdämonin für ihn erwärmen? Raja nutzte ihn nur aus, um an den Kelch zu kommen. Der Sex war nur Mittel zum Zweck, um ihn gefügig zu machen und seine Sinne zu verwirren. Sie war ein gerissenes Biest, überhaupt nicht fähig zu lieben.

Wie ihre Mutter.

»Wie kam der Dieb so schnell an die Zutaten? Wer ist er, dieser Thorne?«, riss Fermion ihn aus seinen Gedanken.

»Magnus Thorne ist ein Mensch, ein sehr mächtiger Magier. Er arbeitete viele Jahre für die Excelsior Corporation, bevor er nach einem tragischen Ereignis untertauchte. Er hat einen Engel bei sich, mit dessen Hilfe er um die Welt reist«, sagte Cain schnell, solange Fermion wieder bei klarem Verstand war.

Die Augen des Elfenkönigs wurden groß. »Engel?« Dann wandte er sich an Raja: »Ich muss etwas mit deinem Freund besprechen, etwas sehr Wichtiges, bevor ich es wieder vergesse. Würdest du einen Moment vor die Tür gehen, Kindchen?« Er wirkte plötzlich aufgebracht.

»Wir sind keine Freunde«, sagte sie mürrisch, »nur Geschäftspartner.«

»Ja, ja.« Fermion stand auf und scheuchte Raja mit einer Handbewegung durch die Bodenluke hinaus, als wäre sie eine Maus. Dann fasste er Cain am Arm. Der kleine Mann reichte ihm kaum bis zur Brust, daher blieb Cain sitzen, um nicht respektlos zu erscheinen, immerhin war Fermion ein König.

Cains Herz legte an Tempo zu. Würde ihm der Elf jetzt sein Wissen offenbaren und hatte seine eigene Tochter fortgeschickt, weil er ihr ebenso wenig vertraute wie Xira?

»Leraja darf niemals erfahren, dass sie nur gezeugt wurde, weil Xira ihre Fähigkeiten missbrauchen will«, sagte der König leise. »Ihre Mutter hat sie niemals geliebt oder akzeptiert. Sie wird Leraja töten, wenn sie ihr nicht mehr von Nutzen ist, oder sie vielleicht wegsperren, genau wie sie es bei mir gemacht hat. Es macht Xira Spaß, andere zu quälen. Sie ist durch und durch bösartig.« Fermion setzte sich seufzend. »Leraja hat ja keine Ahnung, wie gewaltig ihr eigenes Potential ist, aber ich spüre die Macht, die in ihr schlummert. Und je länger sie in Gwandoria bleibt, desto stärker werden ihre elbischen Fähigkeiten.«

Das waren allerdings Neuigkeiten, die für Cain ebenfalls wichtig waren. Eine Frau wie Leraja an der Macht … Er hatte ja geahnt, es würde großes Unheil bringen. Aber wäre sie wirklich fähig, ganze Völker zu unterjochen? War sie wirklich so skrupellos wie ihre Mutter? Raja sah nicht so aus, aber Dämonen waren Meister der Verstellung.

»Junge, du musst mir einen Gefallen tun.« Fermion sah ihn eindringlich an. Cain konnte nicht anders, als nicken. »Du musst mir versprechen, gut auf meine Tochter aufzupassen. Ich bin noch zu schwach dazu. Du als Engel bist der Einzige, der sie beschützen kann.«

Cain schluckte und wich Fermions Blick aus. Wusste der alte Mann überhaupt, was er von ihm verlangte? Raja war seine Feindin!

»Versprich es mir«, wisperte der Elf.

Cain nickte, er konnte ja nicht anders. Fermion half ihnen bei der Kelchsuche, im Gegenzug war es berechtigt, dass er etwas einforderte. Und wenn Cain ehrlich war, wollte er wirklich nicht, dass Raja etwas zustieß. In der Halbelfe steckte ein guter Kern, er musste nur herausgeschält werden.

Fermion seufzte. »Leraja darf niemals erfahren, was für ein Potential in ihr schlummert, denn wenn ihre Mutter das mit ihren Kräften herausfindet …« Er schüttelte den Kopf. »Versprich mir, Junge, dass du Leraja nichts von unserem Gespräch berichtest.«

Cain nickte abermals, sagte jedoch: »Ich fürchte, sie wird das bald selbst herausfinden.« Wenn sie es nicht schon längst hatte.

»Xira wollte wissen, wo der Kelch versteckt ist, aber das wusste ich natürlich nicht«, fuhr der alte Mann fort. »Ja, früher bewahrten wir Elfen ihn auf, bis ihr Engel kam und ihn an einen anderen Ort brachte.« Fermion erzählte weiter, er sei zu verliebt gewesen, um zu erkennen, dass Xira ihn nur benutzt hatte. Nachdem er ihre Absichten durchschaute, ließ sie ihn in die ewige Finsternis sperren.

Mitfühlend legte Cain ihm eine Hand auf die Schulter. Die letzten Jahre mussten für Fermion tatsächlich die Hölle gewesen sein. »Majestät, könnt Ihr mir nicht noch irgendwas über den Kelch sagen?«

»Das Buch … er muss das Buch haben und … die letzte Zutat hat der Dieb bereits«, erwiderte Fermion gedankenverloren. Sein Blick wirkte verschleiert.

Cains Puls beschleunigte sich. Sprach Fermion von Merlins mächtigem Zauberbuch? »Woher wisst Ihr das alles?«

Aber der alte Mann hatte seinen Geist vor ihm verschlossen, das spürte Cain deutlich. Aus ihm bekam er nichts mehr heraus. Er saß nur am Tisch, starrte ins Leere und nippte an seinem Nektar.

Als Cain sich verabschiedete und durch die Bodenluke trat, sprang Raja eine Stufe nach unten und spielte an einer weißblonden Strähne.

Cain wäre fast in sie hineingelaufen. »Hast du gelauscht?«

»Natürlich nicht!« Schnaubend stemmte sie die Hände in die Hüften. »Hast du mir was zu sagen? Was wollte mein Vater von dir?«

»Er ist sehr verwirrt«, erwiderte Cain lediglich. »Ich werde jemanden herschicken, der bei ihm bleibt und mit ihm redet, wenn er wieder bei klarem Verstand ist.« In England gab es einen unsichtbaren Durchgang nach

Gwandoria, der sich bei einem Monolithen, dem berühmten und größten Menhir von Rudston, befand und nur den Engeln bekannt war. Man musste den riesigen Stein in einer bestimmten Schrittfolge umrunden, damit sich ein Portal in die parallele Welt öffnete. Jetzt musste Cain nur noch herausbekommen, wo genau sie sich in Gwandoria befanden, sonst würde niemand von seinem Team herfinden.

»Ich muss noch mal schnell Fermion etwas fragen«, sagte Cain, »aber dann müssen wir los. Wir sind schon viel zu lange in Gwandoria.« ... was nicht gut war, da Raja dadurch immer mächtiger wurde. Außerdem funktionierte hier Cains Handy nicht. Wer wusste schon, was sich in der Zwischenzeit alles ereignet hatte ...

Kapitel 11 – Kein Opfer für den Dämon

Magnus atmete tief durch und versuchte das unbehagliche Gefühl in seinem Inneren zu unterdrücken. Das Böse war an diesem Ort definitiv in der Überzahl. Er würde nicht viel ausrichten können, käme es zu einem Kampf, auch wenn er einer der mächtigsten Magier der Welt war. Nach den Angaben in seinem Buch würde er hier – in diesem speziellen Pariser Nachtclub »Torture«, der seinem Namen alle Ehre machte – die nächste Zutat finden. Der Besitzer, ein gewisser Monsieur Taurill, war ein mächtiger und nicht nur in der Unterwelt berüchtigter Dämon, dessen untere Körperhälfte der eines Stieres glich. Er ging zwar aufrecht, doch er besaß einen langen Schwanz, und anstatt Füßen befanden sich Hufe an seinen stämmigen Beinen. Aus dem mächtigen, kahlrasierten Schädel ragten zwei riesige Hörner, die allein schon eine Gefahr darstellten. Taurill war eben ein typischer Dämon und dafür bekannt, seine Fähigkeiten gegen seine Feinde einzusetzen. Zudem würde er sofort wittern, dass etwas mit Magnus nicht stimmte; also durfte er seine Unbehaglichkeit auf keinen Fall zeigen.

Amabila stand in Demutshaltung neben Magnus, splitternackt mit einem Lederband um den Hals, an dem eine Kette befestigt war. Sie würde seine Lustsklavin spielen, und da im »Torture« viele fantastische Wesen verkehrten, würden diese Amabila auch sehen können. Wesen wie Dämonen oder Vampire konnten im Gegensatz zu Menschen fühlen, wen oder was sie vor sich hatten.

Es war nicht ungewöhnlich, sich eine andere Art als Sklaven zu halten. Dämonen bevorzugten Menschen oder Satyrn, Magnus eben Engel, auch wenn er hier als Dämon auftrat, was er einem Verschleierungszauber verdankte – seinem Steckenpferd in seinem magischen Repertoire. Es wunderte ihn jedoch, dass auch die menschlichen Sklaven Amabila ohne Weiteres wahrnahmen. Lag es etwa daran, dass sie hofften, von ihrem Leid erlöst zu werden? Aber ihm war ja in Thailand schon aufgefallen, wie einige seinen Engel angestarrt hatten. Amabila veränderte sich …

Er schritt mit ihr eine Treppe zu einer Galerie hoch, die im Club zu dem privaten Bereich des Besitzers führte. Von dort oben sah der Stierdämon auf die Tanzfläche und den Catwalk herunter, an dem sich exotische Schönheiten an Stangen räkelten und SM-Shows abgehalten wurden. Gerade stach ein Gnom einer jungen Dämonin mit drei Brüsten, die mit gespreizten Beinen an eine Liebesschaukel gebunden war, Nadeln in die Schamlippen und die Klitoris. Die Frau schrie, empfand aber offensichtlich Lust an der Folter, denn eine Menge grüner Schleim lief aus ihrer rasierten Spalte.

Magnus erschauderte, obwohl er seine gewöhnliche Kleidung – dunkles Hemd und Hose sowie seinen Umhang – trug und zog an Amabilas Leine. Der Dämonenclub existierte schon seit fast dreitausend Jahren. Als Paris noch die keltische Siedlung Lutetia war, sollte sich Gerüchten zufolge sogar der gallische Fürst Vercingetorix hier vergnügt haben.

Von außen als unscheinbares Gebäude getarnt, befand sich heute in den Katakomben ein wahrer Luxus-Sex-Tempel. In dem unterirdischen Stollennetz, in dem bei der Stadtgründung Steine und Lehm abgebaut worden waren, wimmelte es nur so vor halbnackten Dämonen und ihren Liebesdienern.

Taurill hatte sich diese Gewölbe geschickt zu eigen gemacht. Er thronte in einem gewaltigen Sessel über seinem Reich, wobei fünf nackte Frauen zu seinen Füßen knieten. Eine Schwarzhaarige mit einem langen Tierschwanz starrte Taurill besonders gierig an, während sie sich zwischen den Schenkeln rieb.

An den Seiten des riesigen Stuhls standen zwei männliche Diener, die ebenfalls nackt waren. Vermutlich waren mindestens die Hälfte von ihnen Menschen, denn nur drei wiesen seltsame Mutationen auf: lange Ohren, Krallen anstatt Fingernägel und Tierschwänze. An diesem Ort sahen sich die meisten Dämonen nicht gezwungen, ihre wahre Form zu verstecken.

Gekleidet war Taurill wie ein Geschäftsmann in einen teuren Anzug – das Hemd stand jedoch offen und entblößte eine sehr breite, muskulöse Brust.

Als Magnus auf der Galerie angekommen war und Taurill ihn bemerkte, schickte der Stierdämon einen nackten Diener zu ihm. Dieser war am ganzen Körper rasiert und trug einen Ledergurt um den Penis, der eine Dauererektion hervorrief, was bestimmt unangenehm war. Magnus versuchte nicht auf den verschnürten Schwanz zu schauen, stattdessen brachte er sein Anliegen vor, wobei er sich als Feuerdämon mit Namen Berbero ausgab. Anschließend rannte der Sklave zu Taurill, um ihm flüsternd die Nachricht zu überbringen.

Interessiert sah Taurill zu ihnen und seine tief in den Höhlen liegenden

Augen leuchteten rot auf, als er auf Amabila schaute. Dann erhob er sich und ging zu ihnen. Magnus schluckte, denn der Stierdämon war zwei Köpfe größer als er. Magnus zog sich die Kapuze vom Kopf, um sich zu erkennen zu geben. Sein rotes Haar leuchtete im schummrigen Licht der Katakomben. Amabila hatte ihm zu der Farbe geraten, weil sie meinte, sie passe gut zu einem Feuerdämon. Nur die extrem lange Hakennase störte sein Blickfeld. Zum Glück war sie nur eine Illusion, sonst hätte er sich längst eine andere gezaubert.

Magnus verbeugte sich vor dem Hünen, wobei er mit der Hand eine schwungvolle Bewegung machte wie ein Höfling und einen Feuerschweif hinter sich herzog. Er beherrschte es, die meisten Zauber auszuführen, ohne dabei zu reden, es reichte, wenn er sich den Spruch dachte. So würde dem Dämon der Schwindel nicht auffallen.

»Du bietest mir also Drachenblut an, Berbero?«, sagte Taurill mit einem seltsamen Akzent – womöglich keltisch – und so leise, dass es von den Umstehenden niemand mitbekam. Die laute Musik übertönte zwar alles, aber Dämonen besaßen verdammt gute Ohren.

»Eine halbe Phiole«, flüsterte Magnus. Für den Kelch hatte er nicht alles gebraucht und es schien das beste Mittel zu sein, um an Phönixtränen zu kommen. Taurill war dafür bekannt, außergewöhnliche Zutaten zu sammeln.

Interessiert glitt Taurills Blick über Amabilas nackte Gestalt; es war offensichtlich, dass er sie als eine von ihrer Art erkannt hatte. »Ist das wirklich ein Engel?«

Magnus nickte zögerlich und zog Amabila an der Leine näher zu sich. Sie zitterte leicht und hatte die Arme um ihre Brüste geschlungen. Schämte sie sich etwa wegen ihrer Nacktheit? Magnus horchte auf. Da stimmte doch etwas nicht; als Engel empfand sie keine Scham! Sie veränderte sich tatsächlich und er war schuld daran …

»Nun gut«, knurrte der Stier. »Der Tausch gilt.«

Erleichtert atmete Magnus auf, aber der Dämon hatte noch nicht zu Ende gesprochen. »Ich will deinen Engel.«

Sofort starrte ihn Amabila mit aufgerissenen Augen an.

»Unmöglich«, erwiderte Magnus mit fester Stimme und stellte sich vor sie. »Ich leihe sie nicht aus.«

»Habe ich etwas von Ausleihen gesagt?« Amüsiert hob der Dämon eine pechschwarze Braue. »Ich möchte sie als zusätzliches Geschenk.«

Verdammt, damit hatte er nicht gerechnet. Amabila sollte lediglich seine Tarnung unterstreichen. Ohne zu zögern, griff er in seine Manteltasche, um das Drachenblut herauszuholen, aber Taurill hielt seinen Arm fest, so fest, dass Magnus glaubte, seine Knochen würden zersplittern.

»Nicht hier, du Idiot«, zischte der Dämon, wobei seine Iriden aufglühten.

»Komm mit!«

Magnus folgte dem Hünen in einen separaten Raum, in den nur gedämpft die Musik des Clubs drang. Offensichtlich befanden sie sich nun in den privaten Gemächern des Dämons, denn mitten im Gewölbe stand ein gewaltiges Polsterbett mit Pfosten, das mit giftgrünen Laken bezogen war. An den Säulen hingen Ketten mit schweren Eisengliedern. Es war unverkennbar, dass Taurill hier seiner Lust frönte.

Magnus' Knie zitterten, sein Unterarm schmerzte und er hatte Mühe, den Verschleierungszauber aufrechtzuerhalten, deshalb setzte er lieber die Kapuze wieder auf. Würde sich Taurill am Ende doch mit der Phiole zufriedengeben? Immerhin galt Drachenblut als eine der mächtigsten Zutaten, um Schwarze Magie zu wirken, und war wirklich schwer zu bekommen. Taurill musste sich die Finger danach lecken, aber Magnus hatte ein ganz ungutes Gefühl.

Außer ihnen beiden und Amabila waren ihnen nur die zwei männlichen Diener gefolgt, die wohl zu Taurills treuesten Anhängern zählten. Einer von ihnen nahm auf ein Kopfnicken des Dämons hin die Phiole an sich, der andere Sklave schritt auf Amabila zu.

»Was wird das?«, fragte Magnus scharf, als der Sklave sie von ihm wegriss.

»Wir hatten einen Deal, Berbero, schon vergessen?« Der Stierdämon lachte so schallend, dass Staub von der Höhlendecke rieselte.

Magnus' Puls begann wild in seinen Schläfen zu pochen, als er hilflos zusah, wie die Lustsklaven Amabila an die Ketten legten, bis sie wie ein X auf dem Bett drapiert war, alle Glieder weit gespreizt. Er konnte nichts tun, außer überlegen, wie er weiter vorgehen sollte, denn Taurill war ein jahrtausendealter und sehr mächtiger Dämon. Er würde Magnus mit Leichtigkeit wie eine Made zerquetschen.

Der Stierdämon stand vor dem Bett und zog sein Hemd aus, wobei er sich gierig über die Lippen leckte. Dabei starrte er unverwandt auf Amabilas zierliche Spalte, die offen vor seinen Augen lag.

Amabila sah zitternd zu Magnus; sie konnte wohl ebenfalls nicht glauben, was sich hier abspielte. Verdammt, so eine Situation hatte er nicht eingeplant!

»Du darfst gerne zusehen, Berbero. Setz dich doch.« Ohne ihn anzublicken, deutete Taurill auf eine lederne Sitzgruppe, auf der bereits seine Diener Platz genommen hatten, dann öffnete er den Hosenschlitz. Ein gewaltiges Glied sprang hervor, das, obwohl erst halb erigiert, bereits die Ausmaße eines männlichen Unterarmes besaß.

Eine heftige Übelkeit erfasste Magnus. Ihre winzige Spalte würde garantiert zerreißen, wenn der mächtige Phallus in sie fahren würde.

Amabila atmete hektisch. Tränen füllten ihre Augen. »Hilf mir«, schluchzte sie. Ihr Anblick rüttelte an seinem Herz. »Bitte!«

»Es ist lange her, dass ich einen Engel hatte«, brummte der Dämon sichtlich erregt. »Man kann mit ihnen anstellen, was man will, sie erholen sich immer wieder und es ist die höchste Lust, ihnen Qualen zu bereiten.« Er strich sich über die massige Brust und seine gewaltige Erektion. Dann krabbelte er über Amabila.

Alles in Magnus schrie danach, sein Engelchen zu befreien. Ihm musste etwas einfallen! »Wenn du sie gefickt hast, bekomme ich die Phönixtränen?«, fragte er kühl und schluckte schwer. Er konnte nicht hinsehen, aber er würde an seine Zutat gelangen. Doch wie Amabila derart wehrlos da lag und Todesängste litt ... Sein Magen verkrampfte sich erneut. Ach, verflucht, wenn sie dabei starb – und das würde sie, wenn nicht ihr Körper, dann ihre Seele! –, nutzte sie ihm nichts mehr!

Taurills grobschlächtige Finger strichen über ihren zitternden Körper. »Ich halte immer meine Versprechen.« Mit beiden Händen umfasste er sein Geschlecht und rieb daran. Ein grünlich schillernder Tropfen löste sich aus der dicken Eichel und fiel auf Amabilas Oberschenkel, wo er sich wie Säure in ihre Haut brannte.

Sein Engel schrie auf: »Magnus, bitte hilf mir!«

Abrupt drehte Taurill den Kopf in seine Richtung, die Augen glühten. »Magnus?!«

»Mein Kosename«, erwiderte er hektisch. »Sie steht auf große Schwänze. Magnus – der Große.« Gott, wie erbärmlich er war. Er sammelte all seine Kräfte – wobei er seinen Verschleierungszauber aufgeben musste, und spürte, wie sich sein Aussehen unter dem Cape zurückverwandelte – und ließ alle im Raum erstarren. Dieser Zauber, den nur sehr wenige Magier beherrschten, hatte ihm auch geholfen, an den Kelch zu kommen. Aber der Zauber kostete sehr viel Kraft und ermüdete ihn schnell, deshalb musste er sich beeilen. Er lief ans Bett und befreite Amabila aus den Ketten, indem er sie mit Magie öffnete. Dann hob er sie in seine Arme und drückte ihre zierliche Gestalt gegen seine Brust. Wie versteinert kniete Taurill nun auf allen vieren allein in seinem Bett. Die Diener hinter ihm saßen mit starrem Blick auf der Couch.

Schluchzend klammerte sich Amabila an seinen Hals. Er hatte sie befreit, aber die Zutat, die er so dringend brauchte, nicht bekommen. Seine Mission war gescheitert.

In diesem Moment öffnete sich die Tür. Laute Musik drang an seine Ohren und eine schwarzhaarige Frau steckte den Kopf herein. Sie verschaffte sich einen Überblick, bevor sie ins Zimmer huschte. Sie war nackt, und Magnus erkannte sie als eine der Lustsklavinnen, die zuvor vor dem Sessel gelegen hatten. Diese hatte Taurill besonders gierig angestarrt. Sie besaß lange Ohren sowie einen Tierschwanz und schien die Situation sofort zu begreifen. Ihr Gesicht verfinsterte sich.

Magnus machte sich auf einen Kampf bereit, doch die nackte Dämonin überraschte ihn:»Ich kann dir helfen!«

Seine Kräfte schwanden. Er musste sich beeilen aus dem Club zu kommen, bevor Taurill aus der Starre erwachte; aber wenn er doch noch die Chance auf die Phönixtränen hatte ...»Sprich, aber mach schnell!«

»Ich habe vorhin euer Gespräch belauscht«, sagte sie, wobei sie spitze Zähne entblößte.»Du gibst mir, was ich will, und ich zeige dir, wo mein Meister seine Zauberutensilien versteckt.«

Magnus nickte.»Und was willst du?«

Ihre schlangenähnlichen Augen huschten in ihren Höhlen hin und her, sie schien nervös zu sein.»Taurill. Ich brauche seinen Samen.«

Magnus fragte nicht weiter nach, warum ihr das so wichtig war. Wahrscheinlich wollte sie ihr persönliches mächtiges Dämonenbaby züchten oder was auch immer, Magnus war es im Moment absolut egal.

»Leg dich unter ihn!«, befahl er der Dämonin und lief mit Amabila in seinen Armen zum Bett, um die Ketten wieder zu fixieren. Sein Engelchen war so leicht, er bemerkte sie kaum, aber er spürte, dass sich Taurills Erstarrung und die der Sklaven langsam lösten. Ihre Lider zuckten.

Dann legte er einen Verschleierungszauber über die Dämonin. Im nächsten Augenblick sah sie wie Amabila aus.»Der Zauber hält höchstens eine halbe Stunde!«, warnte Magnus sie.

Die Dämonin lächelte.»Oh, bis dahin werde ich ihn so weit haben.« Zwischen ihren Schenkeln tropfte es. Sie musste unsagbar scharf auf diesen mächtigen Schwanz sein.»Hinter dem Wandteppich ist seine Vorratskammer, aber ich weiß nicht, wie du sie öffnen kannst.«

Nachdem sich Magnus hastig umgesehen und den Wandteppich erblickt hatte, auf dem der Eiffelturm abgebildet war, rannte er hin und schob ihn auf die Seite. Nichts als die blanke Felswand war zu erkennen, außer ... Ein winziges Symbol war in den Fels geritzt worden, das mit Sicherheit niemandem auffiel, der nicht danach suchte. Es zeigte eine Schlange, die sich selbst in den Schwanz biss und somit einen Ring bildete. Es war ein Uroboros, ein bedeutendes Symbol der Alchemie, das für»Verborgene Macht« stand.

»Mein Ende ist mein Anfang«, murmelte Magnus auf Latein, wobei er mit dem Zeigefinger den Kreis der Schlange nachfuhr. Der Felsen schien sich daraufhin zu verflüssigen und gab eine große Regalwand frei. Ohne zu zögern griff er durch die wabernde Substanz und holte die einzige Phiole hervor, die seiner Meinung nach Phönixtränen enthielt, denn sie war nicht größer als sein Daumen. In das Glas war ein winziger Vogel geritzt, der aus Flammen emporstieg. Als er die Phiole in seine Hosentasche gesteckt hatte, verfestigte sich der Fels wieder.

»Magnus«, sagte Amabila leise, und er blickte sie an. Ihre Tränen waren versiegt, doch ihre Lider geschwollen. »Das Drachenblut!«

Nickend lief er mit ihr auf den Armen zu dem Diener, der die Phiole immer noch in den erstarrten Fingern hielt. Es war gefährlich, es bei Taurill zu lassen.

Der Dämon würde ausflippen, wenn er die fehlenden Fläschchen bemerkte oder dass er keinen Engel unter sich liegen hatte, aber da würde Magnus längst über alle Berge sein, hoffte er, und Taurill ihn niemals finden. Er drückte Amabilas leichte Gestalt fest gegen seine Brust, um mit ihr aus dem Club zu fliehen. Dabei streichelte er ihr über den Rücken und küsste ihr Haar. »Lass uns hier verschwinden«, flüsterte er in ihr Ohr, als sie auf der Straße angekommen waren. Schon löste sich die Welt vor seinen Augen in Rauch auf.

Als er wieder zu sich kam, standen sie in ihrem Bungalow auf Ko Samui. Amabila zitterte immer noch. Ohne darüber nachzudenken, trug er sie in die Duschkabine, ließ warmes Wasser über ihren Körper laufen und seifte sie mit viel Duschgel ein. Er wollte sämtliche Berührungen des Stierdämons von ihr abwaschen, wobei es ihm egal war, dass sein Cape und sein Hemd nass wurden. Anschließend hüllte er sie in einen seidenen Bademantel, legte sie aufs Bett und deckte sie zu, obwohl er wusste, dass sie nicht frieren konnte. Doch ... auf ihrem Körper hatte sich eine Gänsehaut ausgebreitet; er fühlte sich kühl an.

Nachdem sich Magnus die Schuhe von den Füßen gekickt und die nasse Kleidung abgestreift hatte – nicht ohne vorher die Phiolen herauszuholen –, kroch er nur in Shorts zu ihr unter die Decke. Dann zog er Amabila in seine Arme, um sie zu wärmen. Leise seufzend kuschelte sie sich an seine Brust; er fühlte ihre kalte Nasenspitze an seiner Haut. »Ich danke dir«, flüsterte sie, ihre Augen schließend, als wäre sie ebenso müde wie er.

Sanft küsste er sie auf die Stirn, bevor er sich zum Nachttisch umdrehte und die Schublade aufzog, denn er hatte noch etwas Wichtiges zu erledigen. Dort lagen neben dem als Comic getarnten Kästchen sein Smartphone und eine Pipette bereit. Er tauchte sie in die Phiole mit Phönixtränen und öffnete dann das Kästchen lediglich einen Spaltbreit. Einen einzigen Tropfen gab er in den Kelch; dazu musste er ihn nicht mal herausholen. Die Anzeige auf seinem Handy schlug nur einmal kräftig aus, als der Kelch den Tropfen absorbierte und die Kristalle in der kleinen Truhe zum Leuchten brachte. Aber das würde nicht reichen, um das Signal zu lokalisieren. Außerdem überwachte Magnus das Netz der Corporation, er würde sofort erfahren, wenn sie ihn entdeckten.

Nachdem er die Phiolen und das Kästchen in der Schublade verstaut hatte, drehte er sich zu Amabila herum, die ihn nun mit großen Augen beobachtete, aber sofort die Lider senkte, als er sie ansah. Magnus wollte auch einen Tropfen der seltenen Flüssigkeit auf die Stelle geben, wo der Dämon ihre Haut verätzt hatte, denn Phönixtränen konnten jede Wunde heilen. Also schob er die Zudecke nach unten und den Bademantel zur Seite, bis ihr blasser Oberschenkel freilag. Amabila ließ es regungslos über sich ergehen. Sie seufzte nur leise, als seine Hand an ihrem Bein entlangglitt und er ihr Delta streifte, aber Magnus konnte die Wunde nicht sehen. Sie war verschwunden. Auch wenn sich sein Engelchen veränderte – ihre Selbstheilungskräfte schien sie noch zu besitzen.

Ein seltsamer Frieden überfiel ihn, als er die Decken wieder über sie ausbreitete, und seine Lider wurden immer schwerer. Der Zauber hatte all seine Kraftreserven verbraucht; Magnus fühlte sich ausgelaugt, doch Amabilas Nähe schien ihm neue Energie zu geben.

Zum Glück war die nächste Mission weniger gefährlich: Er brauchte lediglich die Schuppe einer Meerjungfrau und wusste bereits, wo er sie finden konnte. Es gab eine kleine Insel auf den Azoren, zwischen deren Klippen sich die Meeresbewohner zu bestimmten Ritualen trafen. Dort sammelten Magier schon seit Jahrhunderten abgewetzte Schuppen ein, um sie für Zaubertränke zu verwenden.

Magnus zog Amabila in seine Arme, inhalierte noch einmal ihren vertrauten Geruch und war sofort eingeschlafen.

Kapitel 12 – Wiedervereinigung

»Raja«, knurrte Cain und sprang erschrocken vom Drehstuhl auf; sein Smartphone in der Hosentasche fing auch sofort an zu vibrieren, aber zu spät. »Sag mal, verfolgst du mich eigentlich?«

Crispin erledigte gerade Arbeiten im Wartungsraum, weshalb Cain für einen Moment die Monitore überwacht hatte, als Raja plötzlich vor ihm aufgetaucht war. Er hatte zwar sein Frühwarnsystem auf ihre Signatur programmiert, doch was nützte ihm das, wenn sie ihm quasi in den Schoß fiel? Überhaupt klebte sie die meiste Zeit wie ein Geschwür an seinem Hintern, nur damit sie schnell genug erfuhr, wo Thorne das nächste Mal zuschlug. Es grenzte an ein Wunder, dass er zwei Stunden ohne sie gewesen war, und eigentlich hatte er sich hier vor ihr sicher gefühlt. Es war schon schlimm genug, dass sie ihn in seinen Gedanken ständig verfolgte.

Ihre grünen Augen glühten, die Brauen hatte sie nach unten gezogen, die Hände zu Fäusten geballt. Sie sah verdammt wütend aus!

Aber Rajas Zorn war in diesem Moment nicht seine einzige Sorge. »Wie bist du hier reingekommen? Woher wusstest du …« Die Sensoren hatten den Eindringling erkannt, woraufhin ein schriller Alarm im Computerraum ertönte.

»Cain, was ist los?«, hörte er Crispins besorgt klingende Stimme durch den Lautsprecher.

»Fehlalarm. Ich muss mal schnell weg«, erwiderte er, ohne nachzudenken, und drückte hastig auf einen Knopf an der Konsole, der im Notfall sofort die Außenluke öffnete, dann riss er Raja in seine Arme und löste sich mit ihr auf, noch bevor sie sich beschweren konnte, weil er ihren Namen immer noch nicht richtig aussprach. Blitzartig schossen sie aus der Zentrale und ließen Grönland unter sich. Eine Minute später landete Cain mit ihr in einer Burgruine in einem entlegenen Waldstück in England. Instinktiv hatte er sie hierher gebracht, in seine ehemalige Heimat. In dieser Burg hatte er einmal gelebt. Jetzt war sie nicht einmal mehr eine Touristenattraktion; dazu war sie zu baufällig, außerdem so gut versteckt, dass sich nur selten ein Wanderer dorthin verirrte.

Mit rasendem Herzen hielt er Raja fest. Anscheinend hatte er sie durch seine Aktion kurzzeitig aus der Fassung gebracht, denn sie klammerte sich beinahe ängstlich an ihn und sah sich im moosbedeckten Burghof um. »Spinnst du?! Was war das denn?«

Einen Moment lang war er versucht, sie zu küssen. Ihr geschmeidiger Körper schmiegte sich perfekt an ihn; ihre vollen Brüste drückten sich gegen seinen Oberkörper. Er roch sie, spürte ihre Wärme und ertrank beinahe in ihren grünen Augen ... Abrupt ließ er sie los und durchsuchte seine Kleidung nach einem Sender oder irgendetwas, womit sie ihn hatte aufspüren können. »Woher wusstest du, wo ich bin und vor allem, wo unsere Zentrale liegt?«

»Zen... Ich war in eurer Zentrale? Wow!« Sie wirkte ehrlich überrascht, bevor sie sich anscheinend daran erinnerte, dass sie ja gerade ziemlich wütend auf ihn gewesen war.

Schmerzhaft bohrte sie ihm einen Finger in die Brust.

»Ich habe euch Fermion beschafft und du hintergehst mich! Ich dachte, wir wären Partner?!«

Cain ging auf Abstand, da sie ihre Krallen ausgefahren hatte. »Wovon sprichst du bitte?«

»Ich habe jedes Wort gehört, das du mit meinem Vater gewechselt hast!«

Cain konnte sich vorstellen, wie sie sich fühlte. »Du hast also doch gelauscht.«

»Tut mir leid, das ist unvermeidbar, wenn man plötzlich anstatt eines Supergehörs ein Hypergehör hat.«

Aber wieso war sie dann jetzt so aufgebracht und nicht schon vorher, in Gwandoria? Cain vermutete, dass noch etwas anderes hinter ihrer Wut steckte. Aber langsam machte ihn ihre Wut auch zornig. Dass er bei der Suche nach dem Kelch nicht vorankam, machte ihn hitzköpfig, und dass er sich Raja gegenüber so schlecht im Griff hatte, noch viel mehr! Außerdem hatte er gerade Cris angelogen. Cain hätte den Vorfall melden müssen – eine Dämonin in der Zentrale war der Supergau!

Ihr Brustkorb hob und senkte sich rasch; ihr Busen wollte sich nach draußen drängen. Cain konnte kaum wegsehen, denn die zwei Halbkugeln sahen einfach zu appetitlich aus. Da der Reißverschluss weit nach unten gezogen war, erblickte er auch den schwarzen Spitzen-BH.

Das machte sie doch extra!

Als er nichts mehr sagte, rief sie: »Hey, rede mit mir!« Ihre Augen glühten.

»Es ist wohl besser, wenn wir unsere Partnerschaft beenden!«, spie er ihr entgegen. Ihretwegen hatte er seine Triebe nicht mehr unter Kontrolle und seinen Kumpel belogen. Das konnte so nicht weitergehen!

»Was?!« Leraja erstarrte. »So leicht kommst du mir nicht davon, Engel!«, schrie sie und sprang auf ihn zu. »Du hast meinem Vater versprochen, auf mich aufzupassen! Aber ich habe gleich bemerkt, dass du nur zugestimmt hast, um ihn zu beschwichtigen!«

Cain wurde zu Boden geschleudert und landete mit dem Rücken im weichen Moos. Die Strahlen der frühen Nachmittagssonne fielen in den Burghof, in dem verwelkte Blätter lagen, die unter ihm knisterten. Es hätte ein schöner Herbsttag sein können, doch die Idylle trog. Raja sah aus wie eine Furie, wie sie mit verwirbelten Haaren und funkelnden Augen über ihm stand! Nur leider machte sie das noch attraktiver. Verdammt, sein Schwanz war knallhart!

Jetzt wurde es jedoch auch Cain zu bunt. Er sprang auf die Beine und rüttelte an ihren Schultern. »Du spielst doch lediglich mit mir, brauchst mich nur, um an den verdammten Kelch zu kommen! Was juckt es dich denn, ob ich dich aus freiem Willen beschütze oder nicht?«

Sie fasste ihn an den Oberarmen und drückte ihre Krallen in seinen Muskel. Sie hätte ihn damit aufschlitzen können, doch das tat sie nicht, stattdessen grinste sie maliziös. Verdammt, sie spielte mit ihm, schon wieder!

»Verfluchtes Weib!« Er schlug ihre Hände weg und hielt sie hinter ihrem Rücken zusammen. Blut lief in feinen Rinnsalen an seinen Oberarmen herab, aber die punktförmigen Wunden schlossen sich bereits, allerdings viel zu langsam. Das Dämonengift war immer noch stark in ihm, schwächte ihn und das machte ihn ebenfalls rasend!

»Du hast mich erpresst, mich einfach genommen, ohne Rücksicht!« Er packte sie fester, sodass sich ihre Brüste gegen ihn drückten. »Ich habe keinen Grund, auf dich aufzupassen!« Wo sie das wunderbar selbst konnte.

Rajas hektischer Atem streifte seine Wange. »Du hast es doch genossen!«, spie sie ihm entgegen, wehrte sich aber kaum. »Du liebst es, wenn ich dich mit Gewalt nehme!«

»Was bin ich – dein Toy-Boy?«

»Toy-Boy!« Sie wirkte für einen Moment erstaunt und ihre Körperspannung ließ nach. Sogar das Glühen verschwand aus ihren Augen. »Sieh mal einer an, was mein Sonnenschein für Begriffe kennt.«

»Ich hab dir schon mal gesagt, dass du mich nicht so nennen sollst!« Aus einem Impuls heraus schubste er sie von sich. Er hatte nicht so viel Energie in die Bewegung legen wollen, dennoch landete Raja unsanft auf dem Boden, nur das weiche Moos hatte ihren Sturz abgefangen.

»Du wagst es?« Geschmeidig wie eine Katze kam sie auf die Beine und stürzte sich auf ihn. Er fiel abermals hin und blieb wie erstarrt liegen, als sie, auf seinem Schoß sitzend, mit ihren Krallen auf ihn einhackte, als hätte sie Messer in der Hand. Es dauerte nicht lange, schon hing sein Shirt in Fetzen. Seine Haut hatte allerdings nicht einen Kratzer abbekommen.

Raja atmete hektisch. »Willst du den Schwur brechen, den du meinem Vater gegeben hast? Was bist du nur für ein seltsamer Engel?«

»Kein so guter, wie du vielleicht glaubst«, knurrte er, bevor er sich mit ihr herumrollte, sie unter sich warf und ihr den Reißverschluss der Lederjacke nach unten zog. Er öffnete auch den Reißverschluss, der sich einmal um ihre Taille wand und die Jacke mit der Hose verband.

Raja war so stark, dank des Gifts in seinem Körper sogar gerade viel stärker als er. Dennoch ließ sie es zu, dass er ihre Jacke auszog. Ja, es kam ihm so vor, als wollte sie es!

Hinter ihrem Rücken verhakten sich ihre Arme in den Ärmeln, sodass ihre Brüste hervorquollen. Cain konnte nicht widerstehen und riss den schwarzen Spitzen-BH nach unten, worauf sich ihm ihre weiblichen Hügel in voller Pracht zeigten. Die Nippel standen ab, und als er einen davon gierig in den Mund saugte und daran nuckelte, wurde er noch härter, ebenso Cains Schwanz.

Was tat er hier? Kurz kam ihm in den Sinn, vor ihr zu flüchten, aber er konnte nicht mehr aufhören. Er war wie im Rausch, leckte und saugte an der Knospe, die in seinem Mund noch spitzer zu werden schien.

Wie hilflos wand sich Raja unter ihm, was seine Gier nach ihr anstachelte. Ja, jetzt würde er ihr alles heimzahlen!

Mit einem gutturalen Laut riss ihr Cain Stiefel und Hose vom Leib und spreizte ihre Beine, indem er sich dazwischenkniete und sie an den Schenkeln auseinanderhielt. Rajas rasierte Spalte öffnete sich, ihr betörender Duft schlug ihm entgegen.

Raja wand sich unter ihm, die Arme immer noch hinter ihrem Rücken in der Jacke gefangen, doch es war offensichtlich, dass sie es wollte. Sie hätte sich jederzeit wehren können. Doch Cain hatte Respekt vor ihren neuen Fähigkeiten. Die Natur auf ihrer Seite zu haben, machte Raja fast unbesiegbar.

Hektisch blickte er sich um, aber in dem verfallenen Burghof gab es außer Moos und herabgefallenen Blättern keine Pflanzen. Nur an den Burgmauern wucherte wilder Wein, aber die Entfernung war wohl zu groß für Raja.

Da ihre weiblichste Stelle derart offen vor ihm lag, konnte er sich nicht länger beherrschen. Er senke den Kopf in ihren Schoß und leckte hart über ihr heißes, glattes Fleisch. Wie ein Verdurstender versuchte er mit der Zunge die Creme aus ihr herauszuholen und stieß sich immer wieder in sie. Gott, sie schmeckte zu gut!

Raja schrie auf und kämpfte sich aus der Jacke, aber bevor sie ihre Arme ganz befreit hatte, richtete sich Cain auf und kniete sich seitlich neben ihren Kopf. Dann öffnete er ein paar Knöpfe an seiner Hose und griff Raja in die Haare, um ihren Mund an seinen Schwanz zu dirigieren. Es war nur rechtens, ihr alles heimzuzahlen, was sie ihm angetan hatte. Sollte sie ruhig spüren, wie es sich anfühlte, benutzt zu werden. Die Frauen hatten ihn immer benutzt, mit seinen Gefühlen gespielt – aber die Zeiten waren vorbei!

Rücksichtslos wollte er seinen Schwanz zwischen ihre Lippen drängen, aber Raja öffnete bereits von selbst den Mund und ließ ihn herein.

Cain stöhnte, als er in ihre feuchtheiße Hitze abtauchte. Blasen konnte sie, das musste er ihr lassen!

Besitzergreifend legte er seine freie Hand auf ihren Schamhügel und bohrte den Mittelfinger in sie. Am liebsten wollte er all ihre Körperöffnungen auf einmal bedienen. Sie sollte sich ebenfalls benutzt vorkommen und erniedrigt; stattdessen keuchte sie hemmungslos an sein nasses Geschlecht und saugte, als wolle sie ihn melken.

Als sie seine Erektion fester umschloss und dabei noch gekonnt mit der Zunge über seine Eichel flatterte, spritzte er beinahe ab. Aber er wollte noch nicht kommen, wollte ihr zeigen, dass er ein richtiger Mann war und standhaft dazu.

Er schubste sie zurück ins Moos und griff sich an seine Härte. Schwer lag sie in seiner Hand, die Spitze glänzte dunkelrot. Schnell umschloss Cain seinen Penis an der Wurzel, um den aufsteigenden Orgasmus zurückzuhalten. Anschließend legte er wieder eine Hand auf Rajas Schamhügel.

Stöhnend fixierte sie seine Erektion und drückte ihm ihren Unterleib entgegen.

»Du brauchst wohl wieder was zwischen die Beine?!«, grollte er. Himmel, waren diese Worte eben aus seinem Mund gekommen?

»Dein Schwanz wäre nicht schlecht, aber du weißt doch gar nicht mehr, wie man fickt, Engel!«, keifte sie ihn an und befreite endlich ihre Arme. »Bis jetzt hab *ich* das ja immer übernommen!«

Sein Zorn brodelte gefährlich heiß in ihm, sein Schwanz pochte beinahe schmerzhaft. Das musste er sich von einer Dämonin nicht bieten lassen!

»Das letzte Mal war nicht gut genug für dich?«

»Nicht annähernd«, erwiderte sie überheblich.

Knurrend stürzte er sich auf sie und drang mit einem harten Stoß in sie ein. Raja schrie auf, ihre Krallen bohrten sich in seinen Rücken, doch das spürte er kaum.

Gott, sie war so heiß und eng, dass er sich nicht mehr länger zurückhalten konnte.

Wie eine Wilde rieb sich Raja an ihm und stöhnte ungehemmt in sein Ohr, während er mit beiden Händen ihre Brüste umfasst hielt. Als sie sich regelrecht in seinen Pobacken verkrallte, um Cain noch fester an sich zu drücken, kam er. Heftig pumpend und mit einem Gefühl, als würde sein Unterleib in Flammen stehen, spritzte er alles in sie hinein, was seine Lenden hergaben. Er sank auf sie, noch immer in sie rammend, und küsste sie voller Gier, als er spürte, dass sich ihr Innerstes zuckend um seinen Schwanz schloss. Sie warf den Kopf zurück und schrie so laut, dass ihre Stimme von den Burgmauern widerhallte und ein paar Vögel aufgeschreckt davonflogen. Sie war eine sehr leidenschaftliche Frau, dafür liebte er sie …

Schwer atmend lag sie unter ihm, die Augen geschlossen. Ihre silbernen Strähnen glitzerten in der Sonne. Wie schön sie war, so betörend schön, dass Cain schon wieder seinen Trieben nachgegeben hatte.

Seufzend zog er sich zurück und streckte sich neben ihr aus. Es war sowieso schon alles egal, er hatte ja beschlossen, sich zu stellen. Er hatte den Codex verletzt, ein weiteres Mal … Aber wenigstens Raja war wieder gut drauf. Er mochte nicht, wenn sie sich stritten. Friedlich war sie besser zu ertragen.

»Tut mir leid, dass ich so unausstehlich war«, murmelte sie und drehte sich zu ihm.

Sie entschuldigte sich bei ihm? Sein Herz machte einen Hüpfer. »Ich hab schon bemerkt, dass dir eine Laus über die Leber gelaufen ist. Was war los?«

Als er sich ihr zuwandte, kuschelte sie sich an seine Brust.

»Ich hatte Stress mit *Mum*«, gestand sie. »Oder besser gesagt: Ich werde so richtig Ärger bekommen, wenn sie merkt, dass Fermion weg ist.«

Vermutlich stand Raja außerdem unter großem Druck, weil sie immer noch nicht den Kelch beschafft hatte.

»Ich habe Xira hintergangen«, flüsterte sie.

Cain wollte sie aufmuntern. »Ihr seid doch Dämonen. Sie ist bestimmt stolz auf dich.«

»Sie wird mich töten.«

»Das werde ich nicht zulassen«, brach es plötzlich aus ihm heraus. Er biss sich auf die Unterlippe und sagte hastig: »Erzähl weiter!« Raja durfte nicht erfahren, wie sehr er ihr verfallen war. Sie würde das nur ausnutzen.

Kurz blickte sie ihn verwundert an. »Weißt du, Cain, ich komme mir total verarscht vor. So viele wussten über meinem Vater Bescheid – sogar Xiras Liebessklave!« Sie klang wieder eine Spur wütend. Beruhigend streichelte er ihr über das Haar. Es fühlte sich verdammt gut an, wie sich ihre nackte Gestalt an ihn schmiegte. Am liebsten hätte er sich jetzt die Hose ganz ausgezogen, um Raja noch intensiver zu fühlen. Stattdessen zwängte er einen Arm zwischen ihre Körper, um seinen Penis wegzupacken, bevor er wieder in Versuchung kam.

Raja seufzte an seine Brust. »Denkst du, Xira hat mich wirklich nur gezeugt, weil sie eine Art Superdämonin erschaffen wollte, die nach ihrer Pfeife tanzt?«

In Raja hatte sich anscheinend viel aufgestaut, aber er wollte sie nicht belügen, das hatten andere schon ihr ganzes Leben lang getan. »Ich glaube, Fermion hatte in diesem Moment einen klaren Geist und die Wahrheit gesagt.«

»Wenn ich nur schon eher gewusst hätte, dass er ... dann ... Ach, ich komme mir vor wie eine Niete.«

Sanft berührte er ihr Kinn. »Pst, mach dir keine Vorwürfe, Liebes, du kannst nichts dafür, dass es ihm so schlecht geht.«

Raja versteifte sich in seinen Armen und blickte ihn mit aufgerissenen Augen an.

»Was ist los?« Sie sah erschrocken aus. Hastig blickte er sich um, ob nicht Xira plötzlich aufgetaucht war, doch Raja zog ihn schmunzelnd zu sich. »Du hast *Liebes* zu mir gesagt.«

Hitze stieg in seine Wangen. »Hab ich das?«, krächzte er. Verdammt, er hatte es nicht einmal bemerkt!

»Ich dachte, Engel werden nicht rot?« Frech lächelte sie ihn an. »Aber bei dir ist ja sowieso vieles anders.«

Er war auch kein typischer Engel, sonst hätte er niemals den Job beim Sonderkommando antreten können. Er war ein Kämpfer, skrupellos, hart ... Ach, von wegen hart, in Rajas Nähe benahm er sich wie ein Weichei! Er schmolz ja schon dahin, wenn er ihr nur in die Augen schaute! »Wie hast du mich eigentlich in der Zentrale gefunden?« Lieber wechselte er schnell das Thema, bevor es noch zu mehr Peinlichkeiten kam.

»Ich weiß nicht genau, ich war selbst ganz erstaunt. Ich war so wütend und wollte dich unbedingt sehen, weil ich ein Ventil brauchte, um meinen Frust abzulassen.«

»Nett«, kommentierte er lächelnd, woraufhin Raja ihn gegen die Schulter boxte.

»Da hab ich mir einfach vorgestellt, ein Portal dort zu öffnen, wo du dich gerade befindest. Es war fast, als könnte ich fühlen, wo du dich aufhältst, als gäbe es eine Verbindung zwischen uns. Ich hatte keine Ahnung, wo ich rauskomme.«

Verflucht, das lag sicher an ihren wachsenden elbischen Fähigkeiten. Das machte sie noch gefährlicher!

»Zentrale …«, murmelte sie und hob wissend die Brauen. »Klar habt ihr Engel so was.«

Anscheinend hatte sie schon von der Excelsior Corporation gehört, aber er würde ihr sicher nicht sagen, dass er Mitglied einer Sondereinheit war, deren Aufgabe darin bestand, das Gleichgewicht der Mächte zu wahren, und dass er schon einer Menge Dämonen in den Arsch getreten hatte.

»Du warst übrigens gut«, warf sie wie beiläufig ein.

»Wobei?«

»Gerade. Beim Sex.«

Cain räusperte sich und sagte leicht überheblich, damit sie ihm seine Unsicherheit nicht anmerkte: »Das verlernt Mann nicht, ist wie Rad fahren.« Er konnte nicht glauben, was er mit ihr für Gespräche führte! Hätte ihm das eine Vision noch vor einer Woche gezeigt, er hätte es nicht für möglich gehalten. Hoffentlich bohrte sie nicht nach. Er wollte ihr ungern erzählen, dass er als Mensch nur wenige Erfahrungen hatte sammeln können.

»Wann und wie bist du eigentlich gestorben?«

Ihre Frage überraschte ihn. Wollte sie das wissen, weil er sie persönlich interessierte, oder weil sie mehr über ihn herausbekommen wollte, um ihm besser schaden zu können? Cain musste bei ihr vorsichtig sein!

»Ich war ein Ritter der legendären Tafelrunde. Die hatten nicht so ein langes Leben. Harte Zeiten, damals.« Eigentlich hatte ihn eine Lungenentzündung dahingerafft, aber ihm war es lieber, wenn sie dachte, er wäre auf dem Schlachtfeld umgekommen. Männliches Ego … Er war damals ganz allein auf seinem Lager aus Stroh gestorben.

»Dann bist du ja schon ein uralter Mann!« Ihr Lachen brachte ihn wieder in die Gegenwart. »Dafür hast du dich erstaunlich gut gehalten.«

»Meine menschliche Hülle altert nicht.«

»Dann bist du also nicht der *echte* Kain, der Bruder von Abel?«, neckte sie ihn.

»Hast du das wirklich geglaubt?« Cain erinnerte sich an ihr erstes Treffen, als sie ihn einen Brudermörder genannt hatte.

Sie grinste. »Nein, nicht wirklich.« Dann fuhr sie mit der Nase neben seiner Achselhöhle entlang und sog hörbar seinen Geruch ein. Das war ihm leicht unangenehm, aber anscheinend stand sie drauf.

»Sag mal – warum darfst du *Cain* heißen?« Selbst wenn sie die Stirn runzelte, sah sie zum Anbeißen aus. »Der Name ist doch geschichtlich ziemlich vorbelastet.«

»Das ist ganz einfach zu erklären: Wenn wir Engel danach gingen, würden uns bald die Namen ausgehen.« Er versuchte, seinen Arm wegzuziehen, aber Raja ließ das nicht zu.

»Die Hälfte eurer Namen sind doch eh erfunden«, sagte sie.

»Schlaues Mädchen. In Wahrheit ist es so, dass Kain mittlerweile viel Gutes bewirkt und Buße getan hat. Es wurde neu über ihn gerichtet, und sein Name ist nun wieder frei, sozusagen.« Cain grinste. »Ich bin froh, dass mir kein so alberner Engelname verpasst wurde.«

Fragend sah sie ihn an. »Nicht?«

»Na ja, normalerweise bekommen diejenigen, die zu Engel werden, einen neuen Namen.«

Sie blickte immer noch verwirrt, bis er begriff, dass sie ihn schon wieder auf den Arm nahm. »Du bist unmöglich! Mein Name ist *nicht albern*. Cain war auch mein Menschenname und er schien gepasst zu haben.«

»Er passt auch zu dir.« Raja seufzte und kuschelte sich eng an ihn. »Stell dir vor, du würdest Ernie oder Bert heißen.«

»Wie?« Er konnte ihr nicht folgen, doch sie lächelte ihn verschmitzt an und erwiderte nur: »Sonnenschein, du musst wohl noch viel aufholen. Wir sollten unbedingt mal ins Kino gehen.« Sie schmiegte sich an seine Brust und wechselte das Thema: »Sag mal – du kennst meinen Vater also noch aus der Zeit, als du ein Mensch warst?«

Cain nickte.

»Hast du als Mensch auch so ausgesehen wie jetzt als Engel?«

»Jepp.«

»Mittelalter … Das erklärt, warum du nicht besonders groß bist«, murmelte sie und umkreiste verträumt mit einem Finger seine Brustwarzen.

»So ein Glück für mich, dass du selbst ein Winzling bist.«

Ihre Sticheleien waren erfrischend, aber er wusste, warum sie das tat: Sie verbarg ihre wahren Gefühle für ihn. So viel Engel steckte noch in ihm, um sie zu durchschauen. Da sie also auch etwas für ihn empfand, verkomplizierte das die Sache enorm. Cain wusste nämlich nicht, ob er ihr tatsächlich vertrauen konnte.

»Wahre Größe resultiert aus den eigenen Fähigkeiten«, erklärte sie. »Aber um noch mal auf die Sache mit dem Rad fahren zurückzukommen: Im Mittelalter gab es doch keine Fahrräder.«

Cains Mundwinkel zuckten. »Das ist doch nur eine Redewendung. Du bist wohl nicht viel in der Menschenwelt unterwegs?«

»Na ja, eigentlich schon, aber hauptsächlich zum …« Jetzt lachte auch sie.

»zum *Motor*rad fahren. Das ist meine Leidenschaft.«

»So – eine Dämonin, Verzeihung, *Halb*dämonin, die eine Vorliebe für schnelle Fahrzeuge hat.«

Raja beugte sich über ihn und wisperte an seine Lippen: »Schnelle Fahrzeuge, Filme und sexy Männer.«

»Ich bin nicht sexy«, hauchte er, sich ihrer Nähe allzu bewusst. »Im Mittelalter hatte ich nur wenige Verehrerinnen.«

»Das war definitiv die falsche Zeit für dich, Baby.« Ihre Lippen streiften ihn und er wusste, wenn Raja ihn jetzt küsste, dann wäre er ihr für immer verfallen, mit Haut und Haar.

Plötzlich vibrierte in der Hosentasche sein Handy, und Raja zuckte zurück. Als er sein Smartphone herausholte, sprang sie auf und war angezogen, noch bevor er die ganze Nachricht durchgelesen hatte, die Crispin ihm geschickt hatte.

»Wo? Wo ist Thorne?«, fragte sie aufgeregt, während sie den letzten Stiefel schnürte.

Cain hielt ihr sein Handy unter die Nase und zeigte ihr die Koordinaten. »Auf einer Azoreninsel.«

»Wer zuerst da ist!«, rief sie übermütig, rannte zur Burgmauer und erschuf dort ein Portal. Cain erblickte durch das Loch in der Wand dunkelgrüne Wellen. Raja hüpfte hindurch und war verschwunden. Er hörte nur einen Schrei, dann folgte ein Platscher und er sah Wasser aufspritzen, bevor sich das Portal schloss.

»Geschieht dir recht, Teufelsweib!«, rief er ihr hinterher. Er hatte doch geahnt, dass sie ihn austricksen würde, um an den Kelch zu gelangen. »Von wegen Zusammenarbeit«, fluchte er und wollte sich gerade selbst auf den Weg machen, als ihn eine Vision mit solch einer Kraft heimsuchte, dass er auf den Boden fiel.

Kaltes Wasser umgab ihn, salzige Wellen schwappten in seinen Mund, als er nach Raja rief. Wohin er auch blickte – es gab nur das endlose Meer um ihn herum. Dann hielt er die Luft an und tauchte. Gerade noch sah er Rajas blonden Schopf, bevor die Dunkelheit der Tiefsee sie verschlang. Cain beeilte sich, tauchte tiefer. Da sah er sie wieder, sie strampelte schwach, Mund und Augen aufgerissen. Sie würde sterben, wenn er sie nicht endlich erreichte.

Sein Herz raste panisch, aus Angst, er könne sie nicht mehr rechtzeitig aus dem Wasser ziehen. Hilflos streckte ihm Raja die Hand entgegen, doch er bekam sie nicht zu packen. Der Lederoverall hatte sich mit Wasser vollgesogen und zog sie immer weiter nach unten. Plötzlich schlossen sich ihre Augen, der Arm erschlaffte. Das blonde Haar waberte über ihrem Kopf und vor ihrem Gesicht, was ihr das Aussehen eines Engels verlieh.

Cain kam zurück in die Realität und holte tief Luft. Wann würde sich diese Vision erfüllen? Scharf dachte er nach, während er sich in einem Wirbel auflöste und in den Himmel schoss. Er hatte in seiner Vision kein Hemd getragen, wie jetzt gerade! Und die Azoren lagen mitten im Atlantischen Ozean.

Er musste sich beeilen!

***

Cain schwebte, umgeben von einer weißen Rauchwolke, über der kleinsten bewohnten Azoreninsel Corvo und warf einen Blick auf sein Handy, um zu überprüfen, wo genau er landen sollte. Unter ihm, an der südlichen Spitze, lag die einzige Stadt. Die wenigen hellen Häuser bildeten einen hübschen Kontrast zur grasgrünen Insel, die aus einem riesengroßen, längst erloschenen Vulkan bestand. Außer im Süden, wo ein kleiner Flughafen lag, gab es keine Sandstrände, sondern nur steile Klippen. Cain überflog den breiten Krater, dessen Hänge ebenfalls begrünt waren und in dessen Caldera sich einzelne Seen gebildet hatten, bis er die nördlichste Spitze erreichte. Dort landete er und sah sich um. Er stand auf einer steilen Klippe, unter sich ein schmales, felsiges Ufer. Von Raja keine Spur, aber er spürte die Macht des Kelches. Er musste sich noch hier befinden, ganz in der Nähe!

»Verdammt, Mädchen, wo bist du?« Schnell tippte er auf seinem Handy herum, um ihren Aufenthaltsort ausfindig zu machen. Seitdem er auf dem Empire State Building heimlich ihre Energiesignatur gescannt hatte, ließ er sie durchgehend orten. So wusste er immer, wo sie sich aufhielt, denn er traute ihr nach wie vor nicht. Aber er fand kein Signal von ihr. Entweder befand sie sich in der Unterwelt, in Gwandoria oder ... Er tippte weiter und verschaffte sich Zugriff auf die Datenbank des Satelliten, um ihren letzten Aufenthaltsort ausfindig zu machen. Dabei knurrte er unentwegt vor sich hin, da er im Moment wahrlich dringendere Angelegenheiten zu erledigen hatte, als sich um eine verschollene Dämonin zu kümmern. Schuld war allein diese schreckliche Vision! Und das Versprechen, auf sie aufzupassen ...

Da! Endlich hatte er auf seinem Smartphone etwas gefunden. Hier – es zeigte ihm eine Karte von England – war Raja noch mit ihm in der Burgruine gewesen. Cain spulte die Zeit weiter vor, da blinkte ihr Signal hundert Kilometer nördlich der Azoren ein paar Mal auf und war dann plötzlich verschwunden. Es verlor sich mitten im Nordatlantischen Ozean.

Sein Herz raste. »Verdammt!« Wieso war sie so weit weg von der Insel? Sie verfehlte doch sonst nie ihr Ziel, hatte ihn ja sogar in der Zentrale aufgespürt!

Seine Vision schoss ihm abermals in den Kopf, woraufhin er wusste: Raja ertrank in diesem Augenblick!

Abrupt überfiel ihn eine heftige Übelkeit, als er daran dachte, wenn sie nicht mehr da wäre, um ihn zu ärgern, ihn mit ihren Reizen zu locken, sie zu riechen, schmecken, fühlen … Verdammt, er musste sich zusammenreißen, die Zeit lief ihm davon!

Eine warme Brise wehte ihm das Haar aus der schweißnassen Stirn und er bemerkte eine Bewegung zu seiner Linken. Da sah er sie, zwei winzige Figuren, eine schwarz, die andere weiß, weit unten am kleinen, felsigen Strandabschnitt: Thorne und Amabila, wie sie gerade dabei waren, zu verschwinden! Der Rauch hatte sie verraten, als der Kelch die nächste Zutat absorbiert hatte.

Jetzt musste Cain sich entscheiden: der Kelch oder Raja!

Seine Mission ließ ihm eigentlich keine Wahl. Sofort löste er sich wieder auf und flog zum Ufer hinunter. Nur wenige Meter vor Thorne und Amabila, die eng umschlungen auf dem felsigen Untergrund standen, materialisierte er sich und erkannte gerade noch ihre erstaunten Blicke – Thorne schien überrascht zu sein, dass Cain noch lebte, und Amabila wirkte erleichtert –, als sich die beiden ihrerseits aufzulösen begannen.

Cain hätte jetzt die Möglichkeit, Amabila zu verfolgen. Das wäre seine Chance!

Im letzten Augenblick entschied er sich jedoch, den Ort anzufliegen, an dem sich Rajas Signal verloren hatte.

Ihm blieben noch zwei Tage, den Kelch zu finden, Raja blieben vielleicht nicht einmal mehr zwei Minuten! Auf dem Weg zu ihr befand er sich in einem regelrechten Gewissenskonflikt. Er verstieß soeben gegen die obersten Gesetze seiner Einheit und das nur, um seiner Erzfeindin und Konkurrentin bei der Kelchjagd das Leben zu retten! Er musste ja total bescheuert sein!

Aber er bekam die Bilder nicht aus dem Kopf, wie ihm Raja hilfesuchend und mit verzweifeltem und doch so hoffnungsvollen Blick die Hand hingestreckt hatte. Sie vertraute ihm …

Verdammt, immerhin hatte er ihr sein Leben zu verdanken. Sie hatte ihn damals – natürlich nicht ganz uneigennützig – auch geholfen! Und wie würde Fermion reagieren, wenn Cain ihm mitteilen musste, dass seine Tochter ertrunken war, weil er nicht gut genug auf sie aufgepasst hatte? Der Elfenkönig würde vor Kummer sterben!

Wenige Sekunden später schwebte Cain über der Stelle, wo der Satellit Rajas Signal zuletzt geortet hatte. Zum Glück war die See einigermaßen ruhig, sodass er es sah: feine Bläschen, die an die Oberfläche stiegen. Er materialisierte sich etwa zwei Meter über dem Meeresspiegel, holte tief Luft und ließ sich kerzengerade fallen.

Sofort umschloss ihn die Stille des Wassers, ein Druck legte sich auf seine

Ohren, der zunahm, je tiefer er tauchte. Panik erfasste ihn, weil er befürchtete, dass er sie nie finden würde. *Raja, wo bist du!*, schrie er in Gedanken, als könnte er sie damit herbeirufen. Immer weiter hinab sank er in die eiskalte Düsternis; seine mit Wasser vollgesaugte Hose und die schweren Einsatzstiefel zogen ihn regelrecht nach unten. Und da sah er es: ein Glitzern zu seiner Rechten. Es waren Rajas silberne Haarsträhnen, die das letzte bisschen Sonnenlicht reflektierten, das bis in diese Tiefen vorgedrungen war. Mit kräftigen Zügen durchpflügte Cain das eisige Nass und war im Nu bei ihr. Sie reagierte nicht, hatte die Augen geschlossen, sah aus wie in seiner Vision, als sie den Kampf aufgegeben hatte. War er zu spät gekommen, hatte er auf der Insel zu lange gezögert?

Bitte nicht …

Er zog ihren schlaffen Körper an sich und schoss geradewegs an die Oberfläche. Als er den Wasserspiegel durchbrach, flog er mit Raja in den Armen auf Corvo zu, wobei er am Hals ihren Puls fühlte. Schwach klopfte er gegen seine Fingerspitzen. Sie lebte!

Er brauchte nur Sekunden für die weite Strecke, obwohl er sich diesmal nicht dematerialisiert hatte, doch im Moment war es ihm gleichgültig, sollte ihn jemand sehen. Auf dem grünen Vulkanhügel im Norden der portugiesischen Insel, fernab der Zivilisation, legte er Raja in das weiche Gras und strich ihr die nassen Haare aus dem Gesicht.

»Raja!« Mehrmals tätschelte er ihre blasse Wange, aber er erhielt kein Lebenszeichen. Außerdem atmete sie nicht. »Verdammt, Mädchen!« Ohne zu zögern, überstreckte er ihren Hals, hielt ihr die Nase zu und presste seine Lippen auf ihren Mund, der sich kalt wie der Tod anfühlte. Vorsichtig pumpte er seinen Atem in ihre Lungen. Einmal, zweimal, bis …

Hustend spuckte sie Salzwasser aus. Sofort drehte Cain sie auf die Seite, überglücklich, dass sie lebte, aber plötzlich schlug sie wie wild um sich und schrie seinen Namen. »Cain!«

»Ich bin hier. Du bist in Sicherheit!« Fest schloss er sie in die Arme.

Raja zitterte, hustete und weinte an seine nackte Brust. »Ich dachte, ich würde sterben.« Sie konnte sich kaum bewegen, denn ihr mit Wasser vollgesogener Lederkombi spannte, sodass sie schlecht Luft bekam.

»Ich hab doch gesagt, dass ich das nie zulassen würde«, murmelte er, dann erklärte er hastig: »Ich habe deinem Vater ein Versprechen gegeben.«

Raja sah ihn einfach nur schwer atmend an. Keine Mimik verriet, was in ihr vorging. Cain hörte ein leises Röcheln und vertraute auf ihre dämonische Selbstheilung. Ihr schien es auch schon besser zu gehen.

»Du musst aus dem Ding raus.« Er ließ einen Energiestrahl in seiner Hand erscheinen, mit dem er ihr vorsichtig das enge Leder von der Haut schnitt, bis sie nur in ihrer sexy Unterwäsche vor ihm lag. Raja zitterte immer noch, ihr Körper fühlte sich eiskalt an.

»Frierst du?«

»Nur ein wenig«, gab sie zu. »Aber ich bin nicht so temperaturempfindlich wie ein Mensch.«

Wieder etwas, das sie gemeinsam hatten. Cain hatte die Kälte der See allerdings überhaupt nichts ausgemacht.

Auf einmal packte sie ihn am Arm. »Der Kelch?!«

»Weg«, erwiderte er und warf die Lederstücke zur Seite. »Du kannst nicht schwimmen?«

»Ich hatte nicht allzu viel Gelegenheit, das zu lernen«, murmelte sie, als sie sich aufsetzte. Cain half ihr und stützte sie. Seine eigene Hose klebte unangenehm am Körper.

»Wie konnte es dir überhaupt passieren, im Meer zu landen? Ich dachte, ihr Dämonen könnt nur auf festen Untergründen ein Portal erzeugen.«

Raja zog die Beine an und legte dann ihre Arme darum. Plötzlich sah sie unwahrscheinlich verletzlich aus und Cain befiel das dringende Bedürfnis, sie zu beschützen. Sie *wirklich* zu beschützen, nicht nur, weil man es von ihm verlangte. Er setzte sich dicht neben sie, und erst jetzt bemerkte er, dass sie sich auf dem Kraterrand befanden. Beide blickten sie hinab in den ehemaligen Schlot des Vulkans, in dem jetzt mehrere kleine Seen lagen. Die Landschaft war wunderschön: grün und verlassen.

Raja kuschelte sich an seine Schulter. »So ist es ja auch. Ich hatte mir eigentlich vorgestellt, ich würde auf einer Insel herauskommen, doch mein Portal materialisierte sich an der Außenwand eines Kreuzfahrtschiffes viele Kilometer entfernt, wahrscheinlich, weil es das nächste feste Ziel war, und ich fiel ins Wasser.«

Cain war überhaupt kein Schiff aufgefallen, so in Sorge war er gewesen. Hoffentlich war es bereits weit genug weg gewesen, sodass morgen nicht irgendwo in der Boulevardpresse ein Bild und ein reißerischer Artikel von ihm auftauchten. »Superman existiert wirklich!«, oder so.

Er überlegte. »Dafür ist bestimmt Thorne verantwortlich. Er hat dich ja in den Karpaten schon gesehen und wusste, dass eine Dämonin hinter ihm her ist. Wahrscheinlich hat er einen Zauber gesprochen, sodass du auf der Insel kein Portal öffnen konntest.«

»Schon möglich«, murmelte sie und zog mit ihrem Finger einen Kreis auf die Wiese. Es knisterte, aber ansonsten geschah nichts. »Verdammt, es geht tatsächlich nicht! Was für ein Magier ist dieser Thorne eigentlich?«

»Ein unwahrscheinlich mächtiger.«

Raja blickte ihn aus großen Augen an. »Und warum hat er dann keinen Zauber gegen dich gewirkt?«

»Ich habe Thorne angemerkt, dass er wohl ziemlich überrascht war, mich lebend zu sehen.«

»Der hatte bestimmt nicht damit gerechnet, dass ich dich rette. Wenigstens sind wir jetzt quitt.« Sie blinzelte ihn beinahe schüchtern an. »Danke übrigens, Sonnenschein.«

Cain winkte ab und versuchte so kühl wie möglich zu erwidern: »Ich war dir ja noch etwas schuldig, aber jetzt sind wir, wie du sagst, quitt.« Er räusperte sich hart. »Wieso hast du dir die Mächte der Natur nicht zunutze gemacht, die Kräfte des Wassers für dich genutzt, irgendwas in der Art?«

Entgeistert starrte sie ihn an. »Ich bin nicht Moses, der das Meer geteilt hat, und auch nicht Jesus, der über das Wasser gehen konnte.«

»Ich meinte ja auch deine Elfenkräfte«, erwiderte er und fragte erstaunt: »Du kennst die Bibel?«

»Bibel, Koran, Tanach ... Ich habe sie alle gelesen, um meinen Feind besser zu verstehen.«

»Du bist ein schlaues Mädchen.«

»Aber dumm genug, um zu ertrinken. Ich war so in Panik, dass ich überhaupt nicht daran gedacht habe, irgendwelche Kräfte einzusetzen.« Sie seufzte traurig und strich sich die klebenden Strähnen aus dem Gesicht. »Ich bin eine miese Dämonin und eine noch miesere Elfe – nichts Halbes und nichts Ganzes.«

Erst jetzt wurde Cain bewusst, dass er schon die ganze Zeit auf ihre Brustspitzen starrte, die sich durch den Stoff des BHs abzeichneten. »Du brauchst was Trockenes«, sagte er mit rauer Stimme.

Raja stand auf und blickte auf den Haufen aus schwarzem Leder. »Tja, der Overall ist ja nun total ruiniert. Ich will auch so eine Hose wie du. Die hat so praktische Taschen.«

Cain erhob sich grinsend. »Bin gleich wieder da!«

»Ich kann dich doch ...«

»Nein, du rührst dich nicht von der Stelle!«

»Ja wie auch. Ich kann hier sowieso kein Portal erzeugen!«, rief sie ihm nach, doch da befand er sich bereits in der Luft.

Auf seinem Flug in die Zentrale musste Cain sich immer wieder einreden, das alles nur für die Elfe in Raja zu tun. Denn er ärgerte sich immer noch ungemein darüber, dass er Thorne wieder einmal so nah gewesen war und ihn vielleicht hätte erwischen können.

Die Betonung lag auf »vielleicht«.

Cain hatte ja nicht einmal eine Schutzweste getragen; ob er dann überhaupt eine Chance gegen den Magier gehabt hätte? Eventuell hatte ihn Rajas Rettung auch davon abgehalten, abermals verletzt oder gar getötet zu werden? Schicksal ... Er vertraute darauf, dass alles auf irgendeine Art vorherbestimmt war und man selbst nur wenig an seiner Geschichte ändern konnte. Möglicherweise war es auch nicht seine Bestimmung, den Kelch zu finden. Wie so oft schweiften seine Gedanken zu Raja. Falsch, eigentlich bekam er sie überhaupt nicht mehr aus dem Kopf. Was, wenn er kein Engel wäre und er mit ihr zusammen sein könnte? Aber wäre er ihr dann überhaupt begegnet? Stellte diese Begegnung vielleicht eine Aufgabe dar, sich als Engel zu beweisen?

Er seufzte. Raja … Sie sah sogar klitschnass noch sexy aus. Wie sie sich vorhin ihr Haar hinter die spitzen Ohren gestrichen hatte … Zu gerne wollte er einmal an ihnen knabbern.

Verdammt, Thorne brauchte nur noch zwei Zutaten!

»Eine!«, rief Cain aus, als er auf dem Eis landete und ihm bewusst wurde, dass der Magier die letzte Zutat bereits besaß. Fermion hatte es ihm ja gesagt, aber was hatte der Elf nur damit gemeint?

Da fiel es ihm wie Schuppen von den Augen: Amabila!

Er schaffte es kaum, die schwere Einstiegsluke zu öffnen, so sehr schockierte ihn diese Erkenntnis. Was würde er Amabila antun? Musste er sie opfern? Sie töten?

Und er hatte Thorne mit Amabila entkommen lassen! Die Welt würde noch im Chaos versinken, nur weil er so schwanzgesteuert war! Vielleicht sollte er die Aufgabe an Cris abtreten? Oder Shane aus dem anderen Team?

Verdammt, nein! Er würde das jetzt durchziehen und Raja würde ihm nicht mehr im Weg stehen! Er musste sie irgendwie aus dem Spiel bringen.

***

»Was ist passiert?«, begrüßte ihn Crispin, als Cain durch die Zentrale rannte, um den Raum zu erreichen, in dem Ersatzkleidung, Waffen und anderes Zubehör aufbewahrt wurden. Dabei zog er eine feuchte Spur hinter sich her.

»Hast du Thorne erwischt?«

Mit hochgezogenen Brauen drehte Cain sich zu Crispin um, der ihm dicht auf den Fersen war und beinahe in ihn hineinlief. »Sieht es etwa so aus?«

»Nein Mann, eigentlich siehst du aus, als hätte dich ein Wal geküsst.«

»Das kommt schon eher hin.« Cain konnte seinem Kollegen unmöglich sagen, dass er Thorne verloren hatte, weil er einer Dämonin den Arsch retten musste. Er wollte nur schnell frische Kleidung holen und dann sofort wieder verschwinden, aber Crispin folgte ihm auf Schritt und Tritt und löcherte ihn mit Fragen.

»Warum hast du es denn so eilig? Weißt du, wo er sich versteckt?«

»Leider nein.«

Crispin gestikulierte wild mit den Händen. »Hast du ihn wenigstens gesehen?«

»Ja«, erwiderte Cain ebenso hektisch, wobei er fand, dass er ziemlich genervt klang. Hastig entledigte er sich der nassen Schuhe sowie der Hose und warf alles in eine Ecke des steril wirkenden Raumes. Erhellt wurde er durch grelles Licht aus Neonröhren, die über zahlreichen Regalen und Kleiderständern angebracht waren. Dabei achtete Cain darauf, dass Cris außer seinem nackten Hintern nichts zu sehen bekam. Was würde er nur denken, wenn er sein rasiertes Geschlecht erblickte!

Unaufgefordert reichte Crispin ihm eine frische Unterhose. »War Amabila noch bei ihm?«

Cain nickte und schlüpfte schnell in die eng anliegenden Shorts, obwohl er es eigentlich bevorzugte, keinen Slip zu tragen, dann erst drehte er sich um.

»Mann, lass dir doch nicht alles aus der Nase ziehen. Was ist denn los mit dir?« Cris fasste ihn an der Schulter und schaute ihn eindringlich an.

Cains Herz klopfte so hart gegen seinen Brustkorb, dass er beinahe befürchtete, Crispin könnte es sehen. »Nichts. Es ist nur …« Er war nicht fähig, seinem Kollegen in die Augen zu blicken. »Uns läuft die Zeit davon!« Nachdem er Crispins Hand abgeschüttelt hatte, stieg er in eine trockene Cargohose und neue Stiefel. Anschließend legte er sich eine Schutzweste an, zog ein weißes T-Shirt drüber und bestückte seine Hosentaschen mit allerlei Waffen und anderem Zubehör, wie kleine Splittergranaten, die Weihwasser enthielten, oder Wurfsternen aus reinem Silber.

Cain wusste schließlich nie, auf welche Wesen er traf, und gerade jetzt, wo es dem Ende zuging, wollte er auf alles vorbereitet sein. Ihn hatte es ohnehin gewundert, bisher noch keinen weiteren Konkurrenten begegnet zu sein, die ebenfalls hinter dem Kelch her waren, wie zum Beispiel einem Vampir oder Werwolf. Anscheinend war es diesen Spezies noch nicht gelungen, ihr Überwachungssystem anzuzapfen. Ja, vielleicht wussten sie nicht einmal, dass in zwei Tagen alle Welten ins Chaos stürzten!

Cain zögerte kurz, aber dann steckte er noch zwei feine Seile und ein Tuch ein.

Als er ein etwas kleineres Shirt und eine Hose Größe S aus dem Regal holte, fragte er Crispin: »Gibt es was Neues von Fermion?«

»Was? Nein … Jetzt lenk nicht ab!« Tief durchatmend baute sich Cris neben ihm auf. »Für wen ist das?«

»Raja.«

»Raja, logisch«, erwiderte sein Kollege trocken.

Cain wollte schleunigst hier heraus, aber dazu musste er erst die Luke öffnen. Er ging in den Computerraum, um auf den entsprechenden Schalter zu drücken. Zum Glück brauchte er kein neues Smartphone, denn das Gerät hielt einiges aus. Es hatte den Unterwasserausflug unbeschadet überstanden. »Sie wäre fast ertrunken und jetzt braucht sie neue Kleidung. Aus ihrem Lederkombi musste ich sie quasi rausschälen.«

Crispins Augen wurden groß. »Sie ist also … nackt?«

»So ziemlich.«

»Wow, Alter, du hast aber auch ein Glück. Weißt du eigentlich, wie ätzend das ist, schon so lange in einem menschlichen Körper zu stecken und nichts damit anfangen zu können?« Da war er wieder, der typische Crispin-Witz, mit dem er seine eigene Unsicherheit gegenüber dem weiblichen Geschlecht überspielte, aber Cain war jetzt nicht nach Scherzen zumute.

»Mensch, Cris, nerv mich nicht, ich muss gleich wieder los!«

»Du hast es ja eilig, zu deiner Dämonin zu kommen.«

Als er daraufhin nichts erwiderte, sondern davonstürmte, rief Cris ihm nach: »Verfluchte Scheiße!«

Gerade hatte Cain sich auflösen wollen, als er abrupt stehen blieb und Crispin über den Gang anstarrte. Solche Ausdrücke kannte er von seinem Kollegen nicht.

Cris schüttelte den Kopf. »Du hast dich doch nicht …«

Hastig senkte Cain den Blick und Crispins Mund klappte auf. »Cain, weißt du, was das bedeutet?«

Tief atmete er durch. Er hatte nicht gewollt, dass es jetzt schon jemand erfuhr. »Behalte es bitte noch für dich, bis die Mission zu Ende ist. Ich werde das wieder geradebiegen. Versprochen.«

»Ich bin verpflichtet, das zu melden!«, rief sein Kollege ihm hinterher, doch Cain hatte sich schon aufgelöst und schoss in den Himmel.

∗∗∗

Als er mit dem festen Willen auf die Insel zurückkehrte, Raja endlich auf die Seite zu schaffen, stutzte er, weil sie verschwunden war. Allein die Fetzen ihrer Kleidung verrieten ihm, dass er sich am richtigen Ort befand. Er drehte sich im Kreis … und sein Atem stockte. Raja kam über das Gras auf ihn zugelaufen, in je einer Hand eine orange Kugel, und lächelte. Ihr blondes Haar war bei dem milden Klima schon beinahe wieder trocken und wehte um ihr herzförmiges Gesicht. Ihre kleinen Brüste wippten leicht bei jedem Schritt und in ihrer schwarzen Spitzenunterwäsche sah sie einfach umwerfend aus. Ihr Tattoo an den Lenden lenkte seinen Blick tiefe und er schluckte schwer. Dieses höllisch attraktive Teufelsweib machte es ihm verdammt, verdammt, verdammt schwer.

»Sieh nur, was ich gefunden habe! Wilde Orangen, die schmecken köstlich!« Als Raja ihn erreicht hatte, hielt sie ihm eine geschälte Frucht unter die

Nase.

»Du musst essen?«, fragte er heiser. Am liebsten hätte er sie jetzt an ihrer schmalen Taille an sich gezogen, aber zum Glück hielt er ihre Kleidung in der Hand; da kam er nicht in Versuchung.

»Ja, ab und zu. Ich bin eine *Halb*dämonin, schon vergessen? Da ich es einfach nicht fertigbringe, mich von Seelen zu ernähren, bevorzuge ich konventionelle Nahrung.« Ohne ihn zu fragen, schob sie ihm ein Stück in den Mund. »Hier, oder du verpasst was.«

Ein süß-saueres Aroma explodierte auf seiner Zunge und überflutete seine Geschmacksknospen. Es war lange her, dass er etwas gegessen hatte, und Raja hatte recht: Die Orange schmeckte köstlich! Sie war saftig und reif. Genüsslich schloss er die Augen und stöhnte leise, während er kaute. »Was meinst du damit, dass du es nicht fertigbringst, dich von Seelen zu ernähren?«

»Zu blond dazu!« Lachend schob sie ihm ein zweites Stück zwischen die Lippen, aber diesmal entzog sie Cain ihren Finger nicht sofort, sondern strich ihm kurz über die Lippen. Eine kleine Geste, die bei ihm bewirkte, dass er hart wurde.

»Du bist eben eine richtige Elfe«, erwiderte er und fügte gedanklich hinzu: *Und du hast mich verzaubert.*

Raja zuckte mit den Schultern, ohne auf seine Bemerkung einzugehen. »Da hinten gibt es noch mehr. Komm mit!« Am Arm zog sie ihn ein Stück den Hügel hinauf, wo hinter mächtigen Büschen drei Orangenbäume standen. Sie sahen schon sehr alt und verwildert aus. Womöglich stammten sie noch aus einer Zeit, als Piraten auf Corvo gelebt hatten.

Cain legte das Kleiderbündel auf die Wiese, um seinerseits eine Orange zu pflücken. Die dicke Schale ließ sich leicht entfernen; der Duft war süß und aromatisch. Raja stand dicht neben ihm und lächelte scheu. »Danke, dass du zurückgekommen bist.«

Er wusste nicht, was er dazu sagen sollte. Ob sie erriet, was ihm durch den Kopf ging? Am einfachsten wäre es, sie auf der Insel zurückzulassen. Da sie kein Portal öffnen konnte, würde sie ihm nicht mehr im Weg stehen. Aber er sah, wie nervös sie das viele Wasser – das Meer um die kleine Insel herum und die zahlreichen Seen im Inneren – machte. Immerhin wäre sie beinahe ertrunken.

Weil er nicht wusste, wie er sich jetzt ihr gegenüber verhalten sollte, steckte er ihr kurzerhand eine Schnitte in den leicht geöffneten Mund. Als er seine Hand zurückziehen wollte, hielt Raja sie fest und leckte den süßen Saft von seinen Fingern. Anschließend saugte sie einen davon in den Mund und schlängelte mit der Zunge darum.

Stöhnend schloss er die Lider, seine Erektion pochte. »Tu das nicht«, sagte er leise, doch Raja saugte nur noch fester.

Tief sah sie ihm in die Augen. Wollte sie ihn nun tatsächlich verzaubern oder mental an sich binden, falls sie dazu fähig war? Aber ihre grünen Iriden bewegten sich nicht. Auch kein Glühen war zu erkennen.

Mit verschleiertem Blick entließ sie seinen Finger aus ihrem feuchtheißen Mund und schmiegte ihre schlanke Gestalt an ihn. »Du trägst eine Schutzweste?«, flüsterte sie.

Cain schluckte schwer. »Das Finale kommt immer näher. Ich muss auf alles …« Leise keuchte er auf, weil sie ihr Becken an seiner Erektion kreisen ließ. Dann schlang sie beide Arme um seinen Nacken. Sie legte den Kopf zurück, ihre Lider halb geschlossen, und bot ihm ihren süßen Mund dar, verlockend und absolut verboten.

Wollte sie ihn verführen, damit er sie von der Insel mitnahm?

Nein – diesmal war es anders. Ernster. Plötzlich kamen richtige Gefühle ins Spiel. Ob er wollte oder nicht, er hatte sich unwiderruflich in die hübsche Halbdämonin verliebt.

Ihr Gesicht kam immer näher und Cain konnte nicht mehr widerstehen. Sanft zog er sie an sich, um ihr einen zärtlichen Kuss zu geben. Himmel, er ertrank noch in ihrem Mund! Weich und sündig schmiegten sich ihre Lippen an die seinen. Zögerlich, beinahe schüchtern kam ihm ihre Zunge entgegen. Raja schmeckte noch nach Orange und ihr Keuchen in seinem Mund machte ihn schier wahnsinnig.

»Wieso stoßen wir uns eigentlich nicht mehr ab?«, fragte sie. »Bei unserem ersten Kuss dachte ich, mich hätte ein Stromschlag getroffen.«

»Da hattest du mich nicht geküsst, sondern wolltest meine Seele verderben oder was auch immer. Das konnte ich nicht zulassen.«

»Böser Engel«, hauchte sie, fuhr mit einer Hand zwischen ihre Körper und drückte seine Härte durch die Hose.

Heftig atmend presste er sich ihrer Hand entgegen. Durch seine Adern schien pures Adrenalin zu rauschen. Cain wollte sie überall spüren, deshalb gingen seine Hände auf Wanderschaft. Er streichelte über ihren Rücken und wunderte sich, wie mühelos er ihren BH öffnen konnte, obwohl er das nie bei einer Frau gemacht hatte, denn im Mittelalter hatte dieses Accessoire natürlich noch nicht existiert.

Im Gegenzug streifte ihm Raja erst das Shirt über den Kopf, dann folgte die Schutzweste. Ihre nackten Oberkörper rieben sich aneinander, was ein berauschendes Gefühl war. Jetzt hielt ihn auch nichts mehr zurück, an einem ihrer spitzen Ohren zu knabbern. Raja kicherte und schmiegte sich enger an ihn. »Cain, ich liebe …« Sie stockte und sein Herz setzte einen Schlag aus, aber sie fuhr fort: »Ich liebe es, wenn du das tust.«

Hatte er ernsthaft geglaubt, sie würde ihm ihre Liebe gestehen? Wie lächerlich von ihm, so etwas zu denken! Ob Raja überhaupt fähig war, mit dem Herzen zu lieben und nicht mit dem Besitzanspruch einer Dämonin? Aber was interessierte ihn das. Ja, er liebte Raja, das konnte er nicht länger leugnen, aber diese Liebe würde nie eine Zukunft haben. Er wusste ja nicht einmal, wie die Kelchjagd ausging; er hatte diesbezüglich noch keine Vision empfangen. Sollte es ihm jedoch gelingen, das Artefakt zu retten – was würde der Rat dann mit ihm anstellen? Immerhin hatte er gegen Gebote verstoßen. Eine Halbdämonin zu lieben war sicher eines der schwereren Verbrechen, für das man ihn bestimmt hart bestrafen würde. Aber Cain wollte nicht daran denken, was vor ihm lag, sondern nur das Hier und Jetzt mit seinem Mädchen erleben. Es war vielleicht das letzte Mal, dass er einer anderen Person so nah war, und das wollte er voll auskosten.

Aus den Augenwinkeln beobachtete er erstaunt, wie Raja die Hecken um sie herum zum Wachsen brachte. Bald waren sie von allen Seiten eingeschlossen. Wie auf einer Lichtung standen sie mittendrin, ausgesperrt von ihrer Umwelt. Das bestätigte seine Vermutung, dass Raja das Wasser eventuell nervös machte. Am liebsten hätte er seine kleine Elfe sofort von hier weggebracht, aber nun wirkte sie entspannt. Ihre Wangen leuchteten fiebrig, ihr Atem ging ebenso schnell wie seiner.

Cain legte sich mit ihr ins weiche Gras, dann zog er sich Hose und Stiefel aus. Den Slip behielt er aber an. Zärtlich knabberte er an Rajas Lenden und sie kicherte wieder, als er mit der Zunge eine Spur über ihren Bauch zog. »Du trägst eine Unterhose?«, fragte sie grinsend, wobei sie sich aufsetzte und provozierend über seine mächtige Beule rieb.

»Ich dachte mir, mich allmählich diesem Jahrhundert anzupassen«, erwiderte er heiser und drückte sie wieder zurück ins Gras. »Außerdem ist es jetzt ein wenig kühl da unten, wo ich so haarlos bin.«

Raja lachte laut auf. »Hm, im Moment stört sie aber, findest du nicht?«

»Absolut!« Sofort zog er sich die Shorts herunter, froh, dass sein Schwanz endlich der Enge entkam.

Raja fuhr mit ihrem Zeigefinger die Spur dunkler Härchen entlang, die von seinem Bauchnabel tiefer ging, ließ ihren Finger über seine glatte Haut im Intimbereich wandern und glitt anschließend seinen Schaft entlang bis zur Spitze. »Du bist da so schön glatt. Das gefällt mir.«

»Hmm.« Cains Schwanz zuckte und ein dicker Tropfen perlte heraus, denn diese einfache Berührung ließ ihn beinahe kommen.

»Du hast eine Menge nachzuholen, nicht wahr?«, sagte sie schmunzelnd und mit verklärtem Blick.

Cain schmunzelte ebenfalls und biss sie vorsichtig in eine harte Brustspitze. »Es hat sich auch eine Menge angestaut im Laufe der Jahrhunderte.«

»Küss mich, mein Retter«, flüsterte sie plötzlich.

Cains Blut schoss durch seinen Körper, sein Herz pochte wild. Vorsichtig legte er sich auf Raja, die Ellbogen seitlich von ihr abgestützt, und senkte die Lippen auf ihren Mund. Dabei rieb seine Erektion über ihr Spitzenhöschen, als würde sie um Einlass betteln.

Raja vergrub ihre Finger in seinem Haar, um es zu zerwühlen, während sie an seinen Lippen saugte und ihre Zunge dazwischenstieß. Sie mussten den Eindruck erwecken, als würden sie sich zerfleischen, wie sie derart gierig übereinander herfielen, aber die Berührungen ihrer Münder blieben trotz Wildheit immer sanft und gefühlvoll. Hier ging es nicht mehr darum, dem anderen seine Macht zu beweisen, sondern seine tiefen Gefühle. Cain spürte, dass es auch bei ihr so war, oder war das alles nur eine List, ein Elfenzauber, um ihn zu täuschen?

Er wusste es nicht und er erlaubte sich nicht, zu hoffen. Er wollte keine zu schmerzhafte Enttäuschung erleben. Jetzt wollte er jedoch nur seinen Trieben nachgeben.

Hastig zog er Rajas Slip zur Seite und befühlte ihre samtigen Schamlippen, die bereits mit ihrem Saft überzogen waren. Cain konnte nicht widerstehen, er musste von ihr kosten. Also verschwand sein Finger in seinem Mund. Er stöhnte auf, als er sie schmeckte – dann küsste er sie wieder, tauchte mit der Zunge in sie ein und genoss abermals die innige Berührung.

»Cain«, hauchte sie in seinen Mund, wobei sie ihm ihre Hüften entgegendrückte. »Fick mich endlich!«

Sein Schwanz zuckte bei ihren ordinären Worten. Sie konnte es anscheinend ebenso wenig länger aushalten wie er. Daher zog er ihr Unterhöschen einfach wieder zur Seite, fasste seine Erektion und drang in sie ein. Sein harter Penis drängte ihre Scheidenwände auseinander, sodass noch mehr Saft aus ihr herauslief, der seine Hoden benetzte. Cain steckte tief in ihr, bis zum Anschlag. Raja war so unwahrscheinlich heiß und eng … Er konnte sich nicht bewegen oder er würde abspritzen. Aber ihr Inneres schloss sich zuckend um ihn, weshalb er es kaum noch aushielt.

»Stoß endlich zu!« Sie bog keuchend ihren Rücken durch; Cain stöhnte laut. Zum ersten Mal schlief er aus absolut freiem Willen mit ihr. Sie küssten sich voller Liebe und Zärtlichkeit, während Raja die Beine um ihn schlang und ihre Finger in seine Pobacken drückte. Er knabberte an ihren Ohren und dann erst setzten sich seine Hüften in Bewegung.

Cain stieß zu: einmal, zweimal, dreimal. Sein Schwanz zuckte in ihrer Enge, während er Raja gierig küsste, und als er fast zeitgleich mit ihr kam und seinen Saft in sie hineinschoss, glaubte er sich im Paradies.

Kapitel 13 – Samenspende

Magnus glaubte, vor seiner schwersten Aufgabe zu stehen, denn er wusste nicht, wie er an die nächste Zutat gelangen sollte. Sogar den Kelch zu beschaffen war einfacher gewesen und auch die Schuppe einer Meerjungfrau: Nach langem Suchen hatte er den Abrieb einer Ganoidschuppe an einem Felsen entdeckt. Mit geschlossenen Augen lehnte er die Stirn an die Fensterscheibe des Bungalows.

Eigentlich verdankte er es einem Zufall, wie er den Kelch gefunden hatte. Als er nach dem Unfall seine Mitarbeit bei der Excelsior Corporation gekündigt hatte, hackte er sich in sein eigenes Computersystem. Magnus wollte eine Schwachstelle aufspüren, irgendetwas, womit er sich an den Engeln rächen konnte. Da hatte er auf einer Abbildung plötzlich diesen kleinen Kristallkelch erblickt, der dasselbe Symbol trug – nämlich die keltischen Schriftzeichen für Macht und Leben – wie jenes ominöse Buch mit Zaubertränken, das schon seit Generationen im Besitz der Familie Thorne war. Nur hatte die Herstellung der Zaubertränke nie funktioniert, weil ein entscheidendes Kriterium gefehlt hatte: der Kelch!

Magnus hatte schon bald den Ort ausfindig gemacht, an dem das Artefakt versteckt war. Doch jetzt war auch sein Buch nutzlos, denn es stand nichts darin, wie er einen Incubus anlocken konnte, um an seinen …

»Du kannst mich gerne um Rat fragen«, sagte Amabila leise und unterbrach seine Gedankengänge.

Überrascht blickte er sie an. Manchmal hatte er das Gefühl, als wüsste sie, was in ihm vorging.

Als wäre dies tatsächlich der Fall, setzte sie wie zu ihrer Verteidigung nach: »Ich sehe doch, wie nervös du bist. Du tigerst schon seit einer Stunde durch das Zimmer, ohne etwas zu sagen. Was beschäftigt dich?«

Seit er mit ihr geschlafen und sie vor Taurill gerettet hatte, sah Magnus sie immer mehr als Verbündete. Die Erinnerung an ihre enge Muschi, die ihn so willig aufgenommen hatte, brachte sein Blut schon wieder in Wallung, doch er musste jetzt an Wichtigeres denken. Seit ihrem »Zwischenfall« vermied er es ohnehin, ihr nahezukommen, und berührte sie nur noch, wenn er mit ihr reiste. Ihre Nähe raubte ihm immer aufs Neue den Atem. Er durfte nicht zulassen, dass er sich in sie verliebte. Das würde seine Pläne gefährden! Dennoch setzte er sich zu ihr auf die Bettkante, weil ihre Nähe auch beruhigend auf ihn wirkte. Vielleicht konnte sie ihm ja doch helfen? Er starrte durch das große Fenster nach draußen auf den Palmenstrand. Die Sonne versank bereits im Meer; die Zeit lief ihm davon.

»Ich …«, begann er zögerlich. »Ich weiß nicht, wie ich einen Incubus kontaktieren soll.« Er hatte bereits alle möglichen Beschwörungsformeln versucht, aber ohne Erfolg.

»Ich kenne einen«, erwiderte Amabila, als wäre es das Normalste auf der Welt.

»Du?«, stellte er trocken fest, doch sein Herz klopfte heftig. Er wollte sich seine Überraschung nicht anmerken lassen. »Ein Engel?«

Sie hörte sich verschnupft an, als sie ihm trotzig die Hand hinhielt. »Gib mir dein Handy.«

Das weckte sein Misstrauen. Er wusste, dass Engel und mittlerweile auch andere Wesen die menschliche Technik nutzten. Immerhin hatte er ja das Meiste davon entwickelt. Daher befürchtete er, sie könne jemandem ihren Aufenthaltsort verraten. »Warum?«

»Gut, dann rufe ich Desmond nicht an«, sagte sie schnippisch, wobei sie ihm den Rücken zukehrte und die Arme vor der Brust verschränkte.

Magnus erhob sich und ging um sie herum. Durch ihre Haltung drückten sich ihre kleinen Brüste nach oben, sodass die Rundungen deutlich im Ausschnitt ihres Kleides zu sehen waren. »Wer ist Desmond?«

Jetzt stand auch Amabila auf. »Na, der Incubus!«

Das Bild des unschuldigen Engels verblasste zunehmend. Vielleicht war sie ja gar nicht so rein, wie er dachte? Wenn er sich erinnerte, hatte er ihr inneres Leuchten nur kurz in ihren Pupillen aufflackern gesehen – es war eher ein Glimmen gewesen. War das vielleicht der Grund, warum sie ihm nie länger in die Augen blickte, weil sie befürchtete, er würde erkennen, wie unrein sie war?

Und wenn er an den fantastischen Sex mit ihr dachte … Benahm sich so ein unerfahrenes Wesen?

Widerwillig gab er ihr sein Telefon. Eine Alternative hatte er sowieso nicht.

Unter seinen wachsamen Augen tippte sie eine Nummer ein. Es war eine amerikanische Vorwahl, so viel hatte er erkannt.

»Brendan?«, sagte sie nach ein paar Sekunden. »Hi, hier ist Ama. Ist Desmond zu sprechen?«

Brendan? Ama?

Magnus knirschte mit den Zähnen. Wie viele von den dämonischen Wesen kannte sie? Außerdem schien sie ja ein sehr vertrautes Verhältnis zu ihnen zu haben.

»Hi, Dess, es tut mir leid, euch so früh am Morgen zu stören … Wie? Schon zehn? Ach, dann ist es ja gut …«

Ungeduldig lief Magnus im Bungalow auf und ab, während Amabila mit dem Incubus herumschäkerte. Sie hatten sich einiges zu erzählen, von dem Magnus das Meiste nicht verstand, bis sie endlich auf den Punkt kam: »Also, es geht um Folgendes: Meinst du, dass du hier vorbeisehen kannst? Ich hätte dich gerne um einen Gefallen gebeten ...«

Nach Ewigkeiten, wie es Magnus vorgekommen war, beendete sie das Gespräch. »Desmond schaut in zwei Stunden vorbei«, sagte sie und gab Magnus das Handy zurück. »Was brauchst du denn von einem Incubus?«

»Seinen Samen«, erwiderte er hastig.

»Oh.« Sie hüstelte und murmelte etwas von: »Hätte ich mir ja eigentlich denken können.«

»Wenn du ihn ja so gut kennst«, meinte er mit einem Anflug von Eifersucht, »kannst ja auch *du* mit ihm schlafen, um an ... an die Zutat zu kommen.«

»Was?!« Entsetzt blickte sie zu ihm auf, sah dann aber sofort weg. »Erstens ist diese ganze Kelchsache deine Angelegenheit und zweitens kommt ein Incubus nur zu schlafenden Personen. Engel schlafen nicht, schon vergessen?«

Mist, da hatte sie allerdings recht ...

***

Magnus hatte sich einen Schlaftrunk bereitet, weil er zu nervös war, um von selbst zur Ruhe zu kommen, und Amabila wie immer an die Leine gelegt. Sie fand das irgendwie lächerlich, dennoch konnte sie nicht bestreiten, dass es sie erregte, wenn Magnus sie wie ihren Besitz behandelte. Sie hatte es sich auf einem Sessel gemütlich gemacht und beobachtete ihren »Herrn«, der sich keine zwei Meter von ihr entfernt unruhig im Bett wälzte, bis sein Trank endlich wirkte. Da er nackt war und die Decke verrutscht, war im Dunkeln nur ihr eigenes ständiges Seufzen zu hören, weil sie nicht den Blick von ihm abwenden konnte. Wie gerne wollte sie ihm das leicht wellige Haar aus dem Gesicht streichen und ihn küssen. Seine Lippen würden sicher herrlich schmecken.

Etwas später – draußen standen Myriaden von Sternen am Himmel und der Mond leuchtete ins Zimmer – materialisierte sich ein großer Mann mit dunklem Haar und ausgewaschenen Jeans in dem Bungalow. Er wirkte recht jung, aber Amabila kannte sein wahres Alter. Mühelos machte sie sich von dem verzauberten Halsband los und sprang in Desmonds Arme. »Da ist ja mein Lieblingsdämon mit dem großen Herzen!« Sie lachte, als er sie fest an sich drückte und sie in seine kobaltblauen Augen mit den silbernen Sprenkeln sah. »Schön, dich zu sehen!«

Grinsend wirbelte der Incubus mit ihr herum. »Hallo Ama, was gibt es denn so Dringendes?« Tief nahm sie seinen Duft nach frischem Moos in sich auf. Sie hatte ihren Freund vermisst.

Als er sie auf dem Boden absetzte, deutete sie auf das Bett. »Magnus. Er braucht deinen Samen für … den Kelch.«

»Das ist er also«, stellte Desmond nüchtern fest, die Hände in die Hüften gestemmt, und baute sich vor dem Bett auf, »der Mann, der die Alleinherrschaft an sich reißen möchte.«

Mittlerweile hatte also schon die ganze Welt von dem Verschwinden des Artefakts erfahren, überlegte Amabila, die ein wenig in Desmonds Gedanken stöberte. Natürlich, so ein Ereignis verbreitete sich wie ein Buschfeuer. »Das will er nicht«, erwiderte sie. »Du weißt doch, ich fühle, was in anderen vorgeht, also weiß ich auch, dass Magnus ein guter Magier ist.«

»Ist der Kelch eigentlich hier?«, fragte Desmond wie beiläufig und sah sich um.

»Nein«, sagte sie mit einem Seitenblick auf das Nachttischchen, in dessen Schublade das Kästchen mit dem Kelch versteckt war, immer noch getarnt als Comic-Sammelband. »Ich weiß auch nicht, wo Magnus ihn hat.«

Desmond schnaubte. »Ama, wie kannst du nur so ruhig sein? Dieser Mann ist gefährlich und du willst ihm helfen?«

»Er ist nicht gefährlich.«

Desmond legte die Hand auf ihre Stirn, als würde er überprüfen, ob sie Fieber hatte. »Ich spüre, dass du in ihn verliebt bist. Das trübt deine Wahrnehmung.«

Ihre Wangen erhitzten sich, was sie so gar nicht von sich kannte, aber in den letzten Tagen hatte sich ja einiges in ihrem Dasein verändert. »Er hat einen Zauber auf mich gelegt, ja. Er hat etwas mit mir angestellt, damit ich ihm jeden Wunsch erfülle und ihm hörig bin, aber das heißt nicht, dass ich ihn liebe.«

Noch einmal legte Desmond seine Hand auf ihre Stirn. »Da ist kein Zauber, vielleicht noch Reste davon, aber die zeigen bei dir keine Wirkung.«

Sie schlug seine Hand weg und sagte energisch: »Nun fang endlich an, bevor die Nacht vorüber ist.«

»Amabila, was ist hier eigentlich los? Ich kenne dich schon ewig und weiß, dass du sämtliche Energien, auch magische, einfach absorbieren kannst, ohne dass es dir was ausmacht.«

Plötzlich murmelte Magnus im Schlaf und drehte sich auf die Seite.

Amabila erstarrte. Hatte er gehört, was Desmond gesagt hatte? »Pst, sei doch nicht so laut. Du weckst ihn noch auf!«

»Ama!«, hakte er nach, diesmal aber leiser.

»Ich kann dir das jetzt nicht erzählen, Dess. Vertrau mir bitte, gerade weil du mich kennst.«

»Na schön«, murrte er. »Ich hoffe nur, deine Liebe macht dich nicht blind.« Er schnippte mit den Fingern, und mit einem leisen »Plopp« verschwand seine Kleidung. Nackt hockte sich Desmond neben Magnus auf das Bett und zog die Decke weg. Dann strich er mit dem Daumen über Magnus' Stirn. »Schlafe«, flüsterte er. »Schlafe tief.«

Ihr Atem stockte. Zwei attraktive, nackte Männer, so viel pure Männlichkeit – das war fast zu viel für sie. Wie sollte sie sich da beherrschen?

Gegen Magnus wirkte Desmond eher schmächtig, auch wenn er ebenfalls recht groß war. Dennoch schaffte es ihr Freund mühelos, ihn auf die Seite zu drehen und sein Bein anzuwinkeln. Anschließend wollte sich Dess in die Handfläche spucken, um den Speichel auf seiner beginnenden Erektion zu verteilen, aber Amabila hielt ihm sofort ein Fläschchen Öl unter die Nase, das sie noch schnell besorgt hatte, als Magnus eingeschlafen war.

»Das hat er ja wohl nicht verdient«, knurrte Dess, nahm jedoch die Flasche an sich. Als Incubus hatte er keine Probleme, sofort bereit zu sein, und er machte sich mit einer Routine ans Werk, als wäre er ein Arzt, der sich auf eine Operation vorbereitete.

»Hast dir einen hübschen Kerl ausgesucht«, sagte er.

Amabila seufzte. Eigentlich hatte das Schicksal sie zu Magnus geführt. Die ganzen Jahrhunderte als Engel war sie unglücklich gewesen, ein Engel mit der Sehnsucht nach Liebe zu einem Mann. Sie empfand es als Qual, in einem menschlichen Körper gefangen zu sein, und hatte deshalb ihren Posten im Rat abgelegt. Sie konnte diese Aufgabe nicht mehr moralisch vertreten, da sie ein Verhältnis mit Desmond pflegte. Der Rat erfuhr natürlich die Wahrheit, doch er gab ihr eine zweite Chance, weil sie als Mensch schon viele gute Taten vollbracht, sich im Krieg um die Verletzten gekümmert und ihre eigenen Bedürfnisse immer hintangestellt hatte. Sie nahm einen Job auf der Erde an, aber das hatte alles nur verschlimmert, denn dort regierten die verdorbensten Lüste und hatten ihre Sehnsüchte erst recht geschürt. Trotz ihrer grausamen Vergangenheit verspürte sie diese unbändige Lust auf Sex. Sie wusste selbst nicht genau, warum. Vielleicht hatte es etwas damit zu tun, dass sie von allen Wesen um sich herum die Energie absorbierte – auch die sexuelle. Es war schon erstaunlich, wie oft andere an Sex dachten. In Magnus' Nähe fühlte sie sich daher besonders schwach.

Sie wusste bis heute nicht, warum der Rat ihr keine Aufgabe zugeteilt hatte, der sie als feinstoffliche Erscheinung nachgehen konnte. Nein – es musste ein fester menschlicher Körper mit Sehnsüchten sein, in dem sie steckte … Daher hatte Amabila die Schicksalsgöttin aufgesucht, um sie um Rat zu fragen. Diese erzählte ihr von Magnus, und dass sie in ihm den Mann ihres Lebens finden und von ihrem Leid erlöst würde, wenn sie ihm bei seiner Aufgabe half. Amabila setzte alles aufs Spiel, obwohl sie nicht einmal wusste, wie diese Erlösung aussah. Es konnte sich ebenso gut um den endgültigen Tod handeln – die ewige Finsternis –, aber das war ihr egal; sie ertrug ihr Dasein längst nicht mehr. Natürlich wollte sie nicht, dass die Welten ins Chaos stürzten. Sie verließ sich ganz auf ihre Fähigkeiten und hoffte, dass alles gut endete. Wenn schon nicht für sie selbst, dann für alle anderen und besonders für Magnus.

Sie konnte kaum die Augen von ihm abwenden. »Du wirst ihm nicht wehtun, hörst du!«

Desmond schmiegte sich von hinten an den breiten Körper und legte einen Arm um ihn. »Was für ein sexy Typ«, murmelte er, leckte an Magnus' Nacken und zwirbelte dessen Brustwarzen. Dann drang er mit einem festen Stoß in ihn ein.

Magnus warf im Schlaf den Kopf zurück und stöhnte gequält.

»Desmond!« Sofort war Amabila an seiner Seite.

»Was ist, wenn du dich irrst und er den Kelch missbraucht, um uns alle zu vernichten?«

»Das wird er nicht!«, erwiderte sie hastig, da sie spürte, dass Magnus Schmerzen hatte. Dann setzte sie sich neben seinen Kopf, um ihm zärtlich das Haar aus der Stirn zu streichen. »Das wird er wirklich nicht, also sei bitte nicht so grob zu ihm.«

Tatsächlich wurde er sanfter. Er bewegte seine Hüften gemächlich vor und zurück, wobei er leise stöhnte. »Er ist wahnsinnig eng. Lange halte ich nicht durch.«

Ihr war es sowieso lieber, wenn es schnell ging, denn sie konnte kaum ertragen, wenn Magnus litt, aber anscheinend war es für ihn nicht mehr so schlimm. Sein weicher Penis füllte sich langsam mit Blut. Sie konnte nicht widerstehen, das dicke Glied in ihre Hand zu nehmen, es zu drücken und zu massieren, bis es hart war. Sie erinnerte sich daran, wie Magnus in ihr gewesen war, was ihren Schoß zum Pochen brachte.

Sie streichelte auch seine Hoden, die sich glatt anfühlten, bevor sie sich zu harten Bällen zusammenzogen. Wann hatte er sich rasiert?

Amabila schaute genauer hin. Es sah gut aus, wenn er da unten weniger Haare hatte. Sofort lief ihr das Wasser im Mund zusammen.

Auch der Rest von ihm sah sehr ansprechend aus, vor allem seine leicht behaarten Beine und Unterarme. Das fand sie sehr männlich.

Magnus stöhnte leise, aber diesmal klang es voller Lust. »Rowan …« Die Traurigkeit, mit der er den Namen aussprach, schnürte ihre Brust ein.

»Wer ist Rowan?«, fragte Desmond atemlos.

»Eine alte Liebe«, flüsterte Amabila, damit Dess nicht den Schmerz in ihrer Stimme hörte, denn sie wusste genau, wer diese Frau war.

»Ich bin es, Herr«, sagte sie leise und streichelte Magnus' Wange.

Ein Lächeln huschte über sein Gesicht und erwärmte ihr Herz. »Amabila …«

»Ich bin hier und passe auf dich auf.«

Magnus lehnte sich zurück, um seinen Körper an Desmond zu schmiegen. Dieser kicherte und sagte spöttisch: »Dein *Herr* liebt es, in den Arsch gefickt zu werden.«

Sie warf ihm einen bösen Blick zu, ohne auf seinen Kommentar einzugehen. Stattdessen konzentrierte sie sich auf den Akt. Sie waren so schön anzusehen, diese zwei perfekten, starken Männer. Am liebsten würde sie sich auch an Magnus kuscheln, damit Desmond bei jedem seiner Stöße das dicke Geschlecht in sie treiben konnte. Amabila wusste, dass Magnus sich deswegen lange für eine Missgeburt gehalten hatte. Mit Rowan hatte er kaum den Akt vollzogen, aus Angst, sie zu verletzen, und es hatte wohl auch nur ein paar Mal geklappt. Daher grenzte es an ein Wunder, dass Rowan überhaupt schwanger geworden war.

»Ich will seinen Saft als Belohnung, dass ich dichthalte«, forderte Desmond.

Eifrig nickte Amabila, diese Bezahlung war nur fair. Desmond war ein besonderer Incubus, denn er nährte sich nicht wie die anderen seiner Art von der Lebensenergie der Schlafenden, sondern von ihrem Samen.

»Aber ich möchte, dass *du* ihn mir gibst, so als kleine Erinnerung an alte Zeiten.«

Überrascht blickte sie ihn an. »Ich dachte … du bist …«

Desmond schmunzelte. »Schon, doch gegen einen Dreier hätte ich auch nichts einzuwenden.«

Sie spürte, wie es zwischen ihren Schamlippen feucht wurde. »Und wie soll ich …«

»Mit dem Mund«, stieß er hervor, denn es war offensichtlich, dass er sich nicht mehr lange zurückhalten konnte. Er keuchte bereits heftig, wobei er sich an Magnus klammerte und immer schneller in ihn stieß. Desmond nahm das pralle Geschlecht des Magiers, das steinhart war und vor Feuchtigkeit glänzte, in seine Hand, um daran zu reiben. »Komm, Ama!«

Sie spürte ein immer stärkeres Kribbeln zwischen den Beinen, als sie Magnus betrachtete, und fuhr mit den Fingerspitzen über seine Brustwarzen, die hart wie Kieselsteinchen waren. Ihre Finger wanderten weiter über seinen wunderschönen Körper, der sanft gewölbten Brust und dem bartschattigen Hals bis zu seinen Lippen. Sie waren voll und weich. Als Amabila darüberglitt, öffneten sie sich leicht.

Nein, dieser herrliche, leidenschaftliche Mann war nicht böse, da war sie sich absolut sicher. Über Magnus' Herz lag lediglich ein Schatten, und den würde sie schon noch vertreiben.

Sie strich über seine markanten Wangenknochen und die Nase, bevor sie seine Stirn küsste. »Alles wird gut«, flüsterte sie. Das musste es einfach.

Fasziniert musterte sie fortwährend die beiden Männer: Desmond, der nicht älter als zwanzig zu sein schien, und Magnus, beinahe doppelt so alt, aber wahnsinnig sexy. Die ersten silbernen Strähnen zeigten sich in seinen Haaren, und sein Bauch war nicht mehr ganz so straff wie der des Dämons, nichtsdestotrotz war Magnus ein richtig attraktiver Mann.

»Los, er ist gleich so weit!«, rief Desmond und riss Amabila aus ihren Gedanken. Sofort beugte sie sich zu Magnus' Schoß, um dessen dicke Eichel mit den Lippen zu umschließen. Artig leckte sie die salzigen Tröpfchen von der Spitze und saugte daran. Schon jetzt wusste sie, dass sie Magnus niemals erzählen würde, was sich gerade abspielte. Sie und Desmond benutzten einfach seinen Körper, was Magnus bestimmt zornig machte, sie jedoch ungemein erregte.

Es trieb ihr die Feuchtigkeit zwischen die Beine, seine dicke Spitze hart zu lecken, ihn zu kosten und den männlich-markanten Duft seines Geschlechts zu inhalieren. Sie öffnete ihren Kiefer noch ein Stück. Magnus war so gewaltig und durch Desmonds Hiebe wurde der dicke Schaft in sie hineingepresst. Ihr Schoß pochte vor unerfüllter Sehnsucht und ihre Hände glitten über den Bauch des Mannes, den sie so sehr begehrte. Ihre Finger verharrten an der Stelle seines Herzens. Wild schlug es gegen ihre Handfläche. Sie fühlte, dass er genoss, wie sie an ihm saugte, und wenn sie sich stark konzentrierte, sah sie auch, wovon er gerade träumte: von ihr.

Das ließ auch ihr Blut schneller durch die Adern rauschen. Sie begehrte diesen Mann mit jeder Faser ihres Seins und wünschte sich eine gemeinsame Zukunft mit ihm.

Plötzlich verkrampfte sich Magnus' Körper. Er bog ihn durch, wobei er seine Erektion noch tiefer in ihren Mund trieb. Auch Desmond pumpte schneller. Durch seine Stöße dehnte der harte Schaft ihren Kiefer bis aufs Äußerste, aber das war ihr egal. Im Moment wollte sie nur den Samen ihres Liebsten empfangen, ihn kosten. Ihre Hand stahl sich zwischen ihre Schenkel, denn sie musste sich selbst Erlösung verschaffen, so dringend war ihr Bedürfnis. Und als Magnus seinen herben Saft in ihre Mundhöhle pumpte, kam auch Desmond. Seine Augen blitzten auf, während er sich mit festen Stößen in Magnus versenkte.

»Wehe, du schluckst auch nur einen Tropfen – das gehört alles mir!«, stieß er während seines Höhepunktes hervor.

Amabila musste sich wirklich beherrschen, den Schluckreflex zu unterdrücken, denn Magnus schmeckte köstlich. Dick und warm schoss sein Saft in ihren Mund, und es war so viel, dass sie befürchtete, er würde an den Mundwinkeln herauslaufen. Als er ein letztes Mal pumpte und dabei ihren Namen stöhnte, wobei sie ebenfalls den Gipfel der Lust erreichte, hätte sie sich fast verschluckt.

»Zu mir!«, befahl Desmond.

Sie beugte sich über Magnus, um den Incubus zu küssen, und ließ den Samen in seinen Mund laufen, woraufhin Desmond gierig schluckte und anschließend noch seine Zunge in ihrer Höhle kreisen ließ, damit er tatsächlich alles erwischte. Dann zog er sich aus Magnus zurück und stand auf. »Ich muss wieder los. Brendan wartet bestimmt schon auf mich.«

Amabila bemerkte erst jetzt, dass sie ganz außer Atem war. Sie wischte sich mit dem Handrücken über ihren Mund, dann deckte sie Magnus zu. »Weiß er, was du hier machst?«

Desmond nickte. »Ich werde ihm alles erzählen. Brendan weiß, dass ich nur ihn begehre, aber auch, dass ich dir noch etwas schuldig war. Wenn du der Bruderschaft nicht erklärt hättest, dass ich ohne Brendans Hilfe nicht überlebt hätte ... Außerdem führen wir eine offene Beziehung, was vieles vereinfacht.« Desmond grinste spitzbübisch.

»Wir waren aber auch ein gutes Team damals, oder nicht?«, sagte sie.

»Ja, das waren wir«, erwiderte er und küsste sie sanft auf die Wange. »Mach's gut, Ama.«

»Mach's besser«, antwortete sie schweren Herzens, weil er schon wieder gehen musste und sie nicht wusste, ob sie ihn jemals wiedersah. Das Schicksal würde entscheiden ...

Nachdem sich Desmond mit einem leisen Plopp aufgelöst hatte, rüttelte Amabila vorsichtig an Magnus' Schulter und strich ihm eine braune Strähne aus der schweißnassen Stirn. Er sah zufrieden aus, aber noch hatte er ja keine Ahnung, was geschehen war.

»Magnus, aufwachen«, flüsterte sie. Der Samen musste raus, wenn er ihn noch rechtzeitig in den Kelch geben wollte, und das musste er, oder Amabila würde nie ihr Glück finden.

Als seine Lider flatterten, nahm sie wieder ihre Rolle ein. Demütig hielt sie den Blick gesenkt, versuchte aber, ihn wach zu bekommen. »Herr ...«

Stöhnend hielt sich Magnus den Kopf, dennoch wusste er sofort, wo er sich befand. War der Incubus schon da gewesen? Sein Schlaftrunk wirkte immer noch, seine Muskeln schienen schwer wie Blei.

Amabila hockte neben ihm auf dem Bett. Wie konnte das sein? Er hatte sie doch angeleint! Sofort war er hellwach und setzte sich auf. Es war fast ganz dunkel im Raum, doch vor seinen Augen tanzten winzige Lichtblitze und ein enormer Druck in seinem Darm trieb ihn ins Badezimmer.

Ja, der Dämon hatte sein Werk vollbracht, wusste er jetzt. »Wie viel Zeit hab ich noch?«, knurrte er. Dabei vergaß er Amabila zu fragen, wie sie sich hatte losmachen können, wo er doch einen starken Zauber auf das Halsband gelegt hatte.

»Noch eine Stunde, mein Herr.«

Er atmete auf. Das war mehr als genug. Er kniff die Pobacken zusammen und kroch aus dem Bett. Sein Schließmuskel brannte höllisch und fühlte sich ziemlich ramponiert an. Aber er hatte es geschafft. Das war die vorletzte Zutat und die letzte besaß er bereits.

Amabilas Stimme klang ein wenig reuevoll, als sie sagte: »Ich hätte Euch diese Pein gerne abgenommen, mein Herr, aber Desmond hätte sowieso nicht mit mir geschlafen.«

»Ach, nein? Am Telefon hat es sich aber so angehört, als würdet ihr euch sehr gut verstehen.« Im Dunkeln holte er das Kästchen mit dem Kelch aus der Nachttischschublade sowie die Pipette und seinen Detektor.

»Wir hatten vor 300 Jahren mal ein kurzes Verhältnis, bis er herausfand ... Er begehrt nur Männer«, gestand sie leise.

Magnus spürte, wie ihm sämtliches Blut aus dem Gesicht wich. Hastig blickte er aus dem Fenster. Wolken verdeckten den Mond; ein Sturm zog auf, wie es hier typisch für diese Jahreszeit war. Palmwedel strichen gegen die Fenster, erste Tropfen klatschten dagegen.

»Von allen Incubi kennst du ausgerechnet einen schwulen?« Ihm wurde schlecht. »Ein schwuler Dämon, ich fasse es nicht«, murmelte er und tastete sich in Richtung Badezimmer vor. Der Druck in seinem Darm war enorm. »Dann kommt er also gar nicht nur zu Schlafenden ...« Sonst hätte sie mit ihm ja kein Verhältnis haben können.

»Das war ein wenig geflunkert, mein Herr«, gab sie zu.

»Wenn ich das ... Zeug aus mir raushabe, bist du fällig!«

Als er auf die Toilette stapfte, wusste er genau, dass sich sein verdorbenes Engelchen über diese Drohung eher freute. »Pein ...«, schimpfte er. »Für sie wäre das doch der Himmel auf Erden gewesen!« Aber den konnte er ihr auch bieten ...

Kapitel 14 – Schwere Entscheidungen

Es hatte eine Weile gedauert, bis Leraja und Cain in das Schloss gelangt waren, das, von außen nicht sichtbar, durch zahlreiche Zauber und Flüche geschützt wurde, denn anscheinend hatte Thorne die Magie erneuert. Zuletzt war Cain leichter hineingekommen, als er mit Crispin hier gewesen war. Nur einen winzigen Kamin an der Nordseite schien Thorne diesmal vergessen zu haben. Also hatte sich Leraja an ihn geschmiegt, gemeinsam hatten sie sich in Rauch aufgelöst und waren durch den Schlot ins Innere gelangt. Für sie war es seltsam, sich auf diese Art fortzubewegen, wenn sie das Gefühl hatte, ihr Körper würde auseinandergerissen, bevor sie in eine Art Ohnmacht fiel und sie nur noch aus Gedanken bestand. Aber sie könnte sich daran gewöhnen. Nur ungern löste sie sich von Cain und inhalierte noch einmal seinen unwiderstehlichen männlichen Geruch, nachdem sie sich in einer Kammer wieder materialisiert hatten. Sie mussten wachsam sein. Thorne hatte bestimmt überall Fallen aufgestellt. Aber während ihres Ganges durch das Schloss sah es so aus, als hätte der Magier sein Zuhause gar nicht betreten. Die Möbel waren immer noch mit weißen Tüchern abgedeckt, in den Ecken hingen dicke Spinnweben. Alles war noch so, wie Cain ihr berichtet hatte. Nur in einem Häuschen zwei Kilometer von Thorne Castle entfernt, waren Leraja und Cain auf ein Lebenszeichen gestoßen. Anscheinend wohnte dort ein älterer Herr, der ab und zu nach dem Rechten sah – vielleicht ein ehemaliger Diener oder Freund der Familie.

Nun standen sie beide in einem Kellergewölbe. Offensichtlich war das Schloss ehemals eine Burg gewesen. Leraja sowie Cain konnten eine gewaltige Präsenz uralter Magie spüren, die all ihre Poren zu durchdringen schien.

»Ich hatte das letztens schon wahrgenommen, aber jetzt weiß ich hundertprozentig, dass es die Macht des Buches sein muss. Fermion hatte recht; es ist in Thornes Besitz«, erklärte Cain hastig und befühlte die Wand. »Es muss irgendwo hinter diesen Mauern liegen, aber ich hab keine Ahnung, wie wir dorthin gelangen sollen. Es gibt keinen Zugang, zumindest keinen sichtbaren. Kannst du etwas mit deinem Elfenzauber ausrichten?«

»Wieso brauchen wir das Buch überhaupt?«, fragte Leraja geistesabwesend. Schon lange konnte sie sich nicht mehr auf ihr eigentliches Vorhaben konzentrieren. »Wir wissen doch von meinem Vater, wo er mit höchster Wahrscheinlichkeit das Blutopfer bringen wird, und wenn Thorne morgen die Macht an sich reißt ...«

»Dann kann er gemeinsam mit Kelch und Buch noch mehr Schaden anrichten. Ich hatte dir doch erzählt, dass Merlin damals die beiden Dinge voneinander trennte, denn nur gemeinsam entfalten sie ihre wahre Kraft. Ohne das Buch ist der Kelch zwar mächtig, aber mit dem Buch ... Daran möchte ich gar nicht erst denken!«

»Hmm.« Leraja war mit den Gedanken bereits wieder woanders. Auf Corvo hatte sie versucht, Cain auszufragen, ob er Thorne noch gesehen habe und ob es sonst Neuigkeiten über den Kelch gäbe. Da hatte sie erfahren, dass Cain den Magier entkommen ließ, um ihr Leben zu retten. Cain hatte es zwar etwas anders formuliert, dennoch hatte sie sofort gewusst, was wirklich geschehen war. Er hatte sich für sie entschieden und das war für sie ein Liebesbeweis. Außerdem hatte er sie nicht auf Corvo zurückgelassen – im Gegenteil: Er bezog sie nun voll in die Suche mit ein.

Leraja fühlte sich durcheinander. Nach allem, was auf der Insel passiert war ... Waren sie jetzt so etwas wie ein Paar? Sie wusste es nicht. Oder hatte

Cain es nur getan, weil er es ihrem Vater versprochen hatte?

Eigentlich wusste sie vieles nicht, vor allem, wie es jetzt weiterging. In die Unterwelt konnte sie definitiv nicht mehr zurück. Sobald Xira erfuhr, dass sie Fermion befreit hatte, würden Köpfe rollen. Ihre Mutter würde ihre Häscher schicken, um sie töten zu lassen. Daran bestand kein Zweifel. Wenn es stimmte, was ihr Vater gesagt hatte, dass sie nur gezeugt wurde, um Xira zu dienen …

Die Verbindung zu ihrer Mutter wurde schwächer, je länger Leraja auf der Erde weilte, und ihre Ausflüge nach Gwandoria taten das Meiste dazu. Mittlerweile hatte Leraja ein weiteres Mal Fermion besucht, als Cain nicht dabei gewesen war. Ihrem Vater ging es bereits viel besser. Immer öfter hatte er auch seine klaren Momente. Aber anstatt ihn über den Kelch auszufragen, hatte sie ihn über Xira ausgehorcht …

»Raja?« Cain starrte unter hochgezogenen Brauen zu ihr.

Sie atmete tief durch und konzentrierte sich. »Okay, ich versuche es.« Kaum hatte sie beide Hände an die Wand gedrückt, durchzuckte ein Schlag ihren Körper und sie wurde zurückgeschleudert. »Verdammt!« Sie landete sicher in Cains Armen, weil er genau hinter ihr stand.

»Alles okay mit dir?« Besorgt musterte er sie. »Mist, wenn ich gewusst hätte …«

»Ja, ja, mir geht es gut«, erwiderte sie hastig. Es roch nach Ozon und die Haare standen ihr leicht zu Berge. »Dämonenabwehrzauber, sehr witzig.« Cains Reaktion freute sie jedoch. Ihrem Sonnenschein lag etwas an ihr! Er ließ sie auch nicht mehr los und zog sie stattdessen noch mehr an seine Brust. Diese Geborgenheit … Das war ein neues Gefühl, aber wunderbar! Mehr als wunderbar. Leraja erinnerte sich an eine Szene aus ihrer Kindheit. Wie stolz war sie gewesen, als sie ihre erste Energiekugel in ihrer Handfläche erscheinen ließ. Freudestrahlend war sie zu ihrer Mutter in den großen Saal gerannt und auf ihren Schoß gesprungen. Leraja hatte sie aus einem Reflex heraus umarmen wollen, sich auf Mutters Lob gefreut … Stattdessen schubste Xira sie von sich, sodass Leraja hart auf den kalten Boden aufschlug.

»Lass uns wieder gehen«, sagte Cain. »Es hat keinen Sinn, wir können hier nichts ausrichten. Ich werde den Spezialtrupp noch einmal vorbeischicken. Die sollen es weiterhin versuchen. Ich hatte nur gehofft … Es war dumm von mir, dich in Gefahr zu bringen.«

Seufzend schmiegte sie ihr Gesicht in seine Halsbeuge und genoss die Wärme sowie das Spiel seiner Muskeln unter ihren Fingern. »Hmm.«

Er schubste sie nicht weg. Leraja hätte für immer in seinen Armen liegen können.

»Sag mal, träumst du?«, flüsterte er in ihr Ohr.

Ja, von dir, wollte sie erwidern, sagte aber stattdessen: »Mir geht nur so vieles im Kopf herum. Plötzlich habe ich einen Vater, der von meiner Mutter jahrelang gequält wurde ... Mein Leben hat sich auf einen Schlag verändert. Xira wird mich vernichten, wenn sie erfährt, dass ich ihn freigelassen habe.«

Cain hielt sie fester. »Deine Mutter wird dich bestimmt mit offenen Armen empfangen, wenn du ihr den Kelch bringst.«

Dachte Cain immer noch, dies wäre ihr Ziel, nach allem, was geschehen war? Leraja schluckte, aber bevor sie etwas erwidern konnte, wurde ihr der Boden unter den Füßen weggerissen, weil sie sich auflösten, und sie vergaß ihre Antwort ...

***

»Shahrukh!«, hallte Xiras Stimme durch den großen Saal, als ihr Liebessklave zur Tür hereinkam. »Zu mir, sofort!«

In Demutshaltung eilte der junge Mann durch das Gewölbe und kniete sich zu ihren Füßen vor den Thron. Ein schwefliger Geruch haftete ihm an, da er gerade von den untersten Ebenen zurückgekehrt war.

»Stimmen die Gerüchte, ist Fermion fort?«

»Ja, Herrin«, erwiderte ihr Diener kleinlaut.

Schreiend stand Xira auf und raufte sich die Haare. Ihr Sklave duckte sich, rührte sich aber nicht von der Stelle. Blaue Energiekugeln schossen aus ihren Handflächen und zerplatzten an den Wänden des Gewölbes; es regnete abgesprengte Steinchen herab. »Leraja!!!«, rief sie zornig. »Das wirst du mir büßen!« In ihrer Wut wollte sie alles zerstören, was sich gerade anbot, aber plötzlich hielt sie inne. Sie durfte ihre Kräfte nicht vergeuden.

Unruhig lief sie durch die Halle, ihre Hufe klapperten auf dem Steinboden. In ihrem Zorn hatte sie ihre richtige Gestalt angenommen, in der sie die meisten Dämonen kannten: Während ihr Oberkörper aussah wie immer – bis auf die zwei kleinen Hörner, die aus dem blonden Haar ragten –, war ihre Gestalt von den Hüften abwärts mit einem hellen Pelz überzogen. An der Stelle, an der bei einem Menschen das Steißbein saß, befand sich ein langer, dünner Schwanz, der fast bis zum Boden reichte, und anstatt Füßen besaß sie Hufe wie eine Ziege.

»Wie hat sie nur davon erfahren, dass ihr Vater dort unten verrottet und wie konnte sie ihn überhaupt befreien?«, schrie Xira. Ihr Blut rauschte so laut durch ihre Ohren, dass sie Shah kaum verstand, als er mit schmeichelndem Tonfall sprach: »Sie ist Eure Tochter, Herrin. Wenn sie auch nur ein wenig von Eurer Intelligenz und Macht besitzt, wird es für sie ein Leichtes gewesen sein.«

»Aber jemand muss geredet haben!« Knurrend setzte sie sich wieder.

»Es wird schwer sein, den Schuldigen zu finden, aber wenn Ihr es wünscht, werde ich mich weiter umhören.« Xira bemerkte das leichte Zittern in der Stimme ihres Sklaven, auch wenn er äußerlich gefasst wirkte. Gut, er hatte Respekt vor ihr und sie wusste, dass sie sich auf ihn verlassen konnte. Shahrukh hatte sie, im Gegensatz zu ihrer Tochter, noch nie enttäuscht.

»Ich brauche dich für eine weitaus wichtigere Aufgabe, mein Lieber«, säuselte sie nun ihrerseits, wobei sie Shahs langes, glattes Haar streichelte.

***

Als Magnus frisch geduscht und vor allen Dingen erleichtert aus dem Badezimmer kam, staunte er nicht schlecht. Überall im Bungalow brannten Kerzen, und Amabila saß nackt auf dem Bett, ein Fläschchen Öl in der Hand. Wo hatte sie die ganzen Sachen her? War sie etwa davongeflogen, um sie zu besorgen? Mittlerweile hatte er bei ihr ein ganz seltsames Gefühl. Ja, eigentlich tobte in ihm gerade ein Sturm der Gefühle, der heftiger war als der Monsun, der um den Bungalow pfiff. Wo war der Hass geblieben oder wenigstens die Abneigung? Inzwischen genoss er sogar ihre Nähe, was ihn am meisten verwirrte und Gewissensbisse in ihm aufkeimen ließ.

Auffordernd klopfte Amabila neben sich auf die Matratze. »Für meine Lüge möchte ich mich entschuldigen und es wiedergutmachen.«

Magnus deponierte schnell das Kästchen und die anderen Sachen in der Schublade, bevor er sich ohne zu zögern neben sie auf den Bauch legte, nur mit einem Handtuch um die Hüften. »Eine Massage?«, fragte er und starrte auf ihre rosigen Nippel. Er wollte sie nicht mehr berühren, nie wieder …

»Eine ganz besondere, mein Herr. Ich werde mich um Euren wunden Po kümmern.«

Er vergrub sein Gesicht in den Laken, damit sie nicht sah, wie rot er wurde. Der Gedanke an den schwulen Dämon baute ihn nicht gerade auf, aber dieses Opfer war es wert gewesen, wenn morgen alles klappte.

Zärtlich strich Amabila mit den Fingern über sein Gesäß, dann verteilte sie das angewärmte Öl auf seinem Rücken.

Das tat gut. Wann hatte er sich jemals derart losgelöst gefühlt? Ihre Hände kneteten und massierten gekonnt an den richtigen Stellen, lockerten seinen Körper und seinen Geist. Abermals glaubte Magnus, dass ihn ihre Berührungen mit neuer Energie aufluden. Seine Verspannungen verschwanden; seine Zweifel und seine innere Zerrissenheit wichen einer tiefen Vertrautheit, die er mittlerweile für Amabila empfand.

Der Monsun, der um den Bungalow pfiff, und das Prasseln der Regentropfen auf dem Dach entspannten ihn zusätzlich. Dennoch nagte es ein wenig an ihm, weil Amabila ein Verhältnis mit einem Dämon gehabt hatte.

Ihre zärtlichen Hände schienen jedoch sowohl seine Eifersucht als auch die körperlichen Spuren seiner Vereinigung mit dem Incubus davonzuwischen, denn sein Ringmuskel brannte nicht mehr. Amabila massierte ihn ohne Scheu und mit sanftem Druck, bis er locker und geschmeidig wurde. Ab und zu tauchte ihre Fingerspitze in ihn ein und ließ einen Hitzestrahl in seinen Schwanz schießen, der bereits knallhart war. Magnus hätte nie gedacht, dass es ihn erregte, wenn er dort berührt wurde, und plötzlich war es ihm peinlich, mit einem Incubus geschlafen zu haben.

»Es tut mir leid, dass Desmond so grob war«, flüsterte sie.

Sein Atem stockte. Sah sein Schließmuskel etwa wund aus? Er hatte jetzt keine Schmerzen mehr, fühlte nur noch Erregung, oder meinte sie … »Du hast … zugesehen?«

»Jemand musste doch auf dich aufpassen«, gestand sie leise, dann biss sie sich auf die Unterlippe.

Magnus drehte sich herum, wobei sein aufgerichteter Schaft zur Decke ragte. Amabila ergriff ihn sofort, um auch dort Öl zu verteilen. Sie brauchte beide Hände, um ihn zu umfassen, und schob die zarte Haut auf seinem Kern hin und her. Auch auf der Eichel verteilte sie reichlich Öl, obwohl die bereits glitschig genug war, denn Magnus verlor eine Menge Lusttropfen. Stöhnend krallte er die Finger in die Laken. Das war nicht richtig. Er durfte nicht so viel Lust empfinden, nicht für sie!

»Stellt die Beine auf, mein Herr, damit ich überall Zugang zu Euch habe.«

Gott, ihre Worte waren fast zu viel für ihn, doch er gehorchte. Vorsichtig cremte sie seine Hoden ein, die dick und schwer zwischen seinen Schenkeln hingen. Dann wanderten ihre Finger tiefer, massierten den Damm und abermals seinen Ringmuskel. Wieder glitt ihr Finger in ihn, wo sie ihn sanft kreisen ließ und einen Punkt traf, der seinen ganzen Unterleib zum Pulsieren brachte.

Heftig atmend schloss Magnus die Augen und stellte seine Beine weiter auseinander. Noch nie hatte er sich einer Frau gegenüber derart freizügig verhalten. Amabila konnte alles sehen, ihn überall berühren, und er genoss es. Ja, verdammt, er genoss es, auch wenn er heftige Gewissensbisse hatte, denn er kam sich vor wie ein Betrüger. Bei Amabila empfand er jedoch weder Scham noch Furcht, sie könne sich vor seinen gewaltigen Ausmaßen erschrecken, denn sein Engelchen hatte ja bereits bewiesen, dass sie ihn aufnehmen konnte. Sie wäre die perfekte Frau für ihn, gäbe es da nicht schon …

Magnus stöhnte tief, als ihr Finger in seinen Anus flutschte. Es war schön, wenn sie das machte. Er hatte keine Ahnung gehabt, wie lustvoll das sein konnte.

Kurz loderten die Gedanken an den schwulen Dämon, der ihn genommen hatte, in ihm auf, und Magnus bekam eine Gänsehaut. Amabilas geschickte Finger schienen auch die Erinnerung daran zu vertreiben, bis er nicht mehr wusste, ob er das mit dem Incubus bloß geträumt oder es nicht ihre Finger gewesen waren, die ihn penetriert hatten.

»Was machst du mit mir?«, fragte er trunken vor Lust, während sie weiterhin Öl auf seiner Erektion verteilte und ihren Finger in seinem Anus kreisen ließ. Magnus vergaß immer mehr, wer er war, wo er war und worüber er sich Gedanken machte.

»Euch Gutes tun, mein Herr.«

Das war nicht nur *gut*, es war exorbitant! Magnus öffnete seine Schenkel weiter und drückte sich Amabila entgegen, seine Arme neben dem Kopf angewinkelt. Hatte sie den Incubus ebenfalls auf diese Weise verwöhnt? Und wenn sie mal ein Verhältnis mit Desmond hatte, warum war sie dann noch ein Engel? Fleischliche Lust war doch eins der höchsten Vergehen, soweit er wusste. Eigentlich dürfte sie kein Engel mehr sein, und auch, was sie mit ihm gerade anstellte, musste sie doch unwiderruflich stürzen.

»Ich bekam noch eine Chance«, flüsterte sie, ohne dass er sie danach gefragt hatte.

Amabila las seine Gedanken, Magnus war sich sicherer als je zuvor, aber das war ihm im Moment nur recht, denn dann konnte sie sich schon einmal auf das vorbereiten, was er gleich mit ihr anstellen würde. »Und du durftest ein Engel bleiben?«, fragte er heiser.

»Jeder hat eine zweite Chance verdient, wenn er reinen Herzens ist.«

Und diese Chance verspielte sie gerade und er war daran schuld ... »Amabila, wir sollten das nicht tun.« Er wollte sich aufsetzen, aber sie drückte ihn mit erstaunlicher Kraft zurück auf die Matratze.

»Ich weiß, was ich tue, Herr, lasst mich nur machen.« Seine Eichel flutschte durch den engen Ring ihrer Finger, während sie ihn mit der anderen Hand fickte, mittlerweile mit zwei Fingern.

Hatte er eben noch daran gedacht, sich das entgehen zu lassen?

Magnus räusperte sich und wollte plötzlich etwas ganz anderes wissen, denn er musste sich ablenken, ansonsten würde er auf der Stelle kommen: »Wie hab ich mich, äh, angestellt, als der Dämon hier war?«

»Am Anfang fandet Ihr keinen Gefallen daran, aber dann habt Ihr es genossen.«

»Du hast mich berührt, nicht wahr?« Er erinnerte sich schwach an einen erotischen Traum.

Amabila sah ihn nicht an, was ihm als Antwort genügte.

»Ich bin froh, dass du mich nicht allein gelassen hast.« Er griff nach ihrer Hand, die immer noch an seiner Eichel spielte, um ihren zierlichen Körper auf sich zu ziehen. Dabei schmiegte sich sein glitschiger Schwanz an ihre Scham, was ihn ein wenig darüber hinwegtröstete, ihre Finger nicht mehr in sich zu spüren.

»Wirklich?«, hauchte sie an seine Lippen.

»Wirklich«, erwiderte er und küsste sie, im ersten Moment erschrocken, wie gut es sich anfühlte, Amabila so nah zu sein. Aber als sie in seinen Mund stöhnte, war es um ihn geschehen. Lasziv räkelte sie sich auf ihm, ihre Schenkel gespreizt, und rieb sich heftiger an seiner Erektion. Dabei zerwühlten ihre Hände sein Haar, während Magnus sie an ihren Pobacken fest an sich drückte.

Wahnsinn, wie sehr er dieses Gefühl vermisst hatte! Amabila leckte über seine Lippen, knabberte daran und drang schließlich in seinen Mund ein. Ihre Zungen umspielten sich stürmisch, wobei sein Engelchen auf unanständige Weise den Geschlechtsakt imitierte.

»Du brauchst es, nicht wahr?«, murmelte er an ihre Lippen.

»Ja, Herr.«

Sein Schwanz zuckte und Lusttropfen strömten heraus. »Härter und dreckiger als beim letzten Mal.«

»Ja, Herr. Ich gehöre Euch. Macht mit mir, was Ihr wollt.«

Mit einem leisen Knurren warf er sie auf den Rücken. »Alles?«, fragte er und seine Stimme bebte vor unterdrückter Selbstbeherrschung.

»Alles. Nehmt mich … ohne Rücksicht.« Ihre Beine klappten auseinander, worauf er das Glitzern um ihre Spalte sah.

Magnus musste sie einfach kosten. Knurrend vergrub er den Kopf zwischen ihren Schenkeln, um den Nektar aus ihr herauszulecken. Sie schmeckte köstlich! Gierig saugte er ihren süßen Saft ein, als er an ihren zierlichen Schamlippen vorbeipflügte und ihren Kitzler mit der Zunge neckte.

Keuchend bäumte sich Amabila ihm entgegen. »Magnus!«

Er drückte ihre Beine an den Kniekehlen an ihren Bauch, weil er auch ihren zuckenden Ring lecken wollte, den er das letzte Mal vernachlässigt hatte. Ob sein dicker Schwanz dort hineinpasste?

Allein der Gedanke daran ließ ihn so hart werden, dass die Haut darum heftig spannte und Sperma aus seiner Spitze lief. Gierig stieß Magnus seine Zunge in ihre rosige Pforte, die sich ihm willig öffnete. Aus den Augenwinkeln sah er, dass Amabila ihre Brüste knetete und streichelte.

Jetzt hielt ihn nichts mehr. Er setzte sich auf die Knie und schob ihren Unterleib nah heran, umfasste sein gewaltiges Geschlecht und drückte es an ihren sternförmigen Eingang. Der war bereits nass von ihrem Mösensaft, der unentwegt aus ihr herauslief. Sie selbst hielt nun ihre Beine an den Kniekehlen gespreizt und präsentierte sich schamlos seinen hungrigen Augen.

Sie war einfach perfekt …

Er presste seine Dicke gegen den Widerstand, bis der Ring nachgab und ihn einließ. Amabila ächzte, als er weiter vordrang, doch bisher war nur die

Hälfte seiner Spitze verschwunden.

Mit rasendem Herzen stoppte er. »Tu ich dir weh?«

»Hör nicht auf!«, rief sie. »Ich genieße diesen zarten Schmerz. Es ist wunderbar, wenn du mich dehnst.«

Beinahe konnte er selbst ihren Lustschmerz fühlen, als er sich behutsam tiefer in sie bohrte und sich ihr Anus beständig öffnete. Der enge Ring hielt erst seine Eichel gefangen, dann seinen Schaft, und massierte ihn auf eine Weise, wie er es niemals zuvor erlebt hatte. Analverkehr war eine völlig neue Erfahrung für ihn, von der er nie im Leben gedacht hatte, dass sie sich einmal erfüllen würde. Dabei verwöhnte er ihre kleine Klit, die sich aus der Vorhaut geschält hatte. Magnus rieb den ungeschützten Knubbel zwischen zwei Fingern, was Amabila sichtlich höher brachte. Unentwegt lief der cremige Saft aus ihrer Spalte und verströmte einen Duft, der ihn benommen machte.

»Amabila ...« Er stöhnte kehlig. »Du bist ... so eng ... Ich komme ... gleich!«

»Halte dich nicht zurück, Liebster, stoß mich hart, bitte, ich brauche ... aaah!« Sie gab heisere Laute von sich, die seine Beherrschung zu Fall brachten. Er stieß sich in sie. Ihr Anus zuckte und pulsierte um ihn herum, woraufhin Magnus ihren Kitzler härter stimulierte. Er wollte ihr die höchsten Freuden bereiten. Sie hatte ihn »Liebster« genannt und das hatte sich aus ihrem Mund einfach richtig angehört.

»Süße ...« Er legte sich auf ihren zierlichen Körper und glitt bis zum Anschlag in sie, dann bedeckte er ihren Mund mit hungrigen, wilden Küssen. Amabila schlang die Beine um ihn und zerwühlte sein Haar. Dabei sahen sie sich tief in die Augen. Sie wimmerte, als eine letzte Zuckung sie durchfuhr, dann kam auch er. Heftig pumpend verströmte er sich in ihrer seidenweichen Hitze, wobei er sich in ihren Augen verlor. Sein Orgasmus überspülte ihn. Beinahe ertrank Magnus in den heftigen Gefühlen, bis ihm bewusst wurde, dass Amabila ihn zum ersten Mal lange und direkt anschaute. Doch was er in den Tiefen ihrer Seele erblickte, erschreckte ihn. Ihr ohnehin schon schwaches goldenes Leuchten war nur mehr ein zartes Aufflackern ihrer absoluten Reinheit. Sie entfernte sich immer weiter von ihresgleichen; er war schuld daran, dass ihr das Schicksal eines gefallenen Engels drohte, wenn sie das nicht bereits war.

»Was habe ich getan?«, flüsterte er und fuhr durch ihr seidiges Haar.

Amabila schaute mit erhitzten Wangen zu ihm auf. »Ich liebe dich, Magnus«, sagte sie atemlos, bevor sie die Lider schloss.

Sein Herz wurde schwer, und er zog Amabila fest in die Arme. Plötzlich wünschte er sich, dass sie nicht mehr unter seinem Bann stand und ihn aus freien Stücken liebte. Wie würde sie reagieren, wenn er morgen den Zauber von ihr nahm? Würde sie ihn für all das hassen, was er ihr angetan hatte?

»Erzähl mir etwas von dir«, flüsterte sie plötzlich. »Erzähl mir, wo du herkommst.«

Er schluckte seine düsteren Gedanken hinunter, denn er wollte nicht an die Zukunft denken, obwohl er in den letzten Tagen an nichts anderes gedacht hatte. »Weißt du nicht längst alles über mich?«

»Ich möchte deiner Stimme lauschen«, erwiderte sie, ohne ihm direkt zu antworten.

Sie kuschelten sich aneinander und Magnus starrte in die Flamme einer Kerze, die auf dem Nachttisch stand. »Ich besitze ein Schloss und Ländereien in Schottland, aber dort war ich seit ... Dort war ich schon ewig nicht mehr, zumindest habe ich es nicht mehr betreten, seit ... Die letzten Jahre habe ich in Amerika gelebt, habe verschiedene Städte bereist.«

»Du bist davongelaufen, nicht wahr?«

Er brummte und schloss ebenfalls die Lider. Er war vor seinen düsteren Gedanken und Ängsten davongelaufen und hatte Rachepläne geschmiedet. Dabei hatte er wochenlang wie ein Einsiedler in seiner Hütte in den Rocky Mountains gelebt, sich von Gebirgswasser, Konserven und erjagten Tieren ernährt.

Rowan erwähnte er allerdings nicht. Immer öfter plagte ihn deswegen sein Gewissen. Magnus tat das mit dem Kelch nur für sich und Rowan. Sie würde wenig begeistert sein, wenn er ihr erzählte, dass er es mit einem Engel getrieben hatte. Getrieben und betrogen – obwohl er einen Eid geschworen hatte, den heiligen Eid der Ehe.

Morgen würde er Rowan wiedersehen. Rowan, die er über alles liebte. Aber wieso erblickte er dann immer nur Amabila, wenn er die Augen schloss? Rowans Gesicht verblasste mehr und mehr in seiner Erinnerung. Er wusste kaum noch, wie sie aussah, doch von Amabila hatte sich ihm jede ihrer winzigen Sommersprossen eingeprägt, die um ihre Nase verteilt waren. Gott, wie sehr er sie begehrte, so sehr, dass es schmerzte, weil er wusste, dass es nur noch einen Tag, nur noch wenige Stunden dauerte, in denen er seine Leidenschaft mit ihr teilen konnte. Sein Herz wurde schwer.

»Bist du denn ein richtiger Schotte?«, wollte sie wissen.

Es tat gut, einmal wieder mit jemandem reden zu können. »Aufgewachsen und zur Schule gegangen bin ich in England. Dort lebte ich bei meiner Tante, aber die Ferien verbrachten wir immer auf Thorne Castle. Ich habe schottische Vorfahren, ja, aber eigentlich kommen wir Thornes aus der ganzen Welt.« Das hörte sich an, als würden noch viele seiner Familie leben, aber er war der Letzte – der Letzte eines großen Magiergeschlechts.

Obwohl er Amabila diese privaten Dinge aus seinem Leben erzählte, glaubte er, sie würde bereits alles über ihn wissen. Mit ihr zusammen zu sein, gab ihm ein Gefühl von Vertrautheit, wie er es seit Langem nicht mehr erlebt hatte.

»Und deine Eltern? Wo waren die?«

»Viel auf Reisen. Ich sah sie nur selten, denn sie arbeiteten für eine Magiergilde.«

Zärtlich strich ihm Amabila über die Wange. »Sie starben, da warst du erst fünfzehn.«

»Ja, ein tragischer Unfall. Es gab eine Explosion im zentralen Warenlager der Magier. Es war wohl ein Angriff der Schwarzelben, aber bis heute ist die Sache nicht richtig aufgeklärt.«

Er war auf gewisse Art immer allein gewesen, deshalb war es sein größter Wunsch, mit Rowan eine eigene Familie zu gründen. Er hatte alles dazu vorbereitet gehabt, Thorne Castle nach Rowans Wünschen eingerichtet und sogar das Kinderzimmer war bereits fertig gewesen, als ...

»Deine Geschichte erinnert mich irgendwie an den Zauberlehrling mit der Narbe.«

Vor Überraschung blinzelte er. »Du kennst Harry Potter?«

»Ich habe den Kindern im Krankenhaus daraus vorgelesen«, erwiderte sie lächelnd. »Sie lieben diese Geschichten.«

Amabila hatte so ein gutes Herz und er hatte sie mit in seinen dunklen Abgrund gerissen. »Na ja, meine Geschichte war nicht so traurig.« Magnus erinnerte sich. »Meine Tante war eine sehr liebevolle Frau. Es hat mich schwer getroffen, als sie vor fünf Jahren starb, doch sie war schon sehr alt. Aber in London besuchte ich eine Schule für Magier, die beste der Welt, worauf ich als Junge sehr stolz war.«

»Du kannst auch stolz sein auf dich. Du hast sehr viel Gutes getan.«

Ich habe beinahe einen Engel getötet, dachte er und erschauderte. Auch wenn er diese Geschöpfe immer noch verachtete, tat ihm das jetzt leid.

»Magnus?« Sanft streichelte sie über seine Wange. »Du musst nach vorne blicken.«

Amabila hatte recht, morgen war sein großer Tag. »Darf ich erfahren, wann du gelebt hast?«

»Hmm ...« Er hörte, wie sie gähnte. »Vor über zweitausendfünfhundert Jahren in Griechenland.«

»Und ... wie bist du ... gestorben?«, fragte er zögerlich.

»Komplikationen ... während meiner Schwangerschaft.«

Magnus riss die Augen auf. »Das tut mir leid.«

»Muss es nicht«, murmelte sie an seine Brust. »Ich war froh, dass es zu Ende war.«

»Was?« Wovon sprach sie? Wollte sie nicht mehr leben oder kein Kind bekommen?

»Es waren raue Sitten, als ich ein Mensch war. Es gab Krieg und die Feinde überfielen unser Dorf. Drei Krieger haben mich tagelang … Ich wurde …« Sie gähnte abermals. »Ich bin drüber hinweg, das ist lange her, ich erinnere mich kaum noch.«

Magnus war wie erstarrt. Sofort schoss ihm die Szene mit Taurill in den Kopf: Amabilas aufgerissene Augen und ihre Ängste, als der Stierdämon sie mit Gewalt nehmen wollte … Amabila wurde vergewaltigt, vielleicht gefoltert! Oh Gott, wenn sein Zauber versagt hätte … Magnus wollte nicht daran denken. Wie sehr musste sie ihm vertrauen, dass sie sich ihm bedingungslos hingab, wo sie derart negative Erfahrungen gemacht hatte?

»Magnus«, hauchte sie und legte eine Hand auf die Stelle, hinter der sein Herz heftig schlug. »Ist gut, es ist Vergangenheit. Ich habe schon vor Ewigkeiten damit abgeschlossen.«

Als sie plötzlich nichts mehr sagte und aufgehört hatte, ihn zu streicheln, stockte ihm der Atem. Amabila war in seinen Armen eingeschlafen!

Engel schlafen nicht, hörte er ihre Worte. Verdammt, was hatte er nur angestellt? Was hatte er ihr angetan? Er war kein bisschen besser als jene Männer, die einst ihr Leben ruiniert hatten.

Morgen … Morgen würde sich alles verändern und sich ihre Wege trennen, sodass er sie nicht tiefer in sein schwarzes Loch reißen konnte. Wenn er überhaupt noch dazu in der Lage war. Seine Gefühle für Amabila gingen tief – zu tief. Er wollte sie nur noch in den Armen halten und sie beschützen, auf dass ihr nie wieder etwas Schreckliches widerfuhr.

Morgen musste er sich entscheiden: Rowan oder Amabila. Aber hatte er überhaupt eine Wahl? Amabila war ein Engel, er ein Mensch. Allein deshalb gab es für sie keine Zukunft.

Aber wenn er auch nur eine Winzigkeit verkehrt gemacht hatte und die Magie des Kelches versagte, würde auch Rowan für ihn verloren sein. Wie er es drehte und wendete – er befand sich in einer verdammt schwierigen Situation.

Magnus schmiegte sich an sein Engelchen und wusste, dass er trotz Müdigkeit kein Auge zumachen würde.

Kapitel 15 – Ein letztes Mal

Cain stand im Schlafzimmer der Finca und betrachtete im Halbdunkel seine Stiefelspitzen, denn er konnte kaum in Rajas entzücktes Gesicht sehen. Was er jetzt tat, gefiel ihm überhaupt nicht, aber er musste seine Mission erfüllen. Das war sein oberstes Ziel, hatte höchste Priorität. Es waren nur noch zwei Stunden bis zur totalen Mondfinsternis, dann würde sich die Zukunft aller entscheiden. Fermion war bei ihrem letzten Besuch zum Glück so weit bei Verstand gewesen, dass er sich genau erinnern konnte, wo das Kelchritual stattfinden würde – nämlich in Cornwall. Dort gab es zahlreiche Steinkreise. »Merry Maidens« hieß einer davon. Er stammte aus der Bronzezeit und bestand aus neunzehn hüfthohen Megalithen. Dort sollte es geschehen ...

Der Elfenkönig hatte sich genau an die Zutaten des Zaubertrankes erinnern können, doch leider nicht daran, was er im Endeffekt bewirkte. Aber jeder ging natürlich davon aus, dass Thorne nur eines wollte: absolute Macht.

Fermion hatte Cain daraufhin am Arm festgehalten und gesagt: »Lieber Junge, alle Völker zu unterjochen ist nur eines von vielen Dingen, die der Kelch vermag. Nur sehr, sehr mächtige Zauber können bei einem Blutmond gewirkt werden, das stimmt, jedoch gibt es da ...« An dieser Stelle hatte der alte Mann wieder sein Gedächtnis verloren, aber Cain war heilfroh, endlich zu wissen, wo er Thorne das Handwerk legen konnte.

Cain verdankte Raja wirklich viel, weil sie das Risiko auf sich genommen und ihren Vater befreit hatte.

Jetzt kam er sich wie ein Verräter vor.

Auch Crispin gegenüber besaß er ein schlechtes Gewissen, denn er hatte sehr wohl gehört, was dieser ihm nachgerufen hatte, als er die Zentrale fluchtartig verlassen hatte, um Raja trockene Kleidung zu besorgen. Aber bis jetzt schien Crispin seinen Verstoß nicht gemeldet zu haben. Er war mehr als ein Kollege, er war ein richtig guter Freund ...

Raja drehte sich im Kreis, sodass die zahlreichen Kerzen, die überall im Raum zwischen den Rosenblättern verteilt waren, flackerten. »Oh Cain, das ist ... Ich weiß gar nicht, was ich dazu sagen soll!«

Tja, eigentlich wusste er auch nicht, was er sagen sollte. »Ich ... ähm ...«

»Hast du etwas Bestimmtes vor?« Grinsend trat sie auf ihn zu. »Ich meine, du hast dir doch garantiert nicht solche Mühe gegeben ohne Hintergedanken?«

Es hatte Cain tatsächlich einiges an Aufwand gekostet, für einen Tag eine Finca in Spanien zu buchen, die fernab jeglicher Zivilisation lag, sodass später niemand Rajas Schreie hören und ihr zu Hilfe kommen konnte. Außerdem hatte er Wert darauf gelegt, dass sich keine Pflanze im Haus befand. Um das Gebäude herum war die Landschaft sehr karg.

Cain räusperte sich, wobei er sich durchs Haar fuhr. »Also, falls nachher die Welt untergeht oder was auch immer ... Da wollte ich ... Also, ich hab da einen Wunsch.«

»Heraus damit!« Mit großen Augen blickte sie zu ihm auf und spielte am Kragen seines Shirts.

»Ich möchte noch einmal ein außerordentliches Erlebnis mit dir teilen.«

»Ja?« Sie grinste frech.

Verdammt, sie sah so glücklich aus! Und er musste ihr das Herz aus der Brust reißen. »Also, ich wollte dich fragen … Mein größter Wunsch ist es, dich einmal gefesselt zu lieben.« So, jetzt war es raus, obwohl es weh tat, sie anzulügen. Wobei … Eigentlich war es ja nicht gelogen, denn diese Fantasie hatte er schon, seit er in den Karpaten wehrlos am Boden gelegen hatte. Cain mochte es sehr, wenn Raja die Initiative ergriff, doch einmal wollte er auch oben liegen, wenn sie ihm willenlos ausgeliefert war.

»In Ordnung«, erwiderte sie zu seiner Überraschung und schmiegte sich an ihn. »Ich vertraue dir, Cain.«

Das saß.

Ja, sie vertraute ihm, wohl weil er sie gerettet hatte und er ein Engel war, aber weiß Gott, er war nicht zur Sondereinheit gekommen, weil er ein *guter* Engel war …

Er fühlte sich wie ein widerliches Arschloch.

Cain war Leiter von »Team Nordpol« geworden, weil er schon als Tafelritter sehr pflichtbewusst gewesen war. Auch für die Aufrechterhaltung des Gleichgewichts der Mächte hatte er bisher vehement gekämpft: Dämonen getötet, die das jahrhundertealte Abkommen verletzt hatten, unheilbringende Artefakte vernichtet, und er war für Friede und Hoffnung eingetreten. Denn Hass war auch eine starke Kraft, die dem Bösen Auftrieb gab. Das reine Glimmen in Cains Augen war deshalb längst erloschen, dennoch existierte er weiterhin als Engel, weil er im Sondereinsatzteam besondere Privilegien genoss.

»Du hast es uns hier so schön gemacht, Cain … Mir fehlen einfach die Worte.« Raja nahm seine Wangen in beide Hände und hauchte ihm einen Kuss auf die Lippen. »Ich war noch nie so glücklich.«

Hastig zog er sie in seine Arme, damit sie sein Gesicht nicht sah, und blickte durch den Raum. Ja, hier war es wirklich gemütlich, ein richtig komfortables Liebesnest mit allem was dazugehörte: gut bestückter Mini-Bar, einem Whirlpool und einem riesengroßen Bett. Diese Finca wurde gerne von schwerreichen Leuten und bekannten Persönlichkeiten gemietet. Dementsprechend teuer war auch die Einrichtung, aber ihm standen als Engel des Sonderkommandos Gelder in unendlicher Höhe zur Verfügung.

»Cain, alles okay?«, fragte sie und küsste seinen Hals.

Er erschauderte vor Lust, als sie ihre Zunge einsetzte und feuchte Spuren bis zu seinem Ohr zog. Er musste Raja endlich ablenken, denn sie spürte sicher, dass etwas mit ihm nicht stimmte. »Du bist heute so anders«, murmelte sie auch prompt.

»Nur ein wenig nervös«, gestand er, was ebenfalls nicht geschwindelt war.

»Dann lass uns doch endlich loslegen.«

»Hmm.« Er zog sie fester in die Arme. Er liebte es, wenn sich ihr zierlicher Körper an den seinen presste, liebte es, ihre Wärme zu spüren und ihren Duft zu inhalieren.

Raja trug immer noch die Cargohose, die er ihr besorgt hatte, aber neue Stiefel und ein eng anliegendes schwarzes Top. »Wo hast du das denn her?«, fragte er rau und strich über ihre nackten Hüften.

Ihre Hand fuhr von hinten in den Bund seiner Hose. »Während du kurz in der Zentrale warst, war ich in Mailand beim Shoppen.«

»Und wie hast du bezahlt?«

Lasziv ließ sie die Hüften kreisen, wobei ihre Finger an seiner Pobacke spielten. »Mit weiblicher Überredungskunst.«

»Du meinst wohl *elbischer*«, erwiderte Cain. Ihm wurde wieder bewusst, dass er sich selbst auch davor in Acht nehmen musste, sobald Raja bemerkte, was er vorhatte. »Du hättest mich fragen können, ich habe genug Geld und hätte es dir gerne gegeben.«

»Wer braucht schon Geld, wenn er zaubern kann«, säuselte sie, knöpfte seine Hose auf und zog sein Geschlecht hervor.

»Hey, warst du nicht damit einverstanden, dass *du* heute unten liegst? Hände weg von meinem Schwanz!« Sanft schubste er sie Richtung Bett.

Raja warf sich rücklings auf die Matratze und räkelte sich. »Rrrr.« Kurz zeigte sie ihre Krallen. »Ich liebe es, wenn du den verdorbenen, bösen Engel rauskehrst.«

Wenn sie wüsste …

Ihre Augen wurden groß, als er sich neben sie kniete und aus seinen Hosentaschen zwei Baumwollseile beförderte. Diese waren extra-reißfest und mit Silberfäden durchzogen, die Magie reflektierten. Cain kannte schließlich Rajas Kräfte, die magischen sowie die körperlichen.

»Du hast ja an alles gedacht, Sonnenschein«, bemerkte sie auf die Ellbogen gestützt.

»Ja, noch kannst du leicht daherreden, aber das wird dir gleich vergehen, du Teufelsweib.«

Raja schmunzelte. »Teufelsweib?«

Seufzend erwiderte er: »Jetzt spiel doch einfach mit und mach mir mein erstes Mal als Herr nicht so schwer.«

»Was soll ich tun, mein Gebieter?« Demütig senkte sie den Blick.

Sein Schwanz, der halb erigiert aus der Hose schaute, zuckte. »Zieh dich aus.«

Sofort kam sie seinem Wunsch nach. Sie setzte sich auf, um sich das Top über den Kopf zu streifen, dann folgte der BH, den sie einfach in hohem Bogen durch das Schlafzimmer warf. Beinahe wäre er auf einer brennenden Kerze gelandet.

Als er ihre harten Nippel sah, lief ihm das Wasser im Mund zusammen, aber er beherrschte sich und band Rajas Arme über ihrem Kopf an das schmiedeeiserne Bettgestell. Dadurch wurden ihre Brüste gestreckt.

Sie wackelte mit dem Po. »Und mein Höschen?«

»Das übernehme ich«, sagte er mit rauer Stimme, während er es von ihren Beinen zog.

Ihre Augen wurden groß, als er sich ihren Slip an die Nase hielt und tief einatmete. Daraufhin öffnete sie ihre Beine und raunte: »Da gibt es noch mehr, du verdorbener Engel.«

Cain sah, wie feucht sie bereits war, und erinnerte sich an ihren Geschmack. Hastig zog er sich Shirt und Schutzweste aus. Hose und Stiefel behielt er jedoch an. Dann kniete er sich zwischen ihre Schenkel und legte seine Hände darauf, um sie noch mehr auseinanderzudrücken. »Eins nach dem anderen, meine hübsche Gefangene«, erwiderte er, bevor er den Kopf in ihren Schoß senkte. Er biss mit den Lippen in ihr herrlich glattes Fleisch und saugte an ihrer Klit. Raja wand sich stöhnend. Cain wusste, dass sie es hart wollte. Sie war kein unschuldiges Mädchen und ihr Körper war die absolute Sünde. Er konnte selber kaum warten.

Cain erhob sich, um seinen harten Penis gänzlich zu befreien, dessen Spitze sich bereits aus der Vorhaut geschält hatte. Schon seltsam, wie sein Schwanz mühelos funktionierte, obwohl er ihn all die Jahrhunderte schwer vernachlässigt hatte. Aber das würde er jetzt alles nachholen. Gerade besaß er die wahrscheinlich letzte Gelegenheit, seiner Lust zu frönen und Raja noch einmal zu lieben. Sein Herz sank, doch er verdrängte das träge Gefühl. Er wollte die letzten Minuten mit ihr so intensiv wie möglich genießen.

Cain ließ die Hosen nur bis über seine Pobacken herunter, legte sich dann auf Raja und sank mit einem Stoß in ihre nasse Hitze. Ihr Inneres umschloss ihn fest; dazu klammerte sich Raja mit ihren Beinen an ihn, als wollte sie ihn nie mehr herauslassen. Ihre Brüste knetend, ergötzte sich Cain an ihrer Wehrlosigkeit, die sie ihren Reaktionen nach zu urteilen genauso erregte wie ihn. Sie war ihm vollkommen ausgeliefert. Er nahm sie hart und liebte sie mit verzweifelter Leidenschaft. Sie lachte ihn nicht aus, wie damals seine Anna, nannte ihn niemals einen Versager. Er fühlte sich wohl bei ihr und fand Bestätigung in seiner Rolle als Mann. Während er sich in sie trieb, küssten sie sich, als würde es kein Morgen mehr geben.

»Du musst etwas sagen«, murmelte Raja, als er den Kuss löste.

Cain keuchte ein »Was?« und verlangsamte seine Stöße, da er kurz davorstand, sich in sie zu verströmen.

»Etwas, das mir zeigt, dass du der Herr bist.«

Er verstand; zudem würde ihn das ein wenig von seiner Lust ablenken.

»Du meinst, ich soll dir sagen, dass dein Körper jetzt mir gehört und ich mit ihm machen kann, was ich will?«

Hektisch nickte sie und hob den Kopf, offenbar, weil sie mehr Küsse einfordern wollte, aber er ließ sie nicht an sich heran. »Ich bestimme, du gieriges Weib. Ich liege oben, bin der Herr.«

Ihr Mund öffnete sich, aber wundersamerweise blieb sie still. Nur ihr Keuchen war zu hören. Ein feiner Schweißfilm hatte sich auf ihrem Körper gebildet. An der Stelle, wo sie miteinander verbunden waren, schien es besonders nass.

Cain stöhnte beim Anblick seines Schwanzes, der in ihre rasierte Spalte drängte, dass es schmatzte. »Deine Geilheit ist im ganzen Raum zu riechen.« Er nahm ihren Kitzler zwischen die Finger, um ihn dazwischen hin- und herzurollen. Dabei warf Raja den Kopf von einer Seite auf die andere.

»Tut das gut, wenn ich dich quäle, Dämonin?«

Raja wimmerte; ihr Körper bog sich ihm entgegen.

Hart rieb Cain mit dem Daumen über ihre geschwollene Knospe, bis Raja unter ihm zitterte und ständig schrie: »Ja, ja!«

Es war unfassbar für ihn, dass er Lust dabei empfand, die Frau, die er über alles begehrte, zu quälen. Aber wenn er sah, wie scharf sie das machte, wollte er weitermachen. Für sie und für sich, weil es ihm ebenfalls gefiel.

Während er weiter ihren Kitzler lustvoll malträtierte, steckte er ihr den Daumen der anderen Hand in den Mund. »Saug, als wäre es mein Schwanz!«, befahl er, überrascht über sich selbst. Seine kleine Elfe gehorchte sofort, und allein davon wurde Cain noch härter. Himmel, war das ein berauschendes Gefühl!

»Bist du meine kleine Schlampe?«, frage er schwer atmend, und Raja konnte nur nicken, weil sie hingebungsvoll an seinem Finger lutschte.

Leider brachten seine Worte und ihre flinke Zunge an seinem Daumen ihn nur höher, und als er sagte: »Jetzt werde ich dich markieren, zu meiner machen«, schoss sein Samen aus ihm heraus. Er pumpte alles tief in sie hinein und füllte sie mit seinem Saft, als auch Raja kam. Ihre Schenkel zerquetschten beinahe seine Nieren, aber Cain spürte im Moment nur seine Ekstase. Ihre Scheidenwände zogen sich noch enger zusammen, was aus ihm auch noch den letzten Tropfen herausholte.

Wow.

Was für ein Fick, um es mit Rajas Worten auszudrücken.

Eine angenehme Lethargie überfiel Cain, als er sich seitlich auf sie legte, um zu verschnaufen. Er spielte sogar mit dem Gedanken, sie loszubinden. Vielleicht würde sie ihn nicht hintergehen – ja, eigentlich glaubte er das immer weniger. Gerade als er sich aufsetzen wollte, um die Knoten zu lösen, traf ihn eine Vision und er sackte zurück neben ihren Körper.

Plötzlich befand er sich auf einer Wiese. Es war dunkel; kühler Wind wehte ihm das Haar aus der schweißnassen Stirn; über ihm leuchtete der Mond. Blutrot.

Dann bemerkte Cain das Licht in der Mitte des Steinkreises. Er hockte am Rand, hinter einem der niedrigen Monolithen versteckt. Ein bläuliches Pulsieren ging von dem Kelch aus, neben dem Thorne und Amabila knieten.

Doch zu Cains Rechten stand Raja mit wutverzerrtem Gesicht und schrie ihn an: »Ich werde den verdammten Kelch holen!« Dann lief sie auf die Mitte des Steinkreises zu ...

»Cain!«, hörte er ihre Stimme durch das Klopfen seines Pulses. »Was hast du?«

Am ganzen Körper zitternd, schlug er die Augen auf. »Ich hatte ... eine Vision ...« Raja ... Sie wollte den Kelch! Ein Stich durchfuhr sein Herz. Aber im letzten Moment hatte er noch etwas anderes gesehen, das ihn bis ins Mark erschütterte. Raja durfte auf keinen Fall mit ihm kommen, das musste er mit allen Mitteln verhindern!

Sie zerrte an den Seilen. »Was? Eine Vision?«

»Ja, das ist meine Gabe.« Wehmütig und noch immer aufgebracht wegen seiner Vorhersehung, zog er ein Tuch aus seiner Hosentasche und versuchte es ihr in den Mund zu stopfen, damit sie ihn nicht verzaubern konnte, doch sie drehte ständig den Kopf zur Seite.

»Hey, was soll das? Cain, was hast du gesehen?«

»Ich muss dich knebeln.«

»Was?!« Entsetzt schaute sie ihn an. »Aber du bist doch ein Engel, ich habe dir vertra...« Endlich hatte er es geschafft, ihr das Tuch in den Mund zu stopfen. Ihre grünen Augen fixierten ihn ungläubig. Sie atmete hektisch.

»Ich bin eben nicht vollkommen oder warum denkst du, habe ich den Job beim Sonderkommando bekommen? Ich bin fies, hinterhältig und skrupellos«, knurrte Cain, bevor er vom Bett sprang, seine Hose schloss und sich anzog. Sein Herz wurde schwer bei Rajas Anblick, aber er tat das Richtige. Sie hätte ihn nur reingelegt – seine Vision hatte ihm das deutlich gezeigt, und diese andere Sache ... Natürlich musste die Vision nicht zutreffen, redete er sich ein, weil er es nicht wahrhaben wollte. Außerdem ... Wenn sie nicht an seiner Seite war, konnte sie ihn wenigstens nicht blenden. Seine Gefühle für die Halbdämonin waren mittlerweile zu stark und es würde nur umso schmerzhafter werden, wenn Raja ihn tatsächlich hinterging oder ... starb. Er konnte das Risiko einfach nicht eingehen. »Es tut mir leid.« Cain küsste sie auf die Stirn und deckte sie zu.

Raja tobte in den Seilen und warf ihm giftige Blicke zu, die sich wie Stacheln in ihn bohrten. Eine einsame Träne bahnte sich einen Weg über ihre Wange.

Niemand würde sie hören. Das Ferienhaus lag mitten im Nirgendwo. Falls sie sich nicht selbst befreien konnte, würde sie am Morgen der Putztrupp finden, es sei denn, Cain überlebte die nächsten Stunden, dann würde er sofort dafür sorgen, dass Crispin sie losmachte. Sicherheitshalber hatte Cain seinem Kollegen die Koordinaten der Finca hinterlassen, falls er es nicht schaffte. Er wollte nicht, dass Raja etwas geschah. Er wusste ja nicht, was passieren würde, falls es Thorne doch gelang, die letzte Zutat in den Kelch zu geben.

»Traue nie einem Dämon«, murmelte Cain, weil er wollte, dass sie ihn hasste. Sie durften sich nie wieder sehen, denn es würde ohnehin keine gemeinsame Zukunft geben. Das war unmöglich.

Er wirbelte einmal durchs Zimmer, um die Kerzen auszublasen und sich anschließend in Rauch aufzulösen. Sein Herz fühlte sich jedoch an, als würde es zerfetzt werden.

Kapitel 16 – Blutmond

Xira saß auf ihrem Thron und hatte einen Spiegel in der Hand, der ihre einzige Verbindung zur Oberwelt war. Ein Kristall, den Shah an einem Band befestigt um seine Stirn trug, übermittelte die Bilder an den Spiegel. Im Moment zeigte er ihr Leraja, die geknebelt ans Bett gefesselt war, nackt. Shah beobachtete sie durch ein Fenster. Offensichtlich wurde ihre unnütze Tochter von dem Engel überlistet, den sie selbst zu ihren Zwecken missbrauchen wollte. Was für eine Versagerin! Was für ein hinterhältiges Miststück!

Xira stieß einen Schrei aus und hätte am liebsten den Spiegel durch den Saal geschleudert, aber es war ihr letzter. »Das wirst du mir büßen, Tochter!«

Wenigstens auf ihren Sklaven war Verlass: Shah war ihr Auge und ihr ausführendes Organ, denn Xira selbst konnte die Unterwelt schon lange nicht mehr verlassen. Sie war eine Gefangene ihrer eigenen Welt. Das durfte nur nie jemand erfahren. Besonders keine Dämonen durften bemerken, wie handlungsunfähig und schwach sie geworden war, seit Fermion, dieser verdammte Elf, sie mit einem Fluch belegt hatte, der es ihr zwar ermöglichte, Portale zu erschaffen, aber sie daran hinderte, hindurchzugehen. Falls sie das versuchte, wurde sie von einer gigantischen Energiewelle zurückgeschleudert. Bis heute hatte Xira nicht herausgefunden, wie Fermion das angestellt hatte, sonst hätte sie sich diesen verdammten Kelch längst geschnappt! Selbst unter Folter und jahrelanger Dunkelheit hatte der Elf nicht klein beigegeben.

Xira hatte sich nicht einmal getraut, ihn zu töten, weil sie nicht wusste, ob der Fluch sonst tatsächlich auf ewig an ihr haftete, wie Fermion ihr erklärt hatte. Und jetzt war dieser verdammte Elf bestimmt wieder in Gwandoria, wo Xira oder ein anderer Dämon nicht an ihn herankamen. Verfluchter Mist! Was hatte sie sich nur dabei gedacht, mit diesem Gnom ein Kind zu zeugen! Sie hatte sich das alles ganz anders vorgestellt, wollte einen Superdämon gebären, der nach ihrer Pfeife tanzte.

Es machte sie schier wahnsinnig, dass Leraja zu blöd war, sich den Kelch zu schnappen und sie auch noch hintergangen hatte. Es war eine lächerliche Idee gewesen, ihre Tochter eines Tages zur Nachfolgerin zu ernennen, zur Herrscherin der Unterwelt. Nicht, dass Xira aufrichtig mit dem Gedanken gespielt hatte.

Da war ihr Liebessklave zu mehr zu gebrauchen. Daher hatte sie Shah kurzerhand zu ihrem Spion ernannt, nachdem Leraja sie derart bitter enttäuscht hatte. Als ihre Mutter fühlte sie, wo sie sich aufhielt, und konnte ein Portal erschaffen, das Shah direkt zu ihr brachte. Xira hatte Leraja jahrelang manipuliert, damit das Halbblut nach ihrer Pfeife tanzte. Jetzt hätte sie in ihrem Namen den Kelch an sich nehmen sollen, aber sie war zu nichts zu gebrauchen. Eigentlich hätte Xira es besser wissen müssen. Leraja war schon als Kind sehr merkwürdig gewesen, hatte sich nicht wie eine typische Dämonin verhalten und war viel zu oft an der Oberfläche gewesen.

Nun legte Xira Lerajas Leben in Shahs Hände, sie war nicht länger ihre Tochter. Er konnte mit ihr verfahren, wie er wollte. Gerade jetzt würde sich ihm eine fantastische Gelegenheit bieten, sie zu töten …

***

Leraja konnte nicht fassen, was geschehen war. Cain, dieser Mistkerl, hatte sie doch tatsächlich hintergangen! Jetzt lag sie hier gefesselt und verpasste dadurch die Abschlussparty!

Schnaubend schaute sie zum Fenster hinaus, durch das sie den tiefroten Mond am Nachthimmel sah. Der Blutmond … Im Gegensatz zu einer Sonnenfinsternis war eine Mondfinsternis über einen Zeitraum von einer Stunde und etwa vierzig Minuten von jedem Ort der Erde aus zu beobachten, solange es dort Nacht war.

Cain war bestimmt schon in England, um sich den Kelch zu schnappen. Leraja hatte ihm vertraut und er sie reingelegt. Das tat verdammt weh! Auch ihre Handgelenke schmerzten, weil sich das dünne Seil immer mehr zuzog, je heftiger sie sich wehrte. Sie versuchte schon seit Ewigkeiten – so kam es ihr vor – mit der Zunge das Tuch aus dem Mund zu schieben und ihre elbischen Kräfte zu mobilisieren, aber bisher hatte sie es nur geschafft, durch Gedankenkraft eine Maus herbeizulocken, die aber nicht annähernd daran dachte, auf das Bett zu klettern und ihre Seile durchzuknabbern. Cain hatte diesen Ort also nicht ausgewählt, weil er ihn als das perfekte Liebesnest gesehen hatte. Hier gab es nichts, was ihr zu Hilfe gereichen konnte.

Mittlerweile war durch ihr Gestrampel die Zudecke vom Bett gerutscht, aber das war ihr egal, sie fror ja nicht und sehen konnte sie auch niem... Shah!

Sie keuchte erstickt auf und erstarrte, als der Diener ihrer Mutter plötzlich neben dem Bett stand. Verächtlich schaute er zu ihr und grinste herablassend. Er trug nur eine schwarze Wildlederhose, und das lange Haar fiel ihm offen über die Schultern.

Woher konnte Shah wissen, wo sie steckte, wie hatte er zu ihr gefunden? Und was wollte er von ihr?

Obwohl es im Zimmer fast ganz dunkel war, sah Leraja den Dolch in seinen Händen.

Mutter ... Sie schluckte trocken. Xira hatte also ihren Verrat bemerkt und einen Lakai geschickt, um die Drecksarbeit zu erledigen.

Ihr Herz raste. So hatte sie sich ihren Tod nicht vorgestellt. Lieber wollte sie in einem fairen Kampf sterben.

Aber überraschenderweise zog Shah ihr den Knebel heraus. Tief atmete Leraja ein.

»Ein elbischer Spruch, und ich ramme dir das Messer ins Herz!«, warnte er sie.

Er kannte natürlich ihre Fähigkeiten. Als junge Dämonin hatte sie viele elbische Zauberbücher studiert und eine Menge daraus gelernt. Seit ihre mentalen Kräfte gewachsen waren, konnte sie fantastisch damit umgehen. Na ja, nur sofern ihr die Natur zur Verfügung stand!

»Was willst du?«, fragte sie in einem möglichst mutigen Ton.

Shah kniete sich zu ihr auf die Matratze, den Blick immer auf ihr Gesicht gerichtet, damit Xira nicht sehen konnte, was er mit seinen Händen trieb. Leraja kannte nämlich den bläulichen, ovalen Stein, den Shahrukh an einem Band um die Stirn trug, und wusste, dass sie in diesem Moment beobachtet wurde. Hören konnte Xira sie allerdings nicht.

»Meine Herrin hat mir die Erlaubnis gegeben, mit dir zu machen, was ich möchte.« Während er sprach, ließ er die kalte Klinge über ihren nackten Körper gleiten.

Leraja zuckte zusammen, als er das Messer auf ihrem Bauch ablegte und seine Hand auf ihren Venushügel presste. Sie spürte, dass er sie mental zwang, ihm in die Augen zu sehen. Shahrukh war stärker, als sie gedacht hatte. Er schien seinen Geist verdammt gut im Griff zu haben, kein Wunder also, dass er sogar Xira austricksen konnte. Somit konnte er sich fast »unsichtbar« machen; niemand konnte seine Anwesenheit spüren oder was in ihm vorging, insofern Shah es so wollte.

Plötzlich fühlte sie sich schläfrig, doch sie sah nicht weg, wollte nur in

Shahs wunderschöne Mandelaugen starren und in deren Schwärze ertrinken. Zugleich wusste sie, dass er sie manipulierte, und versuchte sich dagegen zu wehren. »Dann wirst du mich töten?«, flüsterte sie.

»Wenn die Zeit nicht so verdammt knapp wäre, würde ich dich erst mal ficken, bis du wieder zu Verstand kommst!«, zischte er und stieß einen Finger in ihre Möse, die immer noch nass war – von ihrem Saft und Cains Sperma. »Wir beide gemeinsam wären ein unschlagbares Team.«

Leraja stutzte und presste ihre Schenkel aneinander. Was erlaubte er sich!

»Denkst du nicht auch?«, fragte er.

Hegte Shah Gefühle für sie? Oder wollte er nur ihre Fähigkeiten zu seinem Vorteil gebrauchen, genau wie ihre Mutter?

Auch wenn sich Leraja das Gefühl eingebildet hatte, so wusste sie, dass ihre Mutter sie niemals geliebt und nur für ihre Zwecke missbraucht hatte. Raja wäre niemals Herrscherin geworden, wenn sie ihrer Mutter den Kelch gebracht hätte. Niemals …

Genüsslich ließ Shah einen Finger in ihr kreisen und traf den Punkt, der sie zum Vibrieren brachte. Sie keuchte auf und überkreuzte die Beine, was es jedoch nur schlimmer machte, da sich dadurch der Druck erhöhte.

»Xira weiß nicht, dass ich es war, der dir Fermions Versteck verraten hat, und sollte sie es jemals erfahren, von wem auch immer, werde ich mich so lange an deinem Körper bedienen, bis du daran zerbrichst.«

Nein, so sprach niemand, der einen liebte. Shah war ein grausamer Dämon, durch und durch! Wie um das zu unterstreichen, zwickte er sie grob in den Kitzler und lachte dunkel.

Leraja zuckte, empfand jedoch wider Willen Lust dabei, als Shah die Krallen ausfuhr, um sie in ihr weiches, ungeschütztes Fleisch zu pressen.

»Es würde mir eine immense Freude bereiten, dich zu meiner Sklavin zu machen. Dann könnte ich dir all das heimzahlen, was deine Mutter mir angetan hat oder deine ständigen Erpressungen, damit du mich nicht an Xira verrätst.« Shah spreizte ihre Beine, ohne je den Blick von ihrem Gesicht zu nehmen, und kniete sich dazwischen.

Sie hätte nach ihm treten können, aber sie fühlte sich wie betäubt; ihr Körper wollte ihr nicht mehr gehorchen. Stattdessen wisperte sie: »Ja, Herr.« Als Shah mit einer Kralle in ihre Schamlippe pikste, stöhnte sie auf. Ihr Unterleib pochte; willig drückte sie sich seiner Hand entgegen. Leraja wusste, dass es nicht richtig war, aber sie empfand nur Lust, weil Shah sie mental manipulierte. Er war ja immer wie ein Bruder für sie gewesen! Wenn Xira in diesem Augenblick sehen könnte, wo ihr Lieblingssklave seine Finger hatte, würde sie ihn wohl auf der Stelle umbringen. Es wunderte Leraja, dass ihre Mutter nicht selbst gekommen war. Warum schickte sie Shah, obwohl sie doch sonst niemandem traute? Ob Shah sie auch irgendwie manipuliert hatte?

Da erinnerte sie sich an Fermions Worte, die zwar verwirrt geklungen hatten, aber nun einen Sinn ergaben: Xira jagte nicht selbst nach dem Kelch, weil sie die Unterwelt nicht verlassen konnte! Fermion hatte einen Zauber auf sie gelegt, den nur er persönlich wieder von ihr nehmen konnte. Was bedeutete, dass Leraja vor Xira sicher war, solange sie die Unterwelt nie wieder betrat. Und mit den Lakaien ihrer Mutter würde sie schon fertig werden.

Wenn sie das hier überlebte.

Cain, wieso hast du mich hier gelassen? Sein Verrat hatte sie zutiefst getroffen. Andererseits konnte sie ihn verstehen. Er war ein Engel, sie eine Dämonin. Er hatte keinen Grund, ihr zu trauen.

Verflixt, Cain, du hast mich zur Zielscheibe gemacht!, fluchte sie innerlich und sammelte all ihre Konzentration, um der Magie des Dämons zu widerstehen. Tatsächlich schaffte sie es, für einen Moment die Lider zu schließen, und der Bann brach.

»Du hast Glück. Heute werde ich dich verschonen«, säuselte Shah zu ihrer Erleichterung, »denn du weißt, wo der Kelch jetzt ist, nicht wahr?«

Ja, sie kannte den Namen des Steinkreises in Cornwall, wo das letzte Kelchritual stattfand: Merry Maidens. Auch wenn sie nicht wusste, wo genau in England er lag, könnte sie jederzeit ein Portal zu Cain öffnen, so wie sie es schon einmal gemacht hatte, als sie ihn in der Zentrale überrascht hatte. Daher nickte sie.

Shah wischte seine nasse Hand an ihrem Bein ab und nahm das Messer von ihrem Bauch. Bevor er die Seile durchtrennte, knurrte er: »Eine falsche Reaktion und du bist tot.«

Sie nickte.

»Du liebst diesen Engel, nicht wahr?«, fragte er zu ihrer Überraschung. Dabei sah er sie beinahe traurig an. Dachte er an seine Beziehung zu der Sterblichen? Konnte es sein, dass ein Dämon wie Shah fähig war zu lieben?

Raja war so verdutzt, dass sie nichts erwiderte.

Plötzlich durchdrang ein mentaler Befehl, gefolgt von einem gewaltigen Schmerz, ihren Schädel. Er schnitt durch ihr Gehirn wie ein glühendes Schwert und nahm ihr kurzzeitig die Luft.

»Und jetzt zieh dich an, schnell!«, sagte er, wobei er ihr die Kleidung zuwarf.

Verdammt, sie hatte Shah mehr als nur unterschätzt. Er war wütend und wohl noch immer verletzt. Vielleicht würde er sie allein durch Gedankenkraft vernichten können …

***

Blutrot strahlte der runde Mond vom Nachthimmel und spendete kaum

Licht. Magnus schwitzte und fror zugleich. Er zitterte am ganzen Körper, denn plötzlich wollte er das Ritual nicht mehr vollenden. Er befand sich mit Amabila in einem großen Steinkreis in Cornwall, umgeben von endlosen Feldern, die in der Dunkelheit nicht zu sehen waren. Zu seinen Füßen stand der Kelch und sandte ein bläuliches Licht aus, das so stark war, dass es sogar die Monolithen um sie herum erhellte. Es herrschte Totenstille; nicht einmal das Zirpen von Grillen war zu hören.

Amabila kniete vor dem Artefakt, um die letzten Vorbereitungen zu treffen.

»Lass uns verschwinden«, sagte Magnus und versuchte, Amabila nach oben zu ziehen, aber sie schüttelte seine Hand ab.

»Ich muss das tun«, erwiderte sie und holte plötzlich ein silbernes Messer aus ihrem weiten Gewand.

Magnus erstarrte: Was hatte sie vor? »Bitte!«

Ernst blickte sie zu ihm auf. »Es gibt nur diesen Weg.«

Seufzend ging er in die Hocke, um ihr tief in die Augen zu sehen. Er musste den Zauber von ihr nehmen, der sie an ihn band. Nur daher reagierte sie so, ganz bestimmt. Mit Entsetzen bemerkte er, dass ihr inneres Leuchten kaum mehr zu erkennen war. Ihre reine Seele war nun dunkel und verdorben. Wenn sie das Ritual vollendete, gäbe es für Amabila keine Zukunft als Engel mehr.

Magnus setzte gerade zu einem Spruch an, als sie ihn unterbrach: »Lass es, ich habe nie wirklich unter deinem Zauber gestanden, da ich sämtliche Magie einfach absorbiere.«

»Was?!« Er schnappte nach Luft. »Du hast die ganze Zeit gewusst, was ich vorhabe?«

Sie nickte.

»Aber dann weißt du doch, dass ich das alles nicht mehr möchte.«

»Es muss sein, damit du verstehst und … Nur dann wirst du das wahre Glück finden.«

Er hielt ihre Hand fest und blickte sie ernst an. »Vielleicht habe ich mein Glück ja bereits gefunden?«

Ein Lächeln huschte über ihre Lippen. »Du musst mich schneiden, Magnus. Gib mein Blut in den Kelch, schnell, wir sind nicht mehr allein!«

»Was?!« Hektisch drehte er sich um, konnte aber erst niemanden erkennen, bis er eine Bewegung wahrnahm. Neben einem hüfthohen Monolithen kniete der schwarzhaarige Engel, den Magnus beinahe getötet hätte.

»Tu es nicht, Amabila!«, rief er, kam aber nicht näher. Der Engel machte keine Anstalten, sie anzugreifen. »Flieh!«

»Vertraue mir!«, rief sie zurück und sagte zu Magnus: »Ihr müsst mir beide vertrauen.«

Er liebte sein Engelchen und wünschte, es würde eine Zukunft mit ihr geben, aber anscheinend wollte sie das nicht. Sie drängte ihn geradezu, ihr Blut in den Kelch zu geben. Hatte er sie bereits so sehr nach unten gezogen?

»Es muss sein, Magnus! Nimm mein Blut und du wirst verstehen«, flehte sie und flüsterte: »Wenn du mich wirklich liebst, dann tust du es für mich, für uns alle!«

Er schluckte. Tränen verschleierten seine Sicht. Er konnte nur den Kopf schütteln. Niemals könnte er Amabila verletzen. Zudem verstand er überhaupt nicht, wovon sie sprach.

Cain kauerte hinter einem Monolithen und spähte in die Mitte des Steinkreises, in dem Thorne und Amabila miteinander diskutierten. Cain hatte überhaupt nicht bedacht, dass er nicht in die Nähe des Kelches konnte, solange Amabila gemeinsame Sache mit Thorne machte! Verdammt, Merlins Schutzzauber hinderte ihn nun daran, das Artefakt an sich zu reißen. Nur ein Wesen jeder Art konnte an das Artefakt gelangen oder es würde vernichtet werden. Cain musste es einfach schaffen, Amabila umzustimmen, damit sie sich den Kelch schnappte und dem Wahnsinn endlich ein Ende bereitete! Er fühlte sich absolut hilflos, obwohl er bestens gerüstet war, Thorne zu töten. In seinen Hosentaschen befanden sich kleine Splittergranaten und Wurfsterne, aber die Waffen waren nutzlos, weil er erstens Amabila nicht verletzen wollte und zweitens den Schutzschild nicht durchdringen konnte.

»Amabila, tu es nicht!«, rief er aus sicherer Entfernung, da er spürte, wie eine unsichtbare Wand ähnlich einer riesigen Käseglocke den Kelch vor ihm schützte. War Amabila denn verrückt geworden? Oder derart machtgierig, dass sie die Magie des Kelches für sich nutzen wollte?

»Vertraue mir!«, rief sie ihm zu, aber wie sollte er das, wo alles gerade danach aussah, als würde sie durchdrehen? Ja, sie zwang Thorne regelrecht, sie zu schneiden und ihr Blut in den Kelch zu geben!

Leider hinderte der unsichtbare Schutzschild Cain ebenfalls daran, Amabilas Schwingungen zu empfangen. So wusste er nicht, ob er ihr wirklich vertrauen konnte. Etwas anderes blieb ihm wohl nicht übrig. Ihm waren die Hände gebunden.

Raja kam ihm in den Sinn und er verfluchte sich. Hätte er sie jetzt dabei, könnte sie den Schild durchdringen, aber … Nein, was er in seiner Vision gesehen hatte …

Ein Schrei ließ Cain aufspringen, doch er blieb, wo er war. Magnus hatte vor Entsetzen gebrüllt. Auch Cain konnte nur wie erstarrt auf Amabila blicken, die sich einen Schnitt an ihrem Unterarm zugefügt hatte. Blut lief an ihrer Haut herab und tropfte zu Boden.

»Schnell, Magnus, ich brauche etwas Persönliches von ihr, tu es hinein!«, befahl sie.

Aber der Magier hockte nur bewegungslos neben ihr. Da griff sie in seinen Umhang, zog etwas heraus, das wie eine dunkle Haarlocke aussah, und legte es in den Kelch. Anschließend tropfte sie ihr Blut hinein.

Es zischte, grüner Rauch stieg empor. Es war zu spät – sie hatte es getan! Plötzlich bemerkte Cain zu seiner Rechten, wie sich auf der Wiese ein bläulicher Kreis bildete. Es war ein Portal! Raja stieg hindurch; ihr folgte ein junger Mann mit nacktem Oberkörper, der asiatisch aussah und ein seltsames Stirnband mit einem leuchtenden Stein trug. Sofort fing Cains Smartphone in seiner Hosentasche an zu vibrieren, denn er hatte immer noch sein »Raja-Frühwarnsystem« aktiviert.

Er stieß einen Fluch aus. Verdammt, warum musste sie ausgerechnet jetzt auftauchen? Wie hatte sie sich befreit? Und wer war der andere; warum brachte sie ihn hierher? Die Augen des Schwarzhaarigen leuchteten kurz auf, als er in Cains Richtung schaute.

Ein Dämon! Seine Präsenz war übermächtig zu spüren.

»Ich habe dir vertraut, Engel!«, zischte Raja und blieb einen Schritt vor ihm stehen. Sie sah verdammt wütend aus. Tränen schimmerten in ihren Augen; die Hände waren zu Fäusten geballt. Cain hatte sie zutiefst verletzt. Kam sie ihm jetzt in die Quere? Sein Herz schmerzte bei ihrem Anblick. Wenn er die Zeit zurückdrehen könnte, würde er ihr sagen, wie sehr er sie liebte und ihr erklären, warum er sie davon abhalten musste, an das Artefakt zu gelangen. Er würde lieber sterben, als ...

»Aber ich werde dir beweisen, dass ... Ich hole den Kelch!«, unterbrach Raja seine Gedanken.

Seine Vision schoss ihm in den Kopf. »Nein!«

Doch sie hörte nicht auf ihn, sondern schaute ihn nur zornentrückt an und rief: »Ich werde den Kelch holen! Für *dich*!«

Für ... »Raja, nein!« Cain streckte die Hand nach ihr aus, doch zu spät. Zeitgleich mit dem anderen Dämon lief sie auf die Mitte des Steinkreises zu. Ihr Gesichtsausdruck war entschlossen, die Haare wehten um ihr schönes Haupt. Auf halber Strecke prallte sie gegen den unsichtbaren Schild aus Energie, den der Kelch ausstrahlte, und fiel auf ihr Gesäß. Natürlich! Solange der andere Dämon auch nach ihm jagte, konnten sie beide nicht zu ihm gelangen. Seine Vision würde sich nicht erfüllen!

Cain atmete auf, blieb jedoch, wo er war. Raja wollte den Kelch also für ihn holen? Erleichterung durchfuhr ihn, aber ... »Raja, tu es nicht!«, schrie er, sein Herz raste, denn sie stand wieder auf, um es erneut zu probieren. Vehement versuchten die zwei Dämonen, den Wall zu durchbrechen. Wie von Elektrizität aufgeladen, standen ihnen die Haare ab. Ein Knistern und Knacken war zu hören, gefolgt von einem immer lauter werdenden Tosen.

Raja war stark, verdammt stark, aber gegen die Macht des Artefakts schien sie keine Chance zu haben. Sie kämpfte jedoch immer verbissener. Bläuliche Flammen züngelten aus ihren Handflächen, die sie gegen die unsichtbare Wand drückte. Dazu schrie sie elbische Zaubersprüche, woraufhin die Erde zu beben begann. Es sah so aus, als würden sich sämtliche Wurzeln im Erdreich bewegen und die Rasenoberfläche wie eine Welle, die den Kelch hinforttrug, heben und senken, doch Amabila umklammerte das Artefakt eisern.

Cain versuchte sich Raja zu nähern, um sie zurückzuholen, aber er kam kaum voran. Es war, als würde er gegen starken Wind ankämpfen. Aber er musste sie erreichen! Er musste, oder der zweite Teil seiner Vision würde sich erfüllen. Das durfte er nicht zulassen!

Er beobachtete, wie sich aus dem Rauch, der aus dem Kelch emporstieg, eine Frau formte, und blieb erstaunt stehen. Was geschah dort in der Mitte des Steinkreises? Thorne und Amabila starrten auf die durchscheinende braunhaarige Frau, die in einem weißen Gewand vor ihnen stand. Sie sah aus wie ein … Geist.

Das verwirrte Cain, Thorne müsste doch längst an der Macht sein? Was suchte ein Geist in ihrer Mitte?

Plötzlich gab es einen Knall. Raja sowie der Dämon wurden in hohem Bogen zurückgeschleudert. Der junge Mann landete mit dem Rücken im Gras und blieb benommen liegen, während Raja gegen einen Monolithen prallte.

Cain hielt die Luft an, noch bevor er das Krachen und Knacken von Knochen hörte, dann sackte ihr Körper vor dem Stein zusammen. Blut strömte aus einer großen Wunde an ihrem Kopf. Das Bild aus seiner Vision … Er hatte ihren Tod gesehen.

Die Welt um ihn herum verblasste, sein Puls hämmerte in den Schläfen. Er hatte nur noch Augen für Raja, die bewegungslos vor dem Felsblock lag, ein Bein unnatürlich verdreht. »Nein!« Wie benommen rannte Cain zu ihr, seine Füße wollten ihn kaum tragen, schienen wie aus Gummi. »Raja!« Merlins Sicherheitsvorkehrung, die der Zauberer damals eingebaut hatte, sodass nur ein Wesen jeder Art an den Kelch gelangen konnte, war ihr zum Verhängnis geworden.

Es schnürte Cain die Brust zu und ein heftiger Stich durchzuckte sein Herz, als er sich neben sie auf den Boden kniete und die Hände über ihren Körper wandern ließ. Raja atmete kaum; zahlreiche Knochen waren gebrochen, an ihrem Unterarm ragte sogar die Speiche heraus.

»Bitte, bitte, bitte!«, rief er. »Raja, rede mit mir!« Doch sie blieb stumm.

Unzählige verschiedene Gefühle stürzten auf ihn ein: Wut, Verzweiflung und unvorstellbar große seelische Schmerzen. Er war geschockt, wie paralysiert, wusste nicht, was er tun sollte, ließ nur wie ein Wahnsinniger seine Hände über ihren deformierten Körper gleiten.

Verdammt, sie war eine Dämonin *und* eine Elfe. Ein paar gebrochene Knochen würden sie nicht umbringen!

Behutsam hob er sie auf die Arme, damit er sie zu einem Heiler bringen konnte. Dabei bemerkte er das Ausmaß ihres Zustandes: Ihr ganzer Körper schien zerschmettert. Als Cain eine Hand unter ihren Kopf schob, fühlte er, wie der Schädelknochen nachgab. Sein Magen drehte sich um und Cain hätte sich übergeben, wenn sich etwas darin befunden hätte. Rajas Haare klebten an seinen Fingern, über die eine warme Flüssigkeit lief. *Nein, bitte, das darf nicht wahr sein!*, schrie er in Gedanken. »Raja!«

Plötzlich sah er ihr lachendes Gesicht vor seinem geistigen Auge, wie sie auf der Insel Corvo halbnackt auf ihn zugelaufen war, die Orangen in der Hand. Wie sie ihn gefüttert hatte. Cain erblickte sie genau vor sich, als sie wie verzaubert auf Gwandoria geschaut hatte, während sie gemeinsam, Hand in Hand, auf dem Hügel gestanden hatten. Es war der Moment gewesen, in dem er sich hoffnungslos in sie verliebte. Er sah Raja, wie sie fast ertrunken wäre und er sie in letzter Sekunde gerettet hatte. Aber jetzt war er hier, hatte sie jedoch nicht beschützen können. So wie es schien, konnte er auch nichts mehr für sie tun. Nie wieder würde er ihr bezauberndes Lächeln sehen, ihre liebevollen Sticheleien ertragen dürfen.

Vorsichtig stand er mit ihrem schlaffen Körper in seinen Armen auf und schaute in die Mitte des Steinkreises.

»Verflucht seist du, Thorne!«, rief Cain, und Tränen strömten über seine Wangen. Niemals zuvor in seiner Zeit als Engel war er von einem derart heftigen Rachedurst befallen worden. Wenn Raja nicht so schwer verletzt gewesen wäre, würde der Magier bereits nicht mehr am Leben sein. Irgendwie hätte Cain es schon geschafft, den Schild zu durchdringen. Früher oder später würde der Kelch inaktiv werden. Cain fühlte sich zu allem in der Lage. Jetzt wollte er jedoch nur für Raja da sein und sie in ihren letzten Minuten nicht allein lassen.

Alle drei, Amabila, Thorne und die braunhaarige Fremde, blickten mit bleichen Gesichtern zu ihnen herüber, als wären auch sie schockiert über Rajas Zustand. Blut tropfte auf Cains Stiefel. Er zitterte. Seine Sicht war verschleiert. Die Übelkeit wurde unerträglich, doch er musste sich zusammenreißen. Sanft drückte er Raja an seine Brust. Es wurde Zeit, zu verschwinden.

In der Zwischenzeit hatte sich der Dämon aufgerappelt, doch er schien nicht schwer verletzt zu sein. Jetzt, da Raja ausgeschaltet war, konnte er ungehindert an den Kelch kommen, aber das war Cain völlig egal. Alles kam ihm mit einem Mal bedeutungslos vor, bis auf die Frau in seinen Armen.

Seinen Rachedurst würde er später stillen; Raja brauchte ihn jetzt.

Nur am Rande bekam er mit, wie Amabila den Dämon mit Blitzen attackierte, bis ihn einer am Arm traf und er etwas schimpfte, das sich wie »Ich hab echt die Schnauze voll« anhörte. Schwankend verschwand der junge Mann durch ein Portal auf der Wiese.

***

Xira sprang von ihrem Thron auf, als Shah durch ein Tor an der Felswand fiel. »Da bist du ja endlich. Wo ist der Kelch?«

Shah blieb auf allen vieren knien und keuchte: »Verloren.«

Hektisch schnappte Xira nach Luft. »Läuft denn nichts nach Plan?«, kreischte sie. »Du Nichtsnutz, warum hast du dir den Kelch nicht geschnappt?! Ich habe doch gesehen, dass du dicht davor warst!« Wütend riss sie sein Stirnband ab.

»Ich konnte die Energiewand nicht durchdringen und ein Engel griff mich an.« Er streckte demonstrativ den Arm aus, der eine unschöne Brandwunde aufwies, die allerdings bereits verheilte. Es hatte ihn zwar ein Blitz getroffen, doch der war nicht besonders stark gewesen. Shah hatte einfach keine Lust mehr, für Xira den Kopf hinzuhalten. Sie war doch eine mächtige Dämonin. Warum hatte sie nicht selbst an der Oberfläche gekämpft, wenn ihr dieses dämliche Artefakt, von dem sie ihm nicht mal gesagt hatte, wozu es nützte, so wichtig war? Xira hätte den Schutzwall vielleicht sogar durchbrechen können.

Nein, er hatte wirklich die Schnauze voll. Aus, vorbei. Er musste nur noch sehen, wie er den Kopf heil aus der Schlinge bekam, doch seine Herrin war gerade so außer sich vor Wut, dass er ihn besser einziehen sollte.

»Engel, Engel, Engel!«, schrie sie. »Sie alle werden meinen Zorn zu spüren bekommen!« Sie griff in Shahs dichtes Haar, um ihn daran nach oben zu reißen. »Und meine Tochter? Ich kann sie nicht mehr fühlen!«

Schwer atmend erhob er sich, sah Xira allerdings nicht in die Augen, denn es schmerzte ihn fast, es auszusprechen: »Herrin, ich glaube … sie ist tot.«

Kapitel 17 – Schicksalserfüllung

Jetzt war er gekommen, der Moment, den Amabila so sehr gefürchtet und doch herbeigesehnt hatte, denn nun würde sich herausstellen, ob die Schicksalsgöttin recht behalten hatte und sich ihr größter Wunsch endlich erfüllte: Vor ihnen stand Rowan, Magnus' verstorbene Frau. Sie war hübsch, musste sich Amabila eingestehen. Magnus besaß einen guten Geschmack. Rowans dunkelbraunes Haar fiel in Wellen bis über ihre Schultern herab. Ihr Gesicht war ebenmäßig, die Lippen voll.

Magnus hatte Himmel und Hölle in Bewegung gesetzt, um sie zurückzuholen, weil er sie über alles liebte. Aber während der Suche nach den richtigen Zutaten hatte sich in ihm etwas verändert: Er hatte sich in Amabila verliebt.

Sie spürte Magnus' innere Zerrissenheit, denn er empfand weiterhin sehr viel für Rowan. Das schmerzte sie natürlich, doch sie hatte von Beginn an gewusst, worauf sie sich einließ, zudem hatte sie gefühlt, dass Magnus mit der Aktivierung des Kelches nie jemandem schaden oder gar die Herrschaft an sich reißen wollte.

Ja, er hatte sich erst rächen wollen – an ihr – stellvertretend für alle anderen ihrer Art, denen er die Schuld am Tod seiner Frau gab. Aber das hatte er nicht übers Herz gebracht, weil er im Grunde ein sehr guter Mensch war.

Nun wusste Magnus nicht, was er tun oder sagen sollte. Es war Rowan, die zuerst sprach: »Du hast es wirklich geschafft, mich zu dir zu holen.«

»Rowan …« Er streckte die Hand nach ihr aus, griff jedoch durch die geisterhafte Erscheinung hindurch. Hastig zog er sie zurück.

Rowan lächelte. »Ich bin kein Mensch, wie du siehst.«

»Du bist ein Geist«, erwiderte er matt. »Meine ganzen Mühen waren umsonst!«

»Ja, das bin ich: ein Geist. Ich weiß, du hattest dir einen Engel erhofft, genau wie deine geliebte Amabila einer ist.«

Sichtlich beschämt starrte Magnus zu Boden, weil ihm wohl bewusst wurde, dass Rowan ganz genau spürte, was er für Amabila empfand.

»Ich freue mich für euch und bin froh, dass du ein neues Glück gefunden hast.«

»Aber was ist mit uns?«, fragte er. »Ich habe dich zurückgeholt, wenn auch nicht so, wie ich mir das erhofft hatte.«

»Auch der mächtigste Zauber vermag es nicht, jemanden aus dem Reich der Toten zurückzuholen. Du hast das gewusst, es aber trotzdem versucht. Dein Hass und deine Traurigkeit waren so groß, dass du vieles nicht mehr wahrgenommen hast. Ich bin nur zurückgekommen, um dir die Wahrheit über meinen Tod zu erzählen, damit du endlich damit abschließen kannst.«

Magnus starrte sie an. »Die Wahrheit?« Er runzelte die Stirn. »Die Wahrheit ist, dass ich nicht auf dich aufgepasst habe, dass ich nicht auf dich aufpassen *konnte*, weil die Corporation mich aus dem Urlaub beorderte. Du bist allein in die Berge gegangen und abgestürzt.«

»Und du gabst all die Jahre den Engeln die Schuld daran«, sagte Rowan.

»Aber so war es nicht. Ich stand dicht am Rand eines Abhangs und wollte mich vielleicht in die Tiefe stürzen. Womöglich war es nicht ganz mein freier Wille, aber es hat mich keiner geschubst.«

»Was?!« Er riss die Augen auf. »Aber ... warum?«

»Weil ich nicht länger mit einer Lüge leben konnte.«

»Lüge?« Magnus schien nie etwas geahnt zu haben. Rowan war eine gute Schauspielerin gewesen, wie Amabila vermutete.

»Ich will es dir zeigen, damit du verstehst. Ich werde es euch beiden zeigen.«

Amabila sah plötzlich durch fremde Augen einen tiefen, felsigen Abgrund und wusste, Magnus erblickte gerade dasselbe Bild. Rowan zeigte ihnen die letzten Sekunden ihres Lebens, und sie beide wussten ebenfalls, was Rowan dabei dachte. Sie befanden sich in Frankreich, in den Pyrenäen, wo Magnus mit seiner Frau Urlaub machte. Er wollte ihr den gigantischen Felsenkessel an der Grenze zu Spanien zeigen, den Cirque de Gavarnie. Fast senkrecht ragten die Felswände über 1500 Meter vom Grund des Kessels auf. Magnus hatte nie vorgehabt, diese Berge zu besteigen. Allein der Anblick des Tales bot den Augen eine Attraktion, und die Wasserfälle – die höchsten Europas – gaben ein gewaltiges Naturschauspiel. Doch Rowan hatte keinen Blick übrig für die Schönheiten der Natur, da sie einen inneren Kampf austrug, der ihre volle Aufmerksamkeit forderte.

Obwohl sie im vierten Monat schwanger war, kletterte Rowan einen schmalen Pfad hinauf, bis zu einem Felsvorsprung. Magnus würde nicht so schnell wiederkommen, denn die Tätigkeiten der Corporation erforderten seine volle Konzentration. Sie hatte es ihm nie übel genommen, dass er ab und an zu »Einsätzen« gerufen wurde – immerhin wusste Rowan, für wen er arbeitete. Am heutigen Tag war sie sogar froh, für einige Stunden ungestört zu sein. Sie musste nachdenken, über sich, Magnus, das Baby und ... ihren Liebhaber.

»Liebhaber?« Magnus' Magen zog sich schmerzhaft zusammen. Er hoffte, sich verhört zu haben, doch Rowan sendete ihm das Bild eines blonden Mannes, den er nicht kannte. Oder doch? Er war jünger als Magnus und schlanker.

Magnus glaubte zu fallen, Übelkeit erfasste ihn. Die Frau, die er über alles geliebt hatte und zurückholen wollte, hatte ihn hintergangen. Ihm wurde schwindlig. Er sah nur diesen Fremden vor Augen, nahm den Steinkreis nicht wahr – aber plötzlich fühlte er, wie jemand nach seiner Hand griff. Es war Amabila. »Ich bin hier«, flüsterte sie und spendete ihm allein durch ihre Nähe Trost und Halt.

»W-wer war er?«, fragte er mit zugeschnürtem Hals.

»Einer der Handwerker, der das Schloss in Stand hielt.«

»Den bringe ich um!«, knurrte Magnus. Er hatte den Mann nicht bezahlt, damit der seine Frau vögelte!

»Brian hat sofort gekündigt, als das mit uns begann«, sagte Rowan. »Ihn trifft keine Schuld, ich bin ihm hinterhergelaufen, weil ich ihm verfallen, sexuell hörig war. Ich hatte mich nach seiner Zuwendung gesehnt, weil du und ich so selten miteinander geschlafen haben.«

Magnus wollte etwas sagen, doch Rowan sprach einfach weiter: »Ich weiß, dass du mich schonen wolltest. Ich war eben nicht so … gebaut wie Amabila. Es hat einfach nicht geklappt, wie es sollte. Gib dir dafür nicht die Schuld.«

»Dieser Brian«, murmelte Magnus und schluckte schwer. »Wie oft?«

»Wir haben uns noch ein paar Mal in der Stadt getroffen«, gestand Rowan. »Er hatte so eine Art an sich … Ich konnte ihm einfach nicht widerstehen.«

Schwach erinnerte er sich daran, dass Rowan eine Zeit lang sehr oft behauptet hatte, sie würde ihre Freundin Samantha in Westhill besuchen.

»Als ich dann schwanger war, hatte ich Angst, das Kind wäre von Brian. Unser Verhältnis war längst vorbei, denn ich hatte früh festgestellt, dass er vielen Frauen hinterherlief. Und ich bemerkte, dass ich nur dich wirklich liebte, aber ich wollte dir die Schmach ersparen. Ich war innerlich zerrissen und wusste nicht mehr, wie ich mein Geheimnis vor dir verbergen sollte. Ich wollte dir die Wahrheit sagen, fürchtete jedoch, du würdest mich verstoßen. Doch ich wollte das Kind so sehr. Du weißt ja, wie sehr ich … wie sehr *wir* uns eins wünschten. Endlich hatte es geklappt, endlich war ich guter Hoffnung, aber ich wollte dich auf keinen Fall dadurch verlieren. Ich wusste weder ein noch aus.«

Rowan war sehr verschlossen gewesen, aber Magnus hatte das auf die Schwangerschaft geschoben. Jetzt verstand er einiges, doch er konnte einfach nicht glauben, dass sie ihn betrogen hatte.

Amabila hielt seine Hand fester, als er sah, wie unter Rowan die Kante des Vorsprungs wegbrach und sie sich nicht mehr retten konnte. Sie stürzte viele Meter in die Tiefe und war sofort tot.

»Wie du siehst, trage nur ich allein die Schuld an meinem Tod. Ich habe gespürt, wie sich der Boden unter mir lockerte, und ging nicht zurück. Ich war erfüllt von einer Ohnmacht, die tiefer war als der Abgrund, in den ich blickte. Scham über meinen Betrug kämpfte mit dem Glück meiner Schwangerschaft, Verzweiflung kämpfte mit der Freude auf das Baby und der Freude, die ich dir damit bereiten würde. Ich wollte dir meine Untreue gestehen, weil wir immer ehrlich miteinander umgegangen waren, doch zugleich wusste ich, dass dich mein Vertrauensbruch zu tief verletzen würde. Ich hatte mich so geschämt, war unendlich verzweifelt, sodass ich wie gelähmt war. Es war vielleicht eine unbewusste Entscheidung, aber sie wurde ganz allein von mir getroffen«, sagte Rowan, und Magnus sah seine Frau wieder als geisterhafte Erscheinung vor sich.

»Ich hoffe, du wirst mir eines Tages vergeben können, Magnus. Ich habe dich zu tief verletzt. Aber jetzt muss ich gehen. Lebe wohl, werde wieder glücklich.«

»Wie?« Mit heftig schlagendem Herzen sah er Rowan an, dann Amabila, deren Hand er immer noch hielt. Für Amabila und ihn konnte es keine Zukunft geben, wie sollte er dann glücklich werden? Er hatte beide Frauen verloren, die er liebte, und ein ungeborenes Kind, das aber vielleicht nicht einmal seines war. Aber er hätte es geliebt, ganz bestimmt, weil er Rowan geliebt hatte.

»Alles wird gut«, flüsterte Rowan. »All das Leid, all die Mühen hatten einen Sinn: Aus Feinden wurden Liebende, aus Hass Zuneigung. Ein Land hat seinen gütigen König zurückbekommen. Die Fürstin der Hölle wurde geschwächt.«

»Du sprichst in Rätseln«, flüsterte Magnus.

Rowan lächelte. »Nein, keine Rätsel. Bald wirst du verstehen.«

»Verflucht seist du, Thorne!«, schrie der Engel namens Cain plötzlich zu ihnen herüber, die blutüberströmte Dämonin in den Armen. Sein verzweifelter und zugleich hasserfüllter Blick sagte Magnus, wie sehr der Engel diese Frau liebte.

»Oh Gott, was habe ich getan?« Er glaubte zu ersticken. Es wurde kurz schwarz vor seinen Augen. Auch dem Engel hatte er seine Liebe genommen. In diesem Moment wünschte er sich, selbst zu sterben.

»Es ist noch nicht zu spät«, sagte Rowan und schaute auf den Kelch.

***

»Cain?«, hauchte Raja, ihr Mund bewegte sich kaum. »Ich kann nichts sehen und ich spüre meine Beine nicht.«

Cain erstarrte, doch sein wild schlagendes Herz legte noch einmal an Tempo zu. »Raja!« Trotz ihrer schweren Verletzungen war sie bei Bewusstsein. Ihr Atem ging röchelnd. Ihre blutunterlaufenen Augen suchten seinen Blick. »Warum ist es so dunkel?«

Er fühlte, dass die Stelle an ihrem Hinterkopf, dort wo auch das Sehzentrum lag, nur noch aus einer breiartigen Masse bestand. Die nassen Haare klebten an seiner Hand. Blut lief an Rajas Mundwinkel herab. Sie war blind. Es grenzte an ein Wunder, dass sie noch mit ihm sprechen konnte. Es tat so weh, sie in diesem schrecklichen Zustand zu sehen, dass er am liebsten geschrien hätte.

»Ich bin hier«, sagte er so ruhig wie möglich. »Ich pass auf dich auf, Kleines.«

Ein Lächeln huschte über ihre Lippen, als er sie so nannte, und ihre Augen schlossen sich. »Du darfst mich ab jetzt offiziell Raja nennen. Du darfst das, weil …« Weiter kam sie nicht, denn sie schien immer wieder das Bewusstsein zu verlieren. Wenn sie jedoch wach war, verzog sie ihr Gesicht und presste die Lippen fest aufeinander. Sie stöhnte.

Cain hatte noch nie so einen unvorstellbar großen Schmerz gefühlt. Raja derart leiden zu sehen, verstärkte seine eigene Pein. Alles war verloren. Sie würde sterben und Thorne hatte sein Werk vollendet.

Mit der Frau, die er über alles liebte, auf seinen Armen, befand sich Cain am Rand des Steinkreises und blickte verzweifelt in dessen Mitte, wo immer noch diese Fremde zwischen Thorne und Amabila stand. Alle drei schauten zu ihm herüber.

Cain spürte, wie das Leben zu schnell aus Raja herausrann. Niemand würde ihr mehr helfen können, weder die besten Ärzte noch die fähigsten Heiler. Sie war bereits verloren. Ihr Herz schlug kaum noch.

Wenn sie starb, wollte er auch nicht mehr leben. Ohne zu zögern, würde er seine Unsterblichkeit eintauschen, wenn er dafür noch einen einzigen wundervollen Augenblick mit Raja geschenkt bekäme.

Flatternd öffneten sich ihre Lider. »Cain … Auch wenn du mich verachtest, weil ich zur Hälfte eine Dämonin bin …« Ihr Röcheln nahm zu. Ein Schwall Blut lief aus ihrem Mund und sie hustete. Doch er hörte die Worte, die schwach über ihre Lippen kamen: »Ich liebe dich …«

Sein Herz verkrampfte sich, dann schlossen sich ihre Lider. Ihr Körper in seinen Armen erschlaffte.

»Raja!« Die Welt vor Cains Augen verschwamm. »Raja!!!«

Lieber Gott, sie durfte nicht sterben! Es war allein seine Schuld, dass sie derart töricht gehandelt hatte, nur weil sie ihm beweisen wollte, wie sehr sie ihn liebte. Es war das erste Mal, dass eine Frau diese drei magischen Worte zu ihm gesagt hatte. Sie liebte ihn, Gott, sie liebte ihn! Warum musste sie denn jetzt sterben?

»Nimm mich an ihrer Stelle!«, rief er in den Nachthimmel, die Stimme tränenerstickt. Er weinte hemmungslos, weil er den unvorstellbar großen Schmerz in seiner Brust kaum mehr ertrug und nicht begreifen konnte, warum Raja ihm jetzt entrissen wurde. Sie liebte ihn! »Nimm mich!« Er schluchzte, wobei er wusste, dass er nicht erhört wurde. So lief das nicht. Man konnte nicht einfach sein Leben für ein anderes eintauschen. Cain schon gleich dreimal nicht, immerhin durfte er als Engel keine Dämonin lieben. »Halbdämonin«, sagte er. »Sie ist mehr Engel als ich.«

Er legte die Finger auf ihre Halsschlagader, aber das Pochen wurde immer langsamer. Wohin konnte er sie bringen? Wo sollte sie in Frieden sterben?

Gwandoria!

Er wollte gerade losfliegen, da hörte er wie aus weiter Ferne den Geist mit den braunen Haaren zu Thorne sprechen: »Du kannst mich nicht zurückholen, Magnus, aber du kannst diese Frau retten.«

Cains Atem stockte.

Thorne hatte also nie die Herrschaft haben, sondern seine Frau ins Leben zurückholen wollen? Der Geist war Rowan?

Cain war überrascht, doch wütend zugleich, denn um die Frau wiederzubekommen, die Thorne liebte, musste Raja sterben! Das durfte doch nicht wahr sein! Sein Zorn flammte erneut auf und zwar so gewaltig, dass er kaum bemerkte, wie er Raja immer fester an sich presste.

»Alles wird gut«, flüsterte Rowan, wobei ihre Erscheinung durchsichtiger wurde. »Und jetzt helft der Frau, sie ist kaum mehr am Leben!« Dann war sie verschwunden.

Amabila kam auf Cain zugelaufen, den winzigen Kelch in der Hand. »Sie muss das trinken, schnell!«

Unter seinen Fingern klopfte Rajas Puls ein letztes Mal, er war wie gelähmt. Nein! Es war so weit.

»Cain!«

Er ging in die Knie, Raja immer noch in seinen Armen, während Amabila den Kelch an ihre Lippen führte. Vorsichtig ließ sie das dunkelrot leuchtende Gebräu in Rajas halb geöffneten Mund rinnen.

Sie schluckte nicht.

Das holte Cain aus seiner Erstarrung. »Bitte, Raja, trink!«, flehte er und legte ihren Kopf zurück, sodass die Flüssigkeit ihre Speiseröhre hinunterlaufen konnte. Sein Herz raste. Würde der Kelchtrank ihr helfen? Gab es tatsächlich Hoffnung? Durfte er überhaupt hoffen? Cain ertastete zwischendurch immer wieder ihren Puls, aber er fühlte ihn nicht.

Sein Herz wurde schwerer als Blei. Es war zu spät, Raja für immer verloren.

Plötzlich ging ein Zucken durch ihren Körper und sie schluckte. Erst langsam, dann immer gieriger, als würde ein ausgehungerter Vampir Blut trinken.

Fasziniert bemerkte Cain, wie sich Rajas gebrochene Knochen wie von Geisterhand richteten. Der Schädel unter seiner Hand reparierte sich, die Splitter glitten an die richtigen Stellen. Der Knochen schloss sich und der Blutstrom versiegte. Er konnte es kaum begreifen, obwohl er als Engel an Wunder glaubte. Alles verheilte in Windeseile und ein Stöhnen drang aus Rajas Kehle. Ihr Körper zuckte heftiger, scharf atmete sie ein.

»Raja!« Vor Erleichterung liefen ihm die Tränen erneut ungehindert aus den Augen.

Ihr Körper in seinem Arm spannte sich an und sie hörte auf zu trinken.
»Cain?« Flatternd öffneten sich ihre Lider. »Ich ... sehe dich«, flüsterte sie.
»Bei Merlins Bart!«, rief er und schluchzte. »Du lebst!« Er wollte schreien, aber jetzt aus Freude, und die ganze Welt umarmen.

Sofort legte er sie auf den Boden, wobei er sein Gesicht verzog. Erst jetzt spürte er den Schmerz in seiner Schulter, die dank Thornes Giftpfeil immer noch nicht ganz verheilt war.

Raja musste es bemerkt haben, denn sie sagte leise: »Deine Schulter ... Nimm auch einen Schluck.«

Sie lag hier immer noch halb tot und dachte an seine Wehwehchen? »Du wirst schön brav alles austrinken, hörst du«, rügte er sie liebevoll. Seine Stimme war belegt. Mit dem Handrücken wischte er sich die nassen Spuren aus dem Gesicht, denn vor lauter Tränen konnte er Raja kaum sehen.

»Es schmeckt scheußlich«, erwiderte sie matt, aber lächelnd.

Cain lachte. »Ein weiterer Grund, warum dir allein die Ehre gebührt.«

»Das Gefäß ist so winzig, es müsste längst leer sein«, sagte Raja, trank jedoch weiter.

»Es ist ja auch ein ganz besonderes Gefäß. Der Strom wird versiegen, wenn du genug hast.«

Als sie alles ausgetrunken hatte, fragte sie: »Warum kann der Trank mich heilen, wo er doch für etwas ganz anderes gebraut wurde?«

Schlagartig erinnerte sich Cain wieder: »Merlin hat einmal gesagt: Egal, welchen Zaubertrank man mit diesem Artefakt zubereitet – man wird ihn immer dazu benutzen können, zu heilen. Für den Fall, dass mal keine Medizin im Haus ist.«

»Merlin war wirklich ein Genie«, flüsterte Raja und zog Cain zu sich herunter.

Amabila übergab Cain den Kelch und legte erleichtert die Hand auf seine Schulter. Der Dämonin schien es besser zu gehen, also konnte Amabila sich um Magnus kümmern. Sie drehte sich um, aber er stand nicht mehr da. »Magnus?« Sie stutzte. Wo war er hin? Weit konnte er nicht sein.

Sie trat aus dem Steinkreis und ließ ihren Blick über die weitläufigen nachtschwarzen Wiesen schweifen, auf denen noch andere Steinkreise zu sehen waren. Etwa hundert Meter entfernt erkannte sie eine dunkle Gestalt, die sich an einem Monolithen festhielt.

Magnus!

Ihr Herz klopfte schneller. Sie wusste, dass ihn die Neuigkeiten über seine verstorbene Frau zutiefst erschüttert hatten ...

Zuerst hatte Magnus seine Frau nicht mehr zurückholen wollen, denn er glaubte, ihre Beziehung beschmutzt zu haben, als er mit Amabila geschlafen hatte. Aber nun war er froh, dass Amabila ihn überredet hatte, das Ritual zu vollziehen. Endlich kannte er die Wahrheit. Sein Hass auf die Engel und die Corporation bestand nur noch aus einem dumpfen Gefühl in seiner Brust, das von einem anderen, viel stärkeren Schmerz überlagert wurde: Rowan hatte ihn betrogen!

All die Mühen der letzten Jahre hatten nur dazu geführt, dass er etwas über Rowan erfahren hatte, was er am liebsten nie gehört hätte.

Das Kind ... War es etwa niemals seines gewesen? Magnus glaubte, zu ersticken. Er versuchte, die kühle Nachtluft in seine Lungen zu pumpen, schaffte es jedoch nur mit Mühe. Immerhin hatte er dank des Kelches nicht noch ein Leben auf dem Gewissen. Die Dämonin hatte sich erholt – auch wenn Magnus nicht begriff, warum eine Frau aus der Unterwelt und ein Engel ...

Er zuckte zusammen, als er jemanden neben sich spürte.

»Magnus?«, wisperte es an seinem Ohr. »Soll ich wieder gehen?«

Es war Amabila, *sein* Engel. Er hatte sie nicht kommen gehört. Schnell wischte er sich mit dem Ärmel seines Umhangs über die Augen, bevor er sich zu ihr umdrehte. Er sah nur ihre Silhouette, wusste aber, dass sie ihn im Dunklen viel besser erkennen konnte. Räuspernd suchte er nach ihrer Hand. »Bitte bleib.«

»Wie geht es dir jetzt?«, fragte sie.

Anstatt ihre Frage zu beantworten, brach es aus ihm heraus: »Rowan ist fremdgegangen, weil sie Probleme hatte, mit mir zu schlafen. Deswegen klappte es auch mit unserem Kinderwunsch nicht.«

»Sie hat dich geliebt, aufrichtig«, sagte sie. »Aber jeder kann mal einen Fehler machen, einen schwachen Moment haben.« Dachte sie an sich selbst?

Er zog sie näher und flüsterte: »Ich habe Rowan betrogen, mit dir. Obwohl mein Herz nur Rowan gehörte. Zuerst.«

Sanft umfasste Amabila seine Wange. »Aber sie ist tot, Magnus. Das war kein Betrug.«

Doch er hatte viel zu viele schlimme Dinge in der letzten Zeit getan. »Ich bin ein schlechter Mensch. Um meinen Willen zu bekommen, habe ich viele in Gefahr gebracht und ... ich habe dich verführt, dich, einen Engel. Sie werden dich ...«

»Pst.« Amabila legte ihm einen Finger an die Lippen. »Ich habe gewusst, was ich tat. Ich stand niemals unter deinem Bann. Ich bin eben auch nicht perfekt. Niemand ist das.«

»Doch, das bist du, für mich schon.«

Seufzend erwiderte sie: »Das sagst du nur, weil ...«

Magnus zog sie in seine Arme und küsste sie. »Nein, das sage ich nicht nur, weil ich dich liebe.«

Hörbar schmolz sie unter seinen leidenschaftlichen Küssen dahin. Sie sank gegen seine Brust, als würden ihre Knie nachgeben, und gab süße, keuchende Laute von sich, die nach mehr riefen. Wenn er ihr das doch geben könnte, für immer.

Nur schwer konnte er sich von ihrem herrlichen Mund lösen, doch er hatte ihr noch viel zu sagen. »So eine Frau wie dich habe ich niemals zuvor getroffen. Du weißt genau, was ich mir wünsche, kennst meine geheimsten Sehnsüchte und hast keine Angst vor meinem …«

»Schwanz?«, sagte sie frei heraus.

Magnus schmunzelte. »Siehst du, das meinte ich.« Aber gleich wurde er wieder ernst, denn eine Frage lag ihm schwer auf dem Herzen: »War es denn mein Kind?«

Gequält schaute Amabila ihn an. Er konnte ihren Gesichtsausdruck trotz der Dunkelheit deuten, denn sie verspannte sich in seinen Armen. »Ist das denn wichtig?«

Magnus nickte. »Für mich schon. Egal, ob es meins war oder nicht, es ist beides schlimm genug zu ertragen. Aber ich muss es einfach wissen, oder ich kann nie damit abschließen.«

»Ja, es war dein Kind, aber es wäre nie auf die Welt gekommen.«

Er fühlte, wie ihm sämtliches Blut aus dem Gesicht wich und seine Knie nachgaben. »Wieso denkst du, dass es nie auf die Welt gekommen wäre?«, fragte er rau und konnte kaum sprechen, so zugeschnürt fühlte sich seine Kehle an. Es war also doch sein Kind, wie er all die Jahre geglaubt hatte. Er war erleichtert und zutiefst traurig zugleich. Schwer stützte er sich auf einem Monolithen ab.

»Sein fest vorherbestimmtes Schicksal kann niemand ändern, Magnus. Und das Schicksal des Kindes ist mit dem der Mutter verbunden, solange es noch in ihrem Bauch ist. Für Rowan war es Zeit zu gehen.«

»Und für dich?«

»Ich weiß es nicht«, flüsterte Amabila. »Ich weiß es nicht.«

Er hatte nie damit gerechnet, jemals wieder Liebe zu finden und er wollte sie jetzt auch nicht mehr hergeben. Er hielt Amabila ganz fest, weil er tatsächlich glaubte, jemand von der Corporation würde gleich kommen und sie mitnehmen. Oder vielleicht löste sie sich einfach auf?

Bilder der letzten Jahre zogen an seinem geistigen Auge vorbei, während er Amabila einfach nur festhielt und ihre Nähe genoss. Er hatte nach Rowans Unfall alles hingeschmissen und war untergetaucht, weil er in Ruhe Rachepläne schmieden wollte. All die Zeit hatte er den Engeln die Schuld an ihrem Tod gegeben, da er wegen seines Jobs nicht bei ihr sein konnte, um sie und das ungeborene Kind zu beschützen. Er hatte sie in dieser verdammten Wildnis allein gelassen und Rowan war abgestürzt!

Monatelang hatte er die Rechner durchforstet und sich in das von ihm entwickelte Programm der Excelsior Corporation eingehackt, um herauszufinden, wie er den Engeln schaden konnte. Wie dumm war er doch gewesen! Durch Zufall stieß er auf ebenjenes keltische Symbol, das auch auf seinem Zaubertrankbuch abgebildet war. Das Muster war auf einem winzigen Kelch eingraviert, der in einem Hochsicherheitsbereich tief in den Gewölben des Louvre ausgestellt war. Fotografieren war dort strengstens verboten, aber irgendjemand hatte mit seinem Handy eine Aufnahme gemacht und das Bild ins Internet gestellt. Dass es sich dabei um Merlins Kelch, einer Nachbildung des Grals, handelte, hinter dem alle möglichen Wesen schon seit Jahrhunderten hinterherjagten, war Magnus erst so richtig bewusst geworden, als er am eigenen Leib die Macht gespürt hatte, die dieses Artefakt ausstrahlte.

Als ganz normaler Besucher hatte er den Louvre durch den Haupteingang betreten und eine Führung durch die unterste Etage gebucht, bei der nur wenige teilnehmen durften. Es war nicht einfach gewesen, das Original gegen ein Duplikat auszutauschen, aber dank seiner Fähigkeit, Menschen und Dinge – wie zum Beispiel das Alarmsystem – erstarren zu lassen, hatte er den Kelch an sich nehmen können. Er wechselte ihn durch eine Imitation aus Glas aus, die er zuvor von einem Kunsthandwerker hatte anfertigen lassen. Seitdem hatte er das kleine Gefäß in einem mit Blei ausgekleideten Kästchen bewahrt, damit niemand das Artefakt anhand der geringen Energiesignatur, die es ständig abstrahlte, ausfindig machte.

Endlich hatte Magnus gewusst, wie er seine geliebte Rowan zurückholen konnte. Aber es war alles ganz anders gekommen. Er hatte andere Leben in Gefahr gebracht, sogar auf einen Engel geschossen!

Und jetzt gab es Amabila in seinem Leben, diesen wunderbaren Engel, der ihm gezeigt hatte, dass er noch fähig war zu lieben. Aber was für eine Zukunft gab es für sie? Und für ihn? Was würde die Corporation mit ihm anstellen? Immerhin hatte er eines der wertvollsten und gefährlichsten Artefakte gestohlen: das von Merlin erschaffene Pendant zum Heiligen Gral. Er war ein derart mächtiges Artefakt, mit dem sogar die Welt zerstört werden konnte. Was, wenn sein Zauber schief gegangen wäre?

»Grübel nicht. Es ist vorbei«, sagte Amabila sanft. »Cain wird den Kelch zurückbringen. Alles wird wieder gut.«

»Der Kelch ist gefährlich. Er kann nicht einmal zerstört werden. Woher willst du denn wissen, dass alles gut wird?«

»Eine Schicksalsgöttin hat mir das erzählt.«

Überrascht hob er die Brauen. »Eine Göttin?«

Sie nickte.

»Wird da dein eigener Gott nicht erst recht wütend sein, wenn du Rat bei der Konkurrenz suchst?«

Sie strich sich eine Strähne hinters Ohr, ohne ihn anzublicken. »Die Liste meiner Verfehlungen ist lang. Da kommt es auf eine mehr auch nicht drauf an.«

Magnus hob sie hoch, um sie auf einem niedrigen Monolithen abzusetzen. »Ich wusste es schon immer: Du bist ein verdorbenes Engelchen.«

»Verdorben, ja, aber nur deines. Für immer.«

Er seufzte, denn er wusste, dass sie beide für ihre Fehltritte würden bezahlen müssen, aber er sagte nichts mehr, um den romantischen Augenblick nicht zu zerstören …

***

»Du kannst mich runterlassen, mir geht's total gut«, sagte Raja, als Cain mit ihr in der Zentrale am Nordpol angekommen war und am Hauptrechner den Alarm ausschaltete. Crispin saß wie erstarrt am Tisch und sah sie mit aufgerissenen Augen an.

»Alles okay, Cris, ich hab den Kelch. Das Universum ist gerettet«, rief Cain und trug Raja an ihm vorbei. »Tu einfach das, was du sonst auch immer tust. Wir kommen klar!«

Cain legte sie erst in der Kleiderkammer auf einem Feldbett ab, das nur Crispin ab und an benutzte, um es sich darauf mit seinem Laptop gemütlich zu machen. Fahrig glitten seine Hände über ihren Körper. Raja sah schrecklich aus. Überall klebte Blut: in ihrem Haar, an ihrer Wange, auf ihrer Kleidung. Es schien ihr jedoch tatsächlich bestens zu gehen, denn sie konnte ihn schon wieder necken.

»Ist alles verheilt? Dir tut nichts mehr weh?«, fragte er.

»Ich fühle mich wie neugeboren. Als hätte ich eine Überdosis gwandorianischen Blütennektar intus. Und meine Mutter kann mich auch nicht mehr aufspüren, denn als du mir das bittere Gesöff aus dem Kelch eingeflößt hast, habe ich gespürt, wie unsere mentale Verbindung plötzlich abriss. Ich fühle mich richtig befreit, einfach superklasse!«

»Vielleicht hat der Kelchtrank deine dämonischen Eigenschaften abgeschwächt?« Er war immer noch total durcheinander und den Tränen nahe. Beinahe hätte er die wichtigste Person in seinem Leben verloren. Er hatte Raja schon tot geglaubt.

Er bemerkte erst, dass Cris den Kopf zur Tür herein steckte, als der fragte: »Ist wirklich alles in Ordnung?«

Cain nickte. »Ich denke schon. Ich werde sie eben mal untersuchen.«

»Verstehe. Wenn ihr was braucht …«, murmelte Crispin, blieb jedoch im

Türrahmen stehen und fügte leise hinzu: »Cain, also, bei aller Freundschaft …
Das letzte Mal hab ich wegen deiner Verliebtheit ein Auge zugedrückt, aber
Raja … hier, in der Zentrale … also, das muss ich melden.«

Cain nickte. »Ist okay, Cris. Ich möchte auch nicht für deinen Sturz verantwortlich sein. Bei mir ist sowieso alles egal, ich bin schon so gut wie erledigt.«

Bevor Crispin die Tür hinter sich zuzog, sagte er deutlich niedergeschla-
gen: »Ich werde ein gutes Wort für dich einlegen, Kumpel.«

Um seine Zukunft machte sich Cain im Moment die geringsten Sorgen.
Mit zitternden Fingern half er Raja aus dem Oberteil, an dem das Blut bereits gerann, und merkte nicht einmal, dass er den kleinen Kelch noch in der
Hand hielt. Das Gefäß leuchtete nicht mehr, sondern sah jetzt aus wie ein
winziger Becher aus Glas oder Kristall. Er sandte auch keine Energieimpul-
se mehr aus. Anscheinend brauchte es seine Zeit, bis das Artefakt wieder
»bereit« war.

Cain holte ein weißes T-Shirt aus dem Regal und half, es ihr überzustrei-
fen. »Wir haben hier auch eine Dusche, wenn du dich frischmachen möchtest. Ich muss nur erst sehen, wie ich den Kelch … aber dann bin ich sofort
wieder …« Vor Aufregung geriet er ins Schleudern. Er wollte Raja jetzt
nicht alleinlassen, doch er musste seine Pflicht erfüllen.

»Cain!« Sie setzte sich neben ihn und nahm seine Hand. »Es ist alles in
Ordnung. Geh nur, ich komm schon klar.«

Sie sahen sich tief in die Augen, bevor sie sich umarmten. Eine ganze
Weile hielten sie sich einfach nur fest.

Cain seufzte in ihr Haar und konnte immer noch nicht glauben, wie alles
ausgegangen war. »Ich dachte schon, ich hätte dich …« Seine Stimme brach,
und er musste Raja einfach küssen, sie schmecken, sie berühren, riechen, mit
allen Sinnen wahrnehmen. »Ich liebe dich.«

Sie schmiegte sich so eng an ihn, bis sie fast auf seinem Schoß saß, und
streichelte seine stoppelbärtige Wange. »Das weiß ich doch.«

»Ähem!« Ein Hüsteln schreckte sie beide auf und Cain traute seinen Augen kaum: Vor ihnen stand ein großer Mann mit silberweißen Haaren, die
ihm bis zu den Hüften reichten. Er trug ein langes silberfarbenes Gewand,
und seine schneeweißen Schwingen waren so ausladend, dass sie die Decke
berührten. Mit tiefblauen Augen schaute er zu ihnen herab. Er war unverkennbar ein Mitglied des Hohen Rates, denn seine Präsenz war übermächtig!

»Das nenn ich mal einen Engel«, murmelte Raja, doch Cain sprang sofort
auf und ging vor dem Wesen auf die Knie. Das Artefakt hielt er dabei in die
Höhe, ohne sein Gegenüber anzusehen. Demütig hielt er den Blick gesenkt.
Die Stunde der Wahrheit war gekommen, er erwartete seine Strafe. Die wür-

de bestimmt doppelt so hart ausfallen; immerhin hatte er eine Dämonin in die Zentrale gebracht.

Halbdämonin, redete er sich ein, aber er war auf alles gefasst. Er hatte diesen Augenblick kommen sehen und würde sich den Konsequenzen stellen.

Raja neben ihm rührte sich nicht, sie schien sogar die Luft anzuhalten. Hatte sie Angst vor ihrem Feind? Aber plötzlich hockte sie sich zu Cain auf den Boden und sagte zu dem Engel: »Seien Sie nicht zu streng mit ihm, immerhin hat er den Kelch zurückgebracht.« Dabei legte sich ihre Hand auf Cains Oberschenkel. »Außerdem war alles meine Schuld. Ich habe ihn verführt, immer und immer wieder. Er konnte sich nicht wehren, denn ich habe meine Elfenmagie eingesetzt.«

Jetzt war es an Cain, die Luft anzuhalten. Eine knisternde Stille lag im Raum, doch er wagte, zu dem Oberen aufzublicken.

Dieser lächelte ihn an. »Steh auf, Cain.« Seine Stimme klang überraschend gütig.

Er erhob sich mit zitternden Knien, den Kelch immer noch vor sich haltend. Mit der anderen Hand zog er Raja nach oben, ihre Finger verflochten sich wie von selbst mit den seinen. Das würde dem Engel bestimmt nicht gefallen.

Die große Gestalt verbeugte sich leicht und nahm das Artefakt an sich, das sich sofort auflöste. Es war unterwegs an einen sicheren Ort. »Wir danken dir, Cain, und stehen tief in deiner Schuld.« Der Engel schenkte auch Raja ein Lächeln, dann dematerialisierte er sich und ließ sie beide sprachlos in der Zentrale zurück ...

Epilog

Amalia saß gerade vor dem mannshohen Kamin in ihrem Schlafzimmer und wärmte die Hände an dem prasselnden Feuer, als ihr plötzlich ein schriller Alarmton durch Mark und Bein fuhr. Mit rasendem Herzen sprang sie auf und sah sich nach ihrem Liebsten um. »Magnus!«

Er rannte bereits zum Monitor, der in jedem Raum des Schlosses angebracht war, um zu schauen, wer Thorne Castle oder das umliegende Grundstück betreten hatte. Magnus hatte das System vorsorglich mit Hilfe von Magie modifiziert, falls Taurill doch eines Tages herausfand, wer ihn hintergangen hatte. Die Sensoren reagierten schon auf die geringsten dämonischen Schwingungen. Amalia dachte immer noch mit Schaudern an den riesigen Stierdämon und wollte ihm nie wieder begegnen.

»Das sind nur Raja und Cain, keine Panik. Sie kommen über den Friedhof«, rief er ihr zu und schaltete den Alarm ab.

Auf dem Friedhof lagen alle Ahnen der Familie Thorne und auch Rowan, für die Magnus ein kleines Mausoleum hatte errichten lassen, das wie eine winzige Kirche aussah. Es war wunderschön. Manchmal besuchte Amalia die Gräber, und auch Rowans Grabmal hatte sie oft aufgesucht, weil sie fühlte, dass ihr Geist in der Nähe war. Dann hatte Amalia ihr gesagt, dass es an der Zeit sei, ins Licht zu gehen. Amalia würde jetzt an ihrer statt auf Magnus aufpassen. Sie hatte erst wispernde Antworten erhalten, doch dann war die Stimme verstummt. Rowan hatte ihren Frieden gefunden und Magnus seiner Frau verziehen.

Magnus schlenderte zu ihr, um sie in seine starken Arme zu ziehen. Er sah wie immer umwerfend aus, aber im Smoking machte er eine besonders gute Figur. Und er duftete himmlisch nach Amalias Lieblingsaftershave, Mann und ... Magnus eben.

»Kannst du dieses Ding nicht mal auf ihre Frequenzen oder was auch immer einstellen?«, fragte sie, wobei sie seine Schleife zurechtrückte, um einen Grund zu haben, ihn anzufassen.

»Signaturen«, korrigierte er und küsste sie. Seine warmen Lippen spielten zärtlich an ihrem Mund, kurz drang seine Zunge in sie ein. Magnus legte seine Hände auf ihre Pobacken, um ihren Bauch an seine beginnende Erektion zu drücken. »Wenn ich mal dazukommen sollte«, murmelte er in ihren Mund und ließ sie los. »Meine Amalia.«

Amalia ... Auch wenn ihr menschlicher Name ihrem alten sehr ähnlich klang, hatte sie sich immer noch nicht an ihn gewöhnt. Ihren Engelnamen hatte sie natürlich nicht behalten dürfen, also hatte sie sich kurzerhand einen neuen ausgesucht.

Seit sie in Magnus' Haus in Schottland lebten, liebten sie sich unentwegt, wenn er ihr nicht die Schönheiten seiner riesigen Ländereien zeigte. Das im 14. Jahrhundert erbaute Schloss lag im Osten des Landes, in der Nähe des kleinen Städtchens Westhill. Es war sehr abgeschieden und ruhig hier auf dem Land, aber Amalia liebte es.

»Jetzt sollten wir unsere Gäste empfangen. Sie sind bestimmt schon an der Tür«, sagte Magnus ein wenig atemlos.

Sie schlüpfte aus ihren heißgeliebten Plüschpantoffeln und zwängte sich in ein Paar modischer Pumps, dann strich sie ihr Abendkleid glatt und schnappte sich ihre winzige Handtasche. »Sprich Cains Freundin bloß nicht mit *Raja* an. Du weißt, das darf nur er.«

Grinsend reichte er ihr den Arm. »Ja, meine Süße.« Dann gingen sie die Treppen hinunter in die Eingangshalle, wo sie bereits die Stimme des Butlers hörten, der ihre Freunde hereinließ. Da draußen ein Schneesturm tobte, wehte die weiße Pracht fast bis vor Amalias Füße.

Sie erschauderte. Es war noch immer ungewohnt für sie zu frieren. Auch an das Schlafen und regelmäßige Essen hatte sie sich gewöhnen müssen. Vor allen Dingen musste sie aufpassen, sich nicht zu verletzen, da sie über keine Selbstheilung mehr verfügte. Das machte sie leicht ängstlich, aber mit Magnus an ihrer Seite fühlte sie sich stark und beschützt.

Als sie Leraja und Cain erblickte, überlief sie ein weiteres Frösteln. Die beiden waren sehr sommerlich gekleidet: An Lerajas Kurven schmiegte sich ein kurzes Lederkostüm, dazu trug sie hochhackige Stiefel, die ihr bis über die Knie reichten. Sie sah wirklich sexy aus. Cain klopfte ihr auf den Po, woraufhin Schneeflocken von ihrem burgunderfarbenen Rock rieselten. Er selbst schüttelte sich die weiße Pracht aus dem Haar und von seinem eng anliegenden weißen T-Shirt. Er war zwar kein Engel mehr, aber als so eine Art Dämon fror er natürlich auch nicht so leicht. Zu seinem Shirt trug er eine legere schwarze Stoffhose und … Man stelle sich vor, er hatte seine Einsatzstiefel gegen elegante Halbschuhe getauscht!

Nachdem der Butler die Tür geschlossen und sich zurückgezogen hatte, kam Amalia den Besuchern mit ausgestreckten Armen entgegen. »Ich freue mich so, dass ihr die Einladung angenommen habt!« Sie tauschte mit Leraja Küsschen und ließ sich von Cain drücken.

Magnus schüttelte ihnen die Hände.

»Coole Hütte!« Leraja pfiff durch die Zähne und drehte sich im Kreis. Das machte sie jedes Mal, wenn sie vorbeischaute, und war mittlerweile ein Running Gag.

Cain boxte ihr spielerisch in die Seite.

»Ich frag ihn später, dräng mich nicht«, flüsterte Leraja ihrem Freund zu, griff in sein schwarzes Haar und gab ihm einen harten Kuss. »Sei nicht so ungeduldig.«

Amalias Wangen erhitzten sich, weil sie genau wusste, was die beiden hier trieben, wenn sie und Magnus längst schliefen.

»Kommt, lasst uns in den Salon gehen. Dort wartet bereits das Essen auf uns.« Magnus führte Amalia und die Gäste ins Speisezimmer. In dem ehemaligen Rittersaal stand eine lange Tafel, die mit den herrlichsten Leckereien gedeckt war. Es duftete köstlich. Das Silberbesteck und die Porzellanteller reflektierten das Licht der dreiarmigen Kerzenleuchter. Sie standen zwischen den Platten und sorgten für romantische Stimmung.

»Habt ihr einen Stromausfall oder gibt es was zu feiern?«, fragte Cain, der Leraja ganz gentlemanlike einen Stuhl unterschob.

»Das Letztere«, erwiderte Magnus, erhob sich und schnippte an sein Weinglas. »Da ich kein Freund großer Worte bin …«

»Eher großer Taten«, unterbrach ihn Leraja, wurde aber sofort von Cain, der ihr gegenüber saß, gegen das Schienbein getreten.

»Also, ich mache es kurz.« Magnus hob sein Glas und prostete Amalia zu.

»Wir möchten euch unsere Verlobung bekanntgeben.«

Leraja quiekte, sprang von ihrem Stuhl auf und umarmte Amalia. »Ach, Süße, das ist ja großartig! Ich freue mich so für euch!«

Auch Cain gratulierte ihnen. Allerdings begnügte er sich bei Magnus mit einem Händedruck. Amalia spürte, dass es da noch eine Kluft zwischen den beiden gab, was sie nicht wunderte. Magnus hatte den Ex-Engel mit einem giftigen Bolzen beinahe getötet, Leraja wäre wegen seines Blockierzaubers fast ertrunken und am Ende der Kelchjagd war sie so gut wie tot gewesen, als die Energiewand des Kelches sie gegen den Monolithen geschleudert hatte. Das würde Amalia später noch geradebiegen müssen, denn Magnus war tatsächlich kein Freund vieler Worte und überließ ihr das Feld.

Während des Essens wurde viel gelacht und geredet; der Alkohol lockerte sogar Magnus' Zunge. Nachdem sie alle satt waren, zog er sich mit Leraja an den brennenden Kamin zurück.

Das liebte Amalia an Thorne Castle besonders: Magnus hatte sein Personal dazu angehalten, in allen Zimmern zu heizen und das Feuer verbreitete eine angenehme Wärme.

»Was tut sich da draußen? Irgendwelche interessanten Neuigkeiten?«, hörte Amalia Magnus fragen, aber die Halbdämonin machte eine wegwerfende Handbewegung. »Ach, alles gerade ganz ruhig. Aber sag, hast du zufällig wieder ein neues Spielzeug im Keller?«

Magnus lachte. »Lass dich überraschen, es wird euch bestimmt gefallen.«

Gespielt verdrehte Leraja die Augen. »Thorne, spann mich nicht so auf die Folter!«

»Folter ... Du bist schon nah dran.«

Amalia seufzte. Wenigstens Leraja schien ihrem Verlobten vergeben zu haben. Während die beiden über das neuste Inventar ihres Verlieses fachsimpelten, wandte sich Amalia Cain zu, der sich gerade die Schulter rieb. »Hier, das ist für dich. Magnus möchte, dass du das bekommst.« Sie zog eine winzige Phiole aus ihrer Handtasche und überreichte sie Cain.

Dieser schüttelte den Kopf, als er erkannte, was es war, und gab sie ihr zurück. »Das kann ich wirklich nicht annehmen; das ist zu kostbar. Meine Schulter schmerzt zwar jetzt noch mehr als früher, was ich überhaupt nicht verstehe, immerhin bin ich ja jetzt ein Dämon, aber ... Nein, das kann ich wirklich nicht annehmen.«

»Magnus besteht darauf. Es tut ihm alles unendlich leid und er weiß, dass er das nicht mehr gutmachen kann. Er hat euch fast umgebracht, aber die Phönixtränen sollten wenigstens ein Problem lösen.« Amalia nahm sein Weinglas und gab einen Tropfen aus der Phiole hinein. Plötzlich begann der Alkohol zu schimmern. »Du musst es gleich trinken.«

Cain fuhr sich durchs Haar, bevor er das Glas ergriff und in einem Zug leerte. Die Augen schließend lehnte er sich in seinem Stuhl zurück. Ein Seufzer entfuhr ihm. Anschließend öffnete er lächelnd die Lider. »Ich danke dir. Ich fühle mich wie neu geboren.« Er ließ seinen Arm ein paar Mal kreisen und nickte dann Magnus zu, der gerade in seine Richtung schaute. Dieser prostete zurück, sichtlich erleichtert, dass Amalia das nun auch geregelt hatte. »Männer«, flüsterte sie.

Cain kratzte sich am Hinterkopf und wechselte das Thema: »Wie ist es so als Mensch?«

»Gewöhnungsbedürftig«, gestand sie und packte das Fläschchen in ihre Handtasche. Die Phiole würde später wieder sicher im Schlosskeller verwahrt werden, hinter einer verzauberten Wand, wo auch nach wie vor das Kelchbuch lag. Der Rat hatte beschlossen, dass es dort bestens aufgehoben war. Immerhin war es schon seit Generationen im Familienbesitz der Thornes, auch wenn Magnus nicht wusste, wie es dort hingelangt war. Anscheinend war es einfach die Bestimmung seiner Familie, auf das Buch aufzupassen.

»Ich bin dem Rat unendlich dankbar, dass er mir diese Chance gewährte«, erklärte sie. »Mein neues Leben an Magnus' Seite ist wie ein Traum. Ich kann es immer noch nicht ganz begreifen.«

Amalia freute sich, dass Magnus seine Verbitterung über den Tod seiner Frau Rowan überwunden und erkannt hatte, dass man das vorherbestimmte Schicksal nicht ändern konnte und die Engel keine Schuld daran trugen. Dafür hatte er eine neue Liebe gefunden, genau wie Amalia. Alles, was ihr die Schicksalsgöttin vorhergesagt hatte, war eingetroffen.

Amalia fragte sich immer noch, wie sie dem Fegefeuer entkommen konnte. Schon seit jeher hatte sie ihre Lust schlecht im Griff gehabt. Wozu sie ja nichts konnte, da sie alle Arten von Energien, auch sexuelle, einfach absorbierte. Deshalb hatte sie bereits einmal eine zweite Chance erhalten. Als der Rat damals erfuhr, dass sie ein Verhältnis mit einem Incubus pflegte, war sie schon für Dienste auf der Erde degradiert worden. Sexuelle Lust stürzte einen Engel normalerweise unwiderruflich. Aber jeder bekam eine weitere Chance, wenn der Rat es wollte, so auch Cain. Amalia hatte auch diese verspielt, doch sie besaß ein gutes Herz. Außerdem hatte sie Magnus die Liebe und den Lebenswillen zurückgebracht. Daher hatte sie noch eine weitere Chance erhalten, nur nicht als Engel, sondern als Mensch. Ihr Schicksal würde neu entschieden werden, wenn sie das nächste Mal vor der Himmelspforte stand.

»Und wie fühlst du dich so als gefallener Engel?«, wollte Amalia im Gegenzug von Cain wissen.

»Ich vermisse es, nicht mehr fliegen zu können, aber wir kommen durch Rajas Portale ohnehin schneller vorwärts. Eines Tages werde ich auch kapieren, wie das funktioniert und selbst welche erzeugen. Ansonsten denke ich, könnte ich mich an das Dämonendasein gewöhnen. Ich bin zwar nicht mehr unsterblich, aber tausend Lebensjahre oder mehr sind ja auch nicht schlecht.«

»Du kannst mit Raja alt werden; das ist doch schön«, sagte Amalia. Je älter ein Dämon wurde, desto langsamer alterte er.

Cain stand auf und entschuldigte sich bei ihr. »Tausend Jahre ... Da sollte man keine Minute ungenutzt verstreichen lassen.« Er blickte zu Raja und Magnus hinüber und rief: »Was hast du noch mal alles Neues in deinem Keller, Thorne?«

***

»Hier ist der Schlüssel zum Verlies, aber wir sagen schon mal Gute Nacht, denn wir Normalsterblichen brauchen unseren Schönheitsschlaf.« Magnus zwinkerte und warf Leraja einen Schlüssel zu. Mit leuchtenden Augen fing sie ihn auf. »Und denkt über unser Angebot nach. Ihr könnt jederzeit in Thorne Castle einziehen. Mein Schloss hat genug freie Zimmer und ihr wärt hier absolut sicher.«

»Wir werden drüber nachdenken, nicht wahr, Cain?« Verführerisch blickte Leraja zu ihrem Liebsten, bevor sie lachend befahl: »Komm, Sklave!«, und ihn mit sich zog. »Die Nacht ist kurz, lass sie uns nutzen.«

»Meine Rede«, murmelte Cain über beide Ohren grinsend.

»Wir sehen uns dann beim Frühstück!«, rief Amalia den beiden hinterher, bevor sie mit Magnus die Treppen nach oben zu ihrem Schlafgemach schritt. Dämonen mussten zwar nicht essen, aber auch für sie konnte es ein Genuss sein, und so wie es aussah, genossen Leraja und Cain ihr gemeinsames Leben gerade in vollen Zügen.

***

Kurze Zeit später lag Amalia mit Magnus im Bett, was für die beiden eigentlich ein Ort der Erholung war, aber sie konnten sich ja schlecht das Verlies mit Leraja und Cain teilen. Außerdem wollten sie lieber unter sich bleiben.

Nicht nur als Engel hatte es Amalia bevorzugt, von einem starken Mann dominiert zu werden, auch jetzt noch empfand sie sehr viel Lust dabei. Aber heute, am Tag ihrer Verlobung, hatten sie beschlossen, sich zärtlich zu lieben, was ihr ebenso recht war, denn sie saugte jede von Magnus' Zuwendungen in sich auf.

Er lag auf ihr und sie genoss das Gewicht seines Körpers. Sie fühlte sich geborgen und zugleich lustvoll ausgeliefert, wenn er sie mit seiner starken

Gestalt umhüllte. Sein hartes Geschlecht rieb über ihren empfindlichsten Punkt, was lustvolle Schauer durch ihren Unterleib sandte.

Zärtlich knabberte er an ihrem Ohr. »Soll ich nicht lieber doch ein Kondom ...«

Amalia sah ihn empört an. »Nichts da!«

Tadelnd blickte er auf sie herab und sofort senkte sie die Lider. »Entschuldigt, mein Herr. Ich wollte sagen: Bitte nicht.«

Er lächelte. Sie beide liebten dieses Spiel.

»Aber dir ist schon bewusst«, sagte Magnus und leckte über eine spitze Brustwarze, »wozu ungeschützter Geschlechtsverkehr führen kann.«

»Voll und ganz. Es ist zwar schon eine Weile her, dass ich ein Mensch war, aber ich habe es nicht vergessen.« Amalia grinste. »Außerdem passen diese schleimigen Gummidinger dir ... äh ... Euch doch sowieso nicht, mein Herr.«

»Da hast du recht. Die Einzige, die meinen gewaltigen Schwanz verpacken kann, bist du.« Seine geraunten unanständigen Worte brachten ihren Schoß zum Glühen.

»Dann fick mich doch endlich!« Lasziv rieb sie ihre bereits nasse Spalte an seiner Erektion und schlang ihre Beine um ihn.

Magnus stöhnte, sein Körper bebte. Er konnte seine Erregung offensichtlich schlecht unterdrücken, was sie nur noch mehr anstachelte, ihn zu reizen. »Fickt mich, mein Herr«, hauchte sie abermals.

»Du musst das nicht tun, nur weil du weißt, wie sehr ich mir ein Kind wünsche.«

Amalia hatte ihm gestanden, dass sie als Engel hatte fühlen können, was in anderen vorgeht. Auch Magnus' Sehnsucht nach einer Familie war mit ein Grund gewesen, warum er seine Frau wiederhaben wollte, die bereits seinen Sohn unter dem Herzen getragen hatte.

»Soll ich denn jetzt für immer auf deinen Schwanz verzichten?« Sie fuhr an seinem breiten Rücken hinunter bis zu den muskulösen Pobacken, um ihn daran noch mehr auf sich zu ziehen. »Schon mal daran gedacht, dass ich auch Kinder möchte?«

»Aber ich will nicht, dass dir etwas zustößt. Immerhin bist du gestorben, weil ...«

»Pst!« Sie legte ihm einen Finger auf die Lippen. »Das war doch vor hunderten von Jahren. Heute gibt es doch medizinische Versorgung, Ärzte ... Ich bin da sehr optimistisch.«

Er schien kurz zu überlegen, dann entspannten sich seine Gesichtszüge. »Der Punkt geht an dich.«

»Und je mehr Kinder wir bekommen, desto besser werde ich für dich passen«, setzte sie grinsend hinzu.

Er stützte sich auf die Ellbogen, um sie anzusehen. Seine Stirn legte sich dabei wieder in Falten.

Magnus' Wangen umschließend, sagte sie an seine Lippen: »Na, so eine Geburt macht mich da unten etwas ... weiter.«

Lachend drehte sich Magnus mit ihr herum, sodass sie nun auf ihm saß und sich seine Erektion einführen konnte. Stück für Stück rutschte sein dicker Penis in sie. Es war ein herrliches Gefühl, wenn Magnus sie dehnte. Sie konnte kaum genug davon bekommen.

»Du bist so verdorben, mein kleines Engelchen.« Zärtlich massierte er mit dem Daumen ihren Kitzler und betrachtete schwer atmend, wie sie sich immer tiefer auf ihn setzte. Die Schamlippen, rot und geschwollen, drückten sich zur Seite, und es schmatzte, als er ihren Saft herauspresste.

»Menschlein«, korrigierte Amalia, wobei sie spürte, dass ihr Höhepunkt nah war. »Engelchen ist Vergangenheit.«

»Nein, für mich wirst du immer mein Engel bleiben«, sagte er keuchend und entlud sich tief in sie.

***

»Wow, Thorne hat keine Kosten gescheut!« Raja strahlte über das ganze Gesicht, als sie das nagelneue Andreaskreuz in Augenschein nahm und die Auswahl an exquisiten Peitschen, die daneben auf einer Vitrine lagen.

»Nur das Beste vom Besten«, murmelte Cain.

»Also, ich nehme sein Angebot gerne an, dass wir auf seinem Schloss wohnen dürfen«, sagte sie, hatte aber nur Augen für das Inventar. »Ich weiß, dass du dir noch nicht sicher bist, weil ...«

»Ja, ich denke auch, wir sollten annehmen!« Grinsend kreiste er mit seinem Arm.

Demonstrativ holte Raja eine Peitsche aus einer Vitrine und begutachtete sie von allen Seiten. »Du stehst noch unter Drogen, mein Lieber, aber deinen Übermut werde ich dir gleich austreiben!«

Cains Schwanz zuckte in freudiger Erwartung, weil er sich bereits ausmalte, was sie hier unten alles mit ihm anstellen konnte. Er liebte es, von ihr in die dunklen Lüste eingeführt zu werden. Er war nur ein bisschen traurig, weil er nicht mehr unsterblich war und seinen Spezialjob bei der Corporation verloren hatte. Aber er durfte – als Belohnung für seine jahrhundertelangen Dienste und weil er immer loyal gewesen war – als gefallener Engel, sprich Dämon, auf der Erde bleiben. Es gab also eine ausgleichende Gerechtigkeit, obwohl er ordentlich gegen seine Auflagen verstoßen hatte!

Er war froh, dass der Kelch wieder an einem sicheren Platz war, wenn auch alles anders gekommen war, wie er gewollt hatte. Hauptsache, ihm war nichts passiert, sonst hätte sich womöglich sein Kollege Shane aus »Team Antarktis« an seiner Stelle Raja geangelt. Cain seufzte. Na ja, irgendwie würde ihm der Posten als Teamleiter schon abgehen, aber nun lagen neue Aufgaben vor ihm. Er war lange genug in einer Führungsposition gewesen.

Nur ... jetzt hatte es auch ihn getroffen: niedere Tätigkeiten waren ihm zugeteilt worden. Damit konnte er jedoch leben, weil er mit Raja zusammen war. Zudem konnte er als Dämon Sex haben, wann immer er wollte, was das Allerbeste war!

Raja und er arbeiteten jetzt beide für die gute Seite; Cain bildete mit der Halbdämonin ein besonderes Team. Ihre Erkenntnisse der Unterwelt kamen der Corporation dabei zugute. Cain hatte sogar weiterhin mit Cris telefonischen Kontakt. Er musste seinem Kumpel jede neue Ferkelei über eine abhörsichere Leitung erzählen.

Raja hatte eine Mordswut auf ihre Mutter, die sie ihr Leben lang hintergangen und ausgenutzt hatte, sodass sie es ihr jetzt richtig heimzahlen wollte. Unterstützung bekam sie von ihrem Vater, der sich langsam von seiner Demenz erholte und den Raja mittlerweile sehr lieb gewonnen hatte.

»Wollen wir anfangen, Sonnenschein?« Sie drehte sich zu ihm um, die Peitsche in der Hand, die sie provozierend in der Luft knallen ließ.

Sein Herz machte einen Sprung, denn in ihrem Lederkleid sah sie zu heiß aus. Er liebte seine Halbelfe über alles. Allein für den Sex mit ihr hatte es sich gelohnt, ein gefallener Engel zu werden. »Natürlich, Herrin«, erwiderte er grinsend, denn er hatte noch eine Menge nachzuholen ...

Ende?

Januar 2010:

Ich kann es immer noch nicht glauben: Magnus Thorne, einer der weltgrößten Magier, hat mich auf sein Schloss in Schottland eingeladen. Mit seinem Privatflugzeug, einer Superjet, startete ich noch im Schneetreiben von München und landete auf dem Aberdeen Airport in Schottland, von wo aus mich Magnus persönlich abholte. Wir hatten noch ein Stück zu fahren, denn sein Haus liegt in der Nähe des Städtchens Westhill.

Gerade rollt sein Wagen die Zufahrt zu Thorne Castle hinauf. Alles ist weiß: Bäume, Wiesen und der gewaltige Zaun, der das Grundstück umgibt. Selbst die zahlreichen Dächer des gigantischen Schlosses wirken wie mit Zuckerguss überzogen, der in der Sonne glitzert. Unter den Rädern knirscht der Schnee. Magnus fährt einen Hummer, aber nur im Winter, wie er mir gleich gestanden hat. Das Auto – wenn man dieses Riesenteil überhaupt noch so nennen kann – verfügt über einen geräumigen Innenraum. Magnus ist schließlich so groß, dass seine langen Beine wohl in den wenigsten Fahrzeugen Platz finden.

Immer wieder muss ich zu ihm rüberblinzeln. Ihn jetzt tatsächlich vor mir zu sehen, fasziniert mich, und seine Nähe ist einfach atemberaubend. Die dunkelbraunen Haare mit den silbergrauen Strähnen sind nicht mehr schulterlang, sondern viel kürzer. Dadurch wirkt sein Gesicht markanter. Die neue Frisur steht ihm sehr gut.

Ungewohnt ist auch, ihn in Jeans zu sehen und nicht wie sonst akkurat gekleidet in Hemd und Anzughose. Da fühl ich mich richtig wohl, denn ich mag es am liebsten leger.

Er stellt den Motor ab und greift auf die Rücksitzbank, auf der unsere Jacken liegen. »So, da sind wir!« Kurz lächelt er mich an, bevor er durch die Frontscheibe einen Blick auf sein Heim wirft, und aus diesem Lächeln lese ich Stolz. Er kann auch stolz auf sich sein. Er hat in seinem Leben viel erreicht, hat das Sicherheitssystem einer Geheimorganisation entwickelt, diverse hochkomplizierte Computerprogramme und sogar eine ganz besondere Satellitenüberwachung.

»Wow«, entfährt es mir, als ich das mehrstöckige Gebäude genauer in Augenschein nehme. Aus der Ferne und auf den vielen Bildern, die Magnus mir geschickt hatte, sah es schon imposant aus, aber jetzt verschlägt mir der Anblick schier den Atem. Thorne Castle ist so ein richtig tolles »Haus«, wie man es sonst nur in Jane-Austen-Filmen bewundern kann. Es hat nicht wirklich viel von einer Burg, zumindest sieht man es dem Gebäude nicht an.

Ich weiß, dass es auf den Fundamenten einer Ritterburg steht und im 17. Jahrhundert zu einem Schloss umgebaut wurde. Es liegt sehr abgeschieden, umgeben von hektargroßen Ländereien, und ist ein optimaler Ort zum Entspannen. Magnus hat mir angeboten, dass ich so lange bleiben kann, wie ich möchte. Hier finde ich bestimmt Ruhe, an meinem neuen Buch zu arbeiten.

Er öffnet mir die Fahrertür und hilft mir in meine Winterjacke, bevor er seinen Parka anzieht. Tief atme ich die frische, kalte Luft ein und grinse Magnus an. Dabei muss ich den Kopf in den Nacken legen. Gegen Magnus bin ich ein Winzling.

Es ist seltsam still hier und der Schnee schluckt zusätzlich jedes Geräusch. Der Himmel ist beinahe wolkenlos, die hohen Fenster des Gebäudes spiegeln sich in der Sonne.

Ich kann kaum glauben, tatsächlich hier zu sein.

Ganz Gentleman reicht mir Magnus seinen Arm, als wir vom Auto auf den Haupteingang zusteuern. Ein Angestellter im schwarzen Livree trägt mein Gepäck hinein und wir folgen ihm langsam. Ich kneife meine Augen zusammen, weil mich die Sonne blendet.

»Dein Zimmer liegt im selben Gang wie das von Amalia und mir«, sagt Magnus. »Ich hab dich gern in meiner Nähe.«

Ich weiß, wie er das meint. Er möchte mich lediglich in Sicherheit wissen. Magnus hat eine Menge Feinde. Aber in seinem Zuhause mache ich mir keine Sorgen. Es ist magisch gegen alle möglichen finsteren Wesen gesichert.

»Was für ein wunderschöner Tag«, murmele ich, schließe die Augen und drehe mein Gesicht den wärmenden Strahlen zu. Am liebsten möchte ich mich jetzt in die Sonne setzen. In München hatte es in den letzten Tagen entweder geregnet oder geschneit.

Vor dem Eingangsportal bleiben wir stehen. »Soll ich dir zuerst die Außenanlagen zeigen?«, fragt er.

»Das wäre fantastisch!« Ich bin zwar neugierig auf sein Schloss, aber das Wetter ist so herrlich und nach dem langen Sitzen im Flugzeug und im Auto vertrete ich mir gern die Beine.

»Amalia wird ohnehin noch schlafen. Sie schläft viel in letzter Zeit.« Er führt mich um das riesige Gebäude herum.

Er hat mir auf der Herfahrt mit stolzgeschwellter Brust erzählt, dass seine Frau im vierten Monat schwanger ist. Seine Amalia. Sein Engel. Ich freue mich für Magnus, denn ich weiß, wie sehr er sich immer ein Kind gewünscht hat und wie traurig, verzweifelt und halb wahnsinnig er war, als seine erste Frau mit dem Ungeborenen bei einem tragischen Unfall starb.

»Habt ihr schon einen Namen für das Kind?«, wage ich vorsichtig zu fragen.

Magnus lacht. »Hunderte, doch Amalia hat an allen etwas auszusetzen.«

Schwangere Frauen können zuweilen schwierig sein, denke ich schmunzelnd, während mich Magnus den freigeschaufelten Weg durch den Garten führt.

Aber Amalia war ja schon als Engel diejenige, die bestimmt hat, wo es langgeht. Alles lief nach ihrem Plan. Magnus hatte keine Ahnung, dass sie ihn an der Nase herumführte.

Er schmunzelt ebenfalls vor sich hin, als wüsste er, worüber ich nachdenke. »Du musst unbedingt im Frühling noch mal kommen, wenn alles blüht. Amalia liebt den Garten.«

»Hast du immer noch Angst um sie?«, möchte ich wissen. Magnus fürchtet sich davor, Amalia könne bei der Geburt sterben.

Er weiß natürlich sofort, worauf ich hinaus will. Wir stehen vor einer kleinen Kapelle. Es ist das Grabmal seiner ersten Frau Rowan.

Als wir das Gebäude betreten, flüstert er: »Nicht mehr ganz so viel. Ich bin bei jeder Vorsorgeuntersuchung dabei.« Er entzündet auf einem kleinen Altar eine Kerze und scheint für einen Moment in sich zu gehen, schließlich hat er Rowan sehr geliebt. Als sie starb, schien er tatsächlich den Verstand zu verlieren. Amalia hat ihm den Weg zurück ins Leben gezeigt.

»Bis jetzt entwickelt sich das Kind prima.« Ein Lächeln huscht über seine Lippen, während er ein Schwarzweißfoto aus seinem Parka zieht. Es ist ein Ultraschallbild. Ganz deutlich erkennt man den großen Kopf, die Nase und den noch unförmigen Körper.

»Weiß man schon, was es wird?«, frage ich beim Hinausgehen. »Oder wollt ihr euch überraschen lassen?«

»Amalia behauptet felsenfest, dass es ein Junge wird.« Vorsichtig steckt er das Foto zurück in die Jacke und zieht die Tür der Kapelle zu. »Wenn sie das sagt, wird es schon stimmen.« Seine Augen blitzen vergnügt. »Jetzt lass uns zurückgehen.« Er schaut zum Himmel und ich folge seinem Blick: Dicke Wolken schieben sich vor die Sonne; es wird sofort merklich kühler. Wo sind die denn so schnell hergekommen?

Magnus runzelt die Stirn. »Sieht aus, als würde uns heute noch heftiger Schneefall bevorstehen.«

Wir beschleunigen unsere Schritte, wobei sich Magnus ständig umsieht.

»Was ist los?« Irgendetwas scheint nicht zu stimmen. Er wirkte auf der Herfahrt schon so nervös.

Magnus schüttelt den Kopf. »Ich bin neuerdings ein wenig beunruhigt, wenn ich mich so weit vom Haus entferne. Bis hierher reicht der magische Bannkreis.«

»Du und beunruhigt?« Das glaubt er doch wohl selbst nicht, immerhin ist er einer der mächtigsten Magier auf der ganzen Welt.

Für einen Moment sieht er sehr ernst aus. »Unheil liegt in der Luft. Ich kann es förmlich spüren, dieses Knistern und ständige Kribbeln in meinem Nacken, als würde mich jemand beobachten.«

Ich fühle nichts, aber so, wie Magnus schaut, die Brauen zusammengezogen und dazu der strenge Blick, bekomme ich Gänsehaut. »Taurill?«, flüstere ich.

Magnus nickt. »Mir wurde vor Kurzem von einem Informanten der Corporation zugetragen, dass Taurill unwahrscheinlich wütend auf mich ist, weil ich ihn hintergangen habe.« Er geht langsam, damit ich mit seinen großen Schritten mithalten kann. Dabei knirscht der Schnee unter unseren Sohlen. »Es ist nur eine Frage der Zeit, bis er sich dafür rächen wird.«

»Wie hat Taurill herausgefunden, wer du wirklich bist?« Magnus hatte sich ja in einen Feuerdämon verwandelt.

»Die Dämonin, der ich geholfen hatte, hat mich verpfiffen. Taurill hat wohl nicht lange gebraucht, um herauszufinden, wer ich bin.«

»Dämonen.« Energisch stoße ich die Luft aus. »Feig und hinterlistig.«

Magnus lacht. »Du hast ja schon richtig was gelernt.«

Jetzt muss auch ich mich umblicken, aber außer uns sehe ich niemanden. »Ich hoffe, sie hat ihr Fett wegbekommen.«

»Nicht wirklich. Taurill hat sie in seinen Harem aufgenommen.«

»Dann hat sie ja auch noch das bekommen, was sie wollte.«

»Vielleicht wird er sie nur so lange am Leben lassen, bis sie sein Kind geboren hat. Taurill ist unberechenbar.«

»Hier kann er kein Portal öffnen, oder?« Jetzt wird mir doch ein wenig mulmig zumute und ich atme auf, als wir einen Seiteneingang erreichen. Der Stierdämon ist ziemlich stark.

Magnus hält mir die Tür auf. »Er ist sehr mächtig, aber … ich denke nicht, dass er das Schloss betreten kann.«

Jetzt weiß ich, warum Magnus unbedingt darauf bestand, dass ich zu ihm komme. Hier sind er und Amalia am besten geschützt.

Als wir die Eingangshalle betreten, nimmt uns ein Diener sofort die Jacken ab.

»Weißt du, was ich unbedingt einmal sehen möchte?« Ich wechsle das Thema, um Magnus von seinen düsteren Gedanken abzulenken. »Nur, wenn es sich irgendwie einrichten lässt.«

Er hebt bloß die Brauen und wartet auf meine Antwort.

Als sich der Angestellte entfernt hat, flüstere ich: »Merlins Zaubertränkebuch.«

»Okay.« Magnus lacht dunkel und beugt sich ein wenig zu mir herunter. »Wenn du mir verrätst, wo der Kelch versteckt ist.«

Der Kelch? Ich schlucke und starre ihn an, während er mich intensiv mustert. Dann hakt er sich bei mir ein und führt mich mehrere Treppen nach unten, bis wir im Keller angekommen sind. Ich registriere sofort die erdrückende Dunkelheit des Gewölbes. Es ist richtig unheimlich hier, riecht ein wenig muffig. Ein paar Lampen verbreiten nur schwaches Licht.

Ich gehe nicht auf seine Frage ein und lasse mir stattdessen den Weinkeller zeigen, ehemalige Kerker und andere düstere Räume. Wie viele Ritter hier wohl mal gefoltert, verstümmelt oder zu Geständnissen gezwungen wurden? Ich kann sie beinahe hören, diese qualvollen Schreie, das Stöhnen, die langgezogenen Laute – Moment, ich höre da wirklich was!

Gerade, als ich fragen möchte: »Oh Gott, Magnus, was ist das?«, klingelt sein Handy. Na ja, es ist mehr ein Summen, aber das Geräusch hallt unheilvoll von den hohen Wänden und treibt mir eine Gänsehaut über den Rücken.

Magnus entschuldigt sich und geht ein Stück den düsteren Gang entlang. Er ist eben ein vielbeschäftigter Mann.

Als er aus meinem Blickfeld verschwunden ist, beschließe ich, auf eigene Faust zu erkunden, woher die Geräusche kommen. Ich schleiche mit angehaltenem Atem in die Richtung, aus der ein lautes Klatschen ertönt. Magnus' Stimme wird immer leiser, dafür nehmen die Stöhnlaute zu. Sie haben mich zu einer schmiedeeisernen Tür geführt, die nur angelehnt ist. Erneut hörte ich ein Schnalzen, dann einen Aufschrei, gefolgt von einem unterdrückten Stöhnen.

Ja, genau hier ist es!

Mit heftig pochendem Herzen drücke ich die Tür ein Stück auf. Unverkennbar ist das hier ein Verlies. Im diffusen Licht erkenne ich eine alte Zelle, eine Streckbank ... die Tür geht weiter auf ... einen Käfig, einen gläsernen Wandschrank mit diversen Peitschen und anderen Folterwerkzeugen. Ich mache mich auf einen blutigen Anblick gefasst, auf ein Horrorszenario – stattdessen sehe ich eine zierliche Gestalt in einem schwarzen Catsuit, die eine Gerte in der Hand hält. Sie hat lange Beine, einen runden Po und eine schmale Taille. Unverkennbar steckt eine Frau unter dem Kostüm. Sie steht mit dem Rücken zu mir, ihr Gesicht und das Haar kann ich nicht erkennen, es wird von einer schwarzen Maske bedeckt, die über ihren gesamten Kopf geht.

Ein nackter Mann ist vor ihr an ein Andreaskreuz gefesselt. Er hat pechschwarzes Haar und unglaublich hellblaue Augen. Der Ausdruck in seinem Gesicht wirkt entrückt, voller Lust, Leidenschaft und ... Liebe? Ein Lächeln umspielt seine Mundwinkel. Meine Güte! Ich kann kaum den Blick von seiner athletischen Gestalt nehmen. Der Kerl ist heiß! Hart klopft der Puls in meinen Ohren, bis ich endlich begreife, wen ich vor mir habe: Das hier sind Cain und Raja, und die zwei sind offensichtlich gerade sehr beschäftigt.

Wie peinlich! Auch wenn ich in Büchern über alles schreiben kann, ohne rot zu werden, ist es doch etwas völlig anderes, jemanden in flagranti zu erwischen.

Plötzlich ist Magnus an meiner Seite und zieht mich am Arm zurück. Er kratzt sich am Kopf, lächelt allerdings spitzbübisch. »Ich hätte dich vorwarnen sollen, aber seitdem die beiden hier eingezogen sind, bekommt man sie aus dem Verlies fast nicht mehr raus.«

Ist klar, geht mir durch den Kopf und ich möchte gerade die Türe schließen, als ich unverkennbar Rajas – Entschuldigung: *Le*rajas – Stimme höre: »Magnus? Bist du das?«

»Ja«, ruft er durch den Spalt, woraufhin sein Grinsen noch breiter wird.

»Ähm, haben wir was durcheinandergebracht?«

Unter hochgezogenen Brauen schaue ich zu Magnus.

»Wir haben einen … Plan aufgestellt, damit wir uns nicht in die Quere kommen«, flüstert er mir zu.

Ich räuspere mich. »Aha.«

Magnus wendet sich wieder an die beiden: »Lasst euch nicht stören, ich führe nur eben Inka durchs Schloss.«

»Verdammt«, höre ich eine männliche Stimme: Cain. »Die hatten wir ganz vergessen.«

»Ähm …«, macht wieder die Halbelfe oder Halbdämonin? »Wir sind … beschäftigt. Noch … eine Weile.«

»Definiere: eine Weile«, sagt Cain.

Erneut ertönt ein Klatschen. »Sei nicht so gierig, du …«

Magnus schließt schulterzuckend die Tür. Gut, die beiden werde ich wohl so schnell nicht zu Gesicht bekommen.

Wir gehen den Weg zurück zu den Treppen. »Zurück zum Kelch«, sagt er. »Weißt du, wo er ist?«

Ich schüttele den Kopf.

Er beugt sich ein wenig zu mir herunter, sodass ich sein Aftershave riechen kann und jedes Fältchen um seine Augen sehe. »Du bist doch die Autorin, du hast unsere Geschichten aufgeschrieben, also musst du wissen, wo er ist«, raunt er.

Der Mann ist unheimlich … anziehend. Live noch viel mehr als damals, als wir nur über Bildtelefon kommunizierten. »Ich bin Autorin, ja, aber nicht allwissend«, erwidere ich, meine Stimme kaum mehr als ein Hauch. »Der Hohe Rat hat mir viel erzählt, doch nicht alles.«

Er lacht und ein Funkeln in seinen Augen verrät mir, dass er mich nur auf den Arm nimmt. »Hast du wirklich gedacht, ich würde den Kelch wollen?«

»Dir traue ich alles zu«, murmele ich, als wir die Treppen zur Eingangshalle hinaufsteigen, jedoch muss auch ich grinsen. »Nicht umsonst haben dich alle für den Bösewicht gehalten.«

»Für einen liebenswerten Bösewicht«, setzt er hinzu.

»Erzähl das mal Cain.«

Magnus kratzt sich am Ohr. »Oh Mann, ich stand total neben mir. Hoffentlich passiert mir das nie wieder.«

Cain war lange Zeit sauer auf Magnus, weil der ihn fast umgebracht hatte. Zum Glück haben sich die beiden zusammengerauft.

Ich mag Magnus, ich mag ihn wirklich sehr. Er ist einfach sympathisch und so wunderbar geheimnisvoll.

»Inka, schön, dass du da bist!«, dringt auf einmal eine weibliche Stimme an meine Ohren. Wir stehen erneut in der Eingangshalle, und als ich nach oben schaue, sehe ich Amalia, Magnus' Frau, die die breiten Treppen herunterkommt. Auch ihre Frisur sieht anders aus. Die lohfarbenen Haare reichen ihr nicht mehr bis zum Kinn, sondern berühren ihre Schultern. Sie trägt ein langes weißes Kleid und erweckt dabei den Eindruck des Engels, der sie einmal war. Plüschpantoffeln spitzen unter dem Saum hervor, aber ich lasse mir nichts anmerken, denn ich weiß ja, wie sehr Amalia diese Schuhe liebt. Sie lächelt mir zu, aber den nächsten Blick schenkt sie Magnus. Ihr Lächeln wird noch breiter und ihre Augen funkeln wie Smaragde.

Ich muss zu Magnus schauen. Wie er seine Frau ansieht, ist einfach unbeschreiblich. Es liegen so viel Liebe und Herzenswärme in seinen Augen, dass es in meinem Magen kribbelt. Die zwei haben wirklich Glück, sich gefunden zu haben. Ich freue mich, dass ihrer beiden Leben eine so romantische Wendung genommen hat.

Als Amalia das Ende der Treppe erreicht hat, kommt sie mit ausgestreckten Armen auf mich zu. Kurz umarmen wir uns, wobei ich ihr Bäuchlein spüre. Schon seltsam, den Charakteren meines Buches plötzlich derart nah zu sein. Da schreibt man ihre Geschichten auf, kennt sie beinahe in- und auswendig und doch ist in der Realität alles noch ein klein wenig anders.

Erstaunt bemerke ich, dass Amalia sogar ein wenig kleiner ist als ich. Das kommt wirklich selten vor.

»Lasst uns in den großen Saal gehen und was essen«, sagt sie. »Ich habe einen Bärenhunger.«

Ja, das hatte ich auch, als mein Sohn unterwegs war. Nur sieht man Amalia die Schwangerschaft kaum an, während ich im vierten Monat schon einem Walross Konkurrenz machen konnte.

Amalia hakt sich bei Magnus ein, der mir seinen anderen Arm reicht. Zu dritt schlendern wir durch einen langen, hohen Gang, in dem eine Menge Bilder hängen. Angehörige der Familie Thorne, wie ich erkenne, denn besonders die Männer weisen große Ähnlichkeit mit Magnus auf. Alle haben dunkelbraunes, leicht gewelltes Haar und diese aristokratischen, stolzen Gesichtszüge.

Im ehemaligen Rittersaal erwartet uns eine lange Tafel, die bereits mit den köstlichsten Speisen gedeckt ist. Ein Butler ist damit beschäftigt, die letzten Hauben von den Tellern zu nehmen, unter denen es duftend herausdampft. Es ist derselbe Angestellte, der auch meine Koffer getragen und in der Eingangshalle gewartet hat. Oh, der arme Mann hat einen harten Job – es verwundert jedoch nicht, dass Magnus an Personal spart. Er liebt seine Ruhe; außerdem ist jeder, der Magnus nahe steht, einer potentiellen Gefahr ausgesetzt.

Ich schlucke. Zum Glück bin ich inkognito hier. Wenn ich an Taurill denke … Schnell verdränge ich alles Übel und bewundere die Speisen.

Erst jetzt meldet sich mein Magen. Das Fleisch, die Salate und die verschiedenen Gemüsesorten sehen wirklich köstlich aus.

Im großen Kamin brennt ein Feuer. Die Holzscheite prasseln und knacken. Wer kümmert sich um so ein großes Schloss? Ob Magnus auch Hauselfen angestellt hat?, denke ich amüsiert. Aber so, wie ich ihn kenne, hat er irgendwas erfunden: magisch angetriebene Staubsauger oder Putzroboter. Vielleicht kann ich ihm ja so einen zauberhaften Haushaltshelfer abschwatzen.

Kurz schaue ich aus einem der hohen Fenster, die mit dunkelroten Vorhängen geschmückt sind, und erschaudere. Draußen ist es grau geworden, es hat angefangen zu schneien. Ob Taurill in diesem Moment versucht, auf das Grundstück zu gelangen? – Nein, dann würde Magnus' Dämonenalarm losgehen.

Schlagartig fällt mir ein, dass er mir jetzt gar nicht Merlins Zaubertränkebuch gezeigt hat. Er ist wirklich sehr gewissenhaft. Er weiß doch, dass er mir vertrauen kann, immerhin hat er mir auch seine ganze Lebensgeschichte erzählt. Ich weiß ja wirklich nicht, wo der Kelch ist – obwohl ich da eine Vermutung habe –, also kann ich sowieso keinen Unfug damit anstellen, geschweige denn, dass ich überhaupt eine Ahnung von Magie habe.

»Ich finde es toll«, sagt Amalia, während sie Riesenportionen von allem Möglichen auf ihren Teller häuft, »dass es endlich mal geklappt hat und du uns besuchen kommst.«

»Ich bin auch froh, hier zu sein. Es ist schon etwas anderes, mal wirklich die Schauplätze zu besuchen, über die man schreibt.«

»Und die Figuren«, wirft Magnus ein. »Die Leser werden denken, einfach eine Story zu lesen, die deiner Fantasie entsprungen ist.«

Ich nicke und nehme mir etwas vom gemischten Salat. »Es würde sowieso niemand glauben, dass es Magier gibt oder sogar eine Organisation von Engeln, die sich Excelsior Corporation nennt.« Oder dass ich gerade neben einem ehemaligen Engel sitze.

»Merlin würde sofort wissen, dass alles der Wahrheit entspricht. Immerhin werden der Kelch und sein Buch erwähnt.« Stirnrunzelnd schaut Magnus aus dem Fenster. »Hauptsache, es hilft, ihn aufzuspüren. Ich habe so viele Fragen an ihn.«

Was könnte ein derart mächtiger Zauberer wie Magnus Merlin fragen? »Suchst du immer noch nach einer Möglichkeit, wie der Kelch zerstört werden kann?«

Magnus nickt. »Das auch. Ich weiß zwar, dass es Merlin bereits versucht hat und daran scheiterte. Doch heute haben wir ganz andere Möglichkeiten. Die moderne Technik mit den alten Lehren zu verknüpfen, das war schon immer mein Anliegen. Außerdem haben mich die Erzengel darum gebeten, mit Merlin in Kontakt zu treten. Sie erhoffen sich, dass im Buch vielleicht ein Hinweis zu finden ist, wohin Merlin so plötzlich verschwand. Tatsächlich bin ich auf so eine Art Bilderrätsel gestoßen, an dessen Entschlüsselung ich gerade arbeite.« Er blickt zu Amalia. »Meine Frau ist mir dabei eine große Hilfe, obwohl sie selbst sehr eingespannt ist.«

Magnus hat mir davon berichtet: Amalia hat eine Initiative gegründet, die sich weltweit um arme und kranke Kinder kümmert. Magnus' Vermögen ist groß genug, dass damit Krankenhäuser und Schulen gebaut werden können und Entwicklungshilfe geleistet werden kann.

»Im Moment ist der Kelch an einem sicheren Ort«, führt er das Gespräch weiter, »aber er wurde schon einmal gefunden. Es ist nur eine Frage der Zeit, bis es wieder passiert. Durch meinen Egoismus weiß die ganze Mythenwelt nun über dieses gefährliche Artefakt Bescheid.«

Amalia greift nach seiner Hand. »Hör auf, dir Vorwürfe zu machen. Du wolltest nur dein Glück wiederbekommen. Jeder andere hätte die Weltherrschaft an sich gerissen.«

Ein schwaches Lächeln huscht über seine Lippen. »Du hast als Einzige an mich geglaubt.«

»Und Desmond; er hätte niemals ...« Sie schenkt mir einen zaghaften Blick. »... bei der Sache mitgemacht, wenn er nicht sicher gewesen wäre.«

»Wie geht es Desmond?«, fragte ich vorsichtig, weil ich weiß, wie wenig begeistert Magnus von »der Sache« war.

»Gut!« Amalias Lächeln strahlt über ihr ganzes Gesicht. »Du siehst ihn morgen, ich habe Brendan und ihn eingeladen.«

Ich werde einen Incubus kennenlernen. Wow! Aber ob Magnus recht ist, dass er kommt? Sein Blick wirkt entrückt – er hat jedoch nur Augen für seine Liebste. Ich glaube, er kann seiner Amalia einfach nichts abschlagen.

Im weiteren Verlauf des Essens reden wir über alles Mögliche, bis wir wieder zum Thema zurückkommen. Obwohl ich bereits so viel über Magnus und all die anderen weiß, brennen mir schon lange einige Fragen unter den Nägeln. »Geht es dir ab, ein Engel zu sein?«, möchte ich von Amalia wissen.

Sie trinkt erst einige Schlucke Wasser, bevor sie antwortet: »Manchmal. An mein neues Temperaturempfinden und daran, dass meine Verletzungen nicht mehr sofort heilen, musste ich mich wirklich gewöhnen. Ab und zu ist es auch noch ungewohnt, nicht mehr fliegen zu können. Zum Glück hat Magnus sein eigenes Flugzeug, damit waren wir viel auf Reisen. Aber jetzt bleiben wir wegen der Gefahr durch Taurill und dem Baby doch lieber zuhause.« Sie wirft einen kurzen Blick auf Magnus und ich weiß sofort Bescheid. Er möchte nicht, dass sie fliegt. Taurill hin oder her. Er hat einfach zu große Angst um sein Kind und bestimmt nicht weniger um seine Frau. Hier sind sie wirklich vor allen Gefahren am besten geschützt.

Leise seufzend setzt sie hinzu: »Meine Gabe, sämtliche Energien zu absorbieren, geht mir hingegen nicht ab. Ich fühle mich jetzt viel freier, mehr ich selbst.«

Magnus' Finger verflechten sich mit ihren. Ich glaube, ich sollte den beiden ein paar ungestörte Momente gönnen. Die zwei sind sich so nah, körperlich und geistig – das würde sogar ein Blinder erkennen. Ich komme mir gerade wie ein Eindringling vor. Also konzentriere ich mich aufs Essen, das übrigens ausgezeichnet ist, und stelle nur noch wenige Fragen: »Wie viele andere Engel auch, hast du dich ja nicht mit Flügeln fortbewegt, sondern in eine Art Rauch aufgelöst. Warum haben wir dich nie mit Schwingen gesehen? Weil es gerade out ist, wie Cain mir mal erzählte?«

»Nicht deswegen.« Leise lächelnd senkt Amalia den Kopf, sodass ihr einige Locken ins Gesicht fallen. »Ich durfte meine Flügel nicht zeigen, weil ich ja schon mal Mist gebaut hatte.«

Ihre Finger spielen mit dem Besteck. »Das war eine Auflage des Hohen Rates.«

Das Thema interessiert mich wirklich sehr. »Wie wird denn ein Engel wieder zum Mensch? Ich habe gehört, wenn ein Engel fällt, also ein Dämon wird, verliert er seine unsterbliche Seele und ihm werden die Flügel mit einer glühenden Klinge rausgebrannt.«

Mir entgeht nicht, dass Amalia eine Gänsehaut bekommt. »Oh ja, das stimmt, aber es gibt auch andere Methoden.«

Mein Magen zieht sich zusammen. »Wurden Cain auch …«

»Nein, nein«, sagt sie hastig. »Das wäre ja auch ziemlich ungerecht gewesen, wo er doch den Kelch zurückgebracht hat. Bei ihm wurde lediglich der Nerv im Rückenmark durchtrennt, der für die Weiterleitung der engelmagischen Reize verantwortlich ist. Es ist eine sanfte Methode.«

Erleichtert atme ich auf.

»Und zum Menschen wird man, indem ein Erzengel den himmlischen Segen von einem nimmt.«

Wirklich faszinierend, und ich hätte noch so viele Fragen, will mich aber kurz halten. »Wenn Cain also jetzt eine Art Dämon ist, dann braucht er doch Seelenenergie, um nicht zu sterben.«

Amalia lächelt erneut. »Leraja hat da einen wunderbaren Ausweg gefunden. Die beiden besuchen regelmäßig ihren Vater in Gwandoria.«

Gwandoria – das Elfenreich. Das wäre auch mal einen Ausflug wert.

»Sie haben herausgefunden, dass dort Cains Energiereserven automatisch aufgefüllt werden. Ist das nicht wunderbar?«

Ich nicke. Im Grunde stimme ich Amalia zu, aber sollte je ein Dämon davon erfahren ... Bisher schien es immer, als gäbe es für Dämonen keine Möglichkeit, nach Gwandoria zu gelangen. Entweder hatte der Elfenkönig Cain irgendwelche Sonderrechte eingeräumt oder Cain ist doch nicht ganz so dämonisch, wie alle denken.

»Aber mir hat es nie etwas ausgemacht, meine Flügel nicht benutzen zu dürfen, dafür hatte ich ja meinen flauschigen Lieblingsmantel«, schließt Amalia.

Magnus' Finger zucken. Ob er sich gerade vorstellt, dass Amalia damals unter diesem Mantel völlig nackt war? Räuspernd stehe ich auf. »Ich glaube, ich ruhe mich kurz aus, wenn ihr nichts dagegen habt.« Tatsächlich könnte ich meine Beine ein wenig ausstrecken. Das war bisher ein anstrengender Tag.

Magnus erhebt sich sofort. »Ich bringe dich auf dein Zimmer.«

Auch Amalia schiebt den Stuhl zurück. »Ich komme mit. Irgendwie ist mir ebenfalls nach einem Schläfchen.«

»Schon wieder?« Magnus runzelt die Stirn, doch dann blitzen seine Augen auf.

Amalia grinst frech. Ich weiß sehr wohl, was die beiden gleich tun werden.

Im zweiten Stockwerk angekommen, liegen zu jeder Seite der großen Treppe wieder lange Gänge, von denen viele Türen abzweigen. Wahrscheinlich würde ich mich hier ohne Begleitung verlaufen.

Magnus bleibt mit Amalia vor einer Tür stehen. Seine Stimme klingt rau: »Gleich nebenan ist dein Zimmer. Ich sehe nur eben ...« Er räuspert sich und kratzt sich am Kopf, während Amalia schon ins Schlafzimmer geht. »Ich sehe nur eben, ob es ihr gutgeht und bin in wenigen Augenblicken bei dir. Ich bringe dir einen Plan vom Schloss mit, dann kannst du dich auch allein ein wenig umsehen.«

»Ein Plan wäre prima.« Schmunzelnd begebe ich mich zur nächsten Tür. Als ich sie öffne, bleibt mir fast die Luft weg. Mein Zimmer ist ein Traum wie aus einem Märchen. Meine Koffer stehen vor einem richtigen Himmelbett mit Baldachin. Der Boden ist mit edlem Parkett ausgelegt und vor den Fenstern hängen schwere Vorhänge. Die Einrichtung ist neu, hell, freundlich und dennoch einem längst vergangenen Jahrhundert nachempfunden. Alles harmoniert wunderbar.

Eine weitere Tür führt in ein luxuriöses Badezimmer, das mit weißem Marmor ausgelegt ist. Die Armaturen glänzen goldgelb, es gibt eine separate Dusche mit verglasten Wänden und sogar einen kleinen Whirlpool. Donnerwetter, hier will ich ja gar nicht mehr weg!

Als ich Schritte im Gang vernehme, glaube ich, Magnus sei zurückgekommen. Ich gehe zurück, verharre allerdings hinter der angelehnten Zimmertür, denn die zwei bekannten Stimmen gehören definitiv zu Leraja und Cain. Aha, die rotzfreche Dämonenhalbelfe und der ehemalige Ritterengelkrieger haben es aus dem Kerker geschafft.

»Der Auftrag kommt gerade recht«, höre ich Cain. Anscheinend haben die beiden ein Zimmer nebenan, das sie soeben öffnen. Die Scharniere quietschen leise. Schon wieder belausche ich sie ungewollt, aber ich bin einfach zu neugierig, wovon Cain spricht.

Über den Auftrag erfahre ich nichts, stattdessen will Cain wissen: »Was meinst du, wird uns Inka fragen?«

»Keine Ahnung«, erwidert Raja. Anscheinend haben sie ihre Tür offen gelassen.

Cain seufzt. »Es ist mir irgendwie peinlich, dass ich jetzt kein Teamführer der Corporation mehr bin, sondern nur noch ein Aushilfsdämon.«

Raja lacht. »Ach komm schon, Sonnenschein, das ist dein einziges Problem? Da draußen bahnt sich gerade was Großes an und wir dürfen dabei sein. Ist das nichts?«

Ich höre die beiden nebenan in ihrem Zimmer herumkruschen. Offensichtlich packen sie ihre Einsatzsachen zusammen. Soweit ich weiß, arbeiten sie immer noch für die Corporation.

»Ich war der Superman unter den Engeln und was bin ich jetzt?«

Raja ist offensichtlich mächtig stolz auf ihn, das höre ich an ihrer Stimme. »Dafür kannst du jetzt deine eigenen Portale erzeugen. Du lernst wirklich schnell.«

Die Elfenseite in Raja ist warm und liebevoll, während ihr dämonisches Ego ehrgeizig und draufgängerisch ist. Sie ist genau die richtige Partnerin für Cain.

»Du lernst auch auf anderen Gebieten schnell«, sagt sie.

Ich höre, wie sie die Tür zuziehen, aber sie gehen nicht weg. Vorsichtig spähe ich durch den Spalt. Eng umschlungen stehen die beiden im Flur und küssen sich. Die Halbelfe trägt ihren schwarzen Catsuit, während Cain Einsatzhosen und ein weißes T-Shirt anhat. Beinahe wie zu Zeiten der Corporation. An seinem Gürtel hängen Messer, Wurfsterne und andere Waffen.

Seufzend löst er sich von ihr und fährt sich durch sein schwarzes Haar.

»Für dich würde ich jederzeit wieder gegen die Auflagen verstoßen.«

Raja kichert. »Du bist so wunderbar romantisch.«

»Was erwartest du? Ich bin jetzt ein Dämon.«

Ich höre die beiden noch eine Weile miteinander herumalbern, wobei sich ihre Stimmen immer weiter entfernen, bis wieder Stille einkehrt. Aber die Ruhe währt nur kurz. Magnus kommt vorbei und bringt mir tatsächlich eine Karte vom Schloss. Sein Haar sieht sehr durcheinander aus.

»Falls du noch was brauchst …« Er deutet auf ein Telefon an der Wand.

»… mein treuer Butler William erfüllt dir jeden Wunsch.«

Bevor ich einen zweideutigen Kommentar einwerfen kann, werde ich abgelenkt. Eine große Frau mit langen silberweißen Haaren, die in Begleitung eines noch größeren Mannes ist, huscht an der geöffneten Tür vorbei. Habe ich Halluzinationen oder hatte der Mann Flügel? Wie bei einem Engel sahen sie aber nicht aus, eher wie bei einer Fledermaus! Und habe ich Reißzähne gesehen?

»Wer war das?«, frage ich Magnus. Sofort beginnt mein Kopfkino auf Hochtouren zu laufen.

Lächelnd tritt Magnus aus dem Raum. »Das, meine Liebe, ist eine andere Geschichte, die ich dir vielleicht eines Tages erzählen werde.«

Klingt, als würden uns wieder spannende Abenteuer bevorstehen.

Schlusswort

Hallo ihr Lieben,

ich hoffe, ihr hattet einen spaßigen und prickelnden Lesegenuss. Mir hat es auf jeden Fall Spaß gemacht, zwischen meinen Protas die Funken fliegen zu lassen.

Falls ihr mehr von Magnus lesen wollt, findet ihr ihn auch in den Büchern »Herzen aus Stein« und »Dunkle Träume«.

Und falls ihr hören wollt, wie es mit Raja, Cain, Crispin und den anderen weitergeht, lasst es mich wissen, schreibt es mir in einer Rezension (für uns Autoren die schönste Art, uns zu danken) oder kontaktiert mich auf Facebook, Twitter oder über meine Homepage. Ich habe immer ein Ohr für euch und freue mich auf euer Feedback.

Ansonsten …

Haltet die Öhrchen steif und … MAKE LOVE NOT WAR.

Eure Inka

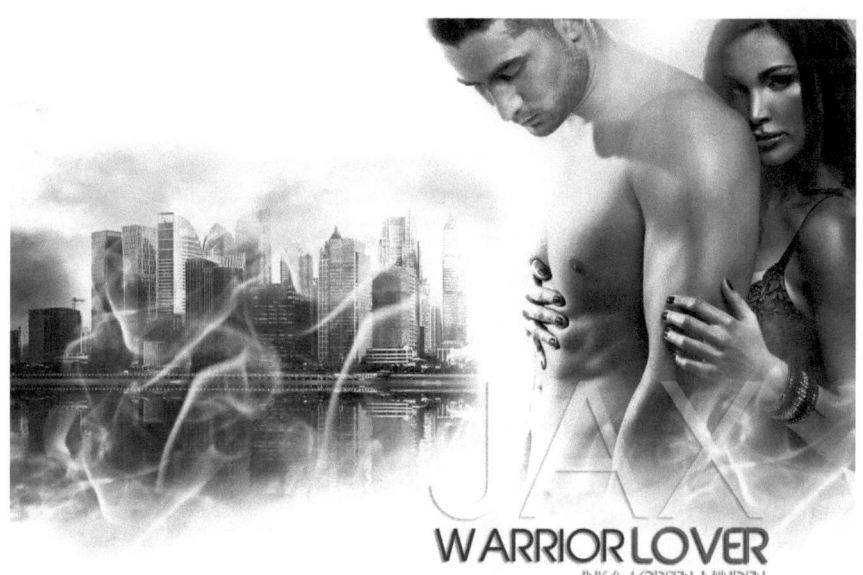

Der Überraschungserfolg 2013: Die Romantasy-Serie der

WARRIOR LOVER

Unsere Welt, wie wir sie kennen, gibt es nicht mehr, alles ist verstrahlt. Jahrzehnte nach einem Atomkrieg leben die Menschen unter gigantischen Kuppeln und sind einem diktatorischen System ausgeliefert. Um das Volk bei Laune zu halten, gibt es »Brot und Spiele« wie im alten Rom.

Das Regime schickt Elitesoldaten an die Stadtgrenzen, um die Outsider draußen zu halten, denn der Wasservorrat der Kuppelstädte ist begrenzt. Doch nach und nach kommen sowohl die Warrior als auch die Einwohner der Wahrheit auf die Spur: Alles, was man ihnen erzählt hat, ist eine Lüge …

Die Warrior-Lover-Serie umfasst die Teile:

Jax – Warrior Lover 1
Crome – Warrior Lover 2
Ice – Warrior Lover 3
Storm – Warrior Lover Bonusstory
Nitro – Warrior Lover 4
Andrew und Emma – Warrior Lover Shorty
Steel – Warrior Lover 5

Über die Autorin:

Inka Loreen Minden, die auch unter dem Pseudonym Lucy Palmer, Mona Hanke (Erotik), Loreen Ravenscroft (Romantasy) und Monica Davis schreibt, ist eine bekannte deutsche Autorin (homo-) erotischer Literatur. Von ihr sind bereits 40 Bücher, 6 Hörbücher und zahlreiche E-Books erschienen.

Neben einer spannenden Rahmenhandlung legt sie viel Wert auf eine niveauvolle Sprache und lebendige Figuren. Explizite Erotik, gepaart mit Liebe, Leidenschaft und Romantik, ist in all ihren Storys zu finden, die an den unterschiedlichsten Schauplätzen spielen.

Sie schreibt ua für Bastei Lübbe, Rowohlt und Blanvalet.

Regelmäßig sind ihre Bücher unter den Online-Jahresbestsellern zu finden; im April 2013 erschien ihr erstes Jugendbuch (Daniel Taylor – Plötzlich Dämon) bei Bastei Lübbe sowie die englische Übersetzung von »Herzen aus Stein« (Hearts of Stone).

Mehr über die Autorin auf ihrer Homepage:

www.inka-loreen-minden.de

www.monica-davis.de